裂衣瓷

俞 妍◎著

浙江工商大学出版社
ZHEJIANG GONGSHANG UNIVERSITY PRESS

图书在版编目(CIP)数据

裂瓷 / 俞妍著. —杭州：浙江工商大学出版社，
2018.7(2018.10 重印)

ISBN 978-7-5178-2807-5

Ⅰ.①裂… Ⅱ.①俞… Ⅲ.①中篇小说－小说集－中
国－当代②短篇小说－小说集－中国－当代 Ⅳ.
①I247.7

中国版本图书馆 CIP 数据核字(2018)第 142374 号

裂　瓷

俞　妍　著

策　　划	杭州万事利天时文化创意有限公司	
责任编辑	刘淑娟　张　科	
责任校对	穆静雯	
封面设计	林朦朦	
责任印制	包建辉	
出版发行	浙江工商大学出版社	
	（杭州市教工路 198 号　邮政编码 310012）	
	（E-mail:zjgsupress@163.com）	
	（网址:http://www.zjgsupress.com）	
	电话:0571-88904980,88831806(传真)	
排　　版	杭州朝曦图文设计有限公司	
印　　刷	杭州五象印务有限公司	
开　　本	710mm×1000mm　1/16	
印　　张	18.5	
字　　数	265 千	
版 印 次	2018 年 7 月第 1 版　2018 年 10 月第 2 次印刷	
书　　号	ISBN 978-7-5178-2807-5	
定　　价	48.00 元	

目　录

图画课

1

我小时候，住在姚镇的九十九间里。九十九间是我们姚镇最大的木结构老房子，大概建于乾隆年间。最早听说是一个朱姓家族的祖屋，后来四分五裂。到我出生时，里面已住了四五十户人家。三教九流的，都挤在一处。

我家住的是东厢房，老辈人不屑地说，这是当年朱家丫鬟小厮住的房子。我们没感觉逼仄。东厢房里除了我家，还住了几户人家，分别是小和尚、呛蟹、沙奶奶。我家和沙奶奶家隔得最远，关系却最好。听我母亲说，她和沙奶奶穿开裆裤时就认识，一起读书长大，后来都嫁到九十九间。沙奶奶本名丁浓利，长了一张老太婆脸，当年公社俱乐部演样板戏，才二十岁的丁浓利演沙奶奶，活脱像。此后，大家都叫她沙奶奶。我母亲直接喊她老沙。她称我母亲老香，我听成"老乡"。很多年后，我才知道我母亲的乳名叫香香。那时，我们已经搬出九十九间了，再也没有人喊我母亲老香了。老香成了我母亲的绝版代号。

我母亲和沙奶奶要好到什么程度，我也说不清。她们在进社办厂之前，一起在祠堂后半间纺石棉。她们做了新衣，经常换着穿，外人以为她们做了一样的衣服。家里有好吃的零食，必定互分一半。要是男人不在家，她们还会把小菜搬到一起吃饭。同样是榨菜、腌冬瓜、苋菜根之类的咸齑，聚在一起吃,饭能嚼出甜味来。

可能是我母亲跟沙奶奶太要好了,我们家跟小和尚、呛蟹家的关系就有些糟糕。小和尚家与我家隔了一层薄墙,他几次为下水沟的事与我们争吵。呛蟹家做海鲜生意,腥臭的气味常常让人情绪失控。小和尚和他们吵,沙奶奶也跟他们吵,那混乱的场面,如同三国之战。我家没有跟呛蟹家吵过,但我母亲从不跟呛蟹老婆搭话。我怀疑沙奶奶晚饭后找我母亲缠毛线,多半来讲呛蟹老婆的坏话。

有一阵子,一个叫阿强的名字,从她们嘴里蹦出来。我猜测这个阿强是个二十出头的小后生,她们在寻寻觅觅给他介绍对象。几日后的黄昏,一个三十多岁的男人出现在我家门口。我父亲不在家,母亲招呼沙奶奶一起招待他。这个男人秃着头,长了一张哭丧的脸。他抬头看人时,两只小眼睛偷偷一瞥,又快速跳开。沙奶奶有些沉默,说是来帮忙,做事很心不在焉,泡一杯糖水茶,白糖撒了一桌面。我母亲心疼得直咋舌。这个无聊的夜晚,实在引不起我的兴趣,不等母亲催促,我就去睡觉了。第二天早上醒来,沙奶奶的女儿竟然睡在我脚后头。母亲说,沙奶奶的老娘昨晚忽然发病,家里男人又不在,她半夜赶到娘家去了。那个叔叔呢?……办完事早回家了。母亲没等我问完,烦躁地答道。我便闭了嘴。

之后的第三天,沙奶奶又出现在我家门口,脸红扑扑的,像刚下蛋的母鸡。我母亲又和她喊喊喳喳起来。我从她们谈话中,没听到一丝老太婆的病情。

2

说实话,我讨厌这两个女人喊喊喳喳讲小话。这一点,做赤脚医生的父亲跟我一样受不了。父亲多次说过,他最讨厌女人的碎嘴,鸡啄米似的。我猜想他在说沙奶奶,因为沙奶奶长了一张尖嘴巴。只要沙奶奶一进门,我父亲就找借口跑到楼上。

有一晚,沙奶奶跟母亲喊喊喳喳一小会儿就回家了。她没绕完的毛线扔在一只藤篮里。我家的猫咪盯着藤篮里的线团，眼泛绿光。母亲也没心思去驱赶。她兴奋地跑上楼，拉起翻读内科学的父亲。老沙家买电视机，我们借他们多少？母亲的眼睛闪着光芒，她拉开大衣柜门的动作那么轻捷，像芝麻开门，仿佛里面有很多宝藏。她翻出父亲那件泛白的球衣。我知道那件球衣里包着钱，但我从不敢偷看里面到底有几块。我们有钱，不会自己买呀。父亲有点不高兴。母亲伸出右手食指抹了一下嘴唇，一张一张数着十元大钞，那叠钱在她的指间哗啦哗啦响。母亲眯着眼道，你傻呀，他们家买电视机，不是跟我们自己买一样嘛，我们可以天天去看。父亲没有抬头，他捏着红笔在那本砖头书上画波浪线，看起来是那么不耐烦。我紧张地望着父亲佝偻的后背，等着他的下文。我知道要我母亲自己掏钱买电视机，那等于割她的肉。随你吧……过了好久，父亲才回过头轻叹道。在母亲的欢叫声中，我长吁了一口气。

　　此后的夜晚，我天天窝在沙奶奶家里。沙奶奶家的卧房，跟我家一个套型。自从五斗橱上摆了十四寸黑白电视机，卧房好像高档很多。而矗立在屋顶上的那根天线，更像一面旗帜骄傲地招展着。清晰了吗？还差一点点。这样呢？好好。母亲总是自告奋勇去转天线。一伙人屏住气盯着跳跃的屏幕，直到出现清晰的镜头。那时，上海台正热播《上海滩》，周润发演的许文强迷倒众生。他耍酷的样子，不用说我们小孩子，就是我母亲和沙奶奶都激动得眼圈泛红。只有在广告来临时，大家才回到现实。透风的木板壁，嘎吱作响的竹榻眠床，搪瓷斑驳的水杯。谁的脚臭味在逼仄的房间里旋转，熏得人晕头转向。而我和沙奶奶的女儿却在这时乐起来。我们喜欢看一则广告，几个上海女人打开水獭牌阳伞，用上海白脆生生地讲一句"死脱吧阳伞"。

3

　　母亲说，你多跟雪莲玩玩。雪莲是沙奶奶的女儿，长着跟她母亲一样的老太婆脸，喜欢在后脑勺扎一根独角辫。许是橡皮筋扎得太紧的缘故，前鬓的头发都像倒伏的韭菜一样一缕一缕的,可以清楚地看到粉色的头皮。母亲不止一次提醒沙奶奶,不要给雪莲梳这种头发,免得头上生吊发疮,沙奶奶总是不听。谁叫她那么傻,考试从来没及格过。我母亲一听这话就不说了。这时候,我很不适时地从书包里掏出批了一百分的试卷给母亲看,母亲白了我一眼,却又抑制不住开心,故意摆摆手驱赶我去写作业。

雪莲到底有多傻,我也说不上来,感觉她喜欢认死理儿。每次玩游戏,最倒霉的肯定是她。捉迷藏吧,别人蒙上眼睛后,总要偷眼看,然后一找一个准,只有她老老实实从不偷看。有一回,我们在生产队的仓库里玩,她躲到废弃的打稻机里,大家玩了一会儿就散。直到天黑,沙奶奶找到我,我才想起她来。原来,她蜷缩在稻桶里睡着了。稻桶的外沿上,涂满了各种动物图案。那是她用黄泥块教我们画的,美其名曰"图画课"。

母亲说,雪莲也不是啥都不好,画画就很出彩。而我呢,画只狗都像坨屎。我很不屑,画画好顶个屁用。我跟她玩的最多的是"升级留级"的游戏。她伸出细长的手臂,我捏着她的手腕开始往上挪移,升级,留级,升级,留级,我狡黠地念叨着,她紧张地望着自己的手臂。啊,又是留级,我笑着拍打她的肩膀。为什么每次都是留级呀。她红润的圆脸像失了水,黯淡下来。要不要再来一次?我抓住她手臂,她挣扎着逃脱了。可是,她还是逃离不了留级的命运。读完四年级后,她竟然一口气留了两级,像一只漏气的气球,落到我们班里。

还要不要脸呀,你这个猪脑子,人家跳级,你留级,书都读到屁眼里去了!沙奶奶拉扯着雪莲的独角辫,好像所有的愚笨都是从这根辫子里长出来的。母亲闻声赶去救驾。母亲领着雪莲到我家里,给她擦净脸,梳理乱蓬蓬的头发。被母亲清理后的雪莲,变成了一个清爽的姑娘。我的嫉妒心瞬间膨胀——自小到大,我一直梳童花头,母亲从来没耐心给我扎辫子!我开始捉弄雪莲。我让她弹我家的玩具钢琴。她翘着尖尖的食指笨拙地寻找琴键,我趁机在她头顶上弹奏。一闪一闪亮晶晶,满天都是小星星……她弹得很开心,我玩得更得意。那一刻,我竟然忘记了雪莲比我大两岁,她已经是十二岁的姑娘了。

4

有一日，父亲很早从医疗站回来，翻箱倒柜寻找着什么。晚饭时，他黑着脸，声音很响地嚼着兰花豆。母亲沉默着。我扭动着脚趾头（紧张的时候，我老觉得鞋子很小，压得我的脚趾头不能动弹）。我偷偷脱掉一只鞋子，母亲开口说话了。她说的都是我听不懂的话，什么土地证呀，房产呀。父亲起先没应声，他一口抿干酒盅里的白酒后，嘴里喝出沙奶奶的名字。没有这回事……不可能的……听得出来，母亲一直在替沙奶奶辩护，好像把矛头指向了一个上海女人。上海婊子！母亲狠吸着螺蛳，呼地吐出一大块黑衣片。不要说了！父亲忽地重拍桌子，吓得我脚上的另一只鞋也落在地板上。母亲扔了筷子，捂住脸哭起来。她哭骂的声音像扯一块破布。自从嫁给你后，家里只有三把椅子四捆柴，天天过穷日子。现在倒好，连一间破楼屋都是别人的，你还有脸朝我发火……母亲哭起来没完没了。我的头埋在饭碗里，直到父亲离开饭桌，才抬起来。

第二天晚上，我二舅来了。他的身后跟着两个人，竟然是呛蟹夫妇。在我的惊愕中，父亲却很自然地与他们打招呼，好像一直以来，他们都是这样打招呼的。母亲有点慌乱，她去厨房里给他们倒茶，老半天才出来。她给二舅和呛蟹泡了茶叶，给呛蟹老婆泡了糖茶。想起母亲平时与沙奶奶喊喊喳喳的小话，玻璃杯底里那层厚厚的白砂糖让我很不满。

一阵寒暄后，呛蟹夫妇围着我家的饭桌坐下。母亲几次撵我去睡觉，我都赖着不动。让她再玩一会儿吧，小燕挺乖的。呛蟹老婆轻笑道。我惊了一下，她居然也叫我小燕，口气那么自然。我趴在八仙桌上，玩着五子棋，眼睛偷偷瞟向她。我第一次发现呛蟹老婆原来长得不丑，特别是那双杏仁眼，眼白很干净，好像并没有被她家的咸腥污染。她坐在母亲旁边，母亲像哑掉了一样。我只听到三个男人浑浊的说话声。

他们谈得正在兴头上，白炽灯泡的钨丝暗了。又停电了。母亲摸着黑，去厨房的壁柜里找来两根白蜡烛。烛光如豆，他们的脑袋投射在四周的白墙上,层层叠叠,影影绰绰。屋外,深秋的风像一辆辆警车呼啸而过。我的小心脏剧跳起来。我想起前几天在沙奶奶家看的电视剧《夜幕下的哈尔滨》。眼前这几人,好像秘密开会的地下党……

5

之后的夜晚,呛蟹和他老婆时常到我家来。我母亲见他们过来,赶紧放下手中的活,正儿八经地跟他们说话。以前沙奶奶来时,母亲该干什么就干什么。好几回,母亲坐在马桶上,还是麻烦沙奶奶拿手纸。呛蟹夫妇来我家后,沙奶奶再也没有来过我家。我们的晚饭时光也变得无比乏味。以前吃晚饭,我和母亲总是热切地谈论当晚的电视剧情。现在,母亲收拾碗筷后,靠织毛衣来打发那些无聊时光。那件毛衣本来是沙奶奶给雪莲织的,因为里面的花样有点繁,母亲当初就自告奋勇接下来。我盯着鹅黄色的线团在藤篮里打转,不由痴想,要是母亲织好毛衣,沙奶奶不来拿,母亲会不会顺手给我穿。

你太傻了! 我把这点小心机告诉表姐,表姐往黑乎乎的礼堂墙壁吐了一口痰。你还不知道吗? 她挽了挽袖子,像要与人干架似的。上海婊子回来,要抢你家房子,正跟你爸打官司呢。她没头没脑的话,吓了我一大跳。好一会儿,我才知道最近我家发生的大事。原来我家的房子,是很久以前我祖父向地主租的。后来,地主被打倒了,这事不了了之。现在新政策出来了,地主的女儿从上海回来,要收回我家和呛蟹家的房子。原来这样子呀。我装出恍然大悟的样子。其实,我根本弄不明白。但我总算知道,为什么呛蟹夫妇跟我父母搞"地下党"了,原来他们要一起对付上海人。可是,这跟沙奶奶家有什么关系呀。你傻呀,上海女人是沙奶奶的表姐。上海女人能回来收你家房子,当然是沙奶奶一家子在背后搞鬼了。收了房子,他们自然也有好处呢。

愤怒,像一股气流在胸腔里盘旋。我气愤的,不是我家的房子要被人夺走,而是沙奶奶家居然帮地主的女儿来对付我们。我望着表姐得意的脸,努力让自己平静下来。表姐是二舅的小女儿，比我大一岁，与我同班。她是个爱耍花招的女孩。粗粗的辫子从来没有梳正，总是照电视明星的样子梳出各种花样。上课从来不安分，捏着一根黄丝带，在手上绕来绕去。即便老师将它没收，她还会从口袋里掏出一根来。

你怎么知道的？我为自己的怀疑表示得意。当然是听我爸说的了。她乜斜着眼努努嘴，在地上捡了一截断粉笔，在墙壁上胡乱涂起来。

雪莲很不适时地跑过来，后脑扎着很紧的独角辫，兴奋地甩着。你在画什么？她从灯芯绒罩衫袋里摸出一把大白兔奶糖直往我们手里塞。我上海姨妈给我吃的，可甜了。上海姨妈——谁要地主婆的奶糖！表姐哼了一声，将奶糖砸在雪莲身上。我也做了同样的动作。雪莲一脸无辜地望着我们。你们怎么了？她撇撇嘴叫嚷着。你自己知道！我别过头，像一头受伤的小兽往操场冲去。

操场上，充满着欢笑声。女孩子的皮筋和男孩子的篮球，在夕阳的余晖中，像一串音符在五线谱上跳跃。我却瞥见梧桐树的枯叶，在碎光中慢镜头般飘落。我下意识地捏捏手。我的手心刚才碰过奶糖，黏糊糊的，很难受。那种难受让我很想哭。

6

一切都变了。拒绝了雪莲的大白兔奶糖，我就知道去沙奶奶家看电视已成了传说。那些天晚上热播《射雕英雄传》，梅超风到底有没有练成九阴白骨爪，成了我的心病。早上到校后，我只能在同学们的话语间拾捡一些零碎的剧情。

深秋黄昏，西北风吹着檐头的枯草，呜呜作响。我独自在老屋的天井里跳房子。沙奶奶穿过胡同走来，我装作没看见她，自顾自踢小石子。小燕，这几天怎么没来我家看电视呀。沙奶奶问道。明知故问！我心里骂着，一开口却说，我不知道啦。沙奶奶好像并不在乎，又问我妈那件毛衣织得怎么样了。我不知道啦。我重复道。这回是真不知道。既然沙奶奶成为我家的敌人，那么老妈肯定不会再给她织毛衣了。出乎我意料的是，那件毛衣竟然织好了。

那日晚饭后，沙奶奶出现在我家门口，跟我母亲说话。知道你们也要买电视，我不好意思再借下去了。她手里捏着格子手帕，里面估计包着钱。母亲接过手帕，捏了捏鼻子不说话。沙奶奶靠着门框，似乎在等待母亲接话。但母亲却抓了一块抹布，擦拭着靠近门口的木椅和茶几。

你倒说说，我们这房子……母亲终于开口了。她平时爆豆子般的声音，此刻只说了一句，就哑掉了。沙奶奶下意识地后仰了一下，手指掐着门框上脱落的漆皮，微微动了动嘴唇。这个叫我怎么说呢，上辈人的东西，总归要物归原主吧……她说不下去了。

沉默在屋子里弥散开来。沙奶奶的影子投射在青石板上，若有若无地晃动着。我怀疑这场景是在梦里。

那我先回去了。沙奶奶说。等等，母亲扔下抹布，蹬蹬蹬地跑上楼梯，又蹬蹬蹬地下来。她拎着一件鹅黄色的毛衣，我认出就是给雪莲织的那件。母亲把衣服递给沙奶奶，喃喃道，我不知道，阿莲穿着会不会合身。沙奶奶没有说谢谢，嗫嚅着，阿莲一定很喜欢……

夜风像一个孤独的孩子小声哭泣，远处的胡同里传来雌猫悲怆怪异的叫声。沙奶奶抱着那件毛衣，走在石板路上，搭襻皮鞋发出嘀咯嘀咯的声音。母亲扶着门框，脸白得骇人。我家到沙奶奶家不过二十米路，但似乎过了很久，我才听到沙奶奶家木门的嘎吱声。

等母亲关上门，我就迫不及待地问母亲，我家什么时候买电视机。话音未落，母亲的巴掌就甩过来，重重拍在我后脑勺上。

7

雪莲还是像往常一样，突然出现在我身后。猜猜我在吃什么？她暗红的嘴唇抿得紧紧的。这是她一贯的伎俩。嘴里不是嚼着咸肉，就是面筋。我看她舌苔上的碎末就能知道。可此时，我自顾甩着跳绳，不睬她。你闻闻,她凑近来。一股咸菜味从她嘴里恶俗地散发出来。你走开。我有点生气。日光西斜,再不抓紧时间玩,母亲又要催命似的差我去喂鸡赶鸭了。你知道吗,黄蓉带着郭靖去桃花岛了,黄老邪的老婆记性可真好,把老顽童的秘籍都默写出来了。我不由得收了跳绳,听她讲《射雕英雄传》。这些天没看电视,我都熬得快拉不出屎了。雪莲拿起黄色的断砖块,在白墙上画黄蓉。不得不说,她画的黄蓉像得要骂人,特别是那两颗大板牙很俏皮地爬在嘴唇外。

你为啥不来我家看电视呀?她讲完剧情突然问道。一听这话,我就来气了。你问我,你怎么不去问你妈呀?我踢了一脚石头。一群蚂蚁浩浩荡荡从墙角的枯草边涌过来,围聚在石板上,那里有雪莲吐掉的几片残屑。我一脚踩上去,使劲摩擦着。蚂蚁们四处逃散,雪莲跑上来,吐了一口痰,想堵住它们的去路。

几只麻雀哗啦啦地从祠堂的柴堆里飞出来,随之飘来一股咸腥味。呛蟹挑着担子,从胡同里走来。我正想着要不要跟他打招呼,他的大嗓门先骂起来了。墙壁上的图画,谁画的?他的粗指头戳着我们的脑袋,我和雪莲都吓了一跳。好好的墙壁被搞成这样,他奶奶的。我靠着墙缩了缩身子,真担心他放下担子,抽出扁担打过来。

呛蟹女人从后门走出来。她瞥了一眼墙壁,好看的杏仁眼瞪得滚圆。我才知道,原来这一堵墙是她家的。哎哟,谁画上去的呀。她双手一拍嚷起来。小燕,这是你画的吗?她问道,眼睛却盯着雪莲。我没画。我瞥见呛蟹女人的眼睛,好像梅超风!原来她在我家的温柔样都是装出来的呀。哪个偷汉子搞下的种,生了双贱手乱涂乱画,房子还没收回,就派小的来作乱,还有王法吗?呛蟹女人的薄嘴唇快速抖动着,尖厉的声音似乎能穿透墙壁。我盯着她解下围裙,一记一记抽打着墙壁上的"黄蓉"。

沙奶奶不知什么时候出现在我们身后。她揪住雪莲的独角辫,扇了她一巴掌。招祸的胚子,总有一天被我斩断手指。雪莲捂着后脑哭起来。沙奶奶叫骂着把雪莲拖进她家后门。我彻底僵掉了,挨着墙壁不敢挪动一步。呛蟹女人走过来,捏住我的右臂道,小燕,这种人,咱少跟她们玩。她像摘下了梅超风的面具,脸上的五官又柔和起来。我一声不吭,趁她低头用围裙扑打衣襟,赶紧溜走。

祠堂里,天已昏暗。我跨过门槛,一脚踩在散架的棉花秆子上。棉花秆子刺穿布鞋底的破洞,扎进脚趾头,狠狠疼了一下。我脱了鞋,捂着脚趾头小声哭起来。黑暗在我身边升起。一只猫喵叫着走过来,它闪动的绿眼睛让人恐惧。我艰难地穿上鞋,一瘸一拐走出祠堂,抬眼看到母亲捏着畚斗在柴棚边倒垃圾。你疯得还知道回来呀?她也斜着眼道。听口气,她好像早已听到两个女人的骂声,却装作什么都不知道。

8

我发现相比沙奶奶,我实在不喜欢呛蟹老婆。那个星期六,父亲和母亲去省城,打算把我放在呛蟹家里,我死活不肯,母亲只好带上我。

我们坐"猪猡车"到了县城,在县城车站等去省城的车。初冬时节,空气里已有了肃杀的味道。县城车站门口光秃秃的梧桐树枝击打着玻璃窗,让人心烦。喇叭里一个卷舌音很重的女人播报着开车消息。她每次播报后,都有十来个旅客拖拉着行李,慢吞吞地朝检票处走去。

等会儿检票,你装得矮一点。母亲紧攥着她的青花布包,不止一次提醒我。

听见没有,装得矮一点。喇叭里再一次播报消息时,母亲又强调了一遍。最近,她的脾气有点暴躁,不像以前,嘻嘻哈哈像个孩子。我突然紧张起来。母亲拉起我的手,跟着人流走向检票处。父亲背着一个蛇皮袋,捏着两张票走在前面。我像只猴子半蹲着身子向前走。这个小孩,怎么不好好走路,有没有买半票。快到检票口,一个穿制服的女人突然叫道。我吓了一跳,站直了身子。小孩肚子疼。母亲攥着我向前跑。那个制服女人一转身就逮住了我。还是量一下身高,看有没有超过一米二。母亲脸色煞白,拼命解释道,我们带她去看病的。我弓着背,感觉自己缩成了一个球。还走不走呀!排在后面的几个男人催促叫骂着,穿制服的女人才放开我。

坐上车,我开始啜泣。母亲拿出手帕重重擦拭我的脸,把我开裂的嘴唇弄得很痛。她亮开嗓子训斥我不应该跟他们一起去,又埋怨父亲不应该自己检了票先走,后来非常憋屈地说我已经够矮了,像我这个年纪的小孩大多超过一米三了,就我还在一米二徘徊。孩子长不高,破房子还保不住……母亲絮叨个没完,前后排座位上的人都转过头来看母亲。我紧张地望着父亲,怕他吼出声来。但是,父亲像面对一个无理取闹的病人,没有还口,他脸上的疲惫和愁绪凝固着,犹如一尊蜡像。

突然,汽车一个急刹车,站立的父亲像一棵大树扑倒在地。还好吗,很多人上前问。母亲拉住父亲,帮父亲揉膝盖。父亲推开母亲的手,咧了咧嘴,艰难地站起身。我发现他罩裤的膝盖处有几道裂纹。

终于到了省城。走出车站,抬头望见天被乌云团住。西北风越过空旷的停车场袭来,抽打在脸上。父亲一瘸一瘸地走在前面,母亲拉着我躲过车流跟上去。我感到母亲的手冰冷冰冷的。

这条街道并不宽,两边的梧桐树叶子落尽,它们的枝干互相交集着,像两个巨人在握手。沿街的商店一律青褐色,斑驳的石灰里隐现出毛主席语录。毛主席要是活着,一定会给我们做主的。这是祖母在世时常说的一句话。此时,那些标语被树枝遮蔽着,看上去有种奇怪的感觉。

走了一段路,父亲的腿似乎不瘸了,越走越快,我们都有点跟不住他了。果然,他拐进一条胡同后,不见了。爸爸呢?我问母亲。母亲失了魂似的,望了我一眼。等她明白过来,细长的手指掐进墙壁上的苔藓。她开始咒骂父亲,咒骂已故的祖父母,咒骂我们那套该死的老房子……天很恶毒地下起了雨,她一只手举着帆布包遮盖我的脑袋,另一只手抹着脸。雨水顺着青黑肮脏的墙壁不断流下来。

不知是紧张还是寒冷,我的小腹不合时宜地痛起来。我肚子疼。我拖着步子对母亲说。母亲像没听见,继续拉着我朝前走。妈,我走不动了,我肚子疼死了。我哭起来,蹲下身子。母亲松开我的手,一脚踩在水潭里,大声喊父亲的名字:张志文——几只麻雀冒雨从檐头飞过。父亲像被胡同吃掉了,再也没有出现。

9

从省城回来后,母亲病倒了。父亲像什么事都没发生,自顾上班忙碌。呛蟹夫妇好几天没来了,二舅倒是来了一趟,叽里咕噜地跟父亲说着事,并不时发出叹息声。我略带困意的脑子弄明白了一件事。前几天,父亲带我们去省城原来是去找他老同学的,听说那家伙当了律师。可惜,那个律师同学说,这样的官司基本上没戏。

那晚的月亮亮得出奇,屋子里又停电了。二舅回家前,上楼看了母亲。二舅叹息道,你呀你呀,当年她娘跟我们老娘闹,你却非要跟她好,现在你看看,她还不是跟她娘一个货色。母亲没有吭声,呆呆地盯着蜡烛。她的脸在烛光中白得像一张纸。二舅说,没别的事,我先走了,你好好养着。母亲从被窝里坐起来,凑近二舅的耳朵喊喊喳喳了一会儿。我在蜡烛边玩五子棋,抬头瞥见二舅的眼睛瞪得像月亮一样大。父亲走过来,捏了一个棋子。他似乎听到了母亲的话音,喝了一声,无中生有的事,不许乱说。母亲咬着嘴唇,她微微扭曲的五官,像不是她自己的。

二舅说,这种事,我跟你嫂子一说,明天保证有好戏看。他对我眨眨眼,披上旧棉袄出门去了。月光下,二舅走路的样子像一只笨熊。可是,为什么以前我总觉得他像个很有能耐的人呢。我对着地上白霜一样的月光,心里涌起迷雾样的谜团。

上楼钻进被窝后,我听到母亲搭理父亲的声音。朦胧中,他们的被筒起伏又塌下,隐约听到母亲的呜咽声。压在我胸口的气流,终于随着混沌而来的睡意,一点点退去了。

我醒来时,天已大亮。虽说是星期天,父亲还是早早去上班了,母亲坐在被窝里织毛衣。看过去,她的脸色好多了。我打了个哈欠,又钻进被窝,掏出一本小人书翻看起来。那本书是雪莲借我的,叫《舞台姐妹》,里面讲两个唱戏的姑娘一会儿好一会儿闹的故事。

还不起床吗?母亲叫道。我吓了一跳,赶紧把书藏起来。那就再躺一会儿吧。母亲拿钢针磨磨自己的头皮,她的手上带着露指手套。近些日子来,难得她这样温柔悠闲。

一阵公鸡打鸣后,隐隐传来叫骂声。我侧着耳朵,听出是呛蟹老婆的尖嗓子。起先,听不出她在骂谁,只听到她满嘴的污言秽语。妈,外面在吵架!我叫道。母亲低着头,像沉浸在梦里。外边的声音越来越吵,我趴在窗档上,推开一点点窗缝。呛蟹老婆锥子般的声音里混杂着沙奶奶同样锋利的声音,随着冷风灌进来。她们在吵架!我又叫了一声。母亲自顾织毛衣,她手中的两枚钢针不时碰撞着,像两个战士短兵相接。我侧着头看她的脸,她脸上的五官僵硬着,似乎在为手上的活使力。我套上棉袄棉裤准备下楼去。她没有拦我,只说了一句,粥在锅里炖着。

楼下更冷。大门关得紧紧的,两个女人的叫骂声还是无比清晰地从门缝里漏进来。沙奶奶只是用一些毫无意义的词语反复咒骂。呛蟹老婆的嘴却像一把锋利的菜刀乱切乱砍。她骂沙奶奶搞野男人,破鞋烂货。你以为我们不知道呀,门后面拉屎,天总归要亮的……那个臭猪头叫阿强是吧?我一个激灵,偷偷拉开了一点门。只见沙奶奶蓬散了头发,屄呀、屄呀地骂。

这时,沙奶奶的男人从里屋奔出来,手里举着一把扫帚。呛蟹女人一见,吓得跑进屋。那扫把却朝着沙奶奶劈头盖脸打下来。臭婊子,臭婊子……他们身后,一只母鸡咯咯叫着从柴棚里蹿出来。

我吓得赶紧关上门。头顶"咚"的一声巨响,好像木箱子翻倒了。我跑上去,见床边的木凳横在地上,母亲正趴在床沿上,对着痰盂呕吐。她的长发垂挂在前额,隐盖着苍白的脸。尿臊气混杂着酸菜的腌臜味,在空气里发酵。我不由捏了捏鼻子。

小燕,帮妈妈倒杯茶来。母亲仰起头。不知怎的,我不敢看她的眼睛。

10

表姐说,那个不要脸的女人快被她男人打死了。我刚想问由来,见雪莲捏着数学作业本跑过来。她头发蓬乱,眼圈发黑,好像一夜没睡。果然,作业本上的字比蚯蚓还难看。表姐乜斜着,嘴巴快碰到鼻尖了。昨晚你爸打你了?表姐翻着作业本问——帮我收作业本,是她无上的荣光。没有,雪莲慌乱地摆弄着旧罩衫的纽扣。那件粉灰色的线呢罩衫已脏得发黑,纽扣也掉了好几粒。没打你,难道是你爸打你妈了?表姐咄咄逼人。没有,没有……雪莲急得脸上的皲裂鼓起来。别装聋作哑了,你妈的那些烂事,我们都知道了。表姐抬了抬下巴道。雪莲像被人扇了一巴掌,喀嗫着,你不要胡说,没那回事……她的眼皮眨了几下,眼泪沿着脸上的皲裂滑下来,一直滑到嘴角边。表姐哈哈笑起来,捏住我的双肩。这事,你妈最清楚了,是吧。我挣脱开了。说真的,我讨厌表姐的幸灾乐祸。

下午的课,我有点心不在焉。最后一节自习课,班主任抱着昨晚的作业怒气冲冲走进来。教鞭呼呼作响。丁阳、孙菁、刘强、吴雪莲……她一个个报着名字,接着便是"竹笋炒肉"的啪啪声。吴雪莲,班主任老师叫了一声。吴雪莲,她又叫了一声,声音响得几乎要碰到楼板了。我回过头去,见吴雪莲低着头,捏着一截橡皮头开花的短铅笔在本子上画着什么。班主任愤然揪起她后脑的辫子。你个不要脸的,留了两级还不知羞?雪莲被班主任拖上去,她握紧的手指被一根根掰开。你昨晚到底干什么去了?竹棒一记记打下来,每一次在空中划过弧线,我都忍不住闭一下眼。明天叫你家长来一趟!班主任叫嚣的声音飚到最高处,收了一个尖利的尾音。

老师,不要,不要呀……雪莲像只乌龟,脑袋缩进肩膀里,干裂的下嘴唇咬出了血丝。我的头皮一阵发麻。不知哪里来的勇气,我竟然站起来说道,雪莲的爸爸妈妈昨晚吵架了,她没法写作业。班主任愠怒的目光投向我。你怎么知道的?她家在我家隔壁。我哆嗦着,感觉身上的血都涌到了脑门。角落处传来同学的偷笑声,教室里的空气一下子轻松起来。班主任不耐烦地挥挥手,让雪莲回去。雪莲握着手掌,一瘸一拐地走下来。

终于放学了。我在一楼走廊等表姐。小燕,小燕,雪莲在背后喊,她的旧棉鞋咚咚地击打着楼梯,听起来特别揪心。在我回头的那一刻,她摔倒了,摔倒在楼梯口。她蜷缩着身子,双手捂住额头。我愣了一下,跑过去。

我知道,你跟我是最好的。她红肿的手握着我的手指。我突然有种想哭的感觉。我慢慢腾出手,掏出脏兮兮的手帕按住她的额头,血丝很快染红了手帕。

我知道你们都恨我的上海姨妈,你放心,我不会做她的干女儿的,我只想跟你好,像以前一样好……她握着我的手,紧紧地握着。我第一次觉得雪莲的手骨很硬,柴棒似的。

11

春天说来就来。桃花盛开的季节,二舅帮我们在外婆家隔壁找了两间老平房。二舅说,先将就着住进去,好歹能先安身下来。母亲打量着卧房梁柱上漏下来的一缕光,没有多说。接下去的日子,父亲叫了几个后生帮忙搬家具,连老家隔断处的旧门窗都拆了过去。呛蟹夫妇依旧若无其事地做生意。他们仿佛要挨到最后一天。法院判下来的期限是六个月,多拖几天也没啥意思。父亲这样说道。

搬掉家具的老房子,像一棵蛀空的树,颓败得不成样子。撞落的墙皮混着结成球的灰尘,在地板上滑动。墙角的蛛网也像破碎的心情,在窗档的漏风口晃荡。一切都那么陌生。我望着空荡荡的房子,好像自己从来没在这里住过。

表姐不知从哪里捡来一堆粉笔头,在布满灰尘的墙壁上胡乱涂写起来。我惊讶地望着她。她甩着故意梳歪的长辫子,踢着墙壁道,给上海婊子写点东西呀。写什么?我很好奇,心想她从来没有完整地写过一篇作文,这一点跟雪莲可以比拼。傻瓜,当然是骂人的话。她撇撇嘴,开始涂写。上海女人是个婊子,嫁给老公生下傻子……唰唰两笔,绿粉笔像肮脏的浮萍在河面上荡开来。烂眼睛,烂嘴巴,烂屁眼,烂××……她继续写着。最后,几个××,她改用了红粉笔,像死囚犯胸前的大红叉,很骇人。她扔了粉笔头,从凳子上跳下来。你不写吗?她问我。我摇摇头。她翘着鼻孔,一脸鄙夷。说实话,我很喜欢写粉笔字。每每班主任要我布置家庭作业,我总是很积极地踮着脚在黑板的右下角歪歪斜斜写下一堆粉笔字。可是，此时我真不知道写什么。地主家的烂婊子，臭婊子，抢我家的房子……难道就写这些？

雪莲不知什么时候出现在门口。她黑乎乎的手扳着墙角，像是在外面站了很久。你在干什么？我问道。这话应该她问我们才对。但她不作声，继续站着看我们。表姐用往日的眼神刺了她一下。表姐的眼睛里要是有宝剑的话，雪莲早被刺死十几回了。好一会儿，她才轻轻地问道，你家搬到哪里去了？你管得着吗，特务，汉奸，小地主婆……表姐用最犀利的话语一次次砍杀她。可她仍靠着墙角抠墙皮。

四周很安静。大人们都去了二舅家隔壁的租房里。弄堂风长驱直入，携带着春日特有的馨香和慵懒。谁家的自鸣钟当当当连敲三下，我的心莫名地跟着剧跳。

雪莲终于走进来。你进来做什么，小婊子？表姐站在凳子上，居高临下，用粉笔头戳着雪莲的眼。雪莲默默地从地上捡起几个粉笔头。你到底想干什么？表姐跳下来，一掌拍在她的肩头上。别打她，让她写。我对表姐说。表姐就停了手。我们就放下粉笔看雪莲拿红粉笔作画。在我们两家好得腻在一起时，雪莲教我们画过多少图画呀，可我一幅都学不像。现在，她的手指又在发青的石灰墙上画起来：烫成"脱裤菜"的头发，青蛙样的肿眼泡，扁嘴巴，粗手臂，布袋似的乳房下垂着，快到肚脐眼了……你怎么不给她穿衣服。我叫道。这回轮到表姐阻止我了。雪莲没有回头，继续画下半身。粗短的大象腿，膝盖上像贴着两只大馒头。高跟鞋头破了，露出光溜溜的脚趾头。两条大腿中间，一朵丑陋的花快要干枯了。她竟然又添了几笔毛毛虫……

恶心，恶心死了！我捂住眼睛叫道。雪莲在这个裸体女人旁边写下几个字：上海表子（她到底还是写了错别字）！

表姐爆笑起来。她扑上去搂住雪莲的肩膀，笑得浑身发颤。我也被她惹笑了，捡起粉笔头，在那个"表"字左边塞进瘦瘦的"女"字。雪莲没有笑。她慢慢转过头来。我发现她的眼里含满泪水。

小燕，她艰难地说着，喉咙像被人抠住了，喘不过气来。我知道，你跟我最好了,我们会一直好下去的。她轻声说着,扔了粉笔,转过身,慢慢走向门口。我和表姐都傻掉了,待在原地一动不动。

弄堂里的风像一场预谋的风暴,席卷而来。地上的垃圾堆和柴叶被刮得满天飞。雪莲抚着墙上的石灰,走向自己的家。她干瘪的背影像一只纸风筝,要被暴风掀起。

那是雪莲给我们上的最后一堂图画课。那年我十一岁,雪莲十三岁。

陪　夜

1

母亲给我打电话，已近八点。天完全暗下来，月亮像缺了一个角的煎饼，斜挂在东山墙的屋顶上。我开车跑到中医院，见母亲已等在住院部的大厅外。她微弓着身，左手搭着水泥圆柱子，右膝不自然地弯曲着。路灯下，她瘦弱的影子像一只孤独的老鸟。

今天咋这么晚。我从她左手腕摘下那个印花帆布包。很轻。里面保鲜盒装的东西肯定已经吃空了。刚才下电梯时，脚被门挤了一下。母亲说。我瞪大眼。哪只脚，右脚吗？您咋这么不小心呀。我胡乱抚揉她的右膝盖。去年夏天，她摔破了右膝盖，动了手术。大半年过去了，脚还是伸不直，走路一瘸一瘸的。母亲扶着我的肩，嗫嚅道，天天看到电梯吃人，我吓怕了……

我扶着母亲走向我的车。您先坐车上，我去看看舅舅。母亲攥了攥我衣角道，你阿姨早过来了，她晚上会陪夜的。我松口了气。说实话，我也不想去看。刚才母亲在电话里给我说，舅舅邻床的那个孤老头，昨晚一口痰堵在喉咙里，没缓过来。

这会子，医院里的人不多，车子很顺利地驶出大门。县城的夜晚，是灯的海洋。空气里弥漫着城市特有的喧哗，那种繁华让我满血复活。母亲却静静地陷在黑暗里。她坐在后座，像绷紧了的弦。我按了一下音响，一首老歌缓缓流出来。"妹妹找哥泪花流,不见哥哥心忧愁心忧愁……"歌声如潮,车里一下子温热起来。

一曲终了。母亲说,你知道你舅今天说了一句什么话吗。什么话?我转过头去。他说,阿英已经陪我好几夜了。我关掉音响。他什么意思嘛,得这种病,别人根本帮不上忙的,再说您脚又不方便。我语气有点冲。母亲说,我知道,但医生说你舅最多只有一个月了……

2

我舅得的是胃癌。半年前,老李伯伯坐在我家客厅里扬着粗糙的手掌抹眼泪。舅舅那次做胃镜,就是硬被他从废料堆里拉去的。之前,六十九岁的舅舅一直在一家制造饮水机桶的厂里劳作。他是全厂最年长的工人,却干最辛苦的活。他干的是打杂兼粉碎废料。听老李伯伯说,即使是寒冬腊月,舅舅一上班,也脱得只剩下一件棉毛衫。一年到头出的汗,七石大缸都盛不下。老李伯伯这样形容道。我许久没见舅舅干苦力了,但我依稀记得儿时,舅舅在酒厂里劳作的场面。在烟雾蒸腾的酿酒屋里,舅舅穿着高筒套鞋,光着膀子,两手各拎一桶水往大缸里倒。大缸里,堆满了加了红曲的糯米饭。记忆中的舅舅,浑身上下都是酒红色的,手臂上鼓起的肌肉泛着光亮,很像健美杂志上的模特。他总归是劳碌命,一辈子除了做苦力,啥都不晓得。老李伯伯把一支烟塞进嘴里,划火柴。火柴皮起皱了,他手指哆嗦着,费了好大的劲才点着。这半年来,吃酒没滋味,饭也不想吃,仍一天都不肯休息。他咳嗽着,烟灰抖落在地砖上,碎芝麻似的,撒了一地。

阿姨就在那一刻从屋外冲进来。她脸皮耷拉,两眼红肿,头发因许久没染,头顶和发梢白得像芦花鸡。她跑进来的样子,犹如奔丧,一见我母亲和老李伯伯,就嘴角一歪,呜呜哭起来。她哭诉舅舅这些年的辛苦,语气中充塞着对舅妈的抱怨。那没完没了的诉说,像展览舅舅的创业史苦难史。母亲绞着毛巾去卫生间好几趟,她都没止住。最后,母亲烦了。你也不用哭,他苦他累都是为了自家人，别人没去麻烦他一根毛。母亲的话瞬间将阿姨的哭泣炸飞了。整间屋子里，只听到老李伯伯尴尬的喝茶声。

3

那场雨，下得让人措手不及。我带着母亲，驶到医院大门口，暴雨如铁皮罩住了我们的车。雨刮器疯狂地舞动，我仍无法看清前面。

费劲地找到车位，雨依然瓢泼，我们只能在车里静等。幸亏你阿姨早上已回家，要是这个时候还在路上，肯定淋坏了。母亲说道。她双手抱着饭盒，泥菩萨似的僵坐着。饭盒里是新熬的粥，下面还有刚买的水果，蓝莓和车厘子。这两样水果，母亲自己从没吃过，但她还是坚持买了一些，而且不让我付钱。

舅妈不是每晚都在吗？阿姨真没必要天天来陪夜。我伸出手指在车窗上画着图案。去年这时，母亲摔伤膝盖，也在这里住院。来看望母亲的亲友一拨接一拨，可是舅舅连一个电话都没打过来。母亲淡淡一笑。要他打电话，怎么可能呢？我只是摔伤腿，你姨父生肝癌，你看他有没有去看过一趟。我愕然地望着母亲。我从小就知道他们兄弟姐妹之间不咸不淡的关系。这些年，除了春节一聚，平时我们很少跟舅舅家来往。阿姨那边，也只有表弟旭明跟着舅舅的大儿子在鞋生意上有点走动。真不知道阿姨累死累活为了什么。

一个响雷，像落在不远处的水泥地上。我赶紧捂住嘴。长辈间的龃龉，我做晚辈的，还是不提为妙。

雨小了。我扶着母亲下车，乘电梯到6楼的27号病房。这么大的雨，你们也赶来了。舅妈从一张床上坐起来。她平时说话总是那么嗲，声音温柔，甜得像蜂蜜。现在好一点了，刚才他一直打嗝。舅妈打着哈欠道。她穿着一件翠色真丝长袖，脖子上那根黄灿灿的项链下端，一枚水滴翡翠吊坠晃荡着。

哥。母亲没看舅妈一眼，径直走向病床。舅舅比一周前更消瘦了，额头光秃秃的,发际线跑到了头顶。他紧闭着双眼,嘴却张得老大,像一只大猩猩费劲地呼吸着。他这副病容,极像煤照里的外公。我外公是老右派,在我母亲七岁时就死了。除了一张煤照,什么都没留下。

医生说,这种病到后半截子,打嗝是正常的。舅妈道,我原来不知道,见他一口气噎住,吓死了,就给你们打电话——不想,雨落得这么大。我看看窗外,雨又大了,劈打着窗户。

走廊里响起叽歪叽歪声。阿姨!她的衣服贴在身上,脚底下淌着水。阿姨说,她回家待了不到两个小时,就接到舅妈电话。哥咋样了?她把伞往门背后一扔,奔到病床前。她发白的手指碰了碰舅舅的额头,又从随身布包里取出一碗蒸蛋汤。这碗蛋汤跟着阿姨转了三辆公交车,又在暴雨里行走三里多路,真够强悍的。

母亲说,哥没事,那我们先回去了。她问阿姨,要不要去我家换一套衣服。阿姨用干毛巾擦着上身,摇摇头。那就随你吧。母亲哼声道,她脸色不太好,像在生谁的气。舅妈推着阿姨,让她回去。你哥现在好多了。淋了这么凉的雨,谁也受不了。

阿姨吁了口气,跟我们走出门。阿英。后面传来一个声音,像是从陶瓷里倒出来的。我吓了一跳。阿英。舅舅又叫了一声。我们回转身。阿姨丢下手中的伞,奔过去,拉住舅舅的手。我跟过去,母亲却没挪动一步。舅舅对我动了动下巴,眼睛直直地望着阿姨。阿英,你吃不消,晚上就不要来了。他嘴里这么说,手却紧握着阿姨——他的手瘦如白蟹。你放心,我会来的。阿姨说。她帮舅舅掖了掖被子,他才松开手。

那你晚上早点来哟。我们起身时,舅舅眼巴巴地望着阿姨,又喊了一声。

4

一只枯瘦的手伸过来。阿英。我听到舅舅的声音,才发现自己在母亲的老眠床里混沌了一会儿,还做了一个梦。

暴雨之后的午后，天气依旧阴沉，云块将天空遮盖得没有多少光亮。阿姨歪在客厅的旧沙发里剥瓜子，母亲捏着一块抹布东抹西擦，她们有一搭没一搭地聊着舅舅的病情。

　　我有点恍惚。三十年前，也是这样的阴暗天气，阿姨坐在沙发里，向母亲哭诉舅舅对她家的欺压。他的心，有多少毒……他的心，有多少毒……她捂着红肿的眼，祥林嫂似的反复絮叨。那时，阿姨穿着白底蓝碎花的确良短袖，拖在肩头的两根大辫子往外翘，发梢都"开花"了。她头顶的墙壁上，贴着一张孟丽君和皇甫少华的海报，我用蜡笔把皇甫少华的嘴唇涂成了蓝色。童年的记忆就是这么清晰！

　　那时，舅舅在一个叫麻县的小城办酒厂。与他同去的还有他的两个儿子和我姨父。父亲本来也想跟去，纠结了好几天，还是放弃了。姨父笑谑父亲，三天看不到自家烟囱，就会抹眼泪。算了吧，挣钱各自有命，咱们不是办厂的料。母亲如此言道。母亲果然有远见。姨父跟舅舅去麻县，不到一年就满腹怨气。

　　那年年底，阿姨一家吃完年夜饭，聚在我家小客厅里。姨父埋头抽烟，阿姨在一旁絮叨姨父的憋屈。她说二太保（舅舅的小儿子）小小年纪，就把小姑娘骗到自己床上。姨父一早起来，脚伸到床下，老穿不进鞋子，揉揉眼睛仔细看，才发现是女孩子的运动鞋。姨父吓坏了，凑近对床的蚊帐，竟然发现二太保赤身裸体搂着一个小姑娘。姨父心怦怦跳，赶紧又翻身上床，佯装睡觉。不久，外屋传来舅舅的叫骂声，每一句都指向姨父，懒汉、懒汉……姨父硬忍着，等到二太保床上的小姑娘溜出去，他才起床。

　　他从来不管儿子在干什么，只盯着你姨父，把他当骡子使唤，恨不得一天转 25 小时。阿姨吸吸鼻子道。她粗壮的手指剥着炒豆。她剥出的豆肉，全到了我和表弟旭明嘴里。小客厅里弥漫着豆香和烟味。阿姨，一天只有 24 小时，我瞪大眼睛问。旭明斜了我一眼道，傻瓜，一天当然是 24 小时了，我妈是说舅舅像周扒皮。哦，我不懂装懂地点点头。有好几次，姨父还发现他们偷钱。偷钱？谁？两个浑小子都偷，大猢狲（舅舅的大儿子）和二太保。阿姨说了这些，把一颗颗雪白的炒豆肉推到我们面前。姨父忽地站起来，将烟蒂扔在地上。不要说了！他吼了一声。之前，我从没见过姨父发怒。他瞪大的眼睛里充满血丝，像一只狼。

这样的日子又撑了半年。第二年夏天，阿姨捂着红肿的眼，翻来覆去诉说舅舅的心有多少毒。那个午后，空气里弥散着发焦的怪味。昏黄的白炽灯光照着阿姨虚肿的脸，让人疑心那股焦味是她身上发出来的。母亲把我赶到卧房里午睡。我通过门缝，听到大人们对舅舅的声讨。阿姨像一只饿了三天三夜的鹅，从喉咙里发出痛苦的叫声。我从她断断续续的哭诉声中，得知姨父被舅舅打了一记耳光。因为少了一大笔钱，舅舅怀疑是姨父拿的，姨父气得抖出积压心底多日的旧账，两个表哥却反咬一口，舅舅盛怒之下暴打了姨父。

我早知道会有这一天的。母亲绞了条毛巾，递给阿姨又从厨房里切了几块西瓜。我从门缝里瞥见这一幕，奋不顾身地扑出去。我要吃西瓜。我爬上凳子，捧起一块西瓜，咬了一大口。阿姨盯着我手中的西瓜，用毛巾捂住鼻子，猛吸一口气。想在她碗里扒食吃，门都没有！

5

带母亲去森林公园，还是费了点劲。森林公园是我们小城的惠民工程，一个月前完工后，就人满为患了。每晚六点后，北门周边就没有位置可停车。西门口，因为造高架桥，水泥路被掘得到处是裸露的石块。我把车停在高架桥下，扶着母亲小心翼翼跨过石块路。

总算走过去了。母亲喘了一口气。她的右脚弯曲着，右手抚摸着右膝盖。有时候，我怀疑母亲的膝盖其实不像她想象得那么痛，只是一切成了习惯，就像她最近老做小时候的梦。一个年过六旬的老妇人，在梦里一次次回到童年，这预示着什么，我不得而知。

他踏碎我们的灯笼。糊灯笼的蛋白纸，我和你阿姨捡了一星期桃核才换来的，他看着不顺眼，一脚就踩烂了。母亲扶着我的手臂，走在银杏树下。初夏的空气里发酵着栀子花香。夜幕如宽大的胸襟，把滋生暗长的万物都包容进去。母亲一遍遍说着她的梦境。梦境的很多细节,犹如夏虫在路灯下飞来撞去。

那个午后,你舅外出去摘毛栗,撇下我和你阿姨等在家里。你外婆肺不好,咳个不停,还是硬撑着给人缝衣服。我一趟进一趟出地忙碌,洗衣,抱柴,担水。你阿姨也没闲着,我支派她去赶羊,喂鸡,拾蛋,她不情愿但没办法。羊和鸡都拎到集市上卖,蛋大多数被你舅吃掉。我忙完那些,又去厨房烧了一大锅菜粥。菜粥上面的架子上蒸了一大碗白米饭,还有精肉炖蛋和咸鱼鲞。这些也都是给你舅吃的……母亲童年的记忆像一部老电影,一开幕,画面就生动地凸显出来。

天像一块还没做成功的凉皮,显出难看的色泽。五十多年前的黄昏,天空是否也如此暗淡。可是母亲的描述却是那么色彩浓郁。泥地上的蚂蚁拖着一小块菜帮子,浩浩荡荡地跑向洞穴。壁上的青苔,浸在灶间流出的泔水中,摆动着它恶绿的须毛。阿姨拿着一块碎瓦在泥地上画格子。因为太用力,那些格子又被压上来的新叉叉抽成一条条鞭痕。

这时,舅舅回来了。他的新布鞋踏在水洼上,溅起一溜水花。哥,栗子,栗子!母亲和阿姨一起跑出来,她们暗红的脸上挂着的汗珠,亮得像刚长出来的葡萄。舅舅把背篓往泥地上一扔。哥,栗子呢?没有。他自顾自走向灶间。外婆放下针线,从橱柜里端出一碗汤团。阿姨的眼睛都发绿了。这点心是什么时候做的呀。外婆不睬阿姨,咳嗽着问,阿荣呀,你去了大半天,累坏了吧,带回来的栗子呢?大的吃了,小的扔了。舅舅像一头闷驴,咕噜咕噜叫道。扔哪里了?倒河里了!

那一刻,母亲听到阿姨尖利的哭声。阿姨用崩溃的手打翻了外婆手中的碗。我要吃栗子,我要吃栗子!阿姨顾不得外婆甩来的巴掌,抹着泪跑到天井里。天色已经暗蓝,空气里弥散着灶火的气味。那种不带油星子的菜粥,散发着烂番薯叶的气味。阿姨拍打着缸沿,嗷嗷哭着。她用那饥饿的声音,发泄着大半日的劳累和不平。凭什么我们喝粥你吃饭,凭什么你一回来就吃汤团……她用八岁女孩仅有的语言血泪控诉着。

可以想象,舅舅走了过来。以他十五岁已经发育得铁塔一样壮实的身体,走过来。他的手里拎着那只竹编背篓。背篓的后端,几根尖竹篾毫不掩饰地暴露着。母亲听到了他的脚步声,赶紧拉着阿姨跑进厨房。可是,已经来不及了。背篓砸了下来,尖硬的竹篾击打在阿姨的头顶上。背篓又一次提起,却砸在母亲的后脑勺……

这事跟您没关系呀。我扯断了路边的植物。那些叶片像多年前的往事纷纷坠落。母亲按压着后脑道,就在这里,你摸摸。我的手指穿过母亲盘起的发髻,一下子摸到那块隆起的疤痕。这么多年了,这个疤痕一直没褪,看来褪不了了。母亲叹了一声。我扶她到一块石凳上。石凳旁是一架摇晃的秋千。一个大男孩把两个小女孩抱上秋千,开始摇荡。女孩们牢牢捏着秋千绳,开心地尖叫着。她们的小花裙,在风中飞舞。

您那时有这么高吗?我指着那个十岁模样的女孩。小学毕业时,我十三岁,只有四十四斤重,那时我才十岁,你说个头有多大。您那么小,却一直记着这事! 我望着空中稀疏的星子感慨道。

6

你舅越来越不好了,阿姨说。以前吃下去不吐,现在吃什么吐什么……你们不用带吃的,多带点纸巾来。阿姨在电话里叮嘱着。

天已黄昏,我和母亲走进医院。母亲挎着印花帆布包走在前面,她的腿仍然一瘸一瘸的。阴冷昏暗的走廊里,她的背影显得越发瘦削。这几个月来,母亲虽不曾陪夜,却把看望舅舅当作正业。

病房里很安静。舅舅躺在床上,张着嘴喘气。我弄不清他醒着还是睡着了。身上的薄被子瘪瘪的,像覆盖在一堆枯柴上。舅妈不在。阿姨说舅妈回家去洗澡了。这么多天没回家,她身上都冒盐粒了。阿姨苦笑着。近十天来,阿姨几乎天天来陪夜,她虚胖的脸像注了水,越发肿胀了。稍坐一息,门口响起说话声,原来是大猢狲(哦,我应该叫他大表哥)。他握着手机不知从什么地方冒出来。舅舅生病后,我很少在病房里碰到他,但我知道舅舅治病的费用都是他负担的。

建东，今晚我来陪吧，让你小姑回家好好睡一觉。母亲对大表哥道。大表哥滑着手机屏幕说，没关系，您的腿不好，不方便，陪夜可是体力活，还是让小姑坚持一下吧。大表哥转身对阿姨说，刚才旭明打来电话，说那些鞋子，他可能卖不掉了。阿姨"啊"了一声，手里的抹布落在地上。您不用太着急，我尽量帮他安排。大表哥抽出一支烟，在几个手指间转了一圈，重新塞回去。他走到舅舅的床边，舅舅没有睁眼，鼻子里哼了几声。大表哥跟我们点点头，走出门。

你先歇一会儿。母亲拍拍阿姨的肩膀。阿姨喘了口气，找了一把椅子坐下。等我们整理好桌面回转身，她已靠着椅子背上闭了眼。

阿姨……母亲摆手阻止我叫唤，她指了指舅舅床边的一件厚外套，我拎来盖在阿姨身上。阿姨弓着背，花白的短发凌乱不堪。一只手掰着椅子背，大拇指头暴出花菜样的裂纹。另一只手揪住裤子，黑色雪纺长裤大腿部皱成一团。我的脑海里突然蹦出一个词——保姆！

此刻，舅舅也像睡着了，母亲茫然地望着窗外的墨色。她目光迷离，像处在梦中。只有阿姨的鼾声如同河底的暗流，时不时涌上来。我的心浸在虚空里，泛起一种说不出的伤感。

护士走进来，手里提着一瓶生理盐水，挂在床头的输液杆子上，又放了两颗黄色的药丸在床头柜上。她嘱咐我们等舅舅醒来后给他吃。

不久，舅舅醒来了，窟窿似的眼睛睁得很大。阿英呢？他打着嗝问道。阿英在打瞌睡。母亲扶住舅舅的头说。舅舅的脑袋很沉，我和母亲费了很大的劲才将厚枕头塞到他后背。母亲倒了温水给舅舅喂药。舅舅张开嘴，母亲拿调羹塞进去，水还是沿着嘴角漏出来。母亲用纸巾擦拭舅舅的嘴角。每个动作都那么小心，但我分明看到母亲的眼皮耷拉着。

咳咳……舅舅突然咳起来。没等我拿更多的纸巾，一大团黑乎乎的液体从舅舅的嘴角流出来。快快。母亲慌乱地从床边抓过一条毛巾托住舅舅的下巴。可是，膏剂状的液体源源不断地从舅舅嘴里喷出来，很快将母亲的手淹没。哎呀——哎呀——，母亲叫嚷着。舅舅的喉结急促地抖动着，他的眼睛突然只剩下眼白。

阿姨,我惊叫道,死命托住舅舅的脑袋,腾出一只手抓起一大团纸巾帮着抵住黑色"岩浆"。阿姨"哦"的一声,像一辆赛车冲过来,推开母亲,拎起纸篓抵住舅舅的下巴,用纸巾堵住那些"岩浆"的外围。她娴熟的动作如一个工人操纵机器。

母亲趔趄着拐进卫生间。我放开舅舅的脑袋,跟过去。母亲扳着门框,对着马桶干呕起来。没了。我递给母亲一团纸巾,替她擦着嘴角。她的脸红涨着,眼里全是泪水。我扶她走出卫生间。阿姨已经安顿好舅舅,正用一个垃圾袋装那些秽物。

谁也没有说话。空气里充塞着一股难以形容的酸臭味,犹如动物的洞穴。

7

回家后,母亲高烧了两天。初夏的空气里,弥漫着燥热的湿气。母亲卧房的不锈钢防盗窗沿冒出了青苔。那日,我从水果店买来泛红的杨梅给母亲换换口,她的烧才慢慢退下去。

精神略有好转,母亲就闲不住了,弓着身子翻旧房桌的抽屉。她终于翻出了外公的煤照。昨晚,我梦见你外公了。母亲说。病了几天,她的脸颊明显瘦削了,眼窝也深陷进去,眼里像汪着一摊水。你外公到大西北开荒,再也没回来。我点点头,这事我早听说过。她手指摩擦着煤照边已经褪色的字,说她想去问"肚里仙"。

我没有迟疑,吃了午饭就带母亲去邻镇找"肚里仙"。那位被尊为"黄家太太"的老女人,像个医术高明的专家,每天前来"门诊"的,踏断门槛。我们只好坐在屋檐下,等待她的"叫号"。

天空浮着阴云,周边的嘈杂声如夏日鸣蝉。母亲两颊红红的,像喝醉了酒似的,开始讲她最后一次见外公的事。我发现最近她迷上了倾诉。

母亲说,她最后一次见到外公,是七岁时的冬天。外婆带她转了多趟车,又沿着荒漠走了很长的路。天很冷,黄沙和雪粒混在一起,眼睛都睁不开。她们问了不少人，才找到外公的所在地。原来外公住在戈壁滩边的破泥房里，平时，他们忙着挖渠道。

我点点头。这事，我很小时就听她讲过，只是细节已经模糊了。我打开随身的保鲜袋，挑了两粒大的杨梅递给她，她没有接。她深陷的眼窝里像潜藏着暗流，在水草下汹涌。

当时你外公就躺在破房的泥墙边，已经奄奄一息了。你外婆把带来的炒米粉调成糊糊，送到你外公嘴里。你外公的嘴角根本承受不住，大多漏到被角上。

您不要说了。我的胃里似有东西涌上来。但母亲像得了夜游症，继续手舞足蹈地絮叨着她记忆深处的细节。

下一个！听见里面"黄家太太"叫唤，我赶忙拉着母亲进去。这间小客厅跟别人家没什么两样，只是墙壁上多了佛龛和神符。"黄家太太"长着一张极普通的胖脸，嘴唇下面有一颗黑痣。她眯缝着眼睛，像是在养精神，睁开眼打量我们时，确有一道神奇的光划过。

这个老女人例行公事般询问了外公的生辰和忌日，又问外公葬于何处。没等她问完，母亲已情不自己了。她捂着鼻子说，老头子是右派，葬在青海，饿死的……我拉了拉母亲的袖子，她才没暴露太多。

"黄家太太"没有再问下去，她在佛龛里上了一炷香，低下头闭了眼，嘴里念念有词。不到五分钟，她的肩膀一耸一耸，开始拖着长音打嗝。她的饱嗝声像一串鱼泡从喉咙底里泛上来。饱嗝声后，她睁开眼，我发现她的眼窝竟然神奇地凹陷进去。

阿囡，是你吗？"黄家太太"扑上来拉住母亲的手叫道。母亲点点头。我是爹爹呀。她浑浊的眼睛里涌出泪来。这么多年了，你们也不来看我。她的脑袋有节奏地往后仰（我记得舅舅也时常做这个动作）。我吓了一跳，偷偷缩到母亲身后。这是你女儿吧，也这么大了……母亲拼命点头。这时，围观的人群中，一个五十来岁的高个子女人挤到我身后。"黄家太太"推了推她的肩膀道，你不是我家的人，走得远一点。高个子女人尴尬地退了出去。你姐妹呢，你姐妹怎么没来。"黄家太太"站起来，扶着茶几向窗外张望。母亲已泣不成声，说阿英在医院里伺候哥哥。"黄家太太"站起来，拍着茶几叫道，哎呀，我的儿呀，生了那种病，不会好了，你们还不待他好一点……她像个老男人用粗厚的手掌抹着眼泪。母亲拉住"黄家太太"的袖子，低声哀求道，哥哥若是真不好了，让他快一点，少点痛苦，不要再拖下去了……爹爹！"黄家太太"瞪了母亲一眼，张张嘴，却没发出声音。她像一只死鸟忽地垂下头，母亲却紧攥她的手，重重地磕自己脑袋。终于，"黄家太太"睁开眼睛，恢复原来的神色道，好了，你们可以走了。

爹爹，爹爹……母亲失了魂似的叫嚷着。她像刚刚抽了血，走路有点飘。我拉着她从人缝中挤出来，把她塞进汽车后座。说真的，本来我不信那些神神道道的东西，可"黄家太太"彻底毁了我三观。外公死了那么多年，他的灵魂竟然还能召回？我真无话可说了。

我打开车载音响，收拾凌乱的思绪，又是"妹妹找哥泪花流"。我赶紧按了下一首。母亲在后座吸着鼻子，好久才说道，你外公到底只在乎你舅舅，当年他咽气前就只对我说了一句话。什么话？待你哥哥好一点，以后家里全靠他了。母亲平静地说着。她似乎已恢复过来，我却感觉脊背有点发凉。母亲说，她在青海见到外公最后一面。当天晚上，外公就死了。第二天一早，外面来了几个病恹恹的男人，用一块板抬着外公走向黄沙地……

妈，我回过头去。母亲陷在后座，脸色纸样白。车窗外一道银光闪过，照亮她凹陷的眼窝。她的眼睛酷似煤照中的外公。

8

正午的太阳照在窗玻璃上，让人睁不开眼。阴湿的雨天终于结束了。阿姨来电话说，这几天，舅舅的身体有点好转，昏迷的时间少，脑子常常很清醒。能吃点东西吗？母亲问。当然吃不了，现在每天两瓶点滴，肚子鼓鼓的，有时还要吐出一点东西来。阿姨不知在安慰母亲还是在自我安慰。她嘶哑的声音通过座机的免提，像从老式留声机里冒出来。不知怎的，阿姨的热情和率直一直是我喜欢的，可每每看到她发酵的脸，钱袋一样的肿眼泡，我就莫名的不舒服。她的眼睛跟舅舅、母亲的不一样，眼窝不是深陷的。

母亲说，她要去替换阿姨。我要去陪夜，她对我说，今天，我一定要去陪夜！她语气很坚定。她的头发梳得很干净，稀疏的长发都被她缠到后脑盘成了一个发髻。藏青色白圆点真丝短袖，衬得她的脸白皙了很多。母亲一打扮，还是蛮清雅的。

我驱车带她到中医院，天已暗蓝。舅妈去食堂打饭，阿姨在卫生间里收拾。你们总算来了。阿姨抬头道。他……时间不会长了，她压低声音，努努嘴。我吃了一惊，阿姨怎么说这样的话。

舅舅躺在床上睁着眼。我和母亲跟他打招呼，他眨了眨眼皮。哥，晚上我陪你，好不好？母亲凑近舅舅的耳朵说。舅舅闭上眼，喉咙里发出咕噜咕噜的声音。我没有靠近。他身上那股难闻的气味，我实在受不了。

阿英，舅舅叫道，声如细丝。阿姨湿漉漉的手在裤子上擦了擦，走过去。你……回去吧。他晃晃脑袋。阿姨看了舅舅一眼，没有拒绝。她的脸像一团灰云，混杂着疲惫和烦躁。

这时，舅妈拎着饭盒回来了，问我们吃不吃。我们说已经吃过了，她就把筷子递给了阿姨。阿姨毫不客气，大嚼起来。吃了盒饭，阿姨抹抹嘴，打开衣柜，从里面拉出一件件衣物塞在一个行李袋里。那个行李袋我妈也有一个，是几年前大表哥送的，好像是上海世博会的纪念品。你带这么多衣服回去干什么，反正马上回来的。舅妈摸着胸前的翡翠吊坠问。阿姨不作声。她关上衣柜门，莫名其妙地哼了一声，我家旭明回来了，没人帮他，这几天，我得回去帮他烧饭。舅妈看了我们一眼，轻轻地"噢"了一声。

阿姨拖着行李走出门。舅舅喊了一声，阿英。他微弱的声音像是拼着最后一点力气，从堵住的喉咙里挤出来的。阿姨停住脚，手扶住门框。她的脸惨白得像遭受了重击。她吞咽着口水，动了动嘴唇，嗫嚅着，哥……但终于没有回转身来。她弯下腰拎起行李袋，匆匆跨出门。走廊里，响起她逃离似的脚步声。

我和母亲面面相觑。母亲回过神来，让舅妈收拾好早点睡。她说前半夜她一个人能对付，后半夜估计要两个人一起帮忙。舅妈像得了赦令，赶紧收拾桌上的饭盒子。

　　这个病房里有三张床，现在只住舅舅一个病人。舅妈没有睡靠近舅舅的那张床，这张床的老头前一阵子刚去世。母亲却不忌讳这些，坐在那张床上呆望着舅舅。我站在母亲身边，发现舅舅的脸色越发黑了，鼻子有点歪，鼻孔微微朝上。他睁着眼睛，浑浊的眼睛里没光，内眼角里像含着两滴米浆似的液体。我无法判断这是不是眼泪。

　　你先回去吧。母亲对我说道。她今天有点反常，神情很镇定，脸上甚至带着一种无畏。我盯着舅舅床头的水果篮，精神恍惚，仿佛这一切早已在多年前注定了。我突然忆起儿时的某个夜晚，舅舅胆囊炎发作，住进县人民医院里。母亲带我去看他。我们喊他，他别过脸，好像不屑于我们的到来。倒是舅妈进进出出给我们买点心削水果。舅妈头上抹着生发油，香得让人发晕。

　　我找了把椅子坐下来玩手机。身后，舅妈的鼾声如多年前的生发油味不可抑制地渗出来。混杂在其中的是母亲的说话声，很轻很轻。乍一听，像是念佛，仔细听，好像在跟舅舅说话。可母亲的话像巫语，我听不清她在讲什么。我很想走过去，又觉得这样不妥。

　　日光灯黑了一下，又咣咣跳起来。透过窗玻璃，我依稀看见阳台上，几件衣服在夜风里打旋。我似乎听到时光在不可挽救地流逝。是的，一切不可追！我的心像被什么东西堵住了，很闷很难受。我快速滑了几下手机屏幕，站起身说，妈，我先走了。

　　母亲吃了一惊，有那么一瞬间，我怀疑她忘记了我的存在，只是下意识地点点头。舅舅，我走过去，鼻子没来由地发酸，嗓子也哽了一下。我先走了，我说道。舅舅闭着的眼睛睁开来，动了动嘴唇，却没说一个字。

　　我背上坤包，轻轻带上门。幽深的走廊里，一个护士慢悠悠地走过来，她的白衣像一缕烟。

9

回家后,我翻腾了很久才入睡。混沌中,做了一个奇怪的梦,母亲竟然变成了一个梳着羊角辫的小女孩。年轻的舅舅在前面急急走,母亲跳着脚跟在后面。不许跟着我,快回去。舅舅回过头来训斥着。阿姨也跟上来了,阿姨就是现在半老太婆的模样,她拉扯着母亲道,你还追他干什么,你又不是不知道他的心,你忘了他当初怎么待我们的……母亲哭着跑起来,她的羊角辫固执地在风中摇摆。舅舅像个武林高手,脚下生风,一眨眼就与母亲拉开了距离。不久,他们面前生出一条大河,舅舅脚一蹬,飞过去了。母亲跺着脚干着急。妈,您不要过去! 我大声喊道。

床头边有东西在震动。我摸到了手机。母亲的声音像隔着双重玻璃传过来:你舅舅走了。我的脑子嗡了一声,彻底惊醒了。我哆嗦着,不知说什么好。母亲说,凌晨四五点,医生说快不行了,若想回家赶紧回去,车子刚到家,舅舅就过了。四五点钟? 我眯着眼看了一下窗帘,亮光早已漏进来了。是大表哥过来接舅舅的吗? 我问道。来不及了,我在医院里叫了一辆救护车。母亲的声音渐渐响起来,我怀疑她的语气里没有悲伤反而有一丝隐隐的兴奋。搁下电话,我又闭上眼,想象瘸腿的母亲怎样把奄奄一息的舅舅弄回家的。当然,舅妈也在。但她的作用估计只是捏着鼻子哭泣。

我简单收拾了一下,驾车直奔舅舅家。舅舅家在城郊。房子是他们自己造的。当年姨父赌气回来,造了三间二楼。第二年,舅舅也回乡造了大房子,三间三楼——当然不能被姨父比下去的。三间三楼,一度成为大表哥的婚房。但大表哥做生意发达后,就搬了出去。现在还有不成器的二表哥住着,隔三岔五地带一个酒吧女回来,把家里搞得乌烟瘴气。

没到舅舅家,老远就听到哀乐声,那是录音机里传出来的哭丧声。我停了车。舅舅家门口几个人走动着,多半是来帮忙的邻居,老李伯伯眼泡红肿,指挥着他们。舅舅躺在客厅中间的门板上,舅妈拍着板沿低嚎,她哭丧的样子像唱戏。母亲低头搓麻绳,看见我小声埋怨道,你阿姨到这个时候还没来。

大表哥走过来了。母亲叫住他道，要不，再给你小姑姑打个电话。大表哥烦躁地挥手道，随她去，想来，总会来的。母亲吓了一跳，喀喏着，旭明不是回来了吗。大表哥不屑地努了努嘴，自顾忙去了。他摇晃的背影酷似舅舅。

母亲开始不安起来。她手中的麻绳越搓越长，也不知道用牙齿咬断（乡间的旧俗是，戴孝用的麻绳不能用剪子铰）。这样太没道理了，伺候了他两个月……母亲喃喃自语着。不久，舅妈跟着大表哥出去。没几分钟，她捂着脸奔过来。真没想到，真没想到呀，她抹着泪道，这几年，我们建东已经借给他们三十多万了，现在旭明又要贷款，建东不想做担保人，他们就这样子，太过分了，太过分了……母亲拉住舅妈，舅妈却彻底哭开了。你以为她真的这么好心呀，天天来陪夜，来伺候老头子，建东一直不让我说那些事，怕老头子受刺激，现在老头子刚躺下，她就不来了……

我终于听明白了。母亲像遭了雷击，瘫倒在舅舅身边的椅子上，抽搐起来。她泪流满面，声音却在喉咙口哽住了。哥呀，哥呀……她终于发出了悲怆的叫声。哥呀，哥呀……她哭号着，像是一个人憋了很长的气，终于无比痛苦又无比畅快地释放出来。我一下子被她的声腔感染了，泪水也淌过脸颊。我想起昨夜的梦境，扎着羊角辫的母亲跑着追舅舅一直到大河边。

扩音器里的哀乐此刻听来特别凄楚，哭丧的声音唱着人生的悲情和无奈。门外，高台搭起来了。垂下的黄色绸缎条幅，绣满阴阳灵符。太阳隐去后，吹来的风也带着阴气。

啪！挂在墙壁上的衣服落在地上，是母亲的外套。我抹着眼泪，跑过去捡。外套的口袋里滚出一个小瓶子。瓶子的标签上写着"地西泮片"。地西泮——不是安定片吗？我挂好衣服，轻摇着小瓶子询问母亲。母亲慢慢地抬起头来。她抹着泪，似乎看清了什么，眼睛里露出从未有过的恐惧。"这个，我没有给他吃……我下不了决心，他也吃不了……"她语无伦次地叫嚷着，我赶紧抱住她的肩头。她在我怀里像个受伤的孩子。

可是，没有人关注我们。门外，又一阵哭声响起。透过泪眼，我看见一张虚胖的脸跌跌撞撞地奔扑过来……

蜗　牛

1

　　收到美琪的短信已是半月前的事了。树青一直犹豫着要不要参加她的生日派对。秋日的暖风,挥洒着桂花香。吸吸鼻子,人便有了困意。树青走到秋千架下,搁上半个屁股晃荡起来。对面的音像店里传来笛声,清亮悠扬,只听一句就知道是陆春龄的《欢乐歌》。乐音一段段飘出来,洒水车般浇洗着街面。车流似乎也慢了下来。

　　出了公园,树青绷着腿跨过护栏,路两边的车一辆挨着一辆。黑色马自达开过后,街面出现了空隙,对面两个栗色头发的男子径直奔来。树青刚迈开步子,远处出现一辆白色奥迪,他迟疑了一下,左脚踩住了右脚后跟。白色奥迪过后,一辆绿色出租车和一辆银灰色POLO前后呼啸而过。他只好伫立在路边,耐心等待。

　　就这样磨蹭了两三分钟,树青才走进音像店。一个陌生女孩正忙碌着。树青想起自己已大半年没来了。店里面的货架多了两排,最醒目处摆了《中国好声音》的新CD,领头那张的封面上,印着一位穿白衬衣戴眼镜的男孩的照片,背景碎光片片,男孩的眼睛看上去特别沉静。

　　"大哥,您喜欢哪位歌手?"

　　陌生女孩走过来。她长得不好看,眼睛偏小,颧骨微微隆起。但声音带着一点点磁性,听着还算舒服。

"随便看看……"

树青扫视着台架,随手拿下了《流浪者之歌》——唐俊乔的独奏集。美琪最迷这个吹笛女子了:穿花肚兜,双肩裸露,斜捏着一根笛子,任长发在风中飞舞。其实,这女子长得不精致,个头大,眼泡肿胀。美琪喜欢的应该是她舒展的笛声。《卧虎藏龙》上映时,美琪盯着大银幕尖叫:"唐俊乔,唐俊乔的笛声……"影院里的人纷纷侧目,害得树青赶紧捂住她的嘴巴。

"能包装一下吗?"

树青又挑了一张唐俊乔的《深秋叙》。女孩乜斜着小眼睛,从他手中接过两张CD,找了一张青花瓷图案的油光纸,动手包装起来。树青立在旁边看着,女孩的长发垂下来,滑到他手上,痒酥酥的。他恍惚了一下,捏住了几根发丝。她抬头,他才放手。

"你喜欢听笛子曲吗?"跨出门时,树青突然回头问。

女孩吃了一惊,摇摇头。

"爱听笛子曲的人,脸上很沉静,内心很狂野……"

树青举起右手,大拇指跟食指捏成一个圈。女孩抿着嘴笑了。

2

散步回来,树青刚出电梯就听到一阵笑声。走到办公室门口,他发现同室的小陆正和一位穿套裙的女人说笑。

"我叫小米,今天刚来,以后多关照哟。"女人朝他欠欠身,树青点了点头。

一周前开职工会议时,小陆提过自己要调到别的部门的事,没想到竟然这么快。

"兄弟抛下我,不够义气哟。"树青拍拍小陆的肩。

"哪里呀,今后有了小米姐,男女搭配,干活不累!"小陆戏谑着笑道。

小米像没听见,拿起电水壶去灌水。树青还没反应过来,小陆已夺过电水壶。"办公室在同幢楼里,中午还是可以过来玩嘛。"

水很快开了。小米手脚麻利地抢着将开水灌入暖水瓶。小陆用小推车拉了几箱文件走出门。树青在后面帮着推到电梯口。

"回去吧,午睡时间到了。"

小陆摆摆手,电梯的门关上了。树青站在门口,有点回不过神来。

3

午睡时光是一天中最美好的。那时小陆坐在对面,手机闹铃一响,两个男人就摊开躺椅开始午休。他们的办公室很窄,躺椅紧靠过道才能勉强摊开。为了方便起身,两把躺椅摆成直角,头跟头靠着,刚好与办公桌平行。有一日,隔壁办公室的一个女孩冒冒失失地撞门进来,看到他们睡觉的架势,连声惊叫:"两个大男人这样睡着,人家还以为是'同志'呢……"树青坐起身,小陆却依然躺着,对着女孩举起右手摆了个 V 形。女孩走后,树青赶紧锁上门,顺便拉下窗帘。此后,每次摊开躺椅前,小陆就指着窗帘嚷道:"树哥,先降'国旗'……"

哈欠一次次袭来。每一次张嘴,树青都下意识地用手托住下巴。因为之前有过掉下巴的经历,美琪多次告诫他打哈欠要托住下巴。

"您还不休息吗?"小米笑盈盈地说。

她的办公桌已变得十分光洁,几乎跟她的牙齿一样白。

"我不太困。"

"您不是有躺椅嘛。"

小米指了指他背后的墙,那把藏青色的躺椅默然斜靠着。

"今天来得急,明天我也带躺椅来。中午不休息怎么成呀!"

树青翻着手机里的短信,不时也斜几眼对面的女人。她的脸正对着电脑,握鼠标的右手温润如玉,手指修长如葱。套用美琪的话,那是一双摆弄乐器的好手。

"我买了唐俊乔的 CD。"

他写了一条短信，手指按了按脑门，还是没揿发送键。哈欠又袭来了，他赶紧托着下巴，死死托住。

"您不睡呀，那我可要借您的躺椅啰。"

树青抬起头，耳边像飘过来一阵笛声。小米拖着他的躺椅，摊开来，躺椅的头就靠在他的桌角上。

"你休息，我出去一会儿。"

"我以后天天要在躺椅上休息，您要天天出去咯……"

女人抿着嘴笑，她一咧嘴，两颗瓷白的虎牙爬了出来。

4

"树哥，先降'国旗'……"

小米嘴里吐出的一粒小东西，滴溜溜地在地上打转。一缕清香从树青鼻尖滑过。自从与小米成为同事后，树青的鼻子成了身上最敏感的器官，就像美琪在身边时，他的耳朵老会过敏。

两把躺椅还是像原来的样子摆成直角，不同的是，他和她的头各靠一边，他们的脚紧挨在一起。

"真可怜，以前我在老单位，也是这样将就着午休的。那会儿办公室里有四个人，每人一把躺椅。午饭后，大家一起躺下，办公室就成了男女混合寝室。"

小米咯咯笑着，从抽屉里拿出一包杏仁递给树青。

"嚼一颗，这东西能催眠呢。"

树青没有接，身子倒在躺椅上，缩着脚，感觉自己像一段快枯萎的树枝。窗帘拉得很严密，光还是从缝隙里溜进来，在他右臂上印下一道亮痕。他试图侧过身来，那一道金线却紧跟着不走。

口袋一阵震动，他拿出手机翻看。

"是嫂子来的短信？"

小米的脸上已经盖上一张餐巾纸，这是她睡觉的习惯。

"嘿，垃圾信息。"

树青干脆关掉手机。再次躺下时，隐隐期待的笛声没有在耳际出现。他敛着胸，像只猫蜷成一团。

"你喜欢听什么？"树青问。

没有应声。女人脸上的餐巾纸有节奏地抖动着，她隆起的胸脯也合着拍子起伏。他的眼睛渐渐模糊了，瞌睡虫来的时候，谁也顾不了那么多了。

5

树青继续保持着午饭后散步的好习惯。出公司大门，往西走半里，拐南走一里，便到了西街公园。

未到公园，已闻到桂花的香气，对面的音像店里传来《花好月圆》的笛声。树青禁不住迈步进去了。

"大哥，今天看中哪张碟片呢？"长发女孩正在空架子上安放新到的CD。

"你最喜欢听的那张。"

"我嘛，最喜欢朴树。"女孩轻哼了一声，嘴角鼓起一个小肉窝。

"要是他喜欢你，你会跟他走吗？"

"那当然了……"

女孩笑起来，她摆弄着影碟机，换了一张CD。一段空旷的旋律从音响里流出来，紧接着，一个忧郁的男中音飘了起来。

手机响了。树青以为是美琪打来的。翻开来一看，是一个陌生的号码。

"方便的话，折一枝桂花来哟。"

很娇媚的声音，他愣住了，"唔唔"应着。直到对方搁下电话，他才听出是小米。这女人，在电话里像换了一个人。

刚才搭讪的长发女孩，当他不存在似的自顾自地摆弄碟片。他在众多的歌星中找到了朴树的碟片，上面那个男子长着一张犹如韩国明星的脸，眼神忧郁得让人疼惜。

"生如夏花。"他默念着，跨出店门。

6

桂花就插在小米桌上的矿泉水瓶里。拉下窗帘,办公室里像是到了夜晚,幽香凝成烟雾。

"我快要气死了……"

躺下后,安静了五六分钟,小米絮叨起来。

"我家那位都快成太老爷了。今儿早上,我烧了蛋炒饭,让他泡一碗紫菜汤,他都不干。我忙着给儿子煎牛排,一边又泡紫菜汤,油爆到手臂上……"

小米坐起来,卷起袖子。树青也坐起身,慌乱中他的脚踩在她的脚背上。

"你看,全是油泡,他也不理……"

女人突然哽咽了。树青侧过身,伸直手在办公桌上扯了几张餐巾纸递给她。

"其实,每家都一样。我家的那位很辛苦,我也很少帮她。"

"别安慰我了,你多勤快呀……"女人擦了擦眼睛,咧咧嘴。

"不骗你。我不是爱吃河鲫鱼吗?有一回,我老婆买来一条很大的河鲫鱼,忙活了半天才弄干净。她想烧得好吃些,放了点辣酱。我一看那红糊糊的东西,就没了胃口,一筷子都没碰,气得她直掉眼泪,骂我没良心……"

树青缩了缩脚,看见矿泉水瓶上几粒桂花落下来。他暗笑自己说谎不打草稿。河鲫鱼是自己烧给美琪吃的,因为放了辣酱,美琪一筷子也不碰,还骂他浪费了这么好的鱼,她要吃的必须是鲜红的辣椒。那是三年前的一个冬夜,屋子里冷得像冰窖,音响里正播放琵琶曲《十面埋伏》。他气得受不住,摔门出去。等半夜回来,屋子里已不见美琪了。

"过日子其实挺琐碎的。"

"嗯。"

女人红着眼圈点点头,两人相视一笑。

"睡吧。"

他慢慢躺下，女人又将餐巾纸盖在脸上。不到五分钟，他竟然听到她的微鼾声。

7

周六的无聊，这两年似乎也习惯了。上午睡懒觉，下午和小区里的几个待业青年打两场篮球，跟公园里的老头下几局棋，一天就过去了。这个周末，树青七点不到就醒了，躺在床上无法再入睡。

一下子空出那么多时间，心慌兮兮的。一家专门放老电影的小影院就在附近。树青吸食着方便面，决定去那里消磨半天。

影院里只有二十来个人，黑漆漆的，看不清五官。树青记不得有多少日子没来这地方了。第一次来的时候，美琪穿着裙装，酷似穿校服的日本女学生。她的眼睛特别亮，像戴了美瞳。走台阶的时候，树青踩空了一脚，美琪赶紧挽住他的手臂。"小老头。"美琪戏谑道。那是他们第一次见面，在这里看了电影《阿甘正传》。散场出来的时候，美琪眼圈微红，哭过似的。

这天放的是《半生缘》，银幕上打出"张爱玲"三个字时，他才明白这部电影是根据小说《十八春》改编的。

电影中，沈世钧和顾曼桢在黑乎乎的小胡同里穿梭，他们互相试探，怄气，决然分离。多年以后，曼桢说："世钧，我们回不去了。"曼桢说："世钧，我要你知道，这世界上有一个人是永远等着你的，不管是什么时候，不管在什么地方，反正你知道，总有这么个人。"他们相拥而泣……

树青的右手使劲揪着自己的牛仔裤，连同大腿都掐痛了。

电影结束时，他有些恍惚。走到门口，眼睛像被金针扎了一下，闭了好一会儿，才适应过来。

一个熟悉的身影从旁边闪过。

"嗨！"

原来是小米，挽着一个高个子男人。

"这么巧呀。"

小米转过身,很吃惊的样子。

"你们也来看电影……"

他瞥了高个子男人一眼,那人长了一张酷似影视明星黄海冰的脸,俊朗得有点妩媚。

"对了,我正想跟你打电话呢,明天家里有点事,你能替我值班吗?"

小米的眼睛微肿,却努力眯成一条线。

"当然可以了……"

树青爽快得连自己都怀疑。等小米和那男子走远后,他迟疑着给美琪发了一条短信:"真不好意思呀,明天又要加班了。反正你离开了'中山装',又自由了,我随时可以过来。"

8

像是去赶赴一场约会,第二天,树青八点钟就到了单位。打开办公室的门,他吓了一跳,小米竟在里面,正对着电脑忙碌。

"嘿,我还是自己来值班了。本来想给你打电话,手机忘在家里了,号码都存在手机里,不好意思哟……"

"没关系呀,我反正也闲着。"

树青有些高兴。他望了望灰蒙蒙的天,心想这样的天气,美琪大概也蜗居在单身公寓里吧。

"害你白跑了一趟。"

"哪里呀,我正好也有活儿要干。"

树青说着,自己先憋笑起来。小米望了他一眼,意味深长的样子。

两人开始干活,各自对着电脑。有那么一瞬间,四下寂静,只听见敲击键盘的声音。平时,办公室里也只有两个人,但因为外面有声音,屋子里的空气似乎流动得很通畅。此时,树青却有点喘不过气来。好几次,他站起身想弄出点声音来,却做贼般心虚,开水都差点倒在手上。小米也不说话,自顾自埋头干活。两个人从来没有这样沉默过。

好不容易熬到中午,走出办公室,树青松了一口气。他们一起到附近的一家小排档里吃羊肉火锅。树青第一次发现小米是个吃辣子的高手。

"你老公挺帅的。"树青终于说出这句话。

"你怎么知道呀?"

"昨天不是在电影院门口碰到了吗?"

"他不是我老公。"

她低着头又在自己的碟子里加了一点辣酱。

"中学同学,刚离婚,我陪陪他。"

"……"

树青动了动嘴唇,不再作声。

"下午,能再陪我一会儿吗?我还有一些活儿没干完。"

"当然了……"

树青呵着嘴里的辣气,眯着眼看看天。外面,太阳已经出来了。

9

外面没人,他们也拉下窗帘。这似乎已成了习惯。

"每天能睡午觉,真是一种享受。"

小米吹着脸上的餐巾纸,看过去像一片落叶漂浮在水上。美琪睡觉的时候,喜欢用整条被子把自己紧紧裹住,树青戏谑她像蚕宝宝。

第一次跟美琪同室睡觉,大概是六年前的冬天。那一回,他们去永城看蒋国基的笛子演出,当时同去的还有他的表妹希希——美琪的同学。看完演出吃好夜宵,已是深夜十一点钟了,附近的几家旅馆都住满了人,好不容易找了一家便宜的,也只剩下一个房间。在寒风中奔走多时,他们早冻坏了,于是将就着住进去。希希和美琪一张床,树青睡在另一张床上。

"男女共室,谁也不许说出去哟。"希希说。

"他是你表哥,谁怕谁呀。"美琪撇撇嘴,无所谓的样子。

他们三人刚躺下(树青记得自己连棉毛裤都不敢脱),希希的男朋友不远百里打的赶了过来。希希就跟着男朋友去通宵 K 歌了,留下树青和美琪孤男寡女。

那一夜,是树青有生以来最难熬的一夜。旅馆外面,寒风肃杀,大雪狂舞,他只能在走廊上来回徘徊。后半夜两点钟,他冻得实在受不了,才蹑手蹑脚钻进被窝里躺了一会儿。黑暗中,听美琪叽里咕噜说梦话,他逼迫着自己不要沉沉睡去。

第二天早上,美琪睁开眼,顶着乱蓬蓬的头发问:"喂,昨夜你有没有睡好呀?"唉,这个没良心的丫头!

小米的微鼾又开始了。树青疑心她的鼾声是兑了水的白酒,但她的胸脯分明有节奏地在起伏着。一辈子能在这样的鼾声中入睡,倒也是件美事。他瞥了一眼轻轻拂动的窗帘。那里,一道银光绵延进来,贴着墙壁上下抖动。渐渐地,他的视线也模糊了,终于混沌过去。

不知什么时候,耳际痒酥酥的。闭着眼,双手下意识地摸过去,碰到了一只温热的手。树青睁开眼,见小米正捏着一张餐巾纸在他脸上挥舞。

"你终于醒了……"

小米笑嘻嘻地说,从她嘴里呵出来的一股话梅味正对着他的鼻尖。

"我刚才干什么了?"他的脸一下子红起来,赶紧松开她的手。

"没什么呀,你睡着了,睡了好长时间哟。"

光线黯淡的办公室里,小米的眼睛好似两枚弯月。那只温润修长的手,握了握拳头,又过来寻找他的手。

"……"

他轻声嗫嚅着,手不知往哪里躲。

10

好久没来的小陆,不知怎的,说来就来了。

有一日,树青捏着一枝新掐的桂花散步回来,见小陆跟小米谈得很起劲儿。

"兄弟,好久没来了。"

树青娴熟地将桂花插在矿泉水瓶里。矿泉水瓶是小米新换的,这次用的是"康师傅"的蓝瓶子,插上桂花让人想到一帘幽梦。小米就喜欢每天翻新,制造所谓的浪漫气氛。

"树哥怎么也不来看我呢?每天对着小米姐,重色轻友呀。"

小陆笑着,抓起小米桌上的葵花子,半个屁股斜搁在树青的办公桌上。

"你说什么呢?"

小米拍了一下小陆的手,小陆手里的葵花子撒落下来,香味压过了桂花。

"那就这样说定了,到时候给我打个电话。"

小陆拂掉手中的碎屑,吹了声口哨立起身子,他几乎是单脚跳出门外的。树青发现小陆高升以后反而变得不稳重了,他以前没有这么油滑。

哈欠来袭。树青摊开了躺椅,小米仍对着电脑。

"你还不休息吗?"

"你先睡吧,我不困。"小米没抬头。

"你带小陆去哪里呀?"

"也不去什么地方,这几天城南的剧院有维也纳乐团来演出。手上刚好有两张票,小陆缠着我带他去。"

"哦。"

脚尖踩在瓜子壳上嚓嚓作响,树青睁开了眼睛,他奇怪自己的困意在渐渐消失。小米敲击键盘的声音像光波,一道道连续闪入他的耳朵。他摸出手机瞅了一眼,一条信息都没有。

"这个周末你有空吗?"他问。

"周六吗?不行呀,刚好去听音乐会,对不起哟……"

小米从电脑后伸过头来笑笑,相处一个多月了,她第一次对他说对不起,听起来还真别扭。

"你有事吗?"

"也没什么事,我想去看望一个朋友。"树青说,"她是个笛子迷。"

"噢,我们听的可是西洋乐哟……"

树青侧着身子,打了个喷嚏。心情不好的时候,他的鼻子里总有一股类似海鲜的腥味。

11

"好久不见您来了,最近听什么呢?"

音像店里的长发姑娘,幽灵般飘到身后,树青吃了一惊。

"你们有维也纳交响乐团演奏的CD吗?"

"我们只有维也纳管弦乐团的名曲。"

小姑娘的眼睛什么时候变成浅褐色了,眼泡也有点肿。

"里面有什么曲子呢?"

"我也不熟悉,您可以先试听一下……"

树青拿起一张CD,来到试听区。他戴上耳麦,摁下按键。音乐流水般涌过来,第一首曲子是耳熟能详的《蓝色多瑙河》。他闭上眼,摇头晃脑打着拍子。这副样子是跟美琪学的。他们结婚后,但凡节假日,美琪都会拉着他去市区的新华书店音像部。那里有上好的试听区,很多发烧友靠着墙,半闭着眼,沉浸在乐曲中。美琪专听民乐,南北笛子名家的CD,她都了如指掌。同一首曲子,她竟能分辨出细节上极微小的差异。那时在试听区,常常遇到一位穿中山装剃小分头的高鼻梁男子。那小子听音乐时,喜欢盯着美琪的背影,却很少跟美琪搭讪,倒是树青跟他打过几次招呼。几年后,美琪还是跟着他志同道合去了,留下树青对着家里空荡荡的音响翻白眼。

"您喜欢这张吗?"

小姑娘的秀发又拂过来了,树青夸张地舞着双手道:"啊,太动听了,比一些民乐高雅多少倍呀。"

"原来您是个假洋鬼子……"小姑娘扫着条形码说。

12

那天树青散步回来得有点早。一推门进去,见小米和小陆面对着电脑,不知他们在做什么。自从跟小米欣赏西洋乐回来,小陆几乎天天往他们这里跑。

"娘家多好呀,不要说小媳妇,大男人也三天两头地跑回来。"树青笑着拉开自己的座椅。

小米抬起头深深地望了他一眼。但树青顾不了那么多。小陆跟他在一起的那几年,何曾如此兴奋过。两个男人每天沉默地头靠头午睡,不到五分钟,就彼此在蒙眬中听到对方的鼾声了。

"我还是喜欢'忧郁王子'王杰,那首《安妮》多伤感呀⋯⋯"

"林志颖的《野菊花》才有味呢。野菊花呀野菊花,那儿才是你的家,随波逐流轻摇曳,我的家在天之涯⋯⋯"

小陆坐在树青的办公桌上晃着左脚,淡蓝色牛仔裤绷得紧紧的,像一颗快要爆裂的巨型豆荚。小陆的形体好,但以前从来不穿紧身牛仔裤。

"树哥年轻时,喜欢哪个流行歌手呢?"小陆问。

"我还真说不上来。我们共室这几年,好像从来没谈过这个话题。"树青关了电脑,盯着布满灰尘的窗帘说,"你们慢慢聊,我出去办点事。"

"你不是刚出去过吗?"小米睁大眼睛吐掉瓜子壳。

"呵,刚刚接了个电话,有人急着找我。"

树青顺手从椅子背上拎起外套走出门,后面传来小米的声音:"你今天不睡午觉了?"

他没应声,径直走向电梯口。电梯门开了,迎面走来一个戴帽子的同事,跟他打招呼。名字就在嘴边,他却一时叫不出来。

出了一楼大厅,树青觉得自己无处可去。哈欠习惯性地上来了,他决定到汽车里去休息一会儿。他们的汽车都停在地下车库,他只得再坐电梯下去。

打开车门躺下来,树青才发现车里真不是午睡之地。地下车库特有的气味一点点侵蚀着他的身体。他像一棵植物在不断地呼出氧气、吸入二氧化碳。

坚持一会儿吧,树青对自己说。打开音响,放入一张《蓝色多瑙河》,没听完一曲,又换成了蒋国基的笛子曲《水乡船歌》。音乐在小小的空间里流动,他努力进入乐曲,想象自己乘着小船在宽阔的河面上随波漂流……

正要睡着,却被一声汽车喇叭声惊醒,树青呼出一口浊气,起身回去。人有点昏昏沉沉,走了一截路,发现自己走错了方向。

他琢磨着用什么方式弥补刚才对小米的无礼。来到四楼,发现办公室的窗帘已经拉下。他深深地松了一口气。

"对,这里,你帮我弄一下好吗?"

里面似乎有声音。透过窗帘的缝隙,树青望见小米歪在躺椅上,小陆斜靠着椅子,手里捏一把小剪刀在她脖颈间捣鼓着。

"就这边,直接将领子上的商标剪下来。"

他看见小陆的手贴着她的脖颈慢慢爬行……

13

天气说冷就冷。雪子飞扬的时候,日子像过了整整一个世纪。下午的上班时间提早了半小时,午睡也就取消了。午饭后的散步,树青仍一如既往地进行着。

"大哥,好久没见您来了。"

那一日,树青走进音像店,长发女孩就迎了上来。

"最近在听什么? 什么都没听? 不会吧,您可是发烧友呀……"

女孩叫嚷着,已绕过货架,跳到身后。树青感觉女孩呼出的热气弥漫过自己耳际,一股辨不出味的馨香也飘过来。

"您上次要的《梅花三弄》已经到了,俞逊发大师,1988年原声版的,音质好得没话说。"

沿着她手指的方向,树青果然看到了俞老的《梅花三弄》,连封面的照片也跟原来磁带上的一样。

"谢谢,我现在已经不需要了。"

"太迟了吗? 我记得您上回说要送给一位笛子发烧友的。"

"恐怕早有人给她买了……"

树青对着封面上年轻的俞逊发点点头,好像画中人会回应似的。

"哦,那您看看别的吧……我给您倒一杯茶,外面怪冷的。"

女孩说着,风一般跑向收银台。她的皮裙下穿着丝袜的大腿摆动着,背影婀娜极了。树青找了个座位坐下,下意识地摸摸口袋。那里受了感应似的,微微震动了一下——手机有信息了。

"树,好久不见了。我怀孕了,你还没见过我宝宝的爸爸吧,他是个调音师……"

下面还有一张照片,是美琪和一个高个子、窄脸庞男人的合影。他们肩并肩,一脸的灿烂,她的羽绒服下摆内鼓鼓的,腹部似乎真的隆起来了。

树青打了个寒战。长发女孩端着一杯绿茶走来,茶水的雾气氤氲着,女孩看起来像个仙女。

突然,音响里放起了儿歌:"阿门阿前一棵葡萄树,阿嫩阿绿地刚发芽,蜗牛背着重重的壳呀,一步一步地往上爬……"

"大哥,网上说听儿童歌曲,最能释放压力了,您喜欢吗?"

树青接过茶杯,跺跺冻僵的脚说:"被你猜对了,我最喜欢听儿歌了。"他在轻快的儿歌声中,寻找着合适的词语,给美琪发去一条祝福。

青　烟

1

　　几年后,郑心刚蓄起了三八须,戴上一副黑框眼镜,脱胎换骨,像变成了另一个人。他和妻子香梅在南县租了一个店面,开起小小的服装店。南县是旅游古镇,河道多,巷子小,来来往往的游客,踩着青石板,来这儿寻梦。宁静的小镇在喧嚷声中睁着它朦胧暧昧的眼,似是而非地望着游客。时而,弓弦一颤,一段剡曲从二胡中悠悠飘来,几个清丽的女孩子轻启朱唇,盈盈唱来,引得围观的游客鼓掌喝彩。常常在那一刻,在店铺里忙碌的郑心刚眉头一颤,赌气似的扔下手中的活,奔上楼去。

　　"心刚,心刚,你干啥去?"香梅举着刚刚拆开的衣包叫道。"我头疼!"郑心刚楼梯上了一半,掷下一句话来。"又发神经了,对剡剧过敏呀。"香梅嘀咕着,懒得跟他计较,进进出出的游客忙得她没时间发脾气。

　　夜晚来临了,劳累了一天的香梅坠入睡梦。心刚听着妻子高压锅气流似的鼾声,涌起阵阵厌恶。辗转反侧好长时间,他仍无法挨过去,不得不偷偷起床,蹑到另一个房间。走进那房间,犹如进入另一世界。上锁,开电视,塞光盘,倚在沙发上,摘掉眼镜的眼睛如一汪清水升起迷雾。电视机的指示灯忽闪了好几秒钟,屏幕才显出画面。一个曼妙的女子盈盈而来,舞着水袖,在台中如泣如诉地唱着。一颦一蹙,吐字运腔,如此服帖和谐。尤其是那凄楚的眼神,仿佛一道光芒穿越了千年的尘封岁月,射进人的灵魂。

"原来姹紫嫣红开遍,似这般都付与断井颓垣。良辰美景奈何天,赏心乐事谁家院……"心刚倚在沙发,原本收敛的睫毛犹如春日的杨柳垂下来,两道浓密的剑眉也神奇地微微竖起,变成风中的柳叶;微塌的腰板挺直了,一双已显粗糙的手拼命伸展,重叠着压在左前腰。他的喉结滚动着,因为压抑,到底没有唱出来。脸渐渐红了,他下意识地憋着气,直到眼泪从睫毛里迸出来,才缓过劲儿。

这是哪一年的事了?自从跟香梅结婚后,心刚觉得自己像掉进了一口枯井,每天只看到一片窄窄的天空。对于时间的概念,只能从满屋子厚薄不一的衣服中闻到一点气息。一切都麻木了!他摸着自己越来越扎手的胡子,恍恍惚惚地想。就在自己精神恍惚的那一瞬间,香梅扯着大嗓门指派他去干活,这该死的永远干不完的活儿!香梅是个简单的女人,简单到每天面对忙碌重复的生活,却乐此不疲。她不喜欢旅游不喜欢逛街,也不喜欢看电视。对于玫瑰花和香水,更加不屑,觉得那纯粹浪费钱。如果一定要找出她的兴趣来,那正是心刚最讨厌的两件:无休止的唠叨和上床睡觉。尤其是后者,每天看到香梅脱光衣服,撅着屁股在床上等待,他就头皮发麻,仿佛自己又要接受一次刑罚。香梅在床上的功夫也像白天那样精力充沛却粗枝大叶,常弄得心刚疲惫不堪,生不如死。她拱着被窝哼唧着,心刚真恨不得打她两个嘴巴。"婊子!"他在心里骂。但他没有骂出声,这么粗鲁地骂她,就像在骂自己。

这难道不是自己渴望的生活吗,像香梅那样彻底做一个没心没肺的人。夜深人静的时候,心刚对着天花板上细细的光斑想。每次用心一想,他就觉得头涨痛起来,紧接着呼吸急促,浑身上下火辣辣的痛。他咬着牙,用手指掐自己的大腿,告诫自己不要胡想,但根本不管用。常常大腿被掐得发紫,他还像一只困兽无声地嚎叫,无法走出内心的风暴。最后,他只能起床,像一只无家可归的野狗,跑进那个小窝,进入另一种不为人知的黑夜生活!

2

"心刚……"有人在背后叫自己。那声音酷似子龙。他微微战栗了一下，转过身。可是身后除了白墙上自己的背影，什么也没有。他不甘心，挪动身子到大衣柜的镜子前，顿时镜子里的自己活了。

"啊，小姐，你来了……"银幕上，儒雅的书生柳梦梅对着一幅美人图深情呼唤，窗外杜丽娘的芳魂翩然而至。"书生……"杜丽娘幽幽地叫着。心刚发现这声音分明是从自己的喉咙里发出来的，自己只要一开腔，嗓音依然那么娇媚。

那时候，每次上台前，心刚和子龙在后台默戏。子龙很不老实，常在心刚刚进入状态时，来"调戏"一番。"心刚，你化好妆真美，你真是美女，那我就近水楼台先得月，追定你了……"子龙凑上来搭着心刚的肩笑嘻嘻地说，心刚挪开肩，垂下睫毛。"又来了，你呀……"他学着戏中的女子，伸着细长的食指点着子龙的额头，脸上热辣辣的，幸亏敷着一层底粉，谁也看不出来。"小姐……""书生……"声音颤抖，四目对视，一个含羞躲闪，一个欲罢不能。两个人一开腔，就找到了戏中的感觉。

这样的"调戏"到了台上，就真的忘记自我了。当时，他们演的最多的是《梁山伯与祝英台》。幕布缓缓拉开，心刚的一声"梁兄"，呖呖如莺啭，带着一种抑制不住的喜悦。"书房门前一枝梅，树上鸟儿对打对。喜鹊满树喳喳叫，向你梁兄报喜来！"五彩的灯光下，心刚感觉子龙慢慢地旋转起来，自己也跟着翩翩起舞。那水袖，时而春燕剪柳，时而落花翻飞。那扇子，或作蝴蝶戏花丛，或作帘幕掩秀色。他百般地向梁兄传达春意，可是"梁兄却像呆头鹅"！

台下，掌声如潮，阵阵喝彩，几声不怀好意的哨音若隐若现。心刚和子龙早已习惯了观众的反应，更加投入。两人像上陡坡层层攀爬，运腔、念白、水袖、身段，使出浑身解数，恨不得将这对恋人的灵魂捧出来。子龙扶着心刚过独木小桥时，心刚娇喘吁吁："梁兄呀，你我好比牛郎织女渡鹊桥。"子龙故意一放手，心刚差点掉下去，子龙又赶紧搀扶，心刚趁机倒在子龙怀里，台下又是一阵欢呼……

谢幕的时候，女孩子们捧来的鲜花几乎将他们淹没。回到后台时，心刚常常看到刘姐坐在化妆镜前等自己。"刘姐。"他和子龙齐声叫道，子龙的声音明显高于自己。不知怎的，他每次看到刘姐，总叫不出口。那子龙，虽然年纪比刘姐大，却一口一声"刘姐"，叫得比脆瓜还爽。刘姐也斜着眼，轻抚着怀里的猫咪。"今天又飙戏了。郑心刚，你可真有本事，你男扮女，在戏里又女扮男，这样扮来扮去，可把我们耍的，都搞不清你到底是男还是女了？"心刚的脸腾地红了，这话说得，在夸自己还是损自己呢。"刘姐，瞧您，绕口令说得多累！"陆子龙做了个鬼脸道，"他是遇到男人就变女人，遇到女人就变男人！"刘姐被子龙一逗，忍不住扑哧一声，眼睛弯成水汪汪的月亮。见刘姐笑了，心刚松了一口气。其实，他是喜欢刘姐笑的。别看刘姐平时绷着脸，她笑起来，脸蛋如月亮从云层里钻出来，恬静又秀美。

多余的话，刘姐不会再说。等心刚和子龙卸完妆，刘姐就带着他们去吃夜宵。月华如水，深夜的吴市繁华如大上海。他们坐在刘姐的车后座，望着璀璨的霓虹灯，心里痒酥酥的。子龙在黑暗中搭住心刚的肩，凑近他的耳朵说："兄弟，咱们跟着这个富姐，可有福了！"

3

这是哪一年的事了。心刚独自坐在镜子前，感到一切都像前尘往事。刘姐的面容在时光中，水纹一样荡开来，只有她身上那股紫色的气息至今仍缠绕在鼻尖。一直以来，心刚认为每个人都有属于自己的气息，那气息可以用颜色作比。柳老师是谷黄色的，散发着若有若无的淡香；子龙是橙黄色的，跳跃、明丽，清香中带点酸味却不青涩。自己或浅蓝或深褐，犹如蓝色妖姬，绽开时无比绚丽，幽香销魂，凋落时无比凄楚，零落成泥。而刘姐的紫，似乎无法用植物用香味来比拟，那种紫，时而傲慢，时而冷艳，时而宁静，时而热烈。

刘姐说："郑心刚,陪刘姐来一段。"语气中冒出一股冲力,让人无法抗拒。其实,心刚也不想抗拒,刘姐的那种冲力,正是自己隐隐渴望的。他趁势陪刘姐对唱,有时来一段《玉堂春》,有时来一段《沉香扇》。每次都是心刚唱旦角,刘姐唱生角。刘姐的水袖甩得很有本事,她自己说,小时候曾向一位民间的剡剧高人学过。那样式很美,甩出去直直的,犹如两根飘飞的舞带,却又跟舞带不同,似有一股凌云之气。心刚则不然,他每次跟刘姐搭唱,总耷拉着眼皮。刘姐抖动着薄嘴唇说:"郑心刚,你一到台上,眼神就能勾魂,怎么跟我搭戏,眼睛就没气了?"心刚没回答,低头不敢看刘姐。刘姐很不服气,她回过头来责问子龙:"陆子龙,你不是说,他遇到男人就变女人,遇到女人就变男人吗?"子龙正含着柠檬茶,吓了一跳,咳嗽起来。"遇见你,就是遇见女人,哦,不,在戏里他遇见男人,我也糊涂了……"子龙叽里咕噜地说着。他手中当檀板敲的汤匙偷偷敲击心刚的腿,又拼命向心刚递眼色。心刚只得从头开始唱,委婉的唱腔中,逼着自己使出醉死人的眼神来,却仍然力不从心。

有时候,刘姐也不为难心刚,转过身跟子龙搭唱。刘姐就摇身变青衣,唱心刚的柳派。刘姐的柳派也唱得别有风味,那声腔不像心刚那样似蒙着细纱,而是有一种特别的糅味。如果心刚的声腔好比吃到一口细芝麻,那么她的声腔就好比细芝麻外边还包着米团子。子龙唱得很卖力。心刚发现,子龙献媚似的浑身使劲儿,他飘逸的声腔中多了高亢,仿佛想唤起刘姐的激情。但刘姐总是淡淡的,水袖也甩得有气无力,赌气似的,有时故意往高处唱,直到唱破音才罢休。

"唱旦角,我不行!"刘姐没唱完一段,就兀自撤了,一屁股坐下来,眼睛乜斜着心刚。心刚不说话,默默地给刘姐续上玫瑰茶。子龙说:"得了,刘姐,您若真出手,我们就卷铺盖回家啰!"心刚瞟了子龙一眼,子龙不在意,继续道:"兄弟,你说是不?"心刚仍不说话,低头看杯中散开的菊花,有时抬眼望窗外。窗外,紫藤萝花开了,瀑布般流泻着。看似一树的珠光宝气,心刚却闻到了忧伤的气息,好似从刘姐身上蔓延出来。

有一回,三个人刚刚在一家茶座坐定,子龙就被前妻呼去了。三足鼎立少了一足，两足就摇摇晃晃支撑不住了。果然，子龙走后刘姐的矜持也脱落了，她竟坐立不安起来。两人沉默了许久，只听到彼此的呼吸声，谁也没有打破僵局。终于，她撑不住，抬眼盯着他的脸，柔声叫道："心刚……"心刚的头皮麻了一下，刘姐唤他从来都是连姓带名的，这一次……他憋着气，不敢抬头。"心刚，你为什么懂女人，你说？"他抬眼瞥了她一眼，又急速低头，嗫嚅着："刘姐，我……也不知道，我……""心刚，你觉得刘姐咋样？"她的声音像起腔的二胡，微颤着。"好……很好的。"他真不知怎么回答，眼皮直跳。沉默，漫长的沉默。他偷偷抬眼，只见她望着窗外的紫藤萝。风一来，藤萝花在空中旋舞几下，轻轻坠落。

"你看着我，你好好看看我……"她突然抓住他的手。他吓了一跳，抬头，目光在她脸上游离不定。她的目光却如一块磁铁奋不顾身地吸住他，牢牢地咬住不放。那一瞬间里，他看到她眼中的紫，那大片的紫色后面似有雪花在飘扬。后来，心刚时常梦见紫色的天空中飞雪漫舞，他知道刘姐的眼神已深深刻在自己心里。

他费了很大的劲才挣脱她的手。他垂下头，捏着手中的茶杯。耳边，她用平时从未有过的声音，断断续续叙述自己的人生。她童年的戏之梦，大学生活的清贫，父亲的暴戾，母亲的病殇，还有大她二十岁的丈夫，丈夫前妻留下的一双儿女，无休止地扰闹，她的流产和不孕……心刚的记忆中，那个下午无比漫长，耳畔一直沙沙响着。他疑心外面下雨了，却分明看见阳光在自己的手背上艰难地匍匐。

直到天色入暮，她的倾诉才缓下来。他像坚持着看完一场戏，终于忍不住挺直身子，活动活动麻木的关节。他瞥见了她的眼，竟然见晶莹的泪滴缀在眼角上，眉宇间流露出女孩特有的楚楚动人。他怔住了，又慌不择路地别过头去。

刘姐，我送你回去吧。他在心里说，到底没有说出口。她也站起身，像在地震之后的废墟里立起来，步履蹒跚。突然，她扑到他身上，头埋在他前胸。"心刚，你知道，我心里难受……"真是猝不及防，他下意识地揽住她，瞬间又触电般松开手。"刘姐，不，你不要这样……我……不！"他努力挣脱着,她的双手却死扣住他的脖颈。他哆嗦着,身体僵直,任她胡钻胡拱。

渐渐地,她硬挺的胸脯软了下来。潮水过后,她恢复往日的模样,手指拢了一下长发,翘起嘴角道:"没事,真无聊,天晚了,也该散了!"她转身,霍地挽住坤包。也许过于急促,桌脚绊住了鞋尖,一个趔趄,身子差点栽倒。"刘姐!"他慌忙上去搀扶。"别管我!"她突然厉声道,脸白得直冒冷气。他呆立着,望着她头也不回地走出包厢,只有她的高跟鞋固执地敲击着地板,像憋着一股排放不出的浊气。

<h1 style="text-align:center">4</h1>

他们的排练常常从傍晚开始。因为子龙白天要上班。子龙在一所私立小学里当体育教师。这么修长帅气的男人,整天牵着小孩子玩"老鹰捉小鸡",这是心刚想象不出来的。但职业跟唱戏有什么关系呢?只要一进入排演场地,他和子龙就忘记了自己的身份、年龄甚至性别。

排演场地在城区西北接近郊区的一家旧工厂里。那家工厂已搬到新厂区去了,留下那些老房子等着拆迁。心刚就租了一个车间当排练场。他们刷了墙壁,装了大镜子,铺了地毯,粗粗搞一下就算了。那时,他们的春蕾剧团刚刚起步,一切都是艰苦的。

戏装一披,锣鼓一敲,他们就甩着水袖跑进排演场。两人排演十分认真,一进入角色,世界仿佛离他们而去。他们在镜子前,含情脉脉唱着,一个潇洒自如,一个柔情万种;一个玉树临风,一个袅娜多姿……夕阳透过车间的窗棂爬进来,他们的身体像沐浴在温水中,墙壁上投下水墨画似的影子。心刚无比投入,眼里充满着雾气样的迷离,声腔里也带着温泉般的润滑。他的身子几乎也要化作一摊水,一滴滴融入子龙的身体里去……伴奏仿佛不存在了,其他演员似乎也消失了。夕阳早已知趣地闭上眼睛,佯装安睡。心刚的世界里,只剩下子龙,他与子龙在雾气里交融升腾,化作天上的一朵云。等子龙扯掉戏服,心刚才如梦初醒。难怪刘姐说自己一入戏,好比女人钻进了身体。心刚无数次发现,自己与子龙排练,竟然比正式上台更卖力更纯粹。

心刚一直记得自己跟子龙的第一次见面。那年正是多事之秋,他拜师刚满一年,柳老师就病倒了,在市人民医院住院。他陪在老师床边,老师拉着他的手,叹着气说:"小郑呀,你天分很高,又这样痴迷,要是早二十年,我一定想法子把你弄进我们剧团里来。可剡剧是女子的天下,现在也很少见男旦了。你跟着我学,真怕害了你呀……"柳老师说着,轻拍心刚的手背,心刚的眼圈红了。为了拜师学戏,他放弃了快要到手的硕士文凭,与父母也决裂了。为了养活自己,他上门给高中生当英语家教。

那日,从医院里出来,他忍不住扶着路旁的一棵法国梧桐抽噎起来。柳老师得的是绝症,医生说顶多撑两年。这个优雅的老太太,将自己的一生都献给了剡剧。她一生未嫁,"文革"后复出,还光艳照人,把心刚的母亲迷得如痴如醉。那时,心刚还是一个小孩子;但是舞台上的美人,如电光闪射,在他空白的心中落下了永不磨灭的印迹。那几乎是前世注定的,他一下子学会了老师的唱腔,连他的母亲都吓着了。如今,老师的生命如秋日黄花即将枯萎。她却还在病床上指导心刚一招一式,还把自己最珍贵的早期录音交给他。他颤抖着双手,几乎要跪倒在老师的床前。

老师是理解自己的。这个世界上,只有老师才真正理解自己对剡剧的痴迷。那种虔诚和向往,犹如基督徒望见云层中上帝高贵威严的脸。别人都无法想象,一个现代英俊青年为何如此痴迷地扮演古代悲苦女人。心刚却认为,这种性别的差异,纯属巧合。可是,谁能相信这种巧合呢?多少难听的话语如针如锥,连曾经无比痴迷柳老师的母亲,也觉得心刚像个疯子。只有柳老师,才是自己的知音。

心刚茫然地走在大街上。天色昏黄,劳作了一天的人们匆匆赶着回家。路过西街公园,他听到了一段颇得真传的杨派唱腔,耳朵毫无防备地被拉了过去。站在人群的外围,向里一望,竟然见一个很帅气很时尚的小伙子在唱剡剧。他不由眼睛一亮。别的戏迷,唱一段就是唱一段,可这小伙子却浑身是戏。虽然没什么动作,但他的眼神,分明把所有的表演都浓缩在其中。他深情款款,目光灵澈,仿佛伊人就在眼前。他转身过来,似乎有一眼碰到心刚。那一眼犹如一滴甘露落在心刚焦躁的心上。他忍不住一阵战栗,自己从未见过这么会说话的眼睛!心刚迷迷糊糊地感到,这是他对自己的暗示,好似冥冥中一个神灵来索取自己的灵魂……

一曲终了,心刚带头鼓掌。可惜,那个小伙子没有反应过来,他朝这边投来一眼,又转向另一边去了。大家都说,再来一段。他像个小孩一样嘟了一下嘴,说:"那好吧。"

这些镜头,后来一遍遍在心刚的脑海里浮现。

心刚忽然有一种想结识他的冲动。他犹豫了一下,转身出来,在一个冰柜上写了一张字条,对卖冷饮的说:"待会儿,等那一位唱完了,你给他和那些伴奏的,每人一杯冰激凌,顺便把这一张字条也交给他,好吗?"他付了钱,卖冷饮的爽快地答应了。

心刚在不远处的一个茶楼上等着。等了许久,终于听见楼道里传来脚步声。一定是他!果然,门轻轻地敲了一下,一个人生涩地出现在心刚面前。他用眼睛探询着——是你约我么?心刚高兴得有点语无伦次,一边请他进去,一边解释自己约他的原因。"要冷饮吗?""不,我喜欢绿茶。""绿茶饮料?""不,现泡的热茶。""心急吃不得热豆腐哟!""我喜欢夏天慢慢地喝热茶,尤其是上好的绿茶,闻着都沁人心脾。"

他们散漫地聊了起来。天下的戏迷是一家,何况,他们已是超级戏迷了。心刚没想到,这个叫陆子龙的帅哥竟是这两年才迷上剡剧的,他几乎要惊为天人了。更叫他激动的是,他和自己一样,也深陷其中不能自拔——不是他们化作了剡剧的一部分,就是剡剧化作了他们的一部分——真是相见恨晚啊。心刚也泡了一杯绿茶。子龙慢慢端起茶杯,嘴唇快要碰到茶杯的边沿时,不经意地抬眼看了一下心刚。那一道眼神很单纯,又似乎隐藏着什么,或者透露着什么,像一个有趣的谜。心刚喜欢这样的眼神!

内心一片狼藉的心刚,碰到子龙的眼神后,僵硬的身体又舒缓过来。是的,这个气数渐尽的世界又活过来了。

5

有一段日子,心刚老是被梦追逐着。他的梦无比离奇,上天入地,比自己演的戏还精彩。有一晚,他梦见自己走在一个荒原里。那里,生长着一种花,绮丽妖媚,花瓣如水袖在风中挥舞。他走呀走呀,走到尽头处,看见一棵大树。大树长满叶子,树干却已近枯萎。大树底下坐着一位老妇人,怀抱一个小孩。他定睛一看,原来是柳老师呀,怎么回事,老师不是没有结婚吗,哪来的孙子呀?

那个小孩在老师怀里很淘气,一会要吃饼干,一会要撒尿,老师的满头银丝都散乱了。可老师乐此不疲,还哼唱着剡剧逗他。后来,老师把小孩交给了心刚。心刚抱住小孩,感觉这小孩好面熟,问老师他是谁。老师说:"我给你看一张照片。"老师从衣袋里掏出一张两寸大的照片。心刚一看,吃了一惊,那不是自己吗?照片上的自己穿着戏服,脸上搽着胭脂,唇上抹着口红,虽然扮的是状元郎,眉眼却像个小女孩。心刚迷糊了一下,他依稀记得这张照片五年前就被父亲撕碎了,那次他提出要休学去学戏,被父亲狠狠扇了两巴掌。怎么这会子,这张照片竟到了老师手中。再细看怀中的小孩,他太像儿时的自己了!"好好带他,我老了,以后全靠你了……"老师叹了口气,拍拍他的肩膀。他糊涂了,心头却涌起难言的酸涩和凄凉。

天灰蒙蒙的,荒草丛中的花儿吐着妖娆的舌头,说不清是垂死挣扎还是生机勃发。一阵风刮来,泛黄的树叶如黄蝶乱舞。就在此时,柳老师温热的手指穿过了他的头发,轻抚着他。混沌中,他心头的忧伤汹涌而来,竟不能自已。无奈中,他抱住老师,在她怀里抽噎起来。他的肩抽搐着,柳老师的手也颤抖着。

突然,狂风来临,天色大变。霹雷声中,柳老师不见了。"老师,老师……"他哭喊着。可是,老师像被狂风卷走了,不见踪影。顷刻间,又听见"轰"的一声,那棵大树也倒下了,它干枯的树皮外翻出乳白色的烟雾。倾盆大雨从天而降,荒野成了白茫茫一片。他不知走向何处,感觉怀里一空,啊,孩子也不见了。"孩子,孩子,郑心刚,心刚……"狂风暴雨中,他扑倒在泥地里,撕心裂肺地喊着,好似为自己招魂……

第二天,心刚把这个离奇的梦讲给老师听。老师沉默了片刻,叹一声道:"孩子,你是真心痴迷剡剧呀。要是你生在梅兰芳的年代,你就是我们剡剧的梅兰芳——真难为你了……"接着,老师告诉他一个好消息,让他跟着二师姐的香山剡剧团去香港演出。"真的吗?"他像个孩子跳起来,老师含着笑点点头。他太激动了,虽然自己挂牌的民营剧团在江浙一带也有点名气,但跟着大剧团去香港演出还是第一次,他觉得自己快要疯掉了。真是被幸福冲昏了头脑,他竟然傻乎乎地问老师,子龙能否一同前去。老师面有难色说,团里只给了一个名额。因为二师姐病了,二师姐的两个徒弟一个怀孕了,另一个正忙着结婚,救场如救火,只能让他去了。

原来如此!

6

代替二师姐,心刚其实不太情愿。虽然二师姐对自己很客气,见了面一口一声"小师弟",好像是看着自己长大的。可心刚有些怕她,他永远不会忘记,那次民营剧团青年演员大赛的事。那一日临上台,二师姐拿起眉笔替他补了几笔,眯着眼说这样更妩媚些。当他下台后,几个心腹戏迷很为他痛惜,说他什么都好,就是柳眉画成了剑眉,多少露出些男儿相了。他赶紧看录像,越看双眉蹙得越紧,兴奋的心情一下子跌到了谷底。他突然想起二师姐举起眉笔时不可捉摸的眼神,还有右眼皮上的那颗黑痣也暧昧地跳跃着……从此以后,心刚对二师姐避而远之,每次看到她,心跳就加速。尤其怕见她那颗黑痣,它犹如第三只眼阴冷地望着自己,好似传说中的潘多拉盒子,一旦打开,灾难就降临了。

提到二师姐,心刚总会连带着想起大师姐。心刚没见过几回大师姐,她是他们圈里的一块伤疤,谁也不会轻易去揭它。记得那一年,他和子龙演完《香笺泪》,刚走到后台,就望见大师姐套着一件脏乎乎的戏服,披头散发,跑来跑去。跑了几圈后,她停下来唱道:"只道订了三生约,谁知却是相思债。我与他愿作鸳鸯不羡仙,每日共度良宵夜……"

"大师姐!"心刚上去拉住大师姐。大师姐不理会,双眉颦蹙,满眼哀愁,继续唱道:"等到那鸡声一啼天明亮,他是整顿行李要回家。我们是依依惜别眼圈红,迟迟流连难分舍……"她唱到"难分舍",绵长的尾音在喉咙底滚动几圈后,带着哭音吐出来,凄楚哀怨,像有一只手伸进人的肺腑,不断地揉捏、撕裂。

"大师姐,您别唱了……"心刚哀求着。大师姐凄然一笑,继续沉浸在青楼女子秦愁红的悲苦世界里。多年以后,大师姐的面容已经模糊,她的《香笺泪》却成为心刚梦中的绝唱。二师姐总是千方百计暗示自己是老师最棒的弟子,可心刚觉得,她根本没资格与大师姐比。其实不用说二师姐,倘若从声腔的入心入肺上讲,连老师也不及大师姐,即便老师是开宗立派的老艺术家。

"妈,您别唱了,咱们回家吧,妈……"一个女孩气喘吁吁地奔进来。她含着泪拉住母亲的衣袖,她母亲用力挣脱开来,水袖甩得更远了。另一只水袖也甩开,身子犹如垂柳在一阵猛风中不断倾斜。

子龙终于出手了,他一把揪住大师姐的后襟,胡乱用力,扯去了大师姐的戏服。"别闹了,大师姐,你清醒清醒。"心刚从未见过子龙这样粗野。不过这一招挺管用,大师姐被扯掉戏服后果然不唱了,嘴里嘟囔着:"让我唱吧,再让我唱一回吧。"她哀求着,女孩扑上前,抱着母亲痛哭起来。

女孩抽抽搭搭说着母亲的病情。原来大师姐康复出院后,回家又犯戏瘾了。平时保姆管得紧,她没多少机会。这几天保姆不在,她又掉进"酱缸"里了。"她只要翻进去,就出不来。"女孩抹着眼泪说。女孩才二十出头,正需要母亲疼爱,但她照顾母亲已经十多年了。

关于大师姐的病,心刚也隐隐约约听到一点碎片。将那些零乱的碎片拼凑起来,渐渐理出一个风华绝代的大师姐,一个剑剧名旦的悲剧人生。那时候,柳老师已经退下来了,大师姐接老师的班,很有观众缘。大师姐的搭档——杨派的大徒弟刚刚当上团长,锋芒毕露,常指派编剧给她多写一分戏。大师姐是一个很单纯的人,只知道演好戏。为了演戏,什么苦都能受,四十岁的时候,还敢从高台上翻下来。为了不被搭档太压制,她情不自禁地跟编剧走近了。有一回,她去编剧家商量剧本,竟被编剧的老婆生生地堵在了书房门口——真是百口难辩啊。事情闹大了,闹得满城风雨。有的说被堵在床上,有的说早有一腿,也有人说那是二师姐和大师姐的搭档设的局告的密,故意让编剧的老婆知道……大师姐的丈夫也不是好惹的,他原是"造反派"出身,为这事闹到了后台,追着打大师姐。这样一来,大师姐就演不成戏了,而这正是二师姐求之不得的。事后,二师姐果然扶了正,与大师姐的搭档搭成了戏。可怜的大师姐黯然离开剧团,不久又离婚,终于郁郁得病……

有一回,心刚斗胆探询老师对两个弟子的评价,老师似有难言之隐。她说自己老了,许多事情不好再做主了,手心手背都是肉啊。

自从那一天在后台见了大师姐,心刚再也没有碰到过她。二师姐经过一番厮杀,早已当上了副团长。每次提到大师姐,她总是不屑地哼一声"那个疯子"。心刚偷偷斜了一眼身材走形的二师姐,心里嘀咕一声:

"你永远成不了疯子!"

7

香港的演出很短暂。在那个繁华城市里,心刚像做了一个迷离的梦。没有子龙在身边,他时常失魂落魄,只有到台上才使出浑身解数,与那位叱咤风云的杨派大弟子演对手戏。演出结束后,杨派大弟子在后台拍拍他的肩膀道:"小伙子有几手,比你二师姐还了得,可惜呀,你生错了时代……"说着,她流离的目光在他脸上急促地扫射了一番。心刚赶紧低头,他怕这女人,比二师姐还怕。这女人身上的一股霸气,让他不敢抬头与她对视。虽然香港的繁华让他留恋,但逃离杨派大弟子,早日与子龙见面的愿望更加迫切。

心刚回到吴市后,刘姐也回来了。刘姐随夫出国度假,原本说好要去三个月,谁知不到两个月就回来了。"我是赶着来看你的戏呗……"刘姐在电话那头咯咯笑着，这么开心是平时不常见的。心刚暗自一喜，原来自己也喜欢刘姐高兴的。

那天晚上，他跟子龙又演了《梁祝》。曾经，为了吸引大学生和一些文艺青年，他们也试图演《牡丹亭》《西厢记》之类的经典剧作。但吸引了年轻人，却离散了老年人。五六十岁的阿姨们喜欢大喜大悲、大开大合的"土戏"，要她们去琢磨微妙复杂的心理，真的没多少耐心。戏比天大，观众第一。平日里，他们还是多演《玉堂春》《白蛇传》《孟丽君》，演得最勤的还是《梁祝》。

的确，在《楼台会》里，心刚感觉到生命的大张扬。他要唱就唱，要哭就哭。他要表达对"梁兄"的千般情万般爱，尽情表达好了。他常常隐隐地渴望这一刻时光能停下来，哪怕自己像祝英台那般痛彻心扉，痛到极点，他还是能潜到痛楚最底层，触摸到一丝幸福的甜蜜——因为"梁兄"是爱"她"的。

"……我与你梁兄难成对，爹爹允了马家媒；我与你梁兄难成婚，爹爹收了马家聘；我与你梁兄难成偶，爹爹饮过马家酒……"如雷的掌声中，心刚唱完一段，轮到子龙接唱了。子龙只唱了一句，心刚就感觉不对劲，声音像憋在喉咙间出不来。原来，子龙藏在戏服里面的麦克风没有别正，脱落了。子龙也发现了，边唱边努力纠正。可惜才唱完一句，又没声响了。他的郁愤之情，只在脸上夸张地描摹。

此时，已进入戏的最高潮《十相思》。一个唱"贤妹妹，我想你，神思昏昏寝食废"；一个唱"梁哥哥，我想你，三餐茶饭无滋味"。两个人的情绪都被鼓起来了。心刚感到自己的灵魂飘起来，好似被如泣如诉的声腔托起来，气球般在半空中飘浮，慢慢飘向天际。天际多么美妙哟。云彩织锦般绚烂，太阳像火凤凰翩翩起舞，那幽蓝的天壁简直就是世上最完美的翡翠……就在他即将飘到另外一个星球时，下意识地去拉子龙。"子龙，子龙……"他呼喊着，如在苍茫夜色中四处寻找。可是子龙没有应声，他俊朗的面庞，他孩子般努起的嘴，都在顷刻间消失了。心刚只听到自己的声音，如地下的岩浆不可抑制地翻滚上来，直翻到河面上，树根间，水井口，那滚烫的液体从四面八方蜿蜒而来。

"子龙……不能没有你呀……"危难之际，他伸手拉住了一缕浮云，是子龙的衣袖。他明白了,子龙的麦克风又出问题了! 他决心帮子龙重新固定麦克风。"梁哥哥呀……"他解开子龙的领口;"我想你……"他找到移位的麦克风;"东边插针寻往西呀……"他将它重新别正;"梁哥哥呀,我想你……"他翻起子龙的领口,重新夹紧弄熨帖。"子龙回来了,子龙……"他在心里叫着。观众从没见过他俩贴得如此之近,那情形分明是一个绝望女人给遭受重创的情人整理衣领。这种奇妙的场景,激发了整个剧场的情绪。子龙也被心刚如此近身的唱做感染了,演得比平时更激情四射,"贤妹妹呀我想你,哪日不想到夜里……"

他们已动了真情,越发激起了观众对他们的兴趣。人们观察着其间细微的动作,被其中微妙的关系点燃了。喝彩声一潮高过一潮,几乎要掀翻剧场的顶盖。

这已不仅仅是飙戏了。可是其间幽怀,谁人领会得来呢?

散场之后,刘姐没有像往日那样在后台等他们。心刚胸口一紧,一阵恐慌。

果然,他刚卸完妆,就接到刘姐的电话。"你能过来一下吗?"他听到刘姐痛苦的呻吟。"怎么,生病了?""我也不知道。"那头传来她有气无力的声音,"我从浴缸里出来的时候,摔了一跤,开始还能动,现在越来越痛了,一动都不能动了……"透过话筒,刘姐的声音带着女孩子式的撒娇。

"我马上来——"他脱口而出。合上手机后,他又踌躇了。这是怎样的承诺,虽说这样的事在梨园行里比比皆是,哪怕放在老一辈艺术家身上,也没什么大惊小怪。可是刘姐的先生长年在外,身边除了一个服侍她的小阿姨,再无他人。自己这样前去,不免唐突。心刚打算约子龙同去。谁知子龙撇撇嘴道:"拜托,你不是不知道,今晚我另有约会,人家为了见我,特地从上海赶来,我岂能失约……再说了,人家叫的是你,又不是我,我可不想自讨没趣!"

子龙努努嘴,拦了一辆的士走了。望着汽车的尾气,心刚摇晃了一下身子。多年以后,心刚梦见子龙,常常闻到一股带着汽油味的尾气。等自己极力捉住那股尾气时,子龙的面影模糊一下,消失得无影无踪。

8

来到刘姐的公寓楼,已近半夜。在小阿姨的引见下,心刚见到了刘姐。刘姐斜躺在床上,看见他,斜了一眼。"你终于来了……"她挣扎着起来,低胸的睡衣很松,手轻轻一挥,便露出了深深的乳沟。

"今天,你演得真卖力,我都看不下去了……"她哼了一声,心刚垂下眼皮。"也没什么,演戏嘛,就要演得像,越像越好,以假乱真,呵呵……"她笑起来。

"你来了就好,我怕你不来呢,还是挺给我面子的。"她从床上甩下一只脚,拖进紫色的丝绒拖鞋,又挪动另一只脚。心刚想上去帮忙,怎么也迈不开步子。当她的另一只脚顺利穿上拖鞋时,他下意识地后退了几步。他似乎已预料到这点,却仍觉慌张。

"刘姐,您没事,我先走了。"他从口袋里掏出手机,翻了一下时间。子夜十一点,他很清楚。她没说话,自顾站起身。浅紫色的蕾丝睡衣,像一阵风袭过,一缕幽香沁入鼻尖。他的喉结滚动着。

正不知所措中,她端来了两杯酒,猩红色的,在灯光下如妖艳的唇。他迟疑了一下,接了酒杯。她端起酒杯,一股脑儿倒入喉咙。他呆立着,不知该不该喝下去。

"啊,梁兄呀,我和你梁兄难成对,爹爹允了马家媒……"她突然唱了起来,没有端酒的左手试探着在他肩头匍匐。他连连后退,哆嗦着。"刘姐,刘姐,您不要这样……"她继续唱着:"我与你梁兄难成婚,爹爹收了马家聘;我与你梁兄难成偶,爹爹饮过马家酒……"她的手如一条冰冷的蛇在他身上四处游动。他红着脸,克制着急促的呼吸,左手欲挡住那条柔绵的蛇,却分明感到它由来已久,不只是单纯的蠢蠢欲动。

手机响了,两人都吓了一跳。他乘机摆脱开来。电话是子龙打来的。"我遇到骗子了……"子龙在话筒里骂骂咧咧,"你还在刘姐那里吗?你倒挺爽的。"他两手捂住手机,"哎哎"叫着,忍不住偷偷抬眼。只见她一手托着下巴,一手举着酒杯,眼睛死盯着自己。那眼神如一块烙铁,烤得自己吱吱响。

就在那一刻,一个激灵涌上来。"好,我马上就来,你忍一忍。"他对着手机大声道。"刘姐,我得走了,陆子龙他病了……好像得了急性阑尾炎,我得马上过去!"他艰难地说着。可是,她却对着酒杯吹气,撅着嘴道:"这么严重吗?""真的对不起,刘姐。"他可怜巴巴地说。沉默,只听见她的呼吸声,轻而急促。"好,有本事,你就走呀。"她的腮帮猛地塌进去。接着,她笑起来,笑声如电流在他身体驶过。"刘姐……"他低低叫着,犹如哀鸣。"刘姐……"她没有应他,自顾低头望着酒杯,好像他是空气。

"小阿姨,给他开门,送客。"突然,她站起来,酒杯重重摔在茶几上,猩红的液体蜿蜒了一玻璃。"你会后悔的……"她竖起右手的食指,戳向楼道。他愣住了,傻傻地望着她,不敢挪动一步。"你滚,我不想看见你!"她厉声道,白皙的瓜子脸变了形。他瞥见她起伏的胸脯,前进几步,又后退几步,终于如梦初醒,跌跌撞撞跑出门,连滚带爬冲下楼去……

小阿姨在他身后关上铁门,咣当一声,很是揪心。紧接着,他听到了一阵凄厉的唱。"梁兄啊,难道你小妹心意尚不知呀……"他一回头,望见刘姐房里的灯夸张地亮着,幽蓝如鬼魂。

他不知道自己是怎么到家的。进入单身公寓,古老的鸣钟敲击了十二下。扑进浴缸里,他用温热的水冲刷自己。不锈钢蓬头从头到脚喷射着,仿佛要冲洗掉身上所有的污垢。

是的,他是洁净素白的。对于自己的身体,从青春期开始,他就保持着近乎洁癖似的干净。特别是迷恋柳派旦角之后,他几乎当自己是纯情少女,不容许任何人来玷污。他知道,刘姐很想得手,自己努力抗拒着,像一块璞玉,抵抗着任何污染。人说性欲难耐,在他的念想中,倒不曾受多少荷尔蒙的骚扰;只有戏里一个个如花似玉的女子,总是附到自己的身上来,想赶都赶不走。他想抖一抖,甩掉这些如尘如屑无孔不入的小精灵。可这些小精灵像蚂蚁一样,乃至细菌病毒一样,沁入他的内脏、他的骨髓、他的灵魂……他感觉自己天生就是一个女人。独自走进房间,犹如走进了自己的闺房,仿佛自己正待字闺中。

冲刷完毕,穿上睡衣,他端坐在自己床上。四周异常干净,一切都理得齐齐整整,不着一点尘埃。房子里有一面很大的镜子,对着镜子,他分明看见一个女子很自然地坐在淡雅色的床铺上——这是谁家的小姐啊!

手机又唱了,是子龙。"心刚,你还在她那里吗?搅乱你们好事了……"子龙说。"放屁,人家早出来了……"他骂道。不知怎么,眼窝里一酸,声音都有些变了。"早出来了,用了金蝉脱壳之计呀。哈哈哈,要是换了我,真美煞哉,可惜我没这个福分……"子龙在那头调侃着。他气得将手机砸到床上。手机在床单上翻了两个跟头后,停止了嚣叫。

所有的声音都消失了。对着镜子,他眼窝里早已蓄藏的泪水,终于哗地滑下来。"韩郎,夫呀,我以为夫妻情深能再相见,谁知道相见恰似更短命……"他开腔唱道。他唱的是《相思树》一折,那是柳老师以前的唱段,曲调简单,声腔却委婉细腻,有一种后期所没有的羞涩单纯。他记得老师最后一次教他,已在病床。一只手挂着点滴不能动,另一只手挥舞着。她脸上的皱纹像火车轨道,脖颈上的肉如猪下水难堪地耷拉着;唯独那眼神依旧千娇百媚,万种风情,仿佛装下了整个舞台,整个人生。也就在那一刻,他明白了真正的艺术家是不会衰老的,他们的灵魂已钻进了艺术的内核,融化在绚丽忧伤的温床里。

长时间地盯着镜子,眼睛也虚起来,眼前仿佛有一条河冒着夜色流进来。水波漾动着,刘姐的面影清晰又模糊。"你看着我,好好看看我……"刘姐哀怨地说。"小阿姨,给他开门,送客!"她突然凌厉起来,原本柔和的眼神冒着寒光。"梁兄……"她凄厉地唱着,悠长的尾音如受伤的鱼摇摆着消失在水波中。涟漪之后,水汽氤氲。杨派宽厚的嗓音如一支船桨悠悠划来。子龙俊朗的脸,憨直的神态,在河流中若隐若现。舞台上,他是卖力动情的,他的一招一式,一颦一笑,将他灵魂深处的悲欢暴露无遗。他相信子龙在台上是真诚的,无论哭笑都如孩子般率真。就像今日的《楼台会》中,当子龙唱到"金鸡啼破三更梦,狂风摧折并蒂莲"时,眼神中的那份痛彻绝望,让自己幸福得战栗。他觉得子龙为自己痛彻心扉时,就应该这样。可惜,在台下,子龙总是大大咧咧拍着自己的肩头叫哥们。他从来没有深情地凝视自己,也从来没有为自己痛楚过。他对自己的那份痛全跑到刘姐心里去了。刘姐对自己才是刻骨铭心、痛彻心扉的。这阴差阳错的前世孽缘哟!

泪水迷住了双眼……多年以后,郑心刚想起那一晚,心头仍感纠结。他恨不得将自己劈成两半,一半交给子龙,另一半交给刘姐。

9

这样另类的黑夜生活,不知过了多少天。白天对付那些讨价还价的游客,心刚总是呵欠连天,心不在焉。香梅常常在顾客跨出店门后开始絮叨。"整天像个鸦片鬼,精神比老娘还差,好像半夜三更吃了老娘后,又去寻野食了……"香梅的絮叨很粗野却很有功夫,她从不把心刚往死里骂。心刚知道,她怕自己晚上上床后不配合她。有那么几天,心刚实在撑不住了,上楼去卧室补觉。他躺在床上,自责太贪恋过去了。有人说,一个人老爱回忆过去,那必定是现在出了问题。可过去真的像回忆那么美妙吗?等揭开时间这层纱布,过去的伤口照样露出血淋淋的真面目。心刚渴望自己能戒掉这个"毒瘾",回到正常的生活中来,哪怕跟着香梅哼唧后,没心没肺地熟睡,也比现在这种欲罢不能的强。他甚至隐隐地希望,能被香梅当场"活捉"一次,在她粗野的责骂声中,从此告别这种折磨人的夜晚。

但是,这样的事情从来没有发生过。倒是早年那些记忆的碎片,常常蹑着脚步潜入他混沌的梦中。有一晚,他又梦见了柳老师,梦见柳老师从电视里走出来,叫唤着他的名字。柳老师的声音有些嘶哑,带着浓浓的乡音。柳老师叫唤了几声后,开腔唱了一段《白蛇传》中的《哭梦娇》。"儿呀,见我儿好比刀穿胸,忍不住泪珠如潮涌……"老师的背微弓着,似乎挺不直,但她的水袖甩得很有分寸,幅度不大,却能甩出层层波纹朵朵浪花,犹如内心的痛苦波折。"老师……"他扑上去。他又梦见自己像个小孩子,奋不顾身地扑进老师的怀抱。可怕的是,老师还没来得及抱住他,便向后仰去,慢镜头似的倒下去、倒下去，最后躺倒在地上，嘴角流出了一抹血。

"老师，老师……"他疯狂地叫着，梦醒了。天还没亮，月光斜斜地射到窗内，晾衣架上的外套映在墙壁上像一个人影。他坐起身，靠着枕头，点了一支烟。思念老师的时候，他总忍不住吸烟，跟晚年的老师一样。柳老师退下舞台后，也学会了吸烟。

那时，老师已病入膏肓，身上插满了管子。团里的领导天天派人来探望。可老师膝下无儿，仍倍觉凄凉。心刚每天守着老师，像儿子一样，递茶喂药，就差擦屎端尿了。老师的形体已完全走样，整个人瘦得像只风干的腊鸭。当老师入睡的时候，他静静地望着她，恍惚间感觉老师像个陌生人。他简直无法相信，当年那个巧笑倩兮美目盼兮的绝代风华，现在成了这副模样。艺术是残酷的，它总是不顾一切将最美好的东西留住，又毫不疼惜地任创造它的人枯萎老去。

老师说，她最放心不下两个徒儿，大师姐和郑心刚。"是我害了你呀，好好的一个孩子现在成了这个样子。"他记得老师临终时，攥着他的手自责着。那一天，他和子龙刚巧给一家大企业演下午场。听到病危的消息，他还没来得及卸妆，就跑到医院。此时，老师已经不能出声，她僵直的手指指指自己的喉咙，又努力摇摆着。心刚明白了老师的意思。老师要他不要再唱戏了，到社会上去找一份好工作，过正常人的日子。"老师……"他跪了下来，那些师姐们也跪了下来。连疯疯癫癫的大师姐也哭得满脸泪水，呜咽着反复说："老师，原谅我……"

老师的手越来越无力。虽然他的双手紧紧攥着，仍感到手心中的凉意。突然，重症病房外里传来刿剧《相思树》的《绣鱼书》，那是老师的成名唱段。"门外阵阵西北风，风叩柴门声势凶……"这是以前的录音，音的底色沙沙作响，恍若隔世。凄楚的吟唱中，大师姐的眼睛亮了，老师的眼睛也像快熄灭时的油灯突然重新大放异彩。"老师……"大家齐声喊着。就在那一刻，心刚分明看到，老师含笑的脸上有一股液体在悄悄涌动，然后从鼻孔、嘴角、眼睛里缓缓地淌出来，跟梦中的慢镜头一样。

10

　　心刚再一次回到舞台,在柳老师逝世半月之后。老师一走,刿剧的魂也被她带走了!

　　那半个月,在心刚的记忆中模糊得如一截断裂的磁带。只记得他把自己关在"闺房"里,关掉手机,拉拢窗帘,像一条蚕紧紧裹在茧里。黑暗是个自由的舞台,它让喧闹变得孤独,让孤独走向忧郁。忧郁是伟大的,它像一个沙漏,过滤了很多杂质后,回归到心灵最本真处。回忆那段漫长的黑暗时光,似有无数颗星星在耳边呢喃,每一颗都吟唱着柳派名段,等自己舞动双手去捉它们,它们都飞走了。

　　记忆在子龙破门而入的那一刻显形。子龙扯掉窗帘,掀翻被子,像一头狮子对着他吼叫。这个台上痴情率真,台下孩子样淘气的男人,此时真急疯了。"你再不去,全散伙了。我反正无所谓,来去无牵挂。你……对得起柳老师吗……"心刚捂住脸,挡住肆意入侵的日光。子龙扳开他的手。"你……这样子,还算个男人吗?"他想挣脱开,再一次捂着双眼。"我干吗要算男人,我本来就不像个男人……"他惊叫着。

　　"我不管你像不像男人,你你你——对得起我吗?"终于,他听到了那句话,轰隆一声,霹雷似的,在耳边炸裂。睁开泪眼,透过指缝,迷迷糊糊看到子龙的眼睛又大又红,眼珠子快迸出来了。"子龙……"他抱住了他,像台上的祝英台抱住了梁山伯。子龙没有推开他,拍拍他的肩头,努着嘴道:"好了,好了,别像个孩子。三十几号人都等着你呢,再不去,咱春蕾剧团真的要散伙了。还有刘姐,我们也不能太辜负她,她在我们身上砸了不少钱呢……"子龙嘤嘤嗡嗡了一通。心刚记得,那一刻子龙的声音像极了黑暗中的星星。

　　他推开公寓的门,眯着眼迎接阳光。连打几个战栗后,腿脚一阵痉挛,但他立住了。他想即使不为柳老师,不为刿剧,不为那张着嘴等饭吃的三十几号人,只为子龙,自己也应该坚持站住。

　　三天后,他和子龙又登上了舞台。这次演的是《孟丽君》。《孟丽君》不是老师的原创，是大师姐鼎盛时期从其他剧种里改编过来的。据说当年大师姐演这出戏时，连续一月场场爆满，累得她差点吐血。自从大师姐出事二师姐扶正，没多少人来看《孟丽君》了。那些懂戏的票友都不欣赏二师姐的"孟丽君"，说她男不男女不女，对性别的转换拿捏不准。但心刚能演，他明白孟丽君和祝英台有很多共同点，但孟丽君除了痴情，更有气度。把握好她的气度，把那种女丞相的气场演出来，就成功一半了。心刚版的《孟丽君》虽无法跟大师姐相比，倒也座无虚席。

他上台了，这回变成了孟丽君。"她"女扮男装逃出家门；"她"参加科举独占鳌头；"她"贵为丞相，荐夫出征；"她"为慰夫心，行医探病；"她"巧设计策，荣辱不惊……她聪慧、坚毅、大气、痴情，她忠孝两全、忠贞不渝……他在台上用那细沙似的嗓音从容唱着。演到《游上林》后半场时，子龙突然向他示意了一下。他莫名其妙，随意往台下一瞥，感觉有些不对劲。再定睛细看，原来台下只剩下五六排人了。脑中"嗡"的一声，他忍不住从孟丽君中分身出来。只那么一下，就慢了半拍。幸亏拉胡琴的师傅立马调整，不经意间掩饰过去。

演出完毕，他一声不吭地走向后台。子龙冲进来，摘头饰脱戏服，猛地飞起一脚踢翻了箱子。"操他娘的，这样拆老子的台，老子得罪谁了……"伙计们都聚上来，围住心刚，叫嚣着："心刚，这事一定有人作梗，我们不能忍气吞声，白白被人家欺负了！"大家纷纷猜测幕后老大，一会儿猜是没多少生意的春福班，一会儿又猜测心刚的二师姐。只有心刚不答话，坐在镜子前自顾卸妆。沉默了良久，他皱着眉说："大家不用生气，这事跟大家无关，是冲着我来的。我自己会摆平的。"子龙还没卸完妆，挂着半脸的胭脂，扳住心刚的肩头，瞪大眼睛问："到底怎么回事，你跟谁结下冤仇了？"心刚微蹙的眉头勉强舒展开，垂下眼皮道："没什么，我知道迟早会有这一天的。"

11

他主动去找刘姐。去之前，给刘姐打了电话。刘姐在电话那头说："郑心刚，你来看望姐，姐岂有拒绝之理。"听得出来，刘姐很高兴，以"姐"自称，这是她以前没有的。他觉得很别扭，可这回下了决心，豁出去了。

刘姐依然穿着睡衣，紫色底子白碎花，乍一看像一条棉布裙，细看分明是一件比较保守的睡衣。

"刚，你是不是生我气了？"她端起紫砂杯递给他，玫瑰茶香飘来一丝暧昧的气息。"姐也是没办法，姐不这样做，你会主动来看姐吗？"她口口声声自称"姐"，他越发不敢靠近。

"不怕你笑，姐真心喜欢你……"她轻呷了一口茶，抬起头。

"刘姐，你可别这么说，我……"

"你别推，你早看出来了……呵呵，多少日子了，捅破了，只是一层纸而已。你跟陆子龙也一样！"她的薄嘴唇抖动着，吐出来的话全砸在他心窝里。他红着脸，说不出半句话来。

她放了茶杯走过来，盯着他。他从她的眼里看到自己狼狈的影子，还有她深深的忧伤。她笑了一下，头埋到他的胸前。这是他老早预想到的，事到临头，仍不免慌乱。他僵直的双臂轻轻扶住她，默默地往后退了两步。这一刻如此漫长，他感到自己的呼吸都快停止了。终于，她抬起头来，无声地望着他。他发现了她脸上的两行清泪。

"你是不是觉得我是个坏女人？"她不转身，也不擦泪。

"刘姐，我想走了！"他突然退缩了。

"你真的不想陪我吗？难道我真的令你这样讨厌吗？"她的睫毛微微跳跃着，这让她的眼睛多了一层梦幻。

"我没什么奢求，看在我也痴迷剡剧的分上，今晚，你陪陪我好吗？"她轻声呢喃着，哀求着。他怔住了。多年之后，想起那一晚，他发现自己不仅害怕刘姐的嚣张气焰，更怕她的眼泪和哀求。原来，自己内心深处也是怜香惜玉的。

"不要把我当作富婆，不要以为我用金钱势力压你。我是真心实意喜欢你的，睡梦里，都是你的影子。"她喃喃说着，"多少个夜晚，我就这么独守空房，默默想你的容颜，一遍遍哼唱你的曲子。他偶尔回来一次，笑我是个疯子。我知道自己没有疯，如果能天天跟你在一起，我情愿自己变成疯子……"

她痴痴地倾诉着，像个小女孩缠绵地诉说着。

"不，刘姐，你不要再说了，我不能。"

"我知道你不能，可是我喜欢你，爱你……我喜欢你，更喜欢剹剧。我喜欢唱戏的你，我喜欢你的锦心绣口，我喜欢你的蕙质兰心，你每一句都唱出我的心声。我从来没有遇到过一个男子能这么深刻地理解女人。我见到的男人，都是大腹便便，酒囊饭袋，有几个钱，就不把女人当人。难为你，这样贴心贴肺地与女人靠近，难为你，能这样钻进女人的骨子里……你前世一定是个女人，今生只是套上男人的躯壳罢了……"

她脸颊泛白，手冰凉，身体颤抖着。他扶着她微颤的肩头，感觉每一条神经有电流通过，也难以自持。

"刘姐……"他抱紧了她，捂住她柔绵的身子，轻声耳语。也许，这是命中注定的，他恍惚地想。右手神使鬼差地在刘姐的背上缓缓游动，犹如一条章鱼羞涩地探寻着。可是，就在刘姐捏住他的手时，他如梦初醒。"不……"他在心里叫喊着，他的情窦开在别处，岂能主动求欢！

"刘姐，你不懂。其实，每个人，台上台下，是不一样的。我是唱戏的，可我知道，戏，只是一个白日梦罢了。"他艰难地说着，一字一顿，好像怕她听不清楚。

"我不管，我只知道你是真实的。就是白日梦，我也要痛痛快快演一场！"

她抬眼，两手贴着他的下巴。他感到她柔软的手指滑过下巴，那里光洁柔滑，细细的胡髭隐藏在下面。他知道自己的脸很白净，柔和、优雅，她迷恋他，倒不如说迷恋自己这张精致的脸。她想脱去他的外衣。她的手指在前胸摩挲着，那些扣子像春日刚刚长出的嫩叶迟疑着，羞怯地一一展开。他微微皱了一下眉，没有拒绝。他知道这一切终于来临了。于是，顺势地，那件外衣滑落了。她又试探性地解开他的内衣。她的呼吸紧张起来，仿佛他是一件珍贵的瓷器，她唯恐一不小心碰碎它。他僵直着，目视前方，任她抚过他如脂如玉富有弹性的白皙身体。

终于，他彻底裸露了，一丝不挂地展现在她面前。她看着他，竟闭上了眼睛，仿佛眩晕了一般。"刚……"她努力睁开眼，嘴唇哆嗦着，"你……我……"

他一动不动,没有急促的呼吸,也没有不安的神情,只是那么木然地站着,如同一尊雕像。"刚,你怎么了? 我不能……我好怕……"她咬着嘴唇。他依然没有回应,仿佛他不在这儿,而在别处。终于,他慢慢转过身——没有哭,可泪水瀑布般往下流。他轻轻地说了一声:"刘姐,如果没事,我走了!"

他默默地穿上衣。他穿衣的时候,她颓然地望着他。他知道此时她万箭穿心,却无法安慰她。是的,她太爱他了,真的怕他化了,怕他碎了! 她和自己一样,终将是个悲剧。他终于明白了这一点。

他含着泪走出公寓。夜风卷集着落叶,狂乱地飞舞。街灯下,他的影子被拉得很长很长,像孤独的游魂。他往前走着,汽车的灯光一束来,一束去,让人不知道身在何处。他就这样默默地走着。走过剧团,他停下来看了看。又走到子龙的楼下。那幢楼,有几个窗口探出灯光,子龙家却没有一丝亮光。他又想起第一次见到子龙的情景,脑海里浮现出他俊俏的眼神,他喝绿茶时的一瞥,他假戏真做时的无限激情……

他继续往前走。不知哪家窗口隐隐飘来《大劈棺》的唱段,讲的是庄周梦蝶的故事,当年也是大师姐的拿手戏。突然一个激灵,他决定去看望大师姐。他知道大师姐仍住在吴市剡剧团的旧宿舍里,整天疯疯癫癫,只有唱"梁哥哥,我想你"时,她的眼睛里才会有湿润的东西闪过。

就在他准备拦一辆出租车时,不知从哪个胡同里蹿出三个人。一个胡子拉碴的男子,劈头盖脸给了他两巴掌。他还没回过神来,一个高个子男人飞起一脚迎面踢来。他躲闪着,高个子男人从腰间拔出一把匕首……那个场面在记忆中零乱得像一地落叶。他只记得自己头皮发麻,血从嘴角流下来,黏糊糊的。一个斜挎包的女孩惊恐地望着自己,飞跑着大喊:"救命呀!"他以为自己的生命将在那一刻结束……

12

命中注定,逃过一劫。在女孩惊恐的叫喊声中,他得救了。自己到底怎样从死神手中逃脱,他不得而知。昏迷中,他没听到救护车的呼叫,也没听到子龙惶恐的呼喊。醒来，发现自己的右眼角嵌入了一条刀痕，暗红色的，很深，直通到右耳边。更残酷的是，颅内出血，脑神经也遭到了损伤，留下了头痛失眠的后遗症。医生说，以后，绝对不能演戏了！

很快，春蕾班倒了，三十几号人作鸟兽散。子龙回到了他前妻身边，偶尔到街头的公园去过过戏瘾。刘姐也不知去了何处。听他们家的小阿姨说，心刚出事的那夜，刘姐的丈夫突然回来了，第二天就把刘姐带走了。心刚出事是否跟刘姐的丈夫有关，小阿姨缄口不言。心刚叫大家不要为难她，为难小阿姨是没道理的。反正一切都结束了，他颓然地想。

是的，一切都结束了。心刚戴上黑框茶色眼镜，开始蓄八字须时，他感到自己的心也被抽空了。可是，时光流走多年之后，这些迷糊的记忆为什么还在暗夜里窜出来，孤独忧伤地鸣叫呢？对着南县缓缓流淌的河水，他浑身疲沓，精神恍惚。也许自己最后一点梦幻也会像水泡一样早晚破灭吧。

那几天里，他噩梦不断。时而梦见自己挥舞着水袖作飞天状，从半空中飘下来；时而梦见老师七孔流血，慢慢向后倒去；时而梦见大师姐伸长脖子悬挂在梁柱上。还有一次，梦见了子龙，梦见他跟自己在台上演《玉堂春》，演着演着竟吵起来，子龙拿起一只香炉砸向自己……梦醒之后，他大汗淋漓，心跳不止。黑暗中，他望着天花板，呆呆地想，大概是不祥之兆吧。

没过多久，他的幽闭世界暴露了。那一晚子夜时分，他正沉浸在《孟丽君》中，房门外传来香梅的叫声。他吓了一跳，赶紧关掉电视，剥下身上的戏装塞进大衣柜。香梅开门进来，揉揉眼睛，问他在做什么。他支支吾吾，说自己睡不着，怕吵醒她，就来这个房间看电视。香梅捂着打呵欠的嘴，嘟囔着："刚才我听到里面在唱剡剧。"他不语。"平日里听见剡剧要恶心，半夜三更见鬼了，躲起来一个人听，神经病……"他太慌乱，一时找不到合适的词来辩解，脸变成了猪血色。平时，香梅也经常骂他"神经病"，可此时听来尤为惊心。

第二天清早，他还没起床，香梅就在楼下骂，多么难听的词都用上了。

他实在忍不住,只得起床下楼。下楼后才弄清楚香梅不是在骂自己,在骂她娘家的一个堂姊妹。那个堂妹五年前婚姻失败,受了刺激,疯了。住院治疗后好过一阵,谁知上个月又犯病了。这一回,叔叔婶婶准备把她送到南县来(南县的那家医院是省属的,据说看上了南县的古朴宁静)。香梅逃不了要去看望她了。

"全都是疯子,她疯了,她爹娘也疯了,千里迢迢送到这边来。把女儿宝贝得像大熊猫,真恶心……"香梅打理着服装,嘴里一刻不停。"你代我去看她吧,顺便也瞧瞧你的病,是不是脑子也有问题……"她竖起一根食指上下挥舞着。"昨日半夜三更,我好像听见你在那个房间听刾剧,真有这回事,还是我在做梦? 真莫名其妙……"心刚没有理睬她,任她骂骂咧咧了一上午。

下午,心刚坐公交车去精神病医院。天阴沉沉的,太阳得了眼翳病,怎么也睁不开。走进医院,见里面绿意葱茏,玉兰树的枝头摇摆着花朵。大概是不沾灰尘的缘故,那些花朵显得有点惨白。经过一条通道,一阵冷风从背后袭来,心刚打了几个寒战。想到待在这里的都不是普通病人,他的头皮有点发麻。

很快,他见到了香梅的叔叔婶婶。两个老人曾在他和香梅的婚礼上出现过。他又见到了香梅的堂妹,一个瓜子脸的姑娘,很秀气。如果不仔细看她的眼睛,他几乎不相信她得了那种病。痴情人总是不能摆渡自己,若是粗枝大叶的香梅,是绝对不会这样子的。

看完病人,路过走廊。他看见墙壁上挂着一幅幅关于心理健康的宣传画。有一幅全是测试题,比一些流行杂志里的"小贴士"更专业。两个医生迎面走来,一男一女。他瞥了他们一眼,感觉他们的眼睛都很虚,像暗夜里昏黄的路灯。阴气太重了! 他感慨着,加快脚步。当他走到楼梯口,隐约听到一声刾剧戏腔,阴风似的嗖地穿透他的身体。

"我家有个小九妹,聪明伶俐人钦佩……"他愣住了,背脊抽了一下。屏息倾听——这声音如此熟悉! 他急忙转身,三步并两步寻声而去。没错,那声音是从208病室里传来的。可惜,这间病室跟其他几间一样,也关着门,只能透过窗户窥到一片人影。

"此番杭城求名师，九妹一心想同来……"是她，一定是她！他感到胸口如锣鼓敲击。她的水袖又在眼前飞舞，直直的，带着一股凌云之气。她的声音糯性十足，像糯米粉团里裹着芝麻馅。

"我唱得怎样？"她在里面说。"好好！"很多人鼓掌，哈哈笑着。"想当初，他唱得还要好呢……"他听到她撒娇的声音，娇气起来像个女孩子。他恍惚了一下。等恢复精神，她已嘤嘤哭泣，别人也跟着哭了起来。她凄楚的声音，搅得他的心往下坠，往下坠。

很快，里面传来呵斥声："七号，你哭什么。他不是明年就回来吗？哭什么，快闭嘴。"隐隐约约的人影晃动着。他似乎看到她被人推倒了。有人急急地来，又急急地走。

这时，一个女医生从楼下走上来。"你在看什么？"女医生问。"没……没什么……"他慌了神。

"我想说……这个房间里的七号病人，好像是我以前的一个朋友？"

"朋友？"女医生警惕地反问。"你有探病证明吗？"他摇摇头。"没有，请走开，这里不是正常人待的地方。"她下了逐客令。

"可是，我……真的很想知道她的情况，她是不是姓刘，名叫依婷？"他鼓起勇气。女医生的目光闪烁了一下，没有回应。

女医生向前走了几步，又回转身来。这回，她舒缓了口气。"这是病人的隐私，如果你想了解，可以打了证明来细细查询。"她说着，掏出钥匙打开一间医务室的门，走进去。进去前，还回头望了他一眼。他觉得，那眼神是意味深长的。

他最终还是没去查询那个唱戏的病人是否正是刘姐。他也不知道自己是怎么回家的。只记得一路狂奔到公交车站，因为身后有很多飘落的樟树叶，疯子般追逐着他。回家后，他感到头疼得要命，脑袋好像要裂开来。有那么一瞬间，他真恨不得自己一头撞死在墙角上。

"神经病，你在烧什么，烟气腾腾的。"香梅突然在他身后出现。他慌忙拎起旁边的一桶水，对着火焰猛扑。扑哧一声，一团浓浓的青烟腾起来，迷住了他的眼。

"你这个死鬼,这是什么东西?"香梅咳嗽着,从灰烬里捞起一团流苏,流苏的上面有一块紫色的绸缎,像一只宽大的袖子。"这不是戏装吗,你从哪里弄来的?"香梅继续大呼小叫着。

　　他抹着被青烟熏出的眼泪,一时弄不清自己是在梦里还是梦外……

橘子灯

1

那个女人进来时,潘鹤鸣正翻着行李袋。女人说,她是阿央介绍的,阿姐还没出来吗。潘鹤鸣嗡着鼻子嗯了一声。他不知道阿央是谁,女人所说的阿姐大概就指雪娣吧。

女人放下自己的东西,开始整理病床和床头柜的杂物,手脚很麻利。潘鹤鸣瞥了她一眼,自顾扬着手掌,看掌心的裂纹。他的手掌在日光里泛出玉样的色泽。从中午开始,潘鹤鸣已经无数次看自己的手掌了。正中的那根线横穿手掌,像是要将手掌割裂。

雪娣是十点推进去的。推进去的时候,外面有她母亲、大姐、二姐。三个女人等雪娣推进手术室后,回到病房,叽里呱啦叙说雪娣的种种辛苦。她们说的是本地话,但潘鹤鸣听出每一句话的矛头都指向他。她们以为他听不懂,或者她们知道他能听懂却故意说给他听。他坐在折叠后的躺椅上,低头滑手机屏幕,等实在听不下去了,起身出门到走廊里兜了几圈。

走廊靠近护士站吧台的墙壁上,挂着电子屏幕。上面显示的正是该科病人上手术台的消息。"宋雪娣正在手术。"看到这条,潘鹤鸣哆嗦了一下。他回转身,看见一个护士拎着一袋盐水走向某个病房,尿黄色的盐水让他小腹微微胀痛。他往回走,推开病房的门。里面的三个女人见他进来,停止了说话。

不知过了多久,护士领着一位医生走进来。那位自称童医生的男子问谁是家属,三个女人围上去。童医生说病人情况不大好……他低沉的声音从喉咙里挤出来,嗡嗡作响。潘鹤鸣盯着他的下巴,上面的胡楂像密集的小黑点在不断晃动。最先哭出声的,是雪娣的大姐。她捂着嘴,一屁股坐倒在病床上。随即,二姐叫了一声老四,像一口气接不上来。

这个要家属签字。童医生举着水笔问。雪娣的母亲冲上去说,我来签。潘鹤鸣感觉到童医生的目光,艰难地说道,我是她丈夫。童医生递笔给他说,这个要你签。潘鹤鸣拿起笔签上名字。

童医生出去了。岳母对着门吼了一声,凭什么我不能签,我是她亲娘呀。她拍着床单哀号起来,我的老四呀……

潘鹤鸣跟了出去,他已听不到背后那群女人的哭声。潘鹤鸣问童医生雪娣还可以熬多久,童医生叹了一声道,少则三个月,多则半年,当然能撑到一年的也不是没有。

大哥,您也不要太难过。女人整理完,又灌来两瓶热水。她问潘鹤鸣雪娣是什么时候推进手术室的。潘鹤鸣说中午十一点。她哦了一声,轻声道,大哥,咱活着,全靠命……潘鹤鸣没应声,对着日光慢慢仰起脸。

2

雪娣推出来,已是下午四点。病房里来了更多人。除了把雪娣搬上床,潘鹤鸣基本搭不上手。医生嘱咐着,头六个小时麻醉还没过,千万不能让她睡过去。那些人嘤嘤嗡嗡嚷着,只有护理的女人拿棉签沾湿了在雪娣嘴唇上涂。医生提醒他们别都围着,影响病人休息。大家才陆续散去。

天色渐渐暗去,病房里剩下雪娣的母亲、大姐,还有雪娣的儿子晓敏——他在省城出差,刚赶回来。潘鹤鸣买了快餐,大家聚着吃了些,商量着谁留下来陪夜。晓敏说,外婆身子不好,大姨家里有事,都不适合陪夜。

叔叔呢,也累了,今天还是早点回去休息。晓敏很少说话,一开口却是一套套的。跟小时候一样,他一直叫他叔叔,此时听来,声音却像变了调。潘鹤鸣不吭声,两个女人看了看潘鹤鸣,也没有反对。病房里寂静下来,只听到氧气灌里的管子咕噜咕噜冒着泡。

一个护士走进来,给雪娣换了一袋抱枕大的盐水,是那种讨厌的尿黄色。潘鹤鸣拨了拨盐水管子说,我睡不着,还是让我陪吧。晓敏犹豫了一下,答应了。他说老妈住院不是一天两天的事,后面的日子长着呢。他起身扶他外婆。雪娣的母亲和大姐又开始用当地话絮叨,她们说得很轻,大概怕被雪娣听见。潘鹤鸣坐在旁边,觉得自己像个贼。

他们走了。潘鹤鸣像在水里疲惫地游了一圈,爬上岸。护理的女人凑近雪娣耳边说话,却听不出她在说什么。几分钟后,见雪娣还没反应,她就提高声音。大姐,您在听吗。雪娣眨眨眼皮,她就放心了。她放下棉签,从一个纸袋里掏出一个橘子,很小心地剥开皮,将里面的肉取出来,掰了一半递给潘鹤鸣。潘鹤鸣捏在手里,一根根抽橘瓣上的细丝。女人也没有吃橘子。她把橘皮摊在手心里,拿了一小截短蜡烛点燃,用烛油粘住橘子皮的底部,又用针线缝住分叉的橘皮上端。完工后,女人把橘皮拎起来,问潘鹤鸣像不像一盏灯。潘鹤鸣眼前一亮,碰了碰橘子皮说,真好看。女人拎起橘皮在雪娣眼前晃荡。大姐,您能看到吗。雪娣勉力睁开眼,又合上了。

时间已过九点。邻床大妈早已入睡,鼾声响得像沸腾的高压锅。她是昨日做的腹腔镜手术,今天已能下床了。她女儿昨晚伺候了一夜,也倒头睡去。房间里特别安静,潘鹤鸣撑不住了,将头埋在膝盖里。

大哥,您也回去吧。女人轻推了他一把。潘鹤鸣抬起头,恍惚了一下,像在虚空里。女人说,六个小时的麻醉期很快过去了,接下来就没事了。潘鹤鸣揉揉眼睛,看见女人的马尾辫很清爽,裸露的耳垂温润如玉。你叫什么名字?他冲口道。其实刚进来时,她已经自我介绍过了。哦,阿莲。他想起来了。她含笑点点头,光洁的额头上,一条笔直的皱纹像一枚针在眉心间轻轻漾动。

3

这样的梦已不是第一次了。梦里,他年纪还很小,捧着一个空碗走在狭长的胡同里。胡同很暗,墙壁上爬满发黑的青苔。好像刚下过雨,青石板泛出一个个黑圆点。他捧着碗摇摇晃晃地走着。一个毛茸茸的东西突然出现在身后。回头看,一只狼样的怪物正龇牙咧嘴盯着他。他尖叫着跌倒了,碗摔在地上。此刻,黑漆漆的胡同闪出一道白光,一个女人出现在眼前,身上扎满了碎瓷片,浑身是血。我不是故意的,不是故意的……

潘鹤鸣醒了,没开灯就摸到床头柜上的手机。他借手机的光探照右手掌上的裂纹。那条裂纹跟梦里的怪物一样青面獠牙。他担心身旁的雪娣醒来,将手机放进被窝,对着右手仔细照,好像手机是照妖镜,能把当年的一幕照出来。

母亲曾多次给他说起断纹的来历。说他四岁时,和邻居三丫头一起去她奶奶家讨菱角吃,不想胡同里蹿出一只狗,吓得他摔破碗,右掌扣在碎碗口上。这件事,他一点记忆都没有。比他大一岁的三丫头倒记得很清楚,说当时看着满地的血,她吓哭了。三丫头后来做了他的媳妇。他们的父母都在钢铁厂上班,他和三丫头青梅竹马,同班读书到高中,结婚也是顺理成章的事。

那时,潘鹤鸣从来不关注自己的断掌。他和三丫头一直没孩子,他们几乎把所有的精力都投入制造孩子中。这就是命呀。母亲叹息道,右手断掌,注定无子。母亲上年纪后,变得特别迷信。对于自己没有孙儿的事,她归咎于儿子四岁那年摔破的手掌。退休以后,她把大部分的时间捐给了菩萨,希望通过佛珠,攻破子孙命的神秘关口。

但是命运并没有因老太太的虔诚改变走势。潘鹤鸣三十九岁那年,三丫头出事了。那个夏日黄昏,西天的火烧云将整个县城都攻陷了。三丫头骑着电瓶车回家。路过大宋烤鸭店,她想带几个鸭下巴回去。大宋烤鸭店的鸭下巴,是潘鹤鸣最喜欢的下酒菜。三丫头在烤鸭店的门口停放了电瓶车。就在那一瞬间，旁边的餐馆爆炸了。像电影里播放的爆炸镜头一样，大火突如其来，火势汹涌，连刚好经过门口的公交车也被炸碎了玻璃。这次爆炸死了十多个人，当日晚上就上了省新闻。关于爆炸时的情形，潘鹤鸣想象了无数次，最后出现在脑海里的，除了三丫头残损的尸体，还有满地带血的碎瓷片……

关掉手机，潘鹤鸣碰触了一下身边——床单平整。他才想起雪娣刚动完手术，自己睡在医院隔壁的宾馆里。昨日一整天里，老天捅了雪娣两刀——原本最简单的胆结石，变成了肝癌，且已扩散，无可挽回。命运就是这么奇怪的东西，它像一只猛兽长期隐藏在暗处，突然在某一天跳出来，一口将你咬死。潘鹤鸣没想到，雪娣这样的人会栽倒在这把刀上。

跟第一次婚姻不同，雪娣是别人介绍的。第一次见面，雪娣就告诉她，她想找个老实男人，给她壮壮胆。她不需要他挣钱养家，也不需要他承担很多责任，她只要他有个坚实的肩膀让她靠靠，不至于她儿子在离开父亲后变得太懦弱太胆小。她的坦率一下子打动了他。那时，三丫头已去世三年，他正迷茫自己该怎么活下去。父亲早逝，母亲由几个姐姐照顾，自己又没孩子，也算是了无牵挂。潘鹤鸣就抛掉原来的生活，跟着雪娣来到剡县。

走进雪娣家，才发现一切并不是想象得那样简单。雪娣的儿子晓敏已经十一岁了，正是尴尬的年龄。他性情沉默，不亲近他也不敌视他。让他头痛的是雪娣的母亲和三个姐姐。雪娣没有兄弟，她母亲把她这个小女儿当儿子一样宠着。按她们三个姐姐的话说，全家的好处都让雪娣一人得了。三个姐姐像打三国一样，时而联合时而分裂地对付雪娣。据说雪娣的前夫就是因为受不了七大姑八大姨的算计，跟雪娣分歧越来越大，渐渐有了外心。

四姐妹里，雪娣最漂亮。过了四十岁，身材还像个小姑娘。安静的时候，一双丹凤眼很清澈，有点明眸善睐的味道。一旦恼怒起来，那就立马变成刀剑，锋利得削铁如泥。她的手很瘦，修长的手指，摸上去尽是骨头。潘鹤鸣的母亲说，手骨很硬的女人大多劳碌命。与雪娣生活一段时间后，潘鹤鸣发现这个女人日日忙于争斗。单位里的职称考核要争,儿子的比赛考试要争,娘家的拆迁分房要争,邻里的沿界地面也要争。鸡毛蒜皮,蝇营狗苟。这似乎是她的生活方式。在她眼里,没有一件是小事,哪怕买菜时混进了五元假币,她也要赶上门张牙舞爪理论一番。

人与人的差别有多大呀。三丫头的大大咧咧,没心没肺,让潘鹤鸣也成了乐天派。无所谓啦,是他们夫妻的口头禅。可跟了雪娣之后,潘鹤鸣觉得自己也像被罩了一张网,身体的每一个部位都有被网勒痛的褶皱。除了这一点,不能说雪娣待他不好。像这样事事用心的女人,对自己的男人就像对付手上的产品,修剪着也爱护着。这十几年里,七大姑八大姨对潘鹤鸣的明枪暗箭,都是雪娣替他抵挡的。一年一年,他就这样一边煎熬一边又享受着。夜半醒来,他无数次想离开这个女人,但第二天起床,看到满桌的早餐,他的脚又像生了根,无法挪开一步。

五十岁以后,潘鹤鸣彻底把自己交给了老天,能过怎样的日子就过怎样的日子吧。但雪娣对他的态度却发生了变化,那种冷淡和厌烦像看不见的雨雾一点点渗入皮肤。他起先不明白究竟哪里出了毛病。有一日早上,他起得晚,看到早餐桌前,雪娣抱着出生不久的孙子跟儿子儿媳说笑,他才发现他们才是真正的一家子,而自己只是个外人。他想起雪娣当年说的话,她找他是需要一个可以靠一靠的肩膀。如今,她的儿子长大了,他这个日渐颓败的肩膀,已成为多余的了。他们是妈妈、儿子、儿媳、孙子,而他终究只是叔叔。他想起雪娣当年没有让晓敏喊他爸爸,也许就等着这一天。

潘鹤鸣坐起身,在床头柜上摸到烟,点燃了。烟头在暗夜里冒出微光,像夜空中寥落的星星。烟气一点也看不出,只感觉嘴唇和鼻孔吐出的那股辛辣味——他平时是不喜欢吸烟的。潘鹤鸣翻看了一下手机,深夜两点。这会子,雪娣已过了麻醉期,锥心的疼痛该是开始了。那个照顾他的护工阿莲看上去不坏,光洁的耳垂,让人看着很舒服。潘鹤鸣咬了咬发苦的舌尖,不明白自己在想什么。

4

第二天，刚过六点，潘鹤鸣就赶到医院。他在来必堡里买了早餐，给阿莲也带了一份。

病房里，亮着灯。阿莲在整理躺椅上的被铺。她说雪娣后半夜疼死了，不得不打了止痛针，这回还睡着。潘鹤鸣掀开被角看了看，雪娣的脸白得像一层纸，眼窝都深陷进去。

辛苦你了。潘鹤鸣递给阿莲早点。阿莲说这是她的工作，习惯了。潘鹤鸣咬着菜包子，不知道里面什么馅。豆浆很咸，猛力吸到喉咙里，舌根都发苦了。真抱歉，没想到这家早点这么难吃。阿莲笑着摇摇头。她笑起来有点羞涩。

他们还没吃完早点，护士进来了，拿着一些器械，又是量体温，又是看血袋子，问阿莲病人昨夜有没有放屁。没有。雪娣嗡声答道，原来她已醒来。潘鹤鸣凑上去，问雪娣怎么样。她勉力睁开眼说还好，就是有点想小便。阿莲立马放下菜包子，洗了手，从床底下找出替盆来。潘鹤鸣把床边的帘子拉上。阿莲训练有素地把替盆塞进雪娣的屁股下面，潘鹤鸣帮着把被子拎起来。很疼吗。他看见雪娣脸都扭曲了。雪娣看看他，又看看阿莲，开始使力。潘鹤鸣感觉自己的脸烫起来。与一个陌生女人一起伺候老婆撒尿，这实在太别扭了……好了，谢天谢地。阿莲利索地把替盆抽出来，雪娣的脸舒缓很多。

太阳渐渐升高，雪娣的母亲与大姐也过来了。她们问候雪娣后，便苦着脸坐在躺椅上。晓敏的媳妇也紧跟着进来了。她是有名的甜嘴巴，哄起婆婆来，手段一流。有时候，潘鹤鸣觉得也亏得这姑娘有手段，否则以雪娣这样的强势性格，家里不闹得鸡飞狗跳才怪呢。晓敏的媳妇问候了外婆大姨，又感谢潘鹤鸣昨夜守着她婆婆。我叔叔顶好了。她对邻床的老太太说。潘鹤鸣望着邻床母女惊愕的样子，恨不得找条地缝里钻进去——她们原先以为他是雪娣的原配丈夫。晓敏媳妇又拉住雪娣的手，眼泪汪汪地自责，说平日太让婆婆受累，没想到这次让婆婆吃这样的苦。她抹了抹眼泪，又换了笑容，说幸亏只是吃点小苦，要是吃大苦头，那可麻烦了。她对邻床母女道，我妈就是肚子里石头太多了，现在都取出来，放心了。潘鹤鸣瞥了一眼邻床母女，尴尬地笑着。其实她们早已知道真相了，现在这样帮着晓敏媳妇演戏，也真够累的。

晓敏媳妇唱完这出戏，把潘鹤鸣叫了出去，雪娣的大姐也跟出来。晓敏媳妇扯了一通闲话，终于回归正题。她说大姨的小儿子准备结婚，老早想买他们在西门头的那套房子，现在姑娘家发话了，想早点买下，用来做新房。潘鹤鸣愣住了。那套房子是八年前买下的。当时雪娣炒房赚了点钱，潘鹤鸣也拿出了积蓄。雪娣就以晓敏的户头买下，给潘鹤鸣做了张共有证。那套房子长年出租着。雪娣的大姐好几次说起要买过来，雪娣一直不肯。昨日雪娣确诊绝症，她们立马来动脑筋了。

这房子闲着也闲着，不管妈妈怎么样，叔叔反正跟我们一起住，再说妈妈治病正需要钱……晓敏媳妇眼圈又红了。她就是有这样的本事。你明明知道她是虚情假意，被她一渲染，还是情不自禁被打动了。潘鹤鸣很想说什么，一时找不到合适的理由。他不能说，我跟你妈商量商量。他只好说，这个太突然了，给我点时间，让我考虑考虑吧。他没有看旁边雪娣的大姐，她那张青蛙样的扁嘴，他最讨厌看到。

5

医生查房后，晓敏媳妇带着外婆和大姨走了。阿莲忙着清扫一地垃圾，又给雪娣喂了点水。雪娣的嘴唇很干裂。按医生的说法，如果一直不放屁，喝少量的水还是可以的。

做完这些，阿莲拿出一副钩针来，用羊绒线钩花边。潘鹤鸣问她忙什么，她说她想给大姐钩一个小披肩。大姐气质好，配紫色披肩肯定很漂亮。潘鹤鸣啊了一声，不知说什么好。阿莲瞥了一眼雪娣，见雪娣又睡过去了，压低嗓音说，大姐到了这一步，别人也帮不上什么忙，就弄点她喜欢的，让她高兴就好。潘鹤鸣点点头，眼睛眨了好几下。

阿莲的手指很修长，钩针在她指尖有节奏地跳跃着。阳光照进来，落在她雪青色的衬衫上，衬得她的皮肤越发白皙。潘鹤鸣呆望着，忽地想起多年前三丫头也曾玩过钩针。那时，他们刚结婚，三丫头信誓旦旦说要给他钩一条围巾，结果弄了大半年还没搞好，最后那半成品经过母亲的手成了一块小桌布。

阿莲。潘鹤鸣突然叫道，他自己也吓了一跳。什么事，大哥。阿莲停了活。潘鹤鸣眼睛盯着水杯道，没什么。阿莲起身给他倒了一杯水。潘鹤鸣捧住水杯，拿起阿莲已经钩好的那圈花，绕在手指里轻轻摩挲着。

一个瘦高的快递哥走进来，给阿莲带来一个腰托。阿莲说，这是他大儿子。她的腰不好，昨日来得急，忘了带腰托。潘鹤鸣没想到她有这么大的儿子了。快递哥走后，阿莲有一搭没一搭地跟他聊一些家事。大儿子出来打工好几年了，一直送快递。小儿子爱读书，上大学一年级。他们的父亲呢？阿莲顿了顿说，病逝六七年了。潘鹤鸣倒吸一口气，听到自己喉咙吞咽茶水的声音。阿莲手中的钩针却快速跳跃着，说她男人生病住院后，她开始做这一行。本来，她陪着小儿子，在老家做。现在小儿子读大学去了，她就跟着大儿子来到这里。你也够难的。潘鹤鸣把阿莲钩好的两片花样摊在手心里，它们像一对蝴蝶，展开翅膀盖住他掌心的断纹。阿莲站起身，捏了捏尿黄的盐水袋自语道，人活着都不容易，但咬咬牙，也就过去了。

潘鹤鸣垂着眼皮，把那两片花样放在凳子上。雪娣不知什么时候又睡着了，传来轻微的鼾声。邻床的母女去楼下散步了。潘鹤鸣终于忍不住把自己与雪娣的关系告诉了阿莲，又说了晓敏媳妇要他签字卖房的事。阿莲淡淡笑道，其实昨日她就看出来了。潘鹤鸣惊讶地望着她。那我该怎么办。他红着脸喃喃道。阿莲像听到了，低声说，卖不卖房不是最重要的，重要的是以后的日子怎么过下去。她说，看得出大姐性子比较急，人还是不错的。一日夫妻百日恩，现在还是照顾大姐要紧，等大姐走了，如果不想待在这里，那留着房子也没什么用呀。

阿莲有一搭没一搭说着，她的手有节奏地一针一针钩线，快而不乱。潘鹤鸣十指相扣,双手绞在一起,使劲绞着。

走廊里,传来一阵喧嚷声。邻床的母女回来了。阿莲把钩针放在一边,起身去开门。

6

晚饭前,雪娣的大姐又过来了,给潘鹤鸣带来他爱吃的葱烤河鲫鱼,说他照顾她小妹辛苦了。潘鹤鸣觉得挺好笑,这么多年来她都没有正眼瞧过他,现在倒像太上皇一样待他了。雪娣的大姐还让他晚上回家睡,今晚她陪夜。潘鹤鸣看了阿莲一眼,说都是阿莲在忙,他一点都不辛苦。雪娣也让他回去,明早去单位请假,顺便把要紧的事都理一理。雪娣看上去好多了,下午倚在靠枕上,让阿莲收拾了一下头面。阿莲帮她把头发梳得光光的,看上去精神很多。

潘鹤鸣答应回家。雪娣叮嘱他,只要把家里的卧房收拾一下就可以了,其他事等她出院后处理。雪娣的嗓子也好些了。因为插管与麻药,之前她的嗓子几乎发不出声音。阿莲特地跑出去熬了点雪梨粥给她润喉。那我先走了。他走到门口,又说了一句。阿莲拿出昨天缝的橘子灯,说带给家里的小朋友玩吧。潘鹤鸣提起橘子灯,晃了晃,喉咙间突然有一股液体冲上来。

走出医院,潘鹤鸣没有直接回家。他坐上公交车,绕县城胡乱走一圈。跟雪娣来这里十多年了,对这个县城,他已熟悉得像掌上的纹路。心情不好的时候,他都会坐上公交车,绕县城跑。然后随便找一站下车,走进哪个排挡喝冰镇啤酒。他们这个县城,一年四季都不冷。冰镇啤酒只会让他稍微哆嗦一下,并不会刺伤喉咙。当然,他也不喜欢刺痛,自从三丫头出事,他对痛特别敏感。一点点的小伤痛,他都会避而远之。

他在明月路站下了车。往南走一点路,有个药师胡同,里面有一家叫"艾艾"的小茶馆,很有范。他曾经和同事来过几次。跟雪娣来到剡县后,他几乎没一个朋友,只跟同办公室的同事走动。同事嘛,在一起也就喝喝茶,唱唱卡拉 OK,搓搓小麻将,从来不扯家里的事。

艾艾茶馆里的茶很香。老板娘穿着印花蓝布旗袍,笑盈盈地提着老式铜水壶走出来,像是民国女人。东北角有个小小的戏台,常有人拉二胡弹琵琶,唱几句剡剧,吴侬软语的。来喝茶的内心有多大的褶皱,也被慢慢熨平了。

这个时间段,茶馆里快没人了,潘鹤鸣一个人坐着。木质音响里放着老歌:"浮云散,明月照人来,团圆美满今朝最。清浅池塘鸳鸯戏水,红裳翠盖并蒂莲开……"西落的日光沿着花格子木窗漏进来,在茶桌上投下斑驳的影子。潘鹤鸣独自喝着茶,感觉有点不真实,好像这样的场景,应该在某段记忆里。他恍惚觉得,他在剡县的十多年时光已浓缩成了一张旧照片。在不久的将来,回忆这十多年的人事,只是一场寥落的梦。

潘鹤鸣突然想起阿莲。她捏着钩针编织花边的模样,不知会不会存入他的记忆。像她这样的女人,实在不应该在医院里做护工,来茶馆才是合适的工作。潘鹤鸣喝完杯里的茶水,又叫老板娘给他拿来两大包花茶。他揣着花茶在明月路上走着,路过一家顺丰快递,便拐了进去。他在快递单子上写下阿莲的名字,直接寄到雪娣的病房。

仲秋的上弦月,挂在仿古建筑的檐角,让人心生伤感。潘鹤鸣却感觉自己像做完了一件要紧事,心头舒畅很多。

7

再次回到医院,已是第三天。那两天里,潘鹤鸣去单位办了事,又跟着晓敏夫妇去房产管理中心,办理了二手房的买卖手续。忙完这些赶到医院,恰好遇上大雨。他打着喷嚏,走进病房,见雪娣躺在床上,旁边一个陌生的女人在修指甲。

大姐去送老妈了,不知有没有淋到雨。雪娣神情很阴抑,头发乱蓬蓬的。潘鹤鸣问阿莲呢。雪娣不耐烦地摇摇头,说阿莲跟大姐争了几句,走人了。潘鹤鸣打了一个寒战。她不是服侍得好好的嘛。雪娣不说话。旁边的女人把指甲钳放进包里，问潘鹤鸣要不要吃点心。还没等潘鹤鸣开口，她已把一碗莲子粥捧到潘鹤鸣手里。潘鹤鸣明白了，这是新雇的护工。

这个护工长得不难看，瓜子脸，薄嘴唇，眉峰很细长。她滔滔不绝地跟雪娣讲家长里短，潘鹤鸣听了很久，才明白原来她在讲最近热播的电视剧《左手亲情右手爱》。这个家庭伦理剧，拍得实在有点狗血，雪娣却很喜欢看。就在住院前的那一晚，她还在追这个剧。你说这唐素萍是不是神经病，好好的一对小夫妻真要被她作死了，要不是后来老奶奶宣布真相，这儿媳是她亲生女儿，这对夫妻绝对完蛋……护工手舞足蹈讲着剧情，雪娣也被她逗乐了。

雪娣大姐进来了，看见潘鹤鸣，拍拍肩，心领神会的样子。潘鹤鸣问他原来的护工怎么走了。雪娣大姐哼着鼻子道，那女的拎不清，这边雪娣没照顾好，偏偏去管邻床的老女人，帮人家洗衣服，伺候人家大小便，不想图双份工资，难不成学雷锋呀。她指着新来的护工道，这个小柳，手脚勤快，嘴巴又甜，雪娣多开心呀。

小柳嘻嘻笑着，问雪娣大姐要不要喝茶。随即，空气里弥散开茉莉花的香味。潘鹤鸣瞥见床头柜上搁着一大包花茶，正是他前天寄给阿莲的。他摸摸花茶外面的纸包，心里一阵嘈杂。拉开抽屉，看见上次阿莲钩的花边已拼成一张紫色的羊绒线帕。他偷偷捏在手里，像握着柔软的云。

雪娣大姐走后，潘鹤鸣去找主治医生。医生说，雪娣恢复得不错。这几天烧退下去，就可以出院。如果要做化疗，也得回家先养一阵。潘鹤鸣回到病房，看见小柳正捧着一个雪梨使劲啃。这梨是他刚才削给雪娣吃的，现在竟到了她嘴里。见他进来，她也不顾忌，腮帮鼓得肿肿的，嘴里还叽里咕噜嘟囔着什么。她的左脚搁在凳子上，每个脚趾都涂着殷红的指甲油，让人疑心踩到了一摊血。

潘鹤鸣坐在躺椅上，双手轻握拳头，沉默着。有好几次，在小柳停下说话时，他想问一声邻床的老大妈是不是出院了，但老是插不了嘴。

终于，小柳手机响了，跑到外面接电话。潘鹤鸣坐到雪娣床沿上。雪娣问潘鹤鸣家里可好，潘鹤鸣说，家里晓敏媳妇在，什么都不用操心。雪娣哦了一声,别过头看窗外。潘鹤鸣望着她鬓角一缕枯黄的发丝,眼角有点发热。他还是没有问邻床大妈的事,他有点害怕提阿莲。

雪娣转过头来,已泪流满面。我担心的是你。潘鹤鸣怔了一下,伸手碰了碰雪娣的脸颊,低声道,我会照顾自己的。雪娣的泪流得更欢了。她说,要是她身体不好了,潘鹤鸣能不能不离开他们家。潘鹤鸣捏住她的手指道,她只是做了个胆结石手术,千万不要胡思乱想。雪娣却啜泣着摇摇头,说自己这些年,白要强了,还是抗不过命。潘鹤鸣有点不知所措,他四处寻找餐巾纸,手肘一碰,把刚才雪娣大姐没喝完的茶碰翻了……

8

雪娣出院后,潘鹤鸣回单位上班。雪娣由她大姐照顾着。潘鹤鸣又像往日一样,过上单调的生活。他每天走在法国梧桐下等公交车,看见几张熟识的面孔,常涌起去搭讪的冲动。那一张张干燥疲惫的脸庞下面一定隐藏着与自己一样的茫然心境吧。但大家都只是抱着胸口,透过梧桐树荫看斑驳的日光,然后用湿漉漉的手握住车里的护杆,前胸贴后背地感知彼此的体温。

复查是在半个月后。那日,因为晓敏出差,潘鹤鸣和雪娣大姐陪雪娣去医院。无非又是抽血、做 CT,雪娣不像上次来时那样死死活活地闹,她安静得让人害怕。检查完毕,潘鹤鸣谎称自己小便不畅要查男科,让雪娣大姐先送雪娣回去。她们走后,他捏着化验单直奔住院部,找雪娣当初的主治医生,细问情况。主治医生说,雪娣的情况比想象得好,但也说不准,有时候,一夜之间就会迅速爆发。虽说那纯属意念,潘鹤鸣还是日夜期盼着奇迹。就像小时候通过掷硬币猜阴阳面来猜自己的考试成绩一样,潘鹤鸣进电梯前强迫自己做这种游戏。电梯里的人逢单数,雪娣的病没救了,电梯里的人逢双数,还会有奇迹产生。电梯门开了,潘鹤鸣走进去,连同他共八个人,逢双数。可医生还是说,雪娣的时间一般不会超过半年。

走出医生办公室,潘鹤鸣四肢疲软。在护士站吧台旁,见一位护工提着暖水瓶从一间病房里出来。秀气的马尾辫,温润的耳垂。大哥,是你呀。对方叫道。阿莲!潘鹤鸣嘴唇微颤着,一时回不过神来。阿莲问他雪娣怎么样了,是不是去省医院看了。她还是老样子,说话不急不躁,身上暗紫色短外套,衬得她的脸看上去更显年轻。潘鹤鸣嗫嚅着,为上次的事道歉,他说自己真不知道当时发生了什么。他才回去两天,回来就没看见她了,他以为她去别的地方做了。阿莲摇摇头说没关系。

秋日的阳光,像绕脚的绒线,有点让人走不开。潘鹤鸣瞥了一眼吧台附近的电子屏,上面蓝色的宋体字又在播报手术动态。阿莲说,大姐看上去性子急,人其实挺好的。他垂下眼皮,喃喃道,其实,很多东西,只有失去了才知道要珍惜。话一出口,潘鹤鸣自己都吓了一跳。但这句话出来却是那么顺畅,好像在嘴里含了很久,终于找到了好机会。阿莲轻叹道,大哥,我知道,其实你也不容易,但日子总得过下去吧……潘鹤鸣点点头。他看着地上两个人的影子,又慢慢抬起头,碰到阿莲温热的眼睛。

临别时,阿莲突然问他,在照顾雪娣的那两天里,有人给她寄了两大包花茶,不知是谁。潘鹤鸣笑而不答。雪娣说她本来想给大姐织一件披肩,结果才做了两三天就走了,只织了没几片,只能拼起来包头用。潘鹤鸣说挺好的。其实那块包头,雪娣根本没用,不知丢哪里去了。

然后,就是告别了。潘鹤鸣要了阿莲的电话号码,说万一雪娣再来这个地方住院,还是想请阿莲来照顾。她爽快地点点头。

阿莲提起暖水瓶走了,潘鹤鸣看她的背影消失在长廊尽头,才回过神来。手机响了。"浮云散,明月照人来,团圆美满今朝最。清浅池塘鸳鸯戏水,红裳翠盖并蒂莲开……"这是他新换不久的手机铃声。

9

雪娣没有熬过冬天。按医生的说法是,本来还可以撑到第二年清明,但他们送她去省肿瘤医院化疗,加速了她的死亡。最后的日子,雪娣恢复了她急躁的本性,把对病魔的仇恨都转嫁到潘鹤鸣身上。有一回,她疼得不行,一口咬住潘鹤鸣的右手背,留下两排狼牙似的血印。等她恢复神思,又抱着潘鹤鸣痛哭,说这辈子最对不起他。

潘鹤鸣默默忍受着。他请了长假,日夜伺候在雪娣的床榻边。他有一种奇怪的感觉,雪娣最后一个月给予他的,似乎比之前的十几年还要多。那一日,雪娣的同事来探病。潘鹤鸣去厨房洗水果。洗完后刚走到楼梯口,正好听到同事们在夸潘鹤鸣待雪娣好。雪娣笑道,儿子一百不如老头一脚。这是剡县的老话,意思是说一百个儿子也比不上老伴的一只脚来得牢固。潘鹤鸣端着洗好的葡萄,站在楼梯口,情不自已。他斜靠着门框,抱着水果盘,任水滴濡湿黑色外套。他终于明白,这些年来,他在雪娣心目中并不像想象的那样糟糕。

入冬后,天气越发冷了。小区里的植物,大多落尽叶子,剩下光秃秃的枝干。雪娣却像藤蔓那样缠绕着他。她说,当年招他入赘,就提防着这种坏结果,原以为这种境况至少发生在七十岁之后,想不到竟提早了二十年。她握着他的右手,摸到掌心的断纹道,你小时候摔的这一跤,代价实在太大了。她又说,虽说儿子孙子,是她最亲的,但他们已有了自己的小家庭,没了她,日子照样过得很好。只有他,这么尴尬的年龄,又没有亲生孩子,到老怎么办呀……

他的泪滑落下来。他像个孩子伏下身,埋在她枕边啜泣。她摸着他高起的发际线,慢慢滑到他的脸。他挂满泪水的脸还是能感受到她手指的温热。原来她的手骨并不像他想象得那么硬。她说,她其实老早就知道,他们逼他卖掉房子的事。她让他放心,她手上还有一套单身公寓,要是跟儿子媳妇住不惯,就住到单身公寓去。她像安排后事一样,安排他往后的日子。这是腊月初,寒潮来袭。阳光稀薄得像一层纸,楼前的广玉兰树上,几只乌鸦叫着,飞来又飞去。玻璃房里的红豆杉,落尽针叶,只剩下几根枯枝矗立着。山茶花开得很艳丽,满树的花朵缀满枝头,泛着恶俗的红。那些枯萎的,落在地上,像吐了一地的血。

腊月十六,雪娣陷入昏迷,他们送医院急救。腊月十八,雪娣在回家的半路,闭上眼睛……

10

这是潘鹤鸣最悲伤的日子。岁末的爆竹,像把一年来的痛苦都发散在空中。站在光秃秃的梧桐树下等公交车。寒风刮来,一点点渗入骨髓,有一种噬咬的痛。但想起雪娣,他的心底竟慢慢地泛起一股暖意。

雪娣头七那天,潘鹤鸣坐公交车去了人民医院。医院如集市,比平时更加兴旺。潘鹤鸣等了好久,才挤进电梯。他走到六楼肝胆病房区,在护士的站吧台边徘徊着。他不知道自己到底来干什么。旁边的电子屏幕里,蓝色的字幕很卖力地播报着一条条手术动态。这个世界,总有太多的苦痛,折磨得人千疮百孔。

一个圆脸的护士从走廊那边走过来,对他点头示意。潘鹤鸣想起雪娣第一次住院时,这个护士也曾当班。他一个激灵,觉得应该在护士开口之前先开口。万一,她问起雪娣的事,那他就不好问了。

阿莲在哪个病房照顾病人?他终于开口问道。圆脸护士看了他一眼说,好久没看到她了,估计回老家了吧,你有事吗?他嗫嚅道,有个同事的老婆病了,想请她做护工。他有点慌不择路,但还是找了个好理由。具体我也不清楚,你可以去物业处问问。圆脸护士脸上一直挂着职业式的温热。潘鹤鸣道了谢,直奔物业办公室。在二楼,一个保安模样的负责人说,阿莲老早没有做的,不清楚现在去了哪里。

潘鹤鸣怅立在走廊里,不知道自己该往哪里走。他回到六楼,拖着步子走过一个个病房门口,里面空调的暖气溢出来,让人甚觉熏暖。有一间病房的窗档上挂着一个大橘子,大概橘子肉已经取出了,只剩下橘子皮,被一根绳子串起来。像一只橘色的灯笼,在窗档上轻轻晃荡。橘子灯!潘鹤鸣停下脚,扶墙伫立着,好久都没有移动步子。在恍若暖阳的灯光下,他滑着手机屏幕,想给阿莲发一条短信:阿莲,你回老家了吧,大姐已经走了……

他翻来覆去斟酌了很久。最后,还是逐个把字删掉。然后吸了一口气,一步步坚定地向楼下走去。

游　戏

1

　　小夏被尿憋醒时，天还没亮。瓜棚里黑漆漆的，像笼着一个大篾盖。他吸着鼻子坐起身，摸索床头的灯绳，手指什么也没碰到。

　　"妈……我要尿尿……"

　　四周没人应声，只有棚外的小黑汪叫起来。借着棚顶的几缕漏光，小夏推开木门。来不及解裤头，尿就冲了出来，全撒在平摊在地面上的玉米须上了。

　　"妈……"

　　小夏光着脚，踉踉跄跄向前走。天上没有月光，几颗星子像母亲脸上的雀斑若隐若现。夜风吹来，混杂着泥土香和淡淡的尿骚味，扑在身上带着凉意。他忍不住打了个寒战。小黑不知从什么地方蹿出来，热烘烘的鼻孔摩擦着腿肚子。小夏拍了一下它的脑袋，它就乖乖地跑开了。

　　瓜地里没有人影，墨绿的叶片密密层层，像铺上了一条丝绒地毯。讨厌的潮虫吱吱叫着，惹得脚底痒酥酥的。瓜地尽头是一大片玉米地。玉米叶子在夜风中摩挲着，沙沙声响得惊人，仿佛有一群雉鸡在窜来窜去。小夏拉住一片枯叶，玉米须滑过他的脸，湿漉漉的，粘在眉毛上怎么也抓不掉。

远处,隐隐约约响起拍打的声音,好似一个大竹耙在扑打干蚕豆。他屏住呼吸,扑打声中似乎还掺杂着嘤嘤的哭声。这样的哭声,小夏在梦中经常听到。

往回走,天空有了一点亮光。东方的天边,一丝红线跳跃着。借着这道微光,小夏找到了田垄。刚才被瓜茎划伤的脚此时隐隐作痛。他吸吸鼻子弯下腰,拧了一颗拳头大的脆瓜往远处扔去。"啪",脆瓜落地,开裂了。

回到瓜棚,又摸到床上。小黑也跟进来,小夏没有再撵它。终于找到了那根灯绳,屋里一片光亮。小夏发现对面床上的破席子居然不见了。

2

再次醒来,天已大亮。日光明晃晃的,瓜棚里的微尘像浮在水面上。小黑在饭桌底下刨土,它的脚边,一群蚂蚁推着三五颗饭粒前进。

小夏揉揉眼,走出瓜棚。门前的晾衣竿上,几件刚洗好的衣服滴着水。母亲穿着花布短裤,光着脚在衣丛里穿行。她大腿后侧的皮肤有些发紫,像贴了一块橡胶布,微微隆起。

"妈……"

"醒了?"

"昨夜您去哪里了?"

"和你爸一起收玉米棒子呀。"

"我来找你们,没找到。"

母亲背对着他,双手使劲绞着一件破衬衫。高举手臂时,一个铅丝衣架滑落下来。

"快去吃早饭,锅里有你爱吃的肉包子。"

"你们床上的破席子不见了……"

母亲回转身,刘海乱糟糟的,贴着额头。她左手拎起空脸盆,往下一倒,右手拍了一下小夏的脑袋道:"胡说,谁会拿我家的破席子呀。"

小夏嘟着嘴回到屋里。果然,那卷破席子好好地铺在床上,席面上有几道黑条子,像被煤块画过。

包子很香,是咸菜肉丝馅的。小夏将一小片肥肉吐在地上,一眨眼就被小黑舔去了。他踢了一脚小黑,嘟囔着:"就知道吃,讨厌!"

母亲换了一身干净衣服,从布帘后钻出来。她穿上粉红短袖,像画纸上的明星那样好看。

"你爸去卖西瓜了,三天后才回来,我去镇上给你们爷俩扯几块布来做衣服。我不在,你看得紧一点,别让人偷咱们的瓜。"

"堂哥今天还来帮忙吗?"

"再说呢,看人家有没有空。"

母亲挎了一个蓝布包走上田埂路。她的长辫子垂到后腰,有节奏地拍打着。小黑屁颠屁颠跟上去,一直跟到玉米叶遮住母亲的身影,才汪叫几声跑回来。

太阳爬到头顶了。小夏捂着眼,从指缝里偷看日光,发现太阳已经比西瓜小了。他无聊地拾起一个个泥块击打瓜叶,盼望田埂路上早点出现堂哥的身影。

3

"小夏哥。"

堂妹小秋像一只麻雀飞过来。小夏正躺在母亲的破席子上玩牌。枕头边,一副扑克牌乱七八糟摊着,好几张被他的口水濡湿了,闻起来有一股酸菜味。

"懒虫,有没有人来过?"

母亲跟在小秋后面,甩着胳膊,粉红短袖衬得她的手臂像小白瓜那么嫩。她手臂上的蓝布包鼓鼓的。

"妈,堂哥还没来?"

"我哥忙着呢,等会儿再来。"

小秋一来就举起菜刀切瓜，"砰"的一下，半个西瓜落在地上，一地红瓤。母亲皱皱眉，斜了小秋一眼，卷起床上的破席子，自顾自往玉米地里走去。

"您卷席子干什么？"小夏问。

"堆玉米。小孩子不帮忙，少管闲事。"

小夏有气无力地拿起扫把，将地上的瓜瓤扫进畚箕。小秋已躺在他的床上，抿着口水玩牌。

"你会用纸牌算命吗？"

"不会，我哥什么都会。"

"谁不知道呀。"

小夏从小秋手中夺过纸牌，左手跟右手玩"算廿四"的游戏。小秋也不示弱，对着他的牌大声唱歌。两人围着床追打。

不知多久，堂哥出现在他们面前。他似乎老早就来玉米地了，脸红红的，眼睛比脸更红，眼眶里仿佛摇曳着玉米须。他的脑门上全是汗，白衬衫也被汗湿透了，前襟后背都贴在身上，看上去身板特别壮。

母亲也来了，满头大汗，头发上粘满玉米须，粉色短袖后背沾着泥巴屑。她的手里拎着破席子，席子边缘缝住的花布已磨得开裂了。

"小夏，把席子擦干净，我和你堂哥还有很多活要做。"

母亲喝了一瓢水走了。小夏看见堂哥像一条狗似的紧紧地跟着母亲。他跑上去对堂哥做鬼脸，这家伙都没理他。

4

晚饭特别丰盛。破圆桌上摆着鸡蛋炒番茄、茄子爆泥螺、葱烤河鲫鱼……小秋翘着屁股用手抓盐水鸭。小夏刚对准炒蛋下筷，母亲就甩给他一个"栗爆"。

"你堂哥还没坐下呢！"

小夏撇撇嘴，差点哭出来。堂哥终于来了，母亲把桌上的好菜都夹到他碗里。小夏直直地盯着母亲的筷子，母亲才夹了一块鸭脖子给他。

他们的晚饭时间特别长，几乎都是母亲一个人在说话。说的话题无非是今年的西瓜卖不了好价钱，玉米地里雉鸡太多，做了稻草人还赶不走。堂哥一直不语，默默地吃着碗里隆起的好菜。小夏发现这挺像父亲在家时的气氛。他瞥了小秋一眼，见她鼓起腮帮，就忍住不说了。

吃完饭，小夏收拾碗筷。堂哥起身要走时，母亲从蓝布包里取出一块上好的米色纺绸。

"婶子没啥东西谢你，这料子今天刚买的，做件短袖，凉快凉快。"

堂哥搔搔头皮摆摆手。

母亲拍了一下他后脑道："傻小子，已经有对象的人了，不能穿得太土气，叫人瞧不起。"

小夏和小秋都笑了起来。堂哥的脸涨得通红，母亲脸上也像蒙上了一层红纱。

堂哥揣着布拉着小秋回去了。月亮像啃光的西瓜皮，洒着湿漉漉的光。小夏站在瓜棚前，望着他们的背影渐行渐远，直到消失在浓雾里。回到屋里，母亲已经冲了澡，换下了那件粉色短袖。她垂着眼皮，很疲惫的样子，原来红扑扑的脸在白炽灯光下，像一片快要枯萎的玉米叶。

"妈，爸到底什么时候回来？"

"早上不是说过了么，真烦，睡觉！"

5

三天后，父亲果然回来了。那时，已近黄昏。瓜棚里的暑气随着太阳的西沉，抽丝剥茧般褪去。门口的空地上，凉风穿梭着，瓜藤摇曳，毛茸茸的叶片张开又闭合。小黑从瓜地里跑回来，黑绸子样的短毛被风吹得竖立起来，几乎能看见它棕色的皮肤。

"给我买两包烟来。"

父亲吐着口水，右手手指抿出两张十元纸币。母亲拉长着脸，打掉他的手。

"只知道抽烟抽烟，熏死人了。小夏，别去。"

父亲像逗孩子似的对母亲眨眨左眼，冷不防在她胸前捏了一把。

"讨厌。"

母亲叫嚷着。小夏故意低头看自己脏兮兮的脚指甲。

父亲又摸出几个硬币，塞在小夏手里说："还不快去……"

小夏乐颠颠地跑远了，小黑趁机跟上他。很快，他和小黑已跑出田埂路。天空十分清朗，西边的晚霞美得像母亲的粉色衬衣，沿路碧绿的庄稼如无边的大海，在风中翻腾着浪涛。四周没有人家，只有一些花花绿绿的稻草人立在地里，做着各种怪模样。庄稼地里的瓜棚草屋，像大海上的小船漂浮着。

突然，小夏记起瓜棚的床头柜里藏着一大包他辛苦拾来的桃核，这东西可以到小店里换钱。上次小秋来时，差点被她抢去。这样一想，他便顾不得喝住小黑，赶紧往回跑。

北风迎面，凉丝丝的，灌满了他的嘴，嘴角酸酸的，感觉歪了形。也许跑得太快，几乎能听见自己的心跳得咚咚响。快到瓜棚时，他没有看到淡蓝的炊烟，只有一种奇怪的声音传入耳际。那声音不太响，却脆生生的，仿佛一根细细的竹棒抽打着叶片。声音背后似乎还混杂着一种哀鸣，压着嗓音，好似远处的夜猫在叫春。

快到瓜棚了，小夏放慢脚步。瓜棚的门关得紧紧的，可里面分明有声音传来。小夏透过门缝往里看，不由吸了口冷气。只见父亲光着身子骑在床上，手里舞动着一根黑漆漆的东西。小夏眨了眨眼睛，这回看得更清楚了。父亲手里举着皮带，竟然在抽打母亲白花花的屁股蛋儿。父亲的后背随着皮带的挥舞，有节奏地上下伸缩着，嘴里发出老水牛的呼哧呼哧声。可怜的母亲双臂胡乱抓着，只因大腿被父亲夹紧了，怎么努力都白费劲。

四周静得可怕，只听得鞭打声一记比一记响。小夏发觉自己的两腿间冒出一股莫名的酸涩，酸得那么舒服，几乎叫人战栗。他满脸通红，像偷吃了荤腥的猫，逃远了。

6

从小店回来,瓜棚里已恢复了平静。父亲跷着二郎腿吸烟,母亲低头做饭,仿佛什么事都没发生过。母亲走路一拐一拐的,小夏别过头当没看见。

第二天早上,小夏一觉醒来,父亲已经出门了。天空像抹了一层糨糊,风从草屋的缝隙里钻进来,吹得梁上的饭篮荡起秋千。

母亲还躺在床上,身子蜷缩在毯子里,只留出头顶乱蓬蓬的头发。

"您不舒服吗,妈?"

母亲没有应声。过了一会儿,毯子里的身体才慢慢地侧转过来,枕头边露出母亲红肿的眼泡。

"您病了?"

小夏不敢看母亲的眼睛。

"我去叫堂哥来帮忙?"

"不用,你吃了饭,自己去玩吧。"

母亲重新钻进毯子,像一条蚕宝宝把自己裹在茧里。不久,毯子里的身体轻轻抖动起来。

实在无聊。小夏将那副纸牌塞在裤兜里,跑出田埂去找堂哥。堂哥家离这里有点远。走过昨日买香烟的那家小店,还需往南走两里路。风很猛,有点台风的味道。空气里舞动着碎叶片、玉米须,还有不知名的微粒。叫人受不了的是到处弥漫着腥臊味,比小黑的尿还难闻。走进村庄,这股味才被村口好闻的柚子味赶走。

远远就看见堂哥家的外墙刷得雪白。走近后,发现原本黑乎乎的木门都罩上了清漆,看上去特别光亮。婶子在搭起的芦席上缝被子。簇新的蓝条子被单,大红喜字的绸缎被面。婶子翘着兰花指一上一下地缝着,似乎害怕她粗糙的手指划破被面。

"你堂哥不在家……"

婶子看见他来,只抬了抬眼皮,没有停下手中的活。

"给你爸捎个话,你堂哥快要讨老婆了,没空去帮他。"

小夏"嗯"了一声,眼睛往里屋瞅。小秋从里屋探出头来,对着他眨眨眼。婶子像背后长了眼睛,尖着嗓子骂道:"死丫头,绒线缠好了没有?"

小秋吓得赶紧往里屋跑,"咚"的一下,好像踢倒了一条凳子。

"快点,干不完,小心我揭你的皮。"

小夏赶紧跑出来。天阴得要压下来,云头堆得像山峰。他停停歇歇,跑到瓜棚,雨点终于打下来了。母亲已经不在床上,方桌上放着母亲的蓝布袋子,里面塞满了她的换洗衣服,还有一对平时舍不得戴的玉镯。

"妈,妈……"

小夏突然有点害怕,跑出去,对着瓜地大声喊着。粗大的雨点落在干燥的泥地上扑扑响。他顾不得被淋湿,一口气跑到玉米地里。玉米秆摇晃着,扑打着他裸露的手臂,青黄的叶片一下下划着他的脸。

"妈……"

他忍不住哭了起来,扳下几个玉米棒子挥舞着,努力开出一条路来……

不知到了哪条田垄,闪出母亲粉色的背影。只见她慌乱地向前疾走,粉色短袖后背全是褶皱。她的手里还捏着什么,应该是那卷破席子吧。

7

雨过天晴。太阳姗姗来迟,喷发着迟到的热量。瓜棚后面的河塘里,水满了一层,一群青蛙发狂似的聒噪着,水草看上去正冒着热气。

"你跑出来了?"

小秋蹦跳着,像是刚从瓜地里长出来的。

"妈让我过来找我哥,我哥来过这里吗?"

"你妈神经病呀,早上我不是来你家找你哥了?"

"不许骂我妈!"

小秋的眼睛瞪得比青蛙还大,她一生气小辫子就翘起来。

"我妈说你妈是狐狸精。"

"你说什么,敢骂我妈是狐狸精,你妈才是狐狸精呢!"

小夏用竹棒挑起一缕水草,在空中舞了几圈,猛地甩向小秋。小秋一闪身,水草不知怎的竟落到了他自己的脚背上。小秋笑得在草地上打滚,小夏气得脸发白。

"我们做个游戏吧?"

"什么游戏?"

"你趴下就行。"

小夏做了一个示范。因为刚下过雨,小夏忍着草叶上的水珠,趴在地上。他起身后,小秋也皱着眉趴下。

"我数一二三,你就闭上眼。"

小秋点点头道:"你快点,地上太湿了。"

"一、二、三……"

小秋果然闭上了眼睛。小夏一屁股骑在小秋的小腿上,举起竹棒直抽小秋的屁股。

"要死呀!"

小秋痛得尖叫起来,几只水鸟吓得扑棱棱地从芦苇边上飞起。小夏使劲压住她,再一次打下去。这一棒打得小秋大哭起来。小夏趁机掀起小秋的裙子,试图拉下她的小短裤。

"你这个流氓! 我要去告你妈!"她拼命挣扎着,终于挣脱了他,拉着脏兮兮的裙子,沿河边跑去。

小夏没有追上去,对着她的背影嚷着:"有本事你去告呀,刚才还骂我妈是狐狸精呢!"

8

堂哥再次到来已是三天后。小夏接过堂哥手中的新钓竿,望了望堂哥的脸。堂哥的眼眯缝着,似笑非笑,挺羞涩的样子。

"小夏,去钓几条鱼来,给你堂哥做下酒菜。"

母亲的眼睛汪着水，她又换上了那件粉色短袖。

"哥，小秋有没有跟你说那事？"

小夏捏着钓竿，眼睛对着瓜地里疯爬的蝼蛄。堂哥摇摇头，系上箩筐，向玉米地走去。

"你要是有你堂哥这么懂事，我就心满意足了。快去钓鱼，多钓几条。钓不到鱼，别回来。"

母亲挎上篮子，顺手又往篮里塞了几个蛇皮袋。她走在堂哥背后，看上去很年轻，好像是堂哥的姐姐。

小夏松了一口气。他从瓜棚里找了把小铲刀，提上水桶，夹着鱼竿走向瓜棚后面的小河。阳光不是很烈，浅绿的河水泛着银光，像罩上了一层薄膜。小夏来到上次跟小秋"做游戏"的那个位置，蹲下身子用铲刀掘蚯蚓。棕黄的泥土没翻几下，就看见几条蚯蚓钻出来，他赶紧捏住它们放进水桶。望着蚯蚓奋力蠕动的样子，他突然觉得小秋挺讲义气。

"小夏，钓了几条鱼呀？"

不知什么时候，父亲沿着河道走来。小夏吓了一跳，手一抖，水里的浮漂子又浮了起来。

"爸，您不是明天才回来吗，怎么现在就回家了呀……"

"你妈呢？"

"妈跟堂哥一起去掰玉米了。"

父亲"哦"了一声，甩着手臂向瓜棚走去。小夏转过头，见父亲宽大的脚快速走着，不由一个激灵。他等父亲走远了，放下鱼竿，偷偷地跟在后面。不知怎的，他的大腿根部又莫名其妙地酸涩起来。

四周，一丝风也没有，河水静得不见一圈涟漪。小黑懒懒的，躺在草地上打盹。有那么一瞬间，小夏恍惚间觉得自己处在某个梦境里。父亲的身影已经靠近瓜棚了，他加快步子跟上去。

"好你个不要脸的……"

小夏听见父亲的怒吼声。他哆嗦了一下，透过瓜棚的缝隙往里望。那个缝隙太小了，他只看到母亲的床上几条白花花的腿在慌乱地抖动。他赶紧换了个更大的缝隙,那个缝隙像一个小窟窿,可以伸进一个大拇指。小夏睁大眼瞅着,只见一个穿白衬衣的家伙光着腿往外跑,父亲一手揪住母亲的头发把她往床上扔,一手在自己裤腰上拉扯着。小夏感到自己的脑子"轰"的一声。

"我打死你这个臭娘们……"

父亲扯着自己的破皮带,母亲不知哪里来的勇气,竟从床边抓起一把笤帚对准父亲的屁股重重抽去。小夏不由"啊"地叫出声。他揉揉眼睛,定睛细看。那张破席上,父亲捂了一下屁股,扑向母亲。母亲躲闪着,笤帚柄再次落到父亲的臀部。

"有本事,你再打我呀,你再打呀……"

母亲叫嚣着。笤帚柄在空中划出一道道弧线,毫不留情地落下去。父亲嗷嗷叫着,狼狈地躲闪着,他的破皮带垂在腰间,还没完全拉出来。突然,父亲呻吟了一下,孩子似的跪在母亲面前。母亲泪流满面,肩头颤抖,一把抱住父亲的脑袋。笤帚柄滑落在地……

小夏长长地喘了一口气,拾起一块泥巴砸向不远处的小黑。望着小黑摇晃的背影,他突然明白了。原来,这是父亲跟母亲共同设计的一场游戏。

油菜花落蚕豆熟

1

姚镇菜场的时光，走得很慢。上午十点左右，小贩们便整理摊子，准备打道回府。童达收拾着案板上的鱼鳞，范花月打来电话问今天给老三的准备好了吗。童达对着老年机喊，早留好了，两条野生小昂刺，弄一块嫩豆腐，放些小番茄，熬锅鱼汤。邻摊的老乔问这几天老三怎么样，他摇头道，还是老样子，在太阳里坐上半小时就吃不消了。老乔道，这种病，等后半截子，是这样子的。他说他大哥后来也坐不住，只好搁在躺椅上。顶多还有两个月，老乔竖起两根指头。他从水桶里捞了两条小黄鳝，扔给童达。童达推辞道，那怎么好意思呢。老乔倒扣了水桶说，又不是给你的。童达笑了笑，熟练地掐住黄鳝，扔进塑料袋里。老乔吸着鼻子道，能吃，总归还有乐趣。

太阳光从顶棚的缝隙里漏下来。童达感觉脖颈有了暖意。清明一过，天气一日日舒缓过来。三轮车载上卖剩的鱼，开出菜场大门，油菜花扑入怀中。那金黄带着蜜的香，像金色的河流，一路流淌。童达掀动鼻翼，拼命吸着。他恨不得长出两个鼻子来，帮老三也吸一份去。

驶进院子，见范花月在水井边的洗衣板上剥鸡胗皮。一旁的洗菜盆里，一只褪了毛已开膛破肚的鸡，两脚朝天。范花月说，野山鸡是她外甥送来的，她想着先给老三做一碗鸡胗糊去。童达应声着，把小黄鳝和昂刺倒入水桶。厨房里，煤炉子燃得很旺，水壶咕咕冒着热气。灶台上，洗干净的马兰和小油菜放在塑料淘箩里,水灵灵的,大概都是范花月刚刚从地头剪来的。自从这女人进门后,屋子里到处亮堂堂的,散发着好闻的气味。这常常让童达产生一种错觉,好像他原来的女人还没走。十多年前,他们也曾有过这种暖烘烘的小日子。

范花月手脚很麻利。童达换了件干净外套,倚着门抽了两支烟,厨房里已飘来鸡肉香。童达也凑上去,搭把手。只一支烟的工夫,两个陶瓷菜盒里装上荠菜鸡胗糊和昂刺番茄豆腐汤。热气氤氲,童达的脸被濡湿了。他吸了吸鼻子,眼睫毛都有点湿。我送过去。他对范花月说。范花月的菩萨脸绽开来。你问老三,明天喜欢吃什么。好。

2

老三住在村子的桥里头。他们这个村庄靠近海边,叫七塘户。村里的一百多户刘姓人家聚族而居。童达家是外来户。童达父亲说,当年东洋鬼子攻进来,祖父领着他们全家避难到这里,是老三的祖父收留了他们。老三的祖父当年在村里做保长,腾出村里的仓库给他们一家住,又送来粮米,才使他们得以活命。顺德叔仁义呀,童达父亲常这样感慨。童达从小就知道,他们家跟老三家走得最近。老三比他小一岁,家里五个兄弟。童达跟其他几个男孩都玩不来,只跟老三是真正的"出卵兄弟"。人与人相处,就得靠缘分。童达吃了老三五十九岁的寿酒后,红着酒脖子坐在桥头墩跟几个老汉聊天。一个月后,老三查出了肝癌。

桥里头的水泥路,总是挖了填、填了挖,修了好几个月还是老样子。童达停下三轮车,靠在路边的小超市门口。又给老三送饭了。管小超市的谢秋芬歪在柜台边嗑瓜子。你比老三的亲兄弟还要好。童达憨笑着,从三轮车的后兜里拎出菜盒子。范花月怕菜盒子倒翻,特地用布条绑在车架上。你女人做的?谢秋芬凑近来看,差一点要掀盖子了。你女人真细心。谢秋芬这样一夸,童达都不好意思走了,停下来买了包烟。

老三家的大门一直开着。老三躺在里屋的床上,瞪眼望着天花板。童达进屋后，扶他坐起来。今天好点吗。这话几乎天天问。老三翻着眼皮道，昨晚没做那样的梦。童达笑道，放心，清明过了，阎王爷把你忘记了，你又逃过了一年。老三也咧了咧嘴。他的脸很瘦，一露牙齿更像骷髅。今天做的是鸡肞糊、昂刺汤，合口味的话，明天再做。童达把旁边的小电脑桌架起来，放在被子上，又把菜盒子放上去。老三从被窝里伸出手捏调羹。他的手棕褐色，长满了类似老年斑的黑点，似乎只剩下一张皮。童达看了看自己的手，因为每天杀鱼，常年套在橡皮手套里，白得有点虚肿。这两双手绞在一起掰手腕，是多少年前的事了。童达推了推菜盒。老三张开黑洞洞的嘴，一调羹鸡肞糊送进去。味道可以吗？鲜！童达找了一双筷子剥去番茄皮，顺势从碗底翻出蘑菇和豆腐。尝尝这个。他夹住蘑菇送到老三嘴边，老三像孩子张大嘴。

鸡肞糊和昂刺汤都喝了一大半。老三的脑门上冒出汗珠，他双手撑着床垫，在靠枕上磨蹭背脊。最近一阵子，医生不知给他用了什么药，时常浑身发痒。童达赶紧帮他抓痒。老三舔着嘴唇说童达真是好福气。童达知道老三羡慕他在女人走了多年后，又有了范花月。童达眯了眯眼睛道，你有子孙，我没有，说到底，还是你好。老三耸了耸宽肩膀道，子孙只是外名气，老婆才贴心。你看，我生了这种病，到头来还是你做兄弟的来照顾我……话说到这份上，童达就不扯开去了。他的手在老三瘦骨嶙峋背脊上摩挲着，老三微微呻吟。按摩到后来，老三说，他想去晒晒太阳。童达便扶他到外屋的躺椅上。这把躺椅是童达的侄女买来孝敬他的，童达转手给了老三。

老三，油菜花开了。童达抱了一条被子盖在老三身上。老三在太阳光里，闭了闭眼。他说，昨晚没做梦，但一直醒着，现在一晒太阳，困得很。童达让他睡一会儿。老三就闭上眼。他没有问童达有没有吃过午饭。他从来不问，童达也从来不说。

3

范花月也醒着的时候，童达会给她胡扯过去的事。扯着扯着，总是扯到老三家。

老三的女人人称母大虫。分田到户后,老三最怕跟老婆一起下地头。每每老三干活慢半拍,她便怒目,你个死尸,叫我一脚踢翻哟……这么强悍的女人,刚刚办完孙子的满月宴,就一觉没有醒来。那也是十多年前的事了,当时童达的女人去世还不到三周年。

范花月推了一把童达。她不喜欢听这一段。童达拍拍范花月温热的胳臂,开始讲另一段。另一段说起来有点费劲。事情的来龙去脉,似乎已不那么清楚了,有一个场景倒还历历在目。那日黄昏,西落的太阳黏在屋角,母大虫捏着柴刀气势汹汹上门来,骂一句宰一刀,童达家门口那棵野生杨梅树,被砍得满地残枝。那大概已是二十年前的事了。童达家刚刚翻了三楼,木工活都是承包出去的。当时老三儿子明辉还是个小木匠,搭手敲大衣柜,把大衣柜的门都做歪了,怎么也关不上。童达女人很生气,但还是把工钱付给了包头。不想包头扣下了明辉的工钱,母大虫不明真相,上门来问罪了。

那时,老三在哪里呢。范花月问。老三没来,好长一段时间里,他看见我就扭头。童达笑道,他就是这样的人。老三女人后来怎么样了?童达想起一桩事。那一年,童达女人已不能下地了,一直在县城医院里,童达天天陪着。秋日,正是收棉季节,他心里惦记地里的棉花。童达的兄弟基本上各顾各,女人娘家也不在本地,找个替手脚的人都没有。有一晚,童达在病房盥洗室里碰到同村的泥水匠刘庆丰。刘庆丰告诉他,他看见刘老三夫妇在童达的棉地里忙活。你放心,有母大虫帮衬着,没什么办不成的。

说起这些,童达心里暖暖的。范花月进门的时候,那些棉地已经被政府征去,造工业区了。童达不在意,这些年做海鲜买卖,人活络很多,反正也不缺那几个钱。老三却像失了魂,不种地,似乎被人抽去了脊椎骨。好在还有几分私留地,老三天天像上朝一样去侍弄他的庄稼。

再往后呢?范花月好像很有兴致。童达说当年女人得病后,母大虫自告奋勇来操持他家的事。母大虫就是这么个性子,见不得别人可怜。童达女人喜欢打扮,可怜年轻时没闲钱买新衣服。她得病后,母大虫倒是一件件买来送她。那时候,羊绒大衣要好几百块一件,母大虫也下得了手。童达女人穿着那衣服,还拍了好几张照片。本来童达不想说这事,但说着说着,来了兴致。范花月好像听得很认真,没有不高兴。

说溜了,嘴就越来越快。童达又忍不住讲了女人过世后,自己老是往老三家跑。那时,老三也闲,常招呼邻居"斗地主"。有那么半年,童达还常去老三家蹭饭吃。吃完饭,又没完没了地闲聊,上扯国家大事,下扯稻田蚂蟥,好像嘴巴一停就心里着慌。母大虫不但没烦他,还很好客。有时候,见他好几天不去她家,她就端了烧好的菜饭送过来。客气啥,你跟老三是顶亲的兄弟!母大虫总是这样说。童达眼窝里热辣辣的。那阵子,要不是老三和母大虫这样关照他,他真不知自己怎么熬过去。他真的很害怕一开门,看见空荡荡的屋里锅冷灶头空,自己还要默默地一个人做饭吃。

我说这些,你不难过吧。童达问范花月。范花月摸了摸他快到头顶的发际线。天色隐约露出亮光,鸟雀开始啾叫。又要去进货了。童达摸索着起床。范花月从被窝里抽出手臂道,她外甥打电话来说单位里分给他两个名额可以去新疆玩,让他们二老准备一下。童达提着裤子愣住了。范花月坐起身嗔怪道,别傻了,我已回绝了,知道你丢不下老三的。童达连声道,回掉好,回掉好,外甥皇帝孝顺,我们以后总有机会去的。

几个硬币从裤袋里滑落到地板上,一个个蹦得老远。童达蹲下身,寻找那些发亮的光点。

4

村口,锣鼓声喧闹时,油菜花已凋谢。村委大楼的空地上,人头攒动。县文化馆送戏下乡来了。

他们这里的社戏,早不像旧时那样在春社节前后。前些年,村里出了个"白发仙师",很灵验。"白发仙师"的儿女们在老母寿诞日请草台班来演几天。"白发仙师"仙逝后,好几年没见草台班的影子,村里的老头老太熬得都要便秘了。

那日午后,老三正喝着范花月熬的鳝丝粥,听到咚咚咚的锣鼓声。童达说,村里唱戏的来了。老三嘟囔着,好几年没看戏了。我记得上回看戏时,你女人还没来。近几日,他的舌头像硬掉了,说话很费劲。童达接过调羹喂他,老三的嘴巴往外凸,越发像原始人了。

童达说,他也记得上回看戏的事,就是那次碰到邻村的黄保国老婆,给他介绍了范花月。后来,黄保国老婆带他去看,就相中了。老三嘿嘿笑着,说就是这回事。童达见老三高兴,趁机多喂了他几口。

锣鼓声越来越近,中间混着咿咿呀呀的声音。老三问童达今天演什么,童达说好像是《沙漠王子》。老三哦了一声,没说话。他靠着床,闭目养神。这阵子,身子不痒了,但吃完饭总要休息一会儿。童达知道,对老三来说,吃饭也是力气活。

锣鼓声渐渐不响了,屋子里很安静,只听见墙壁上的钟嘀嗒嘀嗒来回摆动。童达看着老三的脸,精神有些恍惚。他忽然记起儿时老三的模样,黝黑的脸,宽脑门,朝天鼻,眼睛很细,微微凸出的嘴巴里总是叽里咕噜说着谁也听不懂的话。那时,草台班的戏台搭在五大队的晒场上。有一回演《追鱼》,一些演员扮作虾兵蟹将,在台上打来打去。那鲤鱼精拔鱼鳞更精彩,又是翻跟斗,又是打虎跳,还甩腿流蹿,打滚作转。这在平常的剡戏里是很难见到的。那日戏班子走后,老三在晒场的稻草堆上学鲤鱼拔鳞,童达也跟着一起耍。那会儿,童达才六岁还是七岁,已记不清了。他只记得老三的宽脑门和朝天鼻。那应该是童年最初的记忆了。

老三睁开眼,直愣愣地望着天花板。他的眼睛像两个窟窿,让人不敢往里看。老三,童达叫道,要是你想去看,我就带你去。能行吗?怎么不能。童达兴奋起来,他自己也不知道,到底有什么可高兴的。

童达把老三扶到三轮车的椅子上,用绳子连带椅子和老三的身体牢牢绑在三轮车的靠背上。你把我绑成粽子了。老三枯瘦的手指拨拨绳子。童达笑道,人家蜜粽、肉粽,你是腊肠粽。老三的下巴抖动着,也笑起来。他笑的样子像哭,脸皮像一张皮筋几乎要绷断。

幸亏路已修好,三轮车不至于太颠簸。但童达还是不敢骑,慢慢地推着。经过小超市门口,谢秋芬跑出来,戏谑道,这五花大绑的,上法场呀。玩笑归玩笑,她还是丢了瓜子壳,拍净手来推了一把。过路的人都停下来跟老三打招呼。大家嗔怪童达不应该把老三绑成这样。泥水匠刘庆丰的儿子不是有轿车吗,不能让他载一下吗。童达不好意思摇摇头。他回过头来,见老三正费劲地仰头看天。今天的天真蓝,像范花月外甥从大西北拍来的风景照。

到了村委门口,才知道《沙漠王子》还没开演,现在是加演《祥林嫂·问苍天》一折。看戏的村民见老三来了,纷纷起来让位子。老三盘着舌头嘀咕,只有童达能听明白他在说什么。他坐不住的。童达向大家解释着。他随即刹了车,爬上三轮车后兜,倒坐在坐垫上,像抱大孩子一样抱住老三。

虽说戏台有些远,台上的戏还是看得一清二楚。"祥林嫂"头发花白,一手挽着破篮子,一手拄着竹竿,竹竿下端是开裂的。她在无比凄凉地诉说自己身世。"人说道天大的罪孽都可赎,却为何我的罪孽仍旧没有轻半点,轻半点?我要告诉去……我一定要告诉去……我到哪里告诉去……我到哪里告诉去啊……""祥林嫂"枯瘦的手,颤颤巍巍指向天幕。"雪花"落下来,粘在她头上。童达怀中的老三也随着二胡的弦响微微颤抖。他斑白稀疏的头发,也像盖上了雪片。

老三,你冷吗?童达帮老三披了披被子。老三没有应声,眼睛直直地望着台上。"我只有抬头问苍天(抬头问苍天),魂灵究竟有没有?魂灵究竟有没有……"二胡的声音暗哑了,童达看见"祥林嫂"朝天的眼神,心里怪难受的。他的右手越发沉重,原来老三的脑袋歪过来,一点点歪过来,压在他右手上了……

推着老三回去,甚是尴尬。周边的人说,正戏还没开始呢,这就回去了。童达只好解释道,老三的药还没吃呢。村民说,那吃了药再来哟。童达点点头。老三却歪着脑袋一声不吭,童达能听到他浓重的喘息声。

锣鼓声渐渐淡去,想必"祥林嫂"已倒毙在大雪里了。老三突然发出很古怪的声音,阿达,你说我下世还能做人吗。童达愣住了。他停了车,拍拍老三的背,笑谑道,老三,你看着,卜世你做人,我做狗。老三的喉咙里发出咔咔的声响,比哭还难听。童达咽了咽口水,抬头仰望天空。

老三,你看天上有什么?

5

明辉说他爸的病势越发沉重了,这几天夜里不是醒着,就是做噩梦惊叫。做什么噩梦?还不是黑白无常来抓他,铁链一挥,套入脖颈……童达正捣鼓手上胖头鱼的鱼头。那个鱼头刚刚被他切下,鱼尾还在蹦跶中。薄刀划过砧板,鱼鳞飞溅到明辉脸上。

明辉这两年也老了很多。三十六七岁的后生,脸庞已虚肿,眼袋比嘴唇还厚。他还是老本行,大多时候做包工活。自从老三患病后,他只敢做零活了。他开裂的手指滑了一下胖头鱼的眼珠,说老爹看样子也熬不了多久,左邻右舍来看的倒是不少,但老爹最喜欢达叔陪他。真是太麻烦您了!他向童达屈了屈身。童达看见他酱红色的右耳轮,与老三一模一样。

这日中午,童达送去的是河鲫鱼蘑菇汤。老三勉强喝了几口,就没兴趣了。我想睡一会儿,只睡一会儿,你别走开。老三深陷的眼睛里现出死鱼灰。童达点点头。老三就闭上眼睛。他的脸像是一个剔尽肉的鱼头,只剩下一个大鼻孔轻轻翕动着。童达很想碰碰他的大鼻孔,还是忍住了。他站起身,觉得自己应该干点别的。

旧棕色床头柜上,堆满了杂物。除了各类针剂和药丸,还有小孩子的玩具和漫画读物,大概是明辉孩子的。明辉孩子长得很像老三,但跟老三不亲。倒是明辉老婆对公爹挺孝顺。她在纺织厂里做,每天十二小时,一周倒班,非常辛苦。她下班再晚,也来问候老三。老三的衣服被褥,都是她拿去洗的。做儿媳的,能到这份上,也算是不错了。

童达一件件整理着。压在最底下的两本书,上面一本已脱落了封面。第一页上面写着《约翰福音》。他吃了一惊,略略翻着,里面都是繁体字,但他还是能辨认出教义来。他突然想起,老三病后,在他二哥的指引下,已成教徒了。另一本是祷告词。"医治的神,求你看顾在病魔中受苦难的弟兄姊妹,求你拯救他们……""你是拯救我生命的源泉,在你里面充满喜乐和盼望,即使在黑暗中行走,你的光也永远照亮……"

他略略翻着,那些句子让他心惊肉跳。七塘户的大多数人家信基督。童家却世代信佛。他们迁徙到七塘户后,其他的都入乡随俗,只有这点不曾改变。到了童达这一代,虽已不怎么虔诚,但还是顺着祖辈的习惯。现在,他跟我们走各条路啰。范花月对老三改信教曾戏谑道。其实,老三并没有像他们想象得那样,把祷告当正业,他很少去教堂,也难得听他唱赞美诗。家里唯一表明他信仰的是那张基督挂图。图上的耶稣脚踏云层,头上光芒四射。那光芒跟范花月买来的观音图里的佛光如出一辙。老三第二次手术后,家里的这张信仰图也不知脱落到哪里去了。此刻,童达翻阅着祷告词,想起老三的梦,不禁觉得好笑,基督教里是没有黑白无常的,老三嘴里念着祷告,心里祈求的却是菩萨。

阿达……救我!老三突然怪叫着挺了一下身子,枯瘦的手臂在空中拍打,眼睛却紧闭着。童达握住老三的手,他才睁开眼。阿达,我以为你走了……老三的舌头硬得像浇了一层铁。他们来抓我,把我按到棺材里。他喘气道,大鼻孔呼哧呼哧响着。童达摸摸他的额头,都是虚汗。他随手抓起那本《约翰福音》,放在老三胸口道,别怕,主会保佑你的。老三碰了碰书面,半晌,艰难地吐出几个字,我想看看我的棺材。

棺材!童达吓了一跳。他们这里实施火葬已多年了。十几年前,母大虫过世时,政策还宽松,母大虫的娘家兄弟坚持让老三在吴山上造坟。母大虫火葬后,骨灰放进了棺材埋葬。前几年,老三得了病,几个同族的兄弟建议,用棺材冲一冲,估计会好点。明辉就动手做了一口窄小的杉木棺材,放在后屋的杂物间里。

后屋没有窗,黑漆漆的。童达扶着老三,推开后屋门,开了灯。屋里摆放着长年不用的农具,罩满了灰尘。在两个废弃的拖拉机轮胎旁,一口窄小的棺材闪着黝黑的光。我现在住大房子,过几天就只能住这样的小房子了,人生一场空呀……他拽着童达的手叹息道。他的手又冷又硬,童达能感觉到他手指里微弱的脉息。童达说,老三,你等等。他绕过各式杂物,绕到棺材前,蹲下身,研究了一番。突然,他猛地掀开棺材盖。老三呜呜叫着,不要碰,晦气的,不要碰……童达像没听见,一脚跨进棺材,蹲下身子。里面挺好的,老三,哈哈哈……他拍着棺材沿笑着,盘曲着腿,像斜躺在浴缸里。他又把双手叠在后脑勺,闭上眼,鼻息平和,跟睡着了一样。耳边只听到老三嗡着鼻子的声音,阿达,快出来……

爬出棺材后,童达拍拍手道,真没什么,住大房子住小房子,就是那么回事,等以后我老了,只能住更小的房子了。照你这么说,住在里面也舒服的了。老三嗫嚅着。当然舒服了。童达扶着老三跨出后屋。阳光很好。老三的脸似乎有了点血色。

6

油菜花凋谢后,天气一日暖似一日。走到地头,能闻到豆麦的香味。雨水也渐渐多起来,范花月好几回都是冒雨掐来嫩豌豆榨成汁,叫童达给老三送去。

老三的境况一天差比一天。除了吃饭(那也是象征性的),能靠着床坐几分钟,其他时候根本坐不住。其间,他们又送他去中医院住了一星期,也只是靠打针去腹水排尿止痛。医生说,老三的血管越发硬了,能打针的部位全是针孔,已无缝可插了。有一晚,老三突然什么话也不说,半夜也没哼唧。这让明辉着实吓了一跳,他跟童达商量着,还是出院回家比较保险。

回家后的两天里,老三反而来了精神。族里不少人来看望他,他竟能坐起身跟人聊一会儿。童达却烦躁得不行。家里的自来水龙头坏了,他修了老半天还没修好,只得扔下。晚饭前,他又跑到七太公家,弄来两捆稻草,坐在门口搓草绳。范花月喊他吃晚饭好几遍,他都不吭声。范花月嘟囔了几句,他突然吼起来。催催催,我是聋子呀。范花月很难过。自她来到童达家后,他们从没吵过架。这会子,莫名其妙地被吼,不觉万分委屈。她闷坐了一会儿,自顾吃饭。童达还没过来,只是埋头搓呀搓呀,手里的草绳在矮凳上绕了一大束。范花月忍不住端着饭碗走过来,问他到底怎么回事。童达扔了草绳,脑袋沉埋在两膝间。老三的日子,不长了! 他像个孩子捂住脸叫道。范花月忙放下碗,给他绞了条毛巾,又把地上的草绳一圈圈绕起来。

这天夜晚,童达一点也睡不着。身边的范花月也没有往日的鼾声。他不知道跟她说什么好。其实,他很想跟她说说那日爬进老三棺材的事,终于还是忍住没说。

窗外,雨声不断,击打在玻璃窗上,像在细数历历往事。童达想起亡故多年的女人。他已记不得女人最后的日子,只记得自己每天在医院和家里奔波。因为长期陪夜,让他白天都恍恍惚惚,走路像踩在棉花上。他倒记得母大虫来替过他几夜,当然还有老三捧来的钱。最后那天从医院出来时,他更是忙着准备女人的后事。在女人走的那一刻,他刚好奔走在路上,是母大虫守在一边。等他到家时,母大虫已经给女人换好衣服了。他记得女人当时的样子并不难看,反而比平日清秀。头发很干净,他不知道是母大虫在女人离开后梳的,还是梳头时尚有一口气。

童达摸摸范花月的后背,心里稍稍平静些,终于混沌过去。但似乎只是浅睡状态,脑子像涂着一团糨糊,耳际似乎有沙沙的雨声。不知过了多久,他睁开眼睛,发现范花月已不在身边。他下了床,踱着步子走出卧房,隐隐听见隔壁小房间里传来念经的声音。原来范花月跪在观音图像前,默默祷告。

7

第二天十点左右,明辉打来电话,说他老爸痛得整个人都躺不住了。童达赶过去时,老三的房间里挤满了人。明辉说,他本来想送父亲去医院,但这种境况送医院也没多大意思。万一半路上出问题了,再回家就来不及了。

可是,老三的样子非常不好。谢秋芬倚着门框说,这种痛法跟女人生孩子的阵痛有的一拼。泥水匠刘庆丰哀叹道,这种病到最后,就是活活痛煞,就像油灯熬干油,连灯芯都烧完。大家都唏嘘着。老三的撞击更厉害了,僵硬的身体像一条刚下油锅里的鱼,一次次翻腾。童达压住他的手臂,发现他脸上手臂上都是乌青。明辉满脸愧疚地说,昨夜老爹折腾了大半夜,快到天亮时才安息。他稍稍混沌过去,不想早上醒来,老爹已疼得滚到地上了。

这怎么得了呀。童达轻揉着老三胸口。老三闭着眼,干裂的嘴唇里迸出"哎呀哎呀"的声音,身体却翻腾得更厉害。童达根本压不住他,有好几下反而被他的手臂撞到脸和鼻子。这样使劲压了几分钟,童达已满头大汗。他松开手,吸了吸鼻子走出房间。屋外,太阳晃着亮光。他推了三轮车,离开了老三家。

已是立夏时分,空气里有一股带着发酵气味的燥热。塘河里,一些类似水葫芦的植物覆盖着水面,一艘破旧的水泥船漂浮着,里面堆满了垃圾。骑过三座石桥,不觉到了邻村六塘户。六塘户原本跟七塘户一样安静,这几年有个老板开了家毛绒鞋厂,家家户户都成了手工作坊,加工做毛绒拖鞋。那塘河到了这一段,彻底发黑,连水葫芦也看不到了。水里只有河边高楼的倒影——六塘户的确比七塘户富裕得多。

沿着河道继续往前骑,转弯进村的水泥路很宽,轿车来回疾驰着。在一棵很大的樟树下,童达停了下来。他听到了一个声音,隐隐约约的,像浮云从头顶缓缓飘过。他继续往前走,声音近了,是一群老女人的声音,齐声在念"南无阿弥陀佛"。童达看到大路边的一户人家门口聚满了人,门口贴着白条幅,原来在办丧事。一群老太婆围坐在门口,她们手里捋着念珠。一个藤黄色的佛牒在她们手上传来传去。童达站在那里,静静地望着,感觉有泪水涌出来,在太阳底下,温热地糊住了眼睛。

他重新骑上车,他明白自己要去哪里。六塘户的社区医疗站是范花月的娘家堂侄开的,他可以弄来杜冷丁。

8

打了杜冷丁,老三安静下来,喘了几口粗气就睡着了。这一觉竟睡到第二天中午才醒来。童达不放心,来看了三趟。最后一趟,范花月也一起过来的。他们离开时,已是半夜十一点了。

第二天中午,童达比往日早收摊,午饭前就赶到老三处。屋子里除了明辉,没有别人。老三精神很好,竟坐起来了。他说,昨夜梦见阎王,说抓错了人,打了几板子就回来了。童达看见老三的眼睛,亮亮的,像刚刚滴了眼药水。童达问老三,想不想吃东西。老三摇摇头,说昨夜小鬼送他回来时,赏他好吃了一顿,现在还很饱。老三说这些话时,很镇定,不像是梦游的样子。明辉跟童达交代了几句,自顾忙去了。

　　太阳很好,透过窗帘照进屋内,在老三的灰色被单上投下两道白条子。童达恍惚了一下,似乎眼前只是寻常日子,老三并没有病入膏肓,自己只是来老三处串门。就像几年前,他与老三玩双人麻将,嘴里有一搭没一搭地聊着一年的收成。老三喜欢讲历史故事,什么隋唐演义,杨家将,讲起来一本一本的,比说书的还顺溜。童达原本不喜欢,后来也喜欢了。

　　老三弯了弯僵瘦的手指说,好久没出去了,他想看看自己的庄稼。童达说明辉出去了,他怕一个人搀不动。你怕啥,我今天有的是力气。老三自己掀开被子,童达忙帮他套上鞋子。

　　走到门口,童达觉得老三今日好得反常。虽说扶起他,却不像往日,把整个身子都压过来。天空很明净,太阳下,一切像装在一个玻璃瓶里。童达扶着老三走到屋后的菜地。菜地里,蚕豆和豌豆都长得鼓鼓的,里面的豆粒像要撑破似的爆出来。新种下的瓜秧毛茸茸的,新叶像孩子噘着嘴,一片嫩。两株桃树结满了小桃子,一个个藏在叶缝里,用手一摸,挺结实的。老三摘了一片桃叶,搓着说,医生说我过不了清明,再过一阵子,桃子都可以吃了。童达应声道,医生的话怎么可以相信呢。他背过身,掐了一个蚕豆荚,剥出三颗豆粒来。鲜嫩的豆粒泛出好看的绿色。老三抓了一颗豆粒放在唇边,说真香。他用力咬了一下,豆粒的白色汁水沿着嘴角流下来。童达用手背帮他擦了擦嘴角,说想吃豆子,明天叫范花月煮一碗来。老三咽了咽口水,只是憨笑,没说什么。他被两只小鸡仔吸引了。那两只小鸡,头上还没有肉冠,浅褐色的羽毛刚刚长出,尖嘴唧唧叫着。它们钻到番茄架下啄泥土,又跳向油菜地里,尾羽一翘一翘,煞是可爱。

　　小鸡仔屁股一撅,拉下一摊浅绿的糊状物。老三说他也想拉屎。童达赶紧扶他回去。老三却说就在菜地里解决吧。这怎么可以呢。童达很为难。老三摸摸菜叶子说，他就想在菜地里。要是菜地里有床，我还想睡觉呢。童达明白了他的意思，扶他靠住桃树，自己跑回屋。他胡找一卷手纸和一根长凳过来。老三似乎已等不及了，凳子还没摆好，他就脱了裤子坐下来。

阳光很温热，菜园里的植物泼了油似的发亮。初夏的风吹来，渗入骨头，让人舒服得有些慵懒。老三解决问题后，像个孩子抬抬屁股站起身。他让童达搀着他走到池塘边的小竹林。他说，今天他要把自家的每块地都走遍，每个地方都拉一泡屎尿，就像孙悟空在如来佛手掌心里闹一闹。昨晚，我在阎王殿吃多了。他盯着童达的眼睛说道。

9

回到屋里，老三已气喘不已，脸上却泛出红光。他喝了口水，让童达继续扶着他走。他想把家里所有的房间都走一遍。童达迟疑了一下，答应了。

童达扶着老三走到厨房。他们家的厨房跟二十多年前一样，水兜用水泥砌成的，灶台上贴着白瓷砖。老式橱柜，一看就知道是结婚时木匠做的。上层的四扇小门上，分别写着"春夏秋冬"。里面摆放的瓷瓶画着农业学大寨的图案。图案里，浓眉大眼的姑娘很像母大虫年轻时的模样。想当年，童达没了女人后，常来这里蹭饭。虽说母大虫粗枝大叶，几道菜做得还是挺合口味的。你还记得我女人做的鱼鲞烧肉吗。老三碰了碰灶台，下巴抖动着。童达说，怎么不记得了，那时我天天赖在你家吃饭，每次她烧这碗菜，我能吃三碗饭。老三缩了缩脖子道，我可是喜欢你家花月烧的酸菜鱼。都好吃，都好吃。童达应声道。

他们走到堂屋。堂屋的八仙桌尽靠墙壁。墙上挂着母大虫的遗像。遗像里的母大虫，剪着短发，露出两只耳朵，眼睛瞪得很大，一副教训人的模样。童达突然想笑。老三年轻时是个愣头青，娶了母大虫后，立马变成温顺的猫，连屁都不敢放。老三一屁股坐在八仙桌旁的大木椅上，他想跷起二郎腿,一只脚怎么努力都搁不到另一只脚的膝盖上。童达道,你有儿有孙,不跷二郎腿,也能做老太爷。老三轻拍着桌面,喉咙底里发出鸭子样的怪音。

卧房在堂屋后面,母大虫过世后,老三就搬出来了。童达推开门,里面黑洞洞的,散发出一股旧抽屉的气味。童达揉揉眼睛,才慢慢看清里面的物件,房桌、五斗柜、大衣柜、眠床……老三的眠床特别漂亮,雕花和油漆是他见过的婚床中最精致的那种。他记得老三结婚那晚,他做伴郎,帮老三挡了好多酒,差一点倒在婚床上。大衣柜和五斗柜也气派,连同四只樟木箱,把小小的卧房挤得满满的。母大虫是要面子的人,老三家不富有,她的嫁妆却撑足了面子。

现在,这些旧货像一批古董,陈列在这间屋子里。蛛网和灰尘向两位老人诉说着如梦时光。老三走进去,顾不得灰尘,东摸摸西摸摸。童达拉开沉重的麻纱窗帘,房间里所有的家具都暴露在日光里,连同老三在灰尘上留下的手指划痕。那些划痕像一道道伤口,又像新生的一层层皮肉。

屋子里,寂静得出奇,似乎连空气也停滞了。童达握住老三枯瘦的手指说,老三,我们出去吧。老三像睡着了似的,好一会儿才回过神来说,好。

10

第二天,天还没亮,老三就走了。当时,童达挨着范花月,酣睡得像个婴儿。

老三走后的第四天,童达又在姚镇菜场做他的生意。邻摊的老乔说,老三还是有福气的,碰到你这样的好兄弟。童达摇摇头。老乔从水桶里捞了两条小黄鳝,扔给童达。童达推辞道,老三走了,你干吗还这么客气呀。老乔道,你们自己不能吃呀。童达呵呵笑着。老乔说,你肯定好久没吃一顿安生饭了。他说话的口气,像是每天跟在童达身后似的。

转眼又到了中午。童达收拾好摊子,骑着三轮车驶出市场。立夏刚过,空气里弥漫着豆香味。想起老三走的前一天说要吃豆子的事,童达不由踩着三轮车拐到桥对面。老三家屋后的菜地十分安静,像什么事也没发生过。

童达摘了好大一捧鲜嫩的蚕豆,倒在车兜里。他很平静,什么都没想。

　　到家,已是午饭时间。童达老远就看见范花月在水井边忙活。塑料笸里,刚刚洗干净的小白菜和西红柿滴着水。范花月抬起头,说回来了。她今天穿着青底碎花的棉麻长袖裙子,脑后的马尾辫一甩一甩。厨房里,煤气灶上冒着热气,炖锅里冒出鱼汤的香味。那气味很舒服,似把心里的褶皱都熨平了。

　　童达说,他去老三屋后摘了蚕豆,很新鲜。范花月抬头哦了一声。童达又说,老乔又给了他两条小黄鳝。范花月说,养着吧,过几天老三头七了,可以派用场。童达说,他们不是不信这个吗。范花月说,他们不信,我们信,我们总得表示一下吧。本来,黄鳝是不上桌的,但老三爱喝我做的黄鳝羹,到时候也做一碗。童达点点头。范花月甩了甩湿漉漉的手,端起菜笸子回转身。她家的几只小鸡仔,唧唧叫着,一跳一跳跟在她身后。

胶　水

1

　　静茹蹑着脚走进卫生间,遇到一团黑影。"谁?"她拎起拖把。"是我。"一个声音像从瓮里倒出来。灯亮了,母亲坐在马桶盖上,形如蜡像。"我睡不着。"她说。卫生纸团在地上滚动着,另一端在她手里,已拉扯成了水袖那么长。"我给您拿点药吧。"静茹开了灯,走向客厅。电视柜顶上的海报照又脱落了。静茹捡起来,一点点卷拢,塞进电视柜抽屉。她倒了茶拎上药,折回身,路过自己卧房,瞥见门口一双鞋底印。螺纹的——除了母亲,谁有这样的鞋子。

　　"好点了吗?"母亲接过茶杯,脸慢慢恢复血色。她歪着头看洗手盆前的镜子。静茹别过脸。"这样坐坐,肚子就舒服了。"母亲站起身,收了卫生纸。静茹见她不回房间,只好掀起马桶盖,解决自己的问题。

　　茶杯口,热气氤氲,濡湿了母亲额头的白发。隔着一层水雾,母亲的脸显得很不真实,五官模糊成一片。水龙头没拧紧,滴水的声音,叫人脚底发痒。"等着你呢。"卧房里,罗伟突然叫了一声。压抑的嗓音,听起来却分明清晰。静茹笑了一下,母亲手里的茶杯漾出了水。"您去睡吧,我来拖。"静茹从拉长的纸巾中折了一截,对折再对折,想叠出花样来。听到母亲走进房间,她才摁下抽水按钮。

"咋这么慢?"被窝的另一边已经凉了。男人的手一伸过来,就直奔主题。静茹扭动着身子躲闪着,还是被男人攥住了。嘴唇贴过来,从耳际到脖颈,荆棘般扎人。"别别别……外面有声音!"静茹挣扎着。"别开小差。"男人有些生气,钳子般的手不由分说。就这样交出僵直的身体吧。静茹吸了吸鼻子,突然泪水翻滚,耳朵里都是门外螺纹鞋底的脚步声。

2

"要不,带你妈去看看医生。"汽车已经发动了,母亲还没下来。罗伟从副驾驶的抽屉里掏出医保卡递过来。静茹自顾咬着手指上的死皮,没有接。"外婆生病了吗?"小诺对着车窗呵了一口气。他胖乎乎的手指最喜欢在车窗上画图。那几条不规则的线条,看了叫人心烦。"没病看什么呀?"静茹拍了一下小诺的手背,抽了张纸巾狠狠擦拭他发黑的手指头。

太阳像睁不开眼,弱光无法穿破空气中淡灰的雾团。静茹拉下车窗玻璃,能清晰地看到飘浮在半空中的微粒。行人匆忙,他们倦怠混沌的脸上,看不出一点晨露似的清凉。

母亲终于出来了,手里拎着阿迪达斯图案的无纺布袋。刚关上车门,她又叫嚷道:"哎呀,煤气忘关了。""怎么老这样!"静茹嘟囔了一声,推开车门。罗伟跳出车,冲在她前面。"外婆,你又害我爸妈迟到了!""好好好,以后外婆坐公交车去买菜。"母亲没有好声气。静茹手指绞着脏兮兮的无纺布袋。楼道上,罗伟的身影让她喘不过气来。七楼,210个台阶。静茹听到自己的心脏跳得很激烈。

"煤气关得紧紧的。"罗伟冲进车来,已是一身汗。他打开天窗。车子一启动,冷风就从头顶灌入。母亲向静茹身上靠,静茹却抱紧了小诺。"烧水壶的插头,你有没有拔掉?"母亲打了个喷嚏,追问道。"您怎么不早说呢?"静茹推开母亲的肩。母亲甩甩胳膊道:"我不是担心嘛。"罗伟没说话,重重按了几声喇叭,关上天窗。

静茹揉捏着太阳穴,那里像被一根橡皮筋紧勒似的。手指往下滑时,又碰到了鼻子下面三角区处的一颗痘痘。早上洗脸时,那里胀胀的,忍不住挤了一下,白点没出来,血丝怎么也吸不尽。此时,那里肯定结了一块难看的红痂。

她抬头寻找后视镜里的红痂。罗伟咳嗽几声道:"妈,城里空气不好,晚上您也睡不好吧。"

3

之后不久,静茹发现罗伟的睡眠也出了问题。那晚半夜,静茹醒来,脑子里一团糨糊。翻看手机微信,朋友圈里,罗伟一小时前连发两张网络图片。一张,是三匹野马聚首,身后是广阔的草原。另一张,是一个被缚的老女人,裸着上半身,好像是哪部外国电影中的截图。

窗外,月光惨淡。楼下马路上,夜行的车急急驶过。车灯透过防盗窗投射在墙壁上,让人恍惚觉得时间在流动。身旁,鼾声细匀。静茹不能判断,一小时前,男人是辗转反侧,还是一时无聊。

闭了眼,脑子格外清醒,许多莫名的念头像从洞穴里跑出来。小腹开始膨胀,踮着脚去厕所,不由得屏住呼吸。开灯,厕所豁然开朗。静茹松了一口气。

再次混沌过去,大概已近三点。忽地醒来,窗外已显暗蓝。耳边是窸窸窣窣的衣动声。男人突然从外面跳进被窝。这么早,干吗去了?上厕所呗,今天总算放心了。他揉揉小腹,从背后抱住她。可怜我家小诺,又要坐痰盂了。

静茹侧过身,圈住男人的脖子。男人的眼圈有点发黑。大学时代,他的绰号是"伟猪",超级能睡的。结婚第一年,她怀孕,他出差。半夜,她失眠了,给他发短信:"老公,我睡不着,你是不是一只乖小猪呀?"这么多年来,其他短信都删掉了,只有这条短信,他还保留着,每年翻出来乐一乐。

你老妈根本没便秘。那日,罗伟带母亲去了人民医院,回来后把医保卡扔在她面前。静茹霍地起身,脚趾头磕在不锈钢茶几脚上。我妈还轮不到你来教训！话还没出口，眼泪先不争气地下来了。

有什么好说的。他们父子的可怜相，也是有目共睹的。罗伟每天·早跑下七楼上小区的公共厕所。小诺上小学了，还得坐三四岁时用的塑料痰盂。

对不起，她低头埋到他怀里。没事。男人捏了捏她的腮帮，抱住她。只要你好，我就没事。被窝里，暖气慢慢地蒸腾开来。

4

难得的好天气。入冬以来，很久没出现的蓝色在空中映现。静茹推开玻璃窗，吸一口阳光。操场上，孩子们在奔跑嬉戏。高年级的孩子在练习花样跳绳。双人逆摇双跳、对冲八字长绳、十人交互绳……这是体育老师出身的校长开发的新特色。拍了视频，传到网上，一时间被网友疯传。神一样的跳绳绝技，哈！

妈妈，外婆来学校了，在跳绳。小诺跑进来，凑近她耳边道。你说什么？关窗太重了吧，静茹的手指撞在铝合金窗框上，微肿起来。

母亲果然混在孩子群里。她个子瘦弱，矮小，身上裹着锈红的羽绒服，藏在孩子们深红的冬校服里。若不是头顶稀疏的白发，还真看不出来。阳光像泼了一地水银，球场边的樟树刚砍过枝条，理了发那样干净。倚在它们附近的茶花，因着光线，有几朵已粲然盛开，映着孩子们汗津津的脸，甚是粉嫩。母亲跟着几个高个子女孩，笨拙地跳着。那双河蚌口的灯芯绒棉鞋跟着绳子，艰难地扑打地面。

绳子停了，母亲捂着胸口咳嗽。您过来做什么？静茹别过头。说不上是不想闻她身上的怪怪的气味，还是讨厌看她冷风中干枣似的脸。路过篮球场，几个年轻男同事在练球。一个篮球蹦过来，静茹装作没看见。母亲抱起球，双手举到头顶，抛过去。许是咳得太厉害，她瘦削的背影抖得让人揪心。

回到办公室，给母亲倒了一杯茶，静茹继续埋头做事。咳嗽声渐渐稀疏了。无意间抬头，瞥见母亲的右耳上冒出一支水笔，她正靠在书架上翻阅作文。您不要帮忙哟。静茹整了整作文本，抱在怀里。不放心我？我好歹也当过二十年民办教师。她随手抓起教参,老花镜滑到鼻尖上。静茹避开了她从老花镜上越过来的目光。

墙上的针慢慢移动。静茹狠命画着作业本。几个本子已打了红钩,又翻出来,打上大红叉。再过五分钟,就要下课了。母亲终于起身道,今天真开心,明天我再过来。待在这里,心里真踏实!

5

你老妈以前是不是特黏你老爸。罗伟抽着荷兰豆的茎,手指头击打着桌面。这些日子以来,他第一次放开嗓子说话。静茹对着水龙头清洗芹菜,嗯了一声,有点。长满叶子的芹菜,绿得像泼了油。干这些活,静茹跟母亲一样,喜欢把父亲的习惯继承到底。

说是父亲,其实是继父。我妈生下我不到半年,就离婚了,七年后跟我爸在一起。一开始,我爸不肯领证,我妈不知使了什么招数,他就同意了。这些话,跟罗伟说过几遍,此时说来有点伤感。

芹菜带着叶子下锅后,清香四溢。另一个灶眼上,高压锅嗤嗤作响,里面是芋艿炖排骨。静茹拧开料酒盖子,往芹菜锅里倾倒。料酒当水,这似乎也是父亲的做派。

父亲早年蹬三轮车,无论生意多忙,太阳一下山就赶回家。在二十平方米的架空层里,刺啦刺啦烧菜。母亲忙着给附近小区五六个孩子辅导功课。作业做完了,父亲的饭菜就端上圆桌。大小孩子围攻仅有的几碗菜,父亲从不上桌,自顾靠着门口的三轮车抽烟。他喜欢看马头床对上的那个镜框。镜框的底色是一张马克思恩格斯的侧面素描像。上面夹着一张黑白照,不到五寸。照片里,父亲穿着中山装,眼睛眯成一条线。母亲有点丰满,的确良花衬衫紧勒着胸部。她咬着嘴唇,眼神迷离。他们手里拉着静茹。那时静茹还不到八岁吧,却蹙着眉,心事重重的模样。

等大家吃完饭,父亲又忙着收拾,边收拾边随便往嘴里塞点残羹剩菜。忙完这些,他就用三轮车送那些小孩回家。

中国好男人！罗伟笑着道。他择完荷兰豆，又帮着剥洋葱。洋葱气味太烈了，他连打几个喷嚏，鼻涕星子飞溅在洋葱瓣上。好恶心！要是换成父亲，肯定被母亲骂死了。

这么多年，父亲就这样过着千篇一律的日子。中年之后，母亲的嘴像上了发条，稍不开心就骂人。父亲极少还口。实在熬不住了，就外出溜达一会儿，晚上十点前保证回来。有一年，那时静茹已经读高中了吧。母亲因为父亲丢钱包的事，闹得特别凶。父亲摔门出去后，到天亮才回来。那时，母亲快不行了——她吃了半瓶安眠药。此后，父亲再也没有通宵不归过。

父亲的好，真是说不尽。有一件事，静茹在作文里写过不下十次。八岁那年掉下第一颗下门牙。按老人的说法，下牙扔屋顶，上牙扔床底，才能让新牙齿长整齐。父亲为了把静茹的乳牙扔到屋顶，爬到人家的防盗窗外摔了下来，活生生地磕掉两颗上门牙……

把这些旧事都讲出来，静茹像卸下一副重担。你妈到底有什么魔力呀，控制你爸这么多年。罗伟笑起来。洋葱包衣飞了一地，身后似有影子晃动。静茹一回头，见母亲一脸灰色，站在门口。

您什么时候回来的？

6

电话里，小诺的哭声，让静茹头皮发紧。超市二楼菜蔬部，人多声杂，听不清小诺在说什么。她扔下手中的购物筐，从收银台处跑出来，拨响母亲的号码。亲情号663，好似隔了千山万水，连拨三遍，都没人接听。拨完第四遍，小诺回拨过来了，说外婆的手机在家里。小家伙的抽噎声听起来像是要断气。

出租车，一辆接一辆驶过，静茹连撞墙的心思都有了。一个激灵，想到管门卫的老保安。小诺嘴甜，天天叫人家爷爷。果然，手机打通了。

等静茹赶到，老保安已送小诺去医院了。折腾老半天，才把伤口处理完。回家，打开门，家里像凶杀片里的作案现场。厨房间，灶台上，血凝成锈色。竹砧板和木头斧头柄上的血痂，如风干的颜料。地砖上凌乱的血滴，涂画着小诺奔跑的痕迹。

静茹去洗衣房拿了湿拖把，在地上胡乱拖了几下，又放回原处。母亲还没回来。小诺坐在沙发上，惊魂不定地看《熊出没》。脸上的泪痕还没消失，眼睛嘴唇红红的。就在半小时前，静茹咬紧牙按住他，让医生的针扎在他小小的手指上。

门锁的钥匙转动几下，母亲进来了。她手里拎着两尾河鲫鱼。楼下谢伯伯刚钓的，晚上做蘑菇豆腐鲫鱼汤，你顶爱喝了。

静茹抱着儿子，没有抬头。母亲愣了一下。小孩，手怎么了？她从不叫小诺的名字，一直叫他小孩。你怎么可以把他一个人丢在家里？静茹高声叫道。母亲仰了仰身子，好像热锅上的油星子爆到她手臂上。砍伤了？缝了几针？我看看。她解下脖子上的围巾，走过来。小诺把手藏到背后，哭叫道，不要，不要呀！母亲拍了一下小诺的脸说，过一阵子会好的，手上嘛，男孩子留个疤不打紧的。静茹别过脸，吸了吸鼻子，鼻子里有一股腥味，慢慢滑到喉咙里。

小孩不喜欢跟我玩，我就去看谢伯伯钓鱼了。母亲从电视柜抽屉里掏出那张海报照，摊在餐桌上。我买了新胶水。她搬了把餐椅，站上去。看看，这样贴行吗？静茹瞥见海报照里母亲靠在自己肩头，似乎要将全部力量都压在自己身上。那是两月前的照片。父亲脑溢血过世后，自己回家陪母亲小住一阵。之后不到一个月，母亲就跟过来了。

罗伟就在那时推门进来。他踢掉皮鞋的声音，像一匹愤怒的马挣脱马蹄上的铁钉。小诺刚刚平息的哭声再次掀起浪潮。罗伟举起小诺的手指，盯了足足一分钟，好像要把他伤口上的疼都吸到自己的眼睛里。放下儿子的手指，他走向餐桌。餐桌上一大团染血的餐巾纸如硕大的血球，将餐桌的玻璃映成一片血滩。他拾起纸团，向茶几旁的垃圾桶掷去。纸团在地上跳跃几下，滚到母亲脚边。

啪嗒，电视柜背后刚刚粘贴的海报照，如一具僵尸，仆倒在地。母亲像被人重重拍了一巴掌，讶然惊叫。静茹瞥见她像是破碎的脸。

7

冬夜的冷寂,总爱唤醒睡眠。睁开眼,静茹感觉四肢像封在冰窖里。窗外的风像携带着密集的雨水,仔细听,又如梦游者在茫然地奔跑。艰难地翻了个身,仍然没触到男人的肉身,连温热的气息都没有。静茹才想起昨夜男人一个人关在书房里喝酒。出来后,他另找了一条被子缩在床角。世上,哪有外婆不心疼外孙的? 男人借着未消的酒劲愤然道。静茹用被子蒙住头,不吭声。

静茹的记忆里,外婆长得有点僵。瘦高的个子,白森森的脸,颧骨很高,尖尖的鼻梁下,嘴巴始终下拉着。挂上口罩,只露出一双眼睛,让人想起一些破案片中,暗夜里突然映现的蒙面人。

静茹五六岁时,外婆还在县人民医院工作。有一年,静茹得了小儿肺炎住院,外婆戴着口罩来看她。静茹不肯吃药。外婆一把捏住她鼻子,就把药水灌下去了。

八岁那年,母亲想买房,带着静茹去外婆家。那时,外婆已退休,仍住在医院的单人宿舍里(静茹从未见过外公)。母亲不知说了句什么话,外婆就发怒了。你死了心吧! 静茹刚巧在偷吃玻璃瓶里的宝塔糖,吓得她一口吞下去,卡在喉咙里老半天。

许是临睡时想起外婆吧,连梦都错位了,还清晰得如一部刚下载的高清电影。三十年前,母亲给她讲的童年故事,在梦中替换了人物。外婆变成了母亲,母亲竟成了自己!

那是夏天吧,母亲骑自行车带静茹去一个小镇赶庙会。回来已是午后。梅雨季节的阳光,像细针密扎在皮肤上。山道过后,终于出现了稀疏的房子。头上的烈日也像被树丛和房子遮掩了,腾出一丝阴凉。

母亲在一棵大樟树下停了车。你等着,我去去就来,不要乱跑。母亲递过来一袋橘子水和两颗泡泡糖。静茹接过东西,低头研究地上的小黑果子。等她抬起头,母亲已不见身影。

大樟树下,静茹吮吸着橘子水,跳着脚踩踏那些黑果子。很快,白凉鞋的鞋底花纹上沾满了黑乎乎的浆液。树影悄悄移动,手中的橘子水袋已瘪塌了。头上的开口处,全是牙齿印。静茹鼓着腮帮往空袋子里吹气。所有的黑果子都踩烂了,静茹剥开一颗泡泡糖,塞进嘴里。舌头搅动几下,颗粒状的甜味消失了,泡泡在嘴边盛开。

　　不知什么时候,樟树下冒出两个男人。小孩,吹得大一点。一个男人嘴里叼着烟,发紫的嘴唇吐出一个烟圈。静茹掏出第二颗。两颗泡泡糖到了嘴里,便天下无敌了。吹大的泡泡破碎后,盖住了整张脸。静茹把黏在发丝上的碎屑,一个个扯回来,放进嘴里。真厉害!那两个男人看了一会儿,猛踩了一下烟屁股,吹着口哨骑上车走了。

　　太阳躲进云层,凉风突如其来。静茹吐出泡泡糖,放在衬衫下襟的贴边缝里。泥地上,黑压压的蚂蚁在黑果子的浆液上奔走,她看着看着不由哭起来。泪水从脸上滑落,一直落到衬衫的前襟上。静茹用手背抹着眼泪,绕着大樟树转了几圈,最后沿着母亲出发的方向跑去。路边,没有什么房子。偶尔过路的行人大多骑着自行车,匆匆而逝。风大了起来。石子路上的细草落叶和纸屑,像失魂的鸟到处乱飞。

　　暴雨说来就来。雷电像神话中的妖魔,举着利剑把天劈出个大窟窿。暴雨犹如一锅沸水,把天地都连在一起。她什么都看不见,双臂交叉,紧紧抱住湿漉漉的身体,像被卷入了汪洋……

　　母亲说,那年她才六岁,那场暴雨中,她差点被卷入河里死掉。静茹记得当年母亲跟她说这个故事时,自己忍不住大笑。有什么好笑的?母亲瞪大着眼睛问她。静茹吓了一跳,母亲当时的眼睛深陷得像两个窟窿。

　　男人的鼾声突然响起。衣架上的呢子大衣像受了惊吓,霍地倒地。静茹抹了抹眼角的泪,趿着拖鞋,推开卧室门。外面黑漆漆的,冷风硬得像冰柱。趿着步子经过卫生间,她停了下来。耳边隐隐约约似有啜泣声,手指空捏几下,终于触到卫生间的开关。灯亮了,里面没人——原来母亲在小诺的儿童房里。

　　小诺已经熟睡,母亲坐在他的床沿上,像只孤独的母狼。妈,静茹轻声叫道。母亲弓着背,如一段枯木桩一动不动。您还不去睡呀。静茹扳住母亲的双肩。双肩的颤抖通过手心传到静茹的手臂。

我不想一个人回去。母亲的喉头发出一串梦呓般的颤音。

8

说服男人开车陪母亲去祭拜太外公,静茹费了点劲。男人目光迷离地望着她,似乎在等待她答应什么,她还是没应声。那是迟早的事。她含糊其辞,拿起车钥匙走出门。好一会儿,男人才追上来。客星山离他们这个小城有一百多里。男人知道她从来没有独自跑过这么远的路。

母亲早已等在车门旁。她戴着一顶棕色线帽,斜挎着一只帆布袋子,里面塞满了用锡箔纸折成的纸钱。她搓着手呵气,如同一个久等开校门的小学生。

车子驶出郊外。静茹从后视镜里瞥见母亲闭着眼,不由得靠近男人说起那些往事。

十二岁的深秋吧,因为初潮来袭,静茹,刻骨铭心地记着那些场景。母亲拖着行李,拉着她奔赴县城火车站。静茹肚子痛,好几次蹲下身,母亲站在凹凸不平的水泥路上,跳着脚,像只愤怒的老母猴。总算挨到火车站,静茹才知道到太外公家需要坐十小时的火车。真正遭罪呀。静茹对罗伟感叹道。

窗外的风景亦如二十多年前。落叶子的白桦树直挺挺地矗立着,收割后的枯草像排列在干涩的水粉画中。静茹捂着嘴说,我的太外公是世上最仁慈的老人了。他收留我母亲时,家里已穷得啃树皮了,但他还是坚持把我母亲养大。有一件事……静茹咽了咽口水,看了看后视镜,闭了嘴。

那日下了火车,已有人驾着拖拉机等在路边。静茹跟着母亲爬上拖拉机,一路颠簸,进了一个小村庄。在低矮的老木屋里,静茹瞥见太外公躺在一块门板上,脸上蒙着一块白布。母亲扔了行李,扑过去,跪倒在泥地上。记忆中,母亲跪下后,再也没有站起身。第二天早上,静茹发现母亲头顶的黑发全白了。

说话间，已下高速。客星山隐隐约约出现在眼前。驼峰似的山脊，犹如母亲倔强的身躯。静茹突然有点心烦意乱。二十多年前的经痛，似乎再次来袭。她听到了后座传来的啜泣声。

这啜泣声一直延续到太外公的坟头。父亲在世时，每年陪母亲过来祭坟。坟碑上的字新鲜如初，坟包上也没有荒草丛生。此时，帮着母亲粗粗料理后，静茹背对着山间的冷风，脖颈缩进了羽绒衣。

那件事……静茹揉搓着冰冷的两腮对罗伟说。那件事是当年二姨透露给静茹的。母亲十岁到她外公家，晚上缠着她外公睡，一直到她去插队。那时她已是大姑娘了。

不可思议！罗伟貌似瞌睡的眼睛突然睁大了，他嘴里的一截野草根，几乎碰到了鼻尖。静茹斜靠着一棵树，低下头，拼命地低下去，下巴磕到羽绒服的扣子里了。乌鸦在头顶哇叫。母亲瘦弱的身子摇晃着起来。她单薄的背影，像被冷风切去了一半。

9

接到去省城培训的通知，已近腊月。静茹犹豫了很久，才把这消息告诉母亲。小诺撕着鸡腿，擦擦油乎乎的嘴角。母亲的头埋在奶茶杯里，好久才抬起来，眉毛、睫毛挂满水珠。要不，您回老家一阵子？我培训结束就来接您，正好赶上过年。静茹瞟了一眼罗伟，罗伟正给她递眼色。我不想回去。母亲的手指掐着奶茶杯，纸杯都变形了。

出门前一天，几个社区组织联谊会，邀请母亲参加。活动很热闹，唱戏跳舞，现场书画表演，还有各式游戏。最后一项游戏，是一个小孩想出来的。让老人们排好队，通过触摸、闻气息，来寻找另一队中陪同的亲人（双方都不许说话）。这个活动似乎有点挑战性。

母亲戴上眼罩的那一刻，静茹笑得右腮帮轻轻抽搐。母亲穿着淡紫羽绒衣，嘴巴紧紧抿着，像个桀骜不驯的少女。

游戏开始了。第一个拉住手的是同幢楼的吴伯伯。吴伯伯是退休教授，文雅，触摸头发和脸时，喉结难为情地抖动着。静茹硬忍着没笑出声。紧跟其后的是位老太太，一上来，手掌就贴住静茹的额头，顺着头顶往后摸，一直摸到肩头。见没戏，她撇撇嘴放弃了。往下走，又是个老头，隔壁单元的，背微驼，衣着邋遢，整天叼着劣质烟。他的鹰钩鼻凑到静茹的耳垂，静茹皱着眉别过头。

握住母亲的手，静茹禁不住耸起双肩。许是热空调温度太高了，母亲的手心黏糊糊的，像涂抹了胶水。她的手伸过来，从头顶徐徐下滑，直到大腿，上上下下来回几次，又回到脸上匍匐。她瘦长的手指如章鱼的腕足不放过脸上每条细纹。静茹第一次感到母亲的手那么粗糙，手指传达出来的情绪那么固执又羞怯。这位阿姨，请您快点做出判断，还有三十秒了。身后的工作人员催促道。母亲顿时慌了神，张张嘴凑近静茹的腮帮。静茹第一次闻到母亲嘴里的气息，类似过期咸菜的腌臜气。啊啊啊……她的嗓子抖动着，发出一串怪音，脸像被烧红的铁锅，头顶的白发也慢慢立起来。她的手又滑向静茹的衣服，上上下下反复摩挲。静茹今天穿了亮面的羽绒衣，本来还套着羊毛围巾。里面太暖和，早摘掉了。

这位阿姨，倒计时了，10，9，8，7……母亲的手像一只胡乱奔走的小兽跳进静茹的脖颈。那里什么也没有，只有细长的光脖子。她张大空洞的嘴，摇头放弃了。

母亲被带走的瞬间，静茹听到一个奇怪的声音，仿佛客厅里的海报照脱胶后哗啦坠地。应付后面的老头老太，她已毫无兴致。有两个老太太把她错认成自己的女儿，无比尴尬地下台。回到座位，她拿起水杯猛灌了一通。耳畔，终于响起母亲出列的声音——她错认了一位陌生女人，被淘汰了。

我认得出来，让我再认一遍，我一定认出来。母亲叫嚷着，像一头发狂的母狮，冲到队伍中去。两个工作人员拽住她的胳膊。阿姨，大家都要遵循游戏规则。静茹放下水杯跑上去。

妈，我在这里，您刚才没认出来。母亲愣住了，两眼空洞如一对枯井。她的右手猛然扬起。啪！猝不及防，静茹左脸一阵火辣。

眼前星光凌乱。静茹闭上眼，久久地，不愿睁开。她靠住墙，艰难地吸着鼻子。一团迷雾中，她瞥见母亲的影子在墙角缩成一团。

除了两个工作人员上来劝慰，谁也没注意到这一幕。不要丢下我，你不要丢下我……静茹抹着泪，听到母亲的哭声像从另一个世界传来。

自由落体

1

十六岁那年，我从桥城回到姚镇，身体莫名地陷入低烧状态。叔叔带我去看了几回医生，对症的化验都做了一遍，除了白细胞稍稍增加，查不出别的毛病。没事，晚上早点睡觉。给我看病的女大夫拍拍我的肩膀，摘下白口罩。我的眼睛不争气地热了一下。

那日从医院出来，叔叔带我去了水果批发市场。在混杂着腐败味的水果摊贩前流连，我竟找不出一样爱吃的。真是难弄！叔叔用姚镇的方言嘀咕着。他以为我听不懂，因为我从来不说姚镇方言。当然，我也不喜欢姚镇这个季节流行的水果，波罗蜜和榴梿都是我的克星。我怀疑自己的低烧，就是这些臭烘烘的水果引起的。你到底要吃什么？叔叔问道，他的脸色难看得像一片变质的苹果。我摇摇头。几辆拖货小车过来了，铁轮子摩擦着地面，刺耳的声音惹得太阳穴上的青筋又暴突起来。叔叔撇下我，走近一家摊贩，称了一袋苹果一盒杧果。我远远地跟在后面，扫视着两边的摊贩。桥城到处可见的白沙枇杷，这里连个影子都没有。

你将就着吃吧，熬过一个月，等你回了桥城，想吃什么就吃什么。叔叔把水果绑在后座上。我低着头，看自己刺猬样的影子。太阳很烈，叔叔的瘦脸肯定冒着绛红的油。叔叔是油性皮肤，我也是。在桥城，每次我抓虱子一样掐脸上的青春痘,母亲总是嘀咕,像好不像,尽传坏相,好像我遗传叔叔的青春痘,都是我的错。母亲看不起叔叔,当然不只是他满脸的青春痘。十多年前,父亲带叔叔到桥城打工,叔叔跳蚤似的换了十来个工作,最后还是被父亲"遣送"回来。阿二就是没定心。祖母撩着围裙角哀叹着。那时,祖母还操持家务。村里像叔叔这样的小后生潮水样去桥城打工,大多三五年后挣了钱回来,顺顺利利盖房子讨媳妇;只有叔叔两手空空,欠下的赌债还是父亲帮着还清的。祖母嘴里骂着叔叔,心里甚是不服。因为叔叔的聪明在姚镇是小有名气的。这点,连母亲也毫不怀疑。姚镇的老房子,横七竖八的电线都是叔叔拉的,那些藤条椅子都是叔叔编的,连我小时候穿的毛衣,有好几件也是叔叔躲在房里织的……叔叔的一事无成,彻底遮蔽了他的聪慧。没定心,聪明有什么用呢。母亲老是拿叔叔做反面教材来敲打我。那时,我还在桥城中学读书。母亲的絮叨像紧箍咒,让我时常恨不得揪住自己的头发,跳离这个星球。可回到姚镇后,我才发现,自己当初真是身在福中不知福呀!

叔叔送我到村口,让我自己走回家。他要去新房子看装修。叔叔的新房子位于姚镇的开发区——农民公寓区域,我父亲出了大半的钱帮叔叔买下来的。叔叔当年回来后,与邻村的姑娘结婚。婶婶生下堂妹不久,就与叔叔离婚了。堂妹被婶婶带去,叔叔又变成了"独卵光棍"(单身汉)。祖母被叔叔这么一折腾,彻底垮掉了。临终时,祖母拉着我父亲的手,托付着叔叔的事。父亲含泪答应了。她到死都这么祖护小佬……几年前,父亲出钱帮叔叔买新房,母亲恨得牙床发痒。她把祸害归咎于祖母。但家里的经济大权父亲把持着,母亲死闹活闹也没法阻止。

我拎着两样水果慢吞吞地往村里走去。在姚镇,五月份的太阳已有些凶猛,晒在皮肤上,针刺般难受。杧果蒙在塑料袋里湿漉漉的,那种奇怪的气味不可抑制地冲到我鼻孔,闻着有点反胃。我突然有些恨叔叔,明明知道我不喜欢吃热带水果,偏买这么多。我也连带着讨厌母亲,为了该死的中考,狠心把我送回来。我真怀疑,她把我丢给叔叔,只是为了求得心理平衡。

佛祖保佑,我像一只苟延残喘的狗终于爬到老屋门口。放下水果,掏出钥匙,跟那把生锈的门锁较劲半天,门才打开。太阳像头顶浇落下来的滚水,我连连打战,弄不清是因为炎热还是寒冷。

2

叔叔回来,已近十点。听到楼下电瓶车的声音,我赶紧翻开英语试卷,装模作样地在上面涂画。之前,我刚刚在手机里看到有人直播写《祭侄稿》。这老家伙长须飘飘,颇有仙风道骨,眉眼有点像张大千。从定位来看,这老家伙就在桥城东门口一带,我却从来没撞见过。唉,天天撞见的只有我老娘。每晚九点半,她雷打不动地跟我视频聊天。说来说去,就是要我抓紧复习,努力努力再努力,千万不要像小佬,懒懒散散,一事无成。母亲的菱形脸在手机里显得越发扁平,但她脸上的器官却此起彼伏。你想玩,考试结束后有的是时间。她盯着我的眼睛说。我别过头看墙上的字。那幅字,是叔叔十年前写的。听说叔叔在桥城,曾跟着一个乡野书法家痴迷书法。那些龙飞凤舞的草书,像夏日盛长的茅草在狂风中摇摆,我看看还是颇有张旭风格的。眼睛看着我,我跟你说话,听见没有?母亲很不耐烦。我慢吞吞地转过来,看见母亲愠怒的侧脸,她正跟旁边的父亲抱怨我的不懂事。等她抱怨完,回过头来看视频里的我,似乎又吓了一跳。她调整表情,乏味地重复了一遍刚才的话:反正,你以后有的是时间……我鸡啄米般点头,然后退出视频。这样的话,我已整整听了九年。九年来,母亲像一个向我借了很多债的生意人,每年承诺还款,却一次都没兑现。暑假开始后,我几乎天天骑着自行车头顶烈日,在各个培训班奔波。当桥城电视台关注户外工人的艰苦劳作时,我暗暗诅咒暑假没完没了的补课。这些该死的补课剥夺了我的书法、二胡和篮球爱好。

还发烧吗?叔叔走进我房间。他刚洗完澡,湿漉漉的头发往后梳理,额上的抬头纹暴露了他的年龄。我摸了一下自己的额头,摇摇头。叔叔木讷地眨了眨眼,转过身。他原先瘦削的骨骼,不知什么时候铺上了一层发糕似的肉。他站在门口,手指剥着门框上脱落的漆皮道,明天你能帮我去看装修吗,到时有几个人要来装台盆。我说可以的。你就看看好了,你可以把书带去看,耽误不了你复习……我哦了几声,心里窃喜——到底为自己的偷懒找了个好借口。

我快速整理摊在桌上的资料,腾身跳到床上。撤销了手机的静音模式,微信群就欢叫起来。桥城中学初三(8)班的"怀恋逝去的夜空"群里,一个个头像闪现。他们就像在河底憋了大半天的"闷骚"鱼儿,蹿出水面吐气。我打了一个表情后,那群鱼儿纷纷来问候,我却用一串省略号回应他们。我知道无论哪种表达方式都难以言说我心底的空虚和憋闷。

楼下,似有乐音传来。我猜想是叔叔在摆弄那架老古董似的凤凰琴。推开窗户,果然见一个身影侧坐在窄小的院子里。院子的檐头上,眉月如叶,叔叔赤裸的上身白晃晃的,跟地上的黑影子一起在风中抖动。他就是个怪胎。母亲在父亲资助叔叔买房后,这样咒骂他。她说她第一眼看到叔叔,就知道他是个怪物。总以为自己是天才,当年学鬼画符样的书法,还像个疯子在月光下舞剑弹琴。半夜三更,人家都睡下了,他弹那架"杀头胚"琴,野猫叫春样难听。母亲咒骂的"杀头胚"琴应该就是这架凤凰琴。"昨日像那东流水,离我远去不可留,今日乱我心,多烦忧……"这首二十年前流行的《新鸳鸯蝴蝶梦》,时常在叔叔指尖下流淌。其实,我很想告诉叔叔,要是配上我的二胡,估计会更好。但是,我没有说,因为我的二胡早被母亲扔到阁楼,蒙上灰尘。此刻,我只能在朦胧的月光下,倾听他略带忧伤的曲调,在夜空里如雾气弥散开来。

3

姚镇农民公寓集中在姚镇的开发区。五年前,这里还是一片荒弃的土地。那年年底,父亲带我回老家,曾来这里放风筝。叔叔带着刚满一周岁的堂妹也参加了我们的活动。那时,叔叔和他小舅子合伙开了一家棋牌室,整天忙着给人递烟倒茶。本来,还是赚了点钱,后来听说得罪了人,就关掉了。不出一月,婶婶带着堂妹离他而去。当然,这是父亲替他老弟辩护的说法。到了母亲嘴里,却是叔叔开了棋牌室,好比老鼠掉进米缸里,自己成了牌桌

自由落体 ≫ 137

上的主角,输掉很多钱。母亲的说法似乎更接近真相。反正,叔叔落魄得不成样子。此后,我极少回姚镇,再也没见过我堂妹和前婶婶。现在,这片土地上,竖起了很多貌似品质小区的单元房,真让我有种沧海桑田的感觉。在幸福小区三单元的四楼,有一个小套归于叔叔名下。拥有了这样的新房子,叔叔不知能否召唤大小女人重回他的怀抱。

叔叔送我到幸福小区,就回去了。我直奔三单元四楼402室。里面空荡荡的,散发着木头混杂油漆的气味。天花板和墙壁刷得雪白,水泥地上沾满了石灰和木屑。角落边堆着硬纸板包装箱,里面的瓷砖成多米诺骨牌倒在地上。

一个男孩捏着泥刀从里间走出来。他个子矮小,眼睫毛倒很长,若不是嘴唇上面窜出小胡子,我怀疑他是童工。我告诉他,我是钱利民的侄子。男孩努努嘴,抱起一摞瓷砖走向隔壁的盥洗间。我忙跟过去,发现那个卫生间已经贴好墙砖,现在正忙着铺地砖。

我又到别的房间转了转,这里除了这小子,没有其他人。我有些失望,大老远跑过来就监督这小子干活了。“前几天还有我哥和别人,今天四单元的一套房进场,他们都赶到那边去了。”他向我解释着。他把手里的地砖跟已经铺好的一块对齐,盖在水泥砂浆上,用锤子敲紧实。敲完后,又取下地砖。水泥砂浆上留下地砖背面的花纹,有些小空洞鱼嘴似的吐着气泡。我虽然不懂,但不得不说,他做得很顺手。

我靠着门框默默背《初中英语单词汇编》。他用泥刀沾了点水泥砂浆把纹路上的空洞填补满,又盖上地砖用力敲实。我的脑子里蹦出“砖”的单词,却怎么也想不起它的正确拼法。在所有科目里,我的英语是最弱的。记得桥城读书那会儿,教英语的“鼻屎猫”(Miss 毛)三天两头罚我抄单词,害得我看见汉堡包上的字母都想吐。“你们读不好英语,就甭想上高中;考不上高中就只能读烂职高;读了烂职高,就只能找下等工作,在太阳底下干苦力,然后讨个下等女人做老婆,生一个低智商的儿子……”“鼻屎猫”的狂想症很令人震骇,她能把一头牛贬成一只蚂蚁。每每看到她在讲台上唾沫横飞地“传教”,我就动摇了坚持在桥城参加中考的决心。回老家姚镇考,上重点高中至少可以比桥城低五十分。母亲不知从哪里打听到这个消息，并且得到了"鼻屎猫"的印证。我怀疑事件的真相是"鼻屎猫"像扔狗屎一样，尽快把我这个低分扔掉。而事实上，我自己也发现像我这样的成绩，即使释迦牟尼保佑，在桥城勉强考上普高，后面的三年也将在地狱里受尽煎熬。不如回去，不如回去，山一程水一程，回到姚镇他妈妈的老家去……

我盯着一个个单词，脑子里像有很多柳丝在飘忽。那些柳丝飘忽了一会儿变成了二胡的丝弦。《听松》里的那句高音，我老是拉不出味道来，以前也琢磨了多次，此刻又莫名跳入脑中。那小子贴好了几块地砖，站起身用袖子擦鼻子。他的鼻翼上沾了几点石灰浆，问我能不能到别的房间里去。我警觉地问他为什么。他从口袋里掏出手机，不好意思地说，他想听歌，怕影响我背单词。我说没事，你尽管听，我无所谓。他噢了一声，就开始播放音乐。顿时，狭小的空间里，窒闷的空气流动起来。"跟着我左手右手一个慢动作……"TFBOYS略带童稚的声音，在淡湖蓝的墙砖上跳跃。那小子也忍不住挥着细长的胳膊舞起来，怪异的动作，甚是滑稽。

我忍不住问他年纪。他说他是90后，跟王俊凯同龄。我耸耸肩。真不幸，我比王源小一岁，比这小子小了两岁，王源去年参加中考，今年轮到我了。我又问他是不是没读完初中就出来了。他说他没考上高中，不想读职高，就跟着他哥出来了。他用刀划开地砖，在墙角比画着。我盯着他灵活的手指，猜想他的手指两年前是否也因握笔磨出老茧来。见他很熟练地摆弄泥刀，又觉得自己的想法挺可笑。

几首曲子后，他中断了播放。我知道像他那样的劣质手机，没听几首歌，就会发烫。沉默弥散开来。搁在窗台上的暖水壶静默在空气里，淡青的影子投射在他的后背上，像抹了一块油漆。

他突然站起身，我以为他要跟我说话。他却做了一个让我吃惊的动作：从裤袋里掏出一包烟，抽出一支。不介意我抽一根吧。他捏着烟问。我点点头。他又掏出打火机，啪啪按着。火苗蹿上来了，我的心莫名地咚咚剧跳。他老练地在鼻孔里吐着烟，却不妨碍手上的活。我瞥见他眉头间的一条悬针纹随着嘴的蠕动，轻轻漾动着。

4

送台盆的一直没有来。我打电话给叔叔报告这事。叔叔在手机那头骂着娘。我猜想他的股票又跌了。最近,他在一家电缆公司当仓库保管员,把仅有的几块工资都投入了股海。这事,父亲不敢让母亲知道。

我来不及接你,你自己回来。叔叔的声音怪怪的,喉咙里像卡了一块骨头。我按掉手机,胡乱翻着《初中英语单词汇编》,想到回去还有一大堆作业等着,不由得头晕脚底热,好像低烧又来了。

我跟你学做泥水活怎么样?我问小子。他没有接话。我把书丢在窗台上,夺过他手中的泥刀,搅拌了一下水泥浆。水泥浆像一锅烧煳的粥,沿着泥刀噗噗落在地上。我无法想象自己是否有足够的意志承受泥水匠的枯燥生活,像这小子举着泥刀日复一日地抹浆砌墙。但我可以想象自己漫长的苦读生活,在姚镇高中的教室里,弓着背用书本试卷垒起更高的墙。"鼻屎猫"骂我们是一群猪,上课天天打瞌睡。她咬牙切齿地说我们教室后面应该张贴这样一副对联:"生前何需久睡,死后自会长眠。"娘的,真是狠爆了!

我放下泥刀,往水泥浆啐了一口。不许乱吐口水。那小子用泥刀舀了一小撮水泥搅拌着。青灰的粉末在晶亮的口水中变成了青黛色。我直起身,拿起那本单词汇编,发现脚踝边有毛茸茸的东西在蠕动。一只小黑狗!

阿汪阿汪,那小子放下瓷砖,轻抚黑狗的背。小黑狗长得像非洲小孩,只有脖颈和肚子上有点白毛。那小子抱起它,我惊奇地发现,他们的眼神都流露出一种憨态。

这是谁家的狗,怎么跑进来的。我不怕狗,但我讨厌毛茸茸的动物。那小子说他也不知道哪里来的,经常跑过来玩。他用脸蹭蹭小黑狗的嘴,那畜生伸出肉红的舌头舔他的脸。好恶心呀。

手机震动,是一条垃圾短信。我点开微信,想在朋友圈里发点什么,发现叔叔在五分钟前发了一条莫名其妙的状态:"跌,就是轻松一跃。"我的喉咙热辣辣的一下。叔叔每天看朋友圈,但他极少发微信。到了年末,偶尔会发一两条,以表明他依然活着。此时,他不按常规出牌,不由叫人惊悚。

我走出卫生间,给叔叔打电话。手机铃声唱完了《万水千山总是情》,对方仍然没接听。我又给他发了一条微信,告诉他送台盆的还没来。他竟然回了,像个赌气的孩子,说他正忙,别烦他。我松了一口气,又回到朋友圈,看看我们熟识的亲友有没有给他评论。奇怪的是,那条"跌"的状态竟不见了。真见鬼了!

卫生间里,那小子还在逗黑狗。小黑狗很会耍,那小子拍拍手,它就学人样直立起来。他从裤袋里掏出几粒牛肉干,放在手心上。小家伙就趴在他的膝盖上,呜呜叫着,急不可耐来吃。我从窗台上拿了个方便面纸盒,想舀点水给小家伙喝。这畜生不领情,跳过水泥堆逃走了。

它要拉屎了,刚才放了一个很臭的屁。那小子抽着鼻子笑道,不信,咱们去瞧瞧。这是个好主意。我们跟着小黑狗跑出门。果然,那畜生跳跃着奔下四楼,直奔一楼草地。让人尴尬的是,那畜生撅了撅屁股,却没有拉出屎尿来。它回头呜叫几声,又朝小区外跑去。阿汪,别跑……那小子叫唤着,没停下脚步,我也不得不跟上。耳边风声呼呼,我体内郁结的不明物似在奔跑中脱落,我体内过多的热气也从毛孔里钻出来,随着汗水排出体外。

我们到底还是没追上小黑狗。我与那小子面面相觑。因为跑得太猛,他索性脱掉了 T 恤衫。他那还没发育好的背脊,看上去像一只虾。只有上臂微微露出的肱二头肌,显示他平时干的是力气活。

回去吧,他小声道,脚却挪不开步子。我们已跑出小区,站立在新修不久的幸福路上。烈日下,发白的水泥路往前延伸,两边的行道树在我们极目处聚成一个点。我感觉我和小泥水匠如果一直走下去,就会走到那个点上。

我们索性出去玩玩。我踮起脚,拍落头顶的樟树叶。他茫然地望着水泥地嘀咕着,大概在说怕活儿做不完,要被他哥骂。我斜了他一眼说,天天干活,难得玩一次。其实,我也只是说说,没有豁出去的勇气。他伸出舌头舔了舔发干的嘴唇,淡黑的胡髭微微翘起。

5

我们打了一辆车去游乐场。

这个游乐场,离新区不远,是镇上唯一像样的玩乐处。小泥水匠说,他哥几年前曾带他来玩过一次,挺不错的。去年母亲送我过来时,也带我来过一次。女人总是太胆小,不许我玩海盗船、自由落体、飞天凤凰这些刺激的项目,我都羞于提起。

我买了票进去,发现里面跟去年来时一个样。一些七八岁的孩子,脸晒得红红的,手里举着棉花糖和水枪。他们的父母,撑着伞,腋下夹着各式塑料玩具。巨型的旋转木马,在半空中有节奏地运行。那小子说,我们也玩这个吧。我嘴里的矿泉水喷了出来。玩这种小屁孩的玩意,杀了我算了。

他不好意思地搔搔脑袋,说他哥带他来的那次,最先玩的就是这个,挺有趣的。我没有理他,直奔海盗船,他也只好跟过来。海盗船上坐了很多女孩子,船每一次往高处掀,都传来恐惧的尖叫声。围观的小伙子们斜挎着女式包,举着透明塑料伞,幸灾乐祸地笑着。

女孩子们披头散发地下来了,我们走了进去。那小子本想跟我坐到船头,又转身坐到船身的中心。胆小鬼!我笑骂道。海盗船运动起来。每一次摇晃,身体都飘飘忽忽,有种凌波微步的感觉。不知不觉中,海盗船快起来,越来越快,身体像被拽到半空,五脏六腑都要被迎面而来的飓风压扁了。船荡到最高点时,船上的人几乎齐声尖叫起来。我无法描绘身体的感觉,那种无比痛苦又无比快乐的瞬间。我急盼着快点停下来,心底里却又隐隐希望再来一次更痛苦的高潮。终于,有那么一刻,哎哟哎哟的声音消失了,耳际竟传来叔叔昨夜弹唱的凤凰琴曲:"昨日像那东流水,离我远去不可留,今日乱我心,多烦忧……"那缥缈的琴声好似来自另一个世界,让疯跳的心脏在顷刻间平静。

终于停下来了,小泥水匠的脸变得像树胶漆。他哆嗦着嘴唇,说再也不玩这么危险的游戏了,感觉好想吐呀。他揉着胸口,拼命地深呼吸。其实,我更想吐,但我偷偷吞咽着口水,装作什么事都没有。他缓过劲来后,点了一支烟,凑近我的耳朵小声说,刚才我难受得小便都要失禁了。我忍着笑从他嘴里夺过烟,塞进自己嘴里,才没让胃里的东西冲出来。

接下去的活动,小泥水匠强烈要求自己选择。为了照顾他,我陪他一起玩了碰碰车和巨型滑梯。玩那些玩意让人想起多年前,和桥城的同学们一起去郊游。那时天空多么蓝,世界多么单纯。我胸前飘着红领巾,左臂上挂着红色的二道杠,嘴里哼着"少年少年,祖国的春天",就像自己是最幸福的人。

小泥水匠从"青蛙跳"上下来,对我说他喜欢玩这类游戏,稳稳的,五脏六腑不会拎出来。他瘦削的肩头耸动着,像个穿着大人衣服的小孩。可我实在忍受不了这些毫无动感的游戏,自顾跑开了。

6

我跑到海盗船南面的"自由落体"前。那是游乐场最高的设备,也是姚镇最高的建筑。去年,母亲带我来玩,我曾偷偷挤到人群里排队,被母亲发现了拖回来。母亲说,乘那玩意就像跳楼,想寻死呀。

这会子,我站到它的下面,仰望它像一个电塔高耸入云。下面拉着一条红色横幅:"自由落体,有梦想的都来吧!"当年"鼻屎猫"敲着黑板,问我们的猪脑子里有没有梦想,我想眼前这个钢铁巨人就是梦想。此刻,一群有梦想的年轻人坐上了座椅,手臂样粗的安全架勒住他们的上身。两个戴着红色尖帽子的工作人员逐个检查安全。

机器开启,他们慢慢上去了。有几个女孩子轻声叫着,说不清是兴奋还是害怕。他们穿着各色鞋子的脚像一朵大丽花。我用手掌遮挡阳光,不知道他们上升到了什么高度。突然,一阵近乎痉挛的尖叫划过天空,头顶的机器像一架飞机迅速坠落。他们同时飞起的脚,好似一把大伞砰地撑开。同时,撑开的还有我的小心脏。好,爽!

一拨人下来后,我迫不及待地坐上座椅,自己动手把安全架勒住腰际。

透过工作人员红色的帽檐,我瞥见横幅的边角在风中摇摆。不要怕,没事的。围观中,一个穿无袖 T 恤的青年男子大声叫道,他大概是在鼓励已经坐上位置又非常害怕的女友。工作人员吹响哨子时,一位穿西装短裤的年轻女孩突然捂着脸哭起来。工作人员只好帮她解掉装备。她的临阵脱逃,引起了一阵小骚动,但并没有大妨碍。随着机器的启动,我们的脚都脱落了地面。

天空蓝得像刚洗了一遍,太阳似乎在慢慢下沉。脚离开地面到一定高度时,我看到下面仰望的面孔。那感觉很不错。我突然忆起老屋墙上挂贴着的叔叔的草书。我俯瞰着下面的芸芸众生,心情就像那些自由飘逸的字迹。

大概机器快到顶点了吧,下面的呼声被周围杂乱的叫声掩盖了。那叫声好像是某个电影里播放的犯人临死时的烦躁。我不由望了望脚下,好像我们已经坐在云层上,真的要脱离这个世界。啊,再见了,这个让我不知所措的世界!我正兴奋得有点虚晃时,只感觉屁股一阵剧烈发颤,喉咙里猛地涌出一股腥味,五脏六腑像要在瞬息间呕出来。啊……潜意识中,我抓住安全架,身体缩成一团。啊……我想,我要死了!

世界突然静止了。睁开眼——我都不知道自己什么时候闭上眼睛的,像进入了一个陌生的世界。耳朵听不见了。我茫然地望着蓝色的天空,竟一时想不起是怎么回事。似乎过了很久,耳朵才慢慢听到叫嚣声,原来我们的机器悬在空中,没有再上去也没有再下来。

出故障了!身边的两个女孩子哭了起来,下面的围观者潮水一样涌动着叫喊着咒骂着。我左侧的那个中年男子晃荡着双脚,对我说,小伙子呀,没事的哟。我张了张嘴,却没发出声音来。我右侧的那个戴玳瑁眼镜的小伙子,吹了一下口哨。要是这样完了,那我们就有机会上凤凰网头条了。我朝下望了望,估计不出距离。在七八层楼吧。一种直觉告诉我,这样悬在空中只是暂时的,但我的耳际里却又一次响起叔叔用凤凰琴弹奏的曲子:花花世界,鸳鸯蝴蝶,在人间已是癫,何苦要上青天,不如温柔同眠……

7

喂，你还好吗？

一个声音传上来。在众多的杂音中，我还是分辨出那是小泥水匠刚刚变嗓的声音。我一直在找你，看到微信群里有人在传视频，才知道你挂在上面了。他说话的声音很平静，甚至带着一丝喜气，就像我只是挂在杨梅树上，等下自个儿会下来。他这样的声音，似乎让周边的人很愤怒，大家都在拼命挤他。他像只猴子，在人缝里钻，努力扬起他的脖颈，让我看到他的脸。

我的鼻子突然发酸。我不知道自己要在这个巨无霸上挂多久。在那个惊魂瞬间后，我们一直悬在空中。尽管下面的工作人员忙成一团，还是没有弄明白机器究竟出了什么毛病。很多人已经崩溃，好像下一秒不平安着陆，就会死无葬身之地。我的头皮也像被揪起，老是担心我的双脚会随着鞋子落下来。有一阵子，母亲骂叔叔这个怪胎在月光下舞剑弹琴，我其实也很神往。那会儿，我正好看多了武侠穿越剧，也偷偷找了母亲的量衣尺在月光下"练功"。我对轻功的想象更是到了走火入魔的境地。每次走楼梯到二楼的休息平台，我总脚底发痒，想象自己跳下去会有什么感觉。就像科学课上，学了电学后，看到电水壶托盘上西瓜籽大的电热片，脑子里总有碰触它的强烈欲望。可是就在刚才，曾经那些荒唐的念头全部消失了，只希望平安着地。让那些愚蠢的想法都见鬼去吧！

喂——还好吗？再坚持一下。下面又传来小泥水匠的声音。他的嗓子像还没有发育的小子，尖得可以唱京戏。我舔了舔被太阳晒得发干的嘴唇，想让舌头制造出一点唾沫来，可嘴里全是发涩的苦味，倒是之前吸的那口烟，似乎还在嘴里盘旋。

救星终于来了。消防车的呼啸声越来越近。终于，钢铁侠一样的云梯伸到我们面前。穿橘色背心的消防员和戴红色尖帽子的工作人员，坐云梯来到我们身边，像拆机器零件一样搞下我们身体的安全架，把我们安全接到云梯上。

还好吧？小泥水匠拍拍我的肩。我蹲在地上，忍着眼里的泪水，点点头。有惊无险有惊无险！他拍拍胸脯告诉我，大概是"跳楼机"的钢丝绳断裂了，设备的保险措施启动，座椅才停在半空的。要是没有保险措施，那……他看了看我，没有说下去。我艰难地站起身，他扶住我往外走。我们都没有说话。其实，我很想问他，为什么"自由落体"叫"跳楼机"。

8

烈日已经隐去，两边的行道树叶像被射杀的猎物，在风中飘落。我们一路沉默着，偶尔互相看看，对视的目光又快速离开。神经！我轻声骂道。劫后余生，越发觉得跟他在一起好亲切。

走在发白的水泥路上，我又发现行道树在极目处相交的那个点。我掏出手机，试图拍下这个模糊的点。那小子却滑了滑我的手机屏幕，嚷着要跟我玩自拍。没有自拍杆，我们只能将就着玩。我把手机来回移动着，试图摄入背后的风景，他却做着各种鬼脸。果然是逗比的表情包。等会儿发我哟。他拍拍我的肩，我却动着大拇指把几张照片发给了叔叔。"虽然，我从来不发声，但我还是爱你们的，也爱这个千疮百孔的世界……"这是叔叔朋友圈里的一条微信，是他去年除夕夜写的。

回到公寓不久，卫生间墙砖上的橘色红印渐渐褪去，天不可抑制地黯淡下来。还是不见叔叔的影子。我给他连打三个电话，都不接。小泥水匠的哥哥倒是打来电话要来接他了，听得出他哥待他不错。我坐我哥的摩托回去。他在水龙头前，清洗脸和手臂。留个微信号怎么样，别忘了发我照片哟。他用毛巾捂着半个脸，对我挤挤眼睛。以后，你不用来监工，我直接拍照向你汇报进度。这主意不错。我很爽快地报出微信号。他输入号码后，笑起来。你的微信名为啥叫"空虚的低烧"？我踢了他一脚，骂道，喵星人，这有必要问吗？他打了个响指，跑出门。说真的，其实我很佩服你的勇气，那跳楼机还是不错的。他跑到三楼休息平台，又回头高叫一声。我眼睛一热，有一种拥抱他的冲动，但我没有行动，只是默默地通过他的微信好友请求。

楼下响了发动机的声音。我从窗口往下看，见三个男人前胸贴后背地挤在同一辆摩托车上。小泥水匠像只烧饼贴在中间。他们的车子一启动，歌声就从车的音响中传来，是TFBOYS翻唱的歌。"推开夜的天窗/对流星说愿望/给我一双翅膀/能够接近太阳……"我脑海里，三个青春男孩的舞步又跃动起来。我也忍不住哼起来："我学着一个人成长/爱给我能量/梦想是神奇的营养……想唱就唱要唱得响亮/就算没有人为我鼓掌/至少我还能够/勇敢地自我欣赏……"我放开声音唱着，手脚也随意地摆动起来，空荡的房子里响起了回声。

我突然想，其实没什么大不了的，很多东西坚持一下就过去了。英语呀，中考呀，也许并没有我想象的那么讨厌。

天越发暗了，我下楼走出小区。西边的天空还残留着一抹橙色的霞光，夜风卷落了路边被烈日烤瘪的枯叶。一只黑乎乎的小东西从荒弃的草地里钻出来，是小黑狗。我学着泥水匠叫唤着。它奔跑的样子，让我满血复活。

我慢慢地往前走，眯着眼寻找水泥路尽头的那个小黑点。我猜想，那个小黑点会越来越近，而我要是变成我的叔叔，无论夜风怎么恼人，一定会骑着破电瓶车匆匆赶来。

美容店的女人

1

　　那时候,小凤迷恋自己葱管样的手指。老板娘雪萍走后,小凤收拾完毕,就坐在玻璃柜台前,用各色指甲油在自己的指甲上描花。小凤最喜欢描梅花,用紫色做底,点上白花瓣,轻轻吹气后,十指交叉,眼前赫然冒出一株白梅来。望着冷艳的手指,小凤常想起梅艳芳,她猜想梅艳芳也有这样的手指吧。"我有花一朵/种在我心中/含苞待放意幽幽……"每每哼唱梅艳芳的《女人花》,小凤总有一种泪涌的感觉。梅艳芳心底有痛,小凤这样想。如果她心头没有很深的痛,怎能唱得这么入心入肺呢。小凤觉得老板娘身上也有这种气息。记得第一次看见雪萍时,她灰褐色的眸子里像汪着一潭水。尽管雪萍的调笑夸张得像《红楼梦》中的王熙凤,但曲尽人散后,她眼中立刻升起一股迷离,犹如水蒸气氤氲着,睫毛湿漉漉一片。当然,老板娘从来没有说过自己痛心的事。她总是很准时地早上八点过来,夜里九点回去。她家离美容店不过五里路,但那里仿佛只是她的旅馆。除了双休日带自己的儿子来,她从来不提家中的事。当一些顾客问起她的老公时,她总是用富有磁性的声音笑谑道:"他呀,什么都不管,整天玩电脑,像个孩子……"她说到"孩子"两个字,语调很夸张地提高。小凤有时转头看她戴着口罩的脸,发现她的眼皮赌气似的下垂着。小凤本想接过话题说下去,一看这情形,含在嘴里的话赶紧咽下去了。无缘无故弄得老板娘不高兴,这样的蠢事,小凤绝不去做。

一段时间后,小凤发现老板娘和自己还是有共同语言的。老板娘也喜欢梅艳芳,一说起这位绝代芳华,她脸上的笑几乎将水汪汪的眼睛淹没。有一天,店里没有生意,两个人不知怎的聊起了梅艳芳,聊着聊着,差点连烧晚饭都忘记了。"女人花,摇曳在红尘中/女人花,随风轻轻摆动……"小凤发现雪萍唱这首歌特别动情,她平时身上那种凌厉的东西都刀剑入鞘了。当然,等梅艳芳离开,一切恢复了常态,雪萍又找回了自己的身份,吩咐小凤做事又习惯性地挑起眉毛。不过,小凤不在意。二十五岁的小凤,在美容院里做事已经五六年了,什么样的老板娘没见过呢。何况,她半年前漂泊到这个叫无虞的沿海小镇,已经是人活二世了。只要老板娘准时发工资,别的,她都无所谓。

于是,每晚雪萍回家后,小凤经常在无聊的电视声中,玩赏她的十根手指,仿佛它们是自己最亲近的玩伴。可是有一日,雪萍出事了。小凤后来回忆往事,觉得她跟雪萍的故事,都是从那一夜开始的。

2

那是三四年前吧,小凤捂着脑袋想。自从她来这家美容店后,对时间的概念模糊得像一场梦。很多时段发生的小事,她只能借助一些外物方能抓住它们细碎的羽毛。就像现在,耳边漫起籁籁的轻音,好似竹叶被风摩挲着。小凤有些恍惚。

"小凤……小凤……快来……"那天十点左右,小凤刚刚钻进被窝,就听到电话。她吓了一跳,从来没听到过老板娘这么微弱的声息,仿佛一个快溺死的人从水底传上来的。"姐,咋啦……"小凤光着背脊捏着电话哆嗦着,她努力让自己镇定下来。"姐,你在哪里?""我在灵山……你快来接我!"小凤听不清雪萍说的是"接"还是"救",她直觉老板娘出事了。

灵山距离美容店四五里路,原是一座荒山,五六年前改造成一个公园。

小凤和她的老乡来玩过几次。有一回,小凤乘着雪萍的 QQ 路过这里,雪萍指着东南方向说,她家在这里,那三间三楼就是她家。小凤搞不清到底是哪幢楼,因为盖着绿色琉璃瓦的楼房有好几排。小凤没有多问,她觉得问与不问都一样。

小凤骑着电瓶车驶到灵山公园。此时灵山公园一片漆黑,只有冷风怪兽似的吼叫着。"姐……姐……"小凤的声音细如游丝,她不敢大声。一个老乡告诉过自己,灵山这里以前有很多坟堆。小凤一想这个就怕。是的,自从前年出事后,她越来越胆小了。

"姐,姐……你在吗?"小凤不敢走得太远,电瓶车放在路口,她很不放心。"小凤……"突然一阵哭音在背后响起,吓得她抖了一下。她转过身,望见一个蜷缩着身子的黑影,蹲靠在题写着"灵山公园"的大石碑后。"姐……"小凤赶紧上去,把一件大衣盖在黑影身上。她刚想问"你咋啦",不知怎的,喉咙突然卡住了。

那夜很冷。小凤记得她骑着电瓶车驶雪萍回来时,风像一把菜刀几乎要剁碎她裸露的头颈和脸蛋。之前,小凤是不怕冷的,冬天还没过去就早早脱掉棉衣。那夜后,小凤变得很怕冷,特别是春寒。"南方的春天比冬天还冷哟……"这句话成了她的口头禅。

从灵山公园回来后,雪萍生疟子似的不断哆嗦,裹着大棉衣,对着一只两千瓦的电热器,身子仍像筛米一样。小凤记得那一夜雪萍语无伦次,失却了往日刀片似的锋利。在雪萍断断续续,貌似夸张却又很锥心的用词中,小凤整理出了一部血泪史。雪萍的故事其实俗之又俗,随便截取哪一集家庭伦理剧,都能在女主人身上找到她的影子。大学期间,雪萍跟老公相恋,毕业后跟着老公去上海创业。因上海的婆婆容不下雪萍,夫妻只好回到乡下跟慈祥的公公一起居住。雪萍开美容店,老公在公司上班。厌倦了生活的烦琐后,自以为是的老公工作屡屡遇挫,又受不了雪萍的张扬风光。于是,冷战,争吵,一直发展到暴力。她老公在老娘面前温顺得像只绵羊,对老婆却勇猛如武林高手。

"如果不是为了儿子和爸爸,我早就不去那个家了……"雪萍说着,抬起头,目光停留在小凤脸上。小凤第一次感觉到雪萍眼睛里温润的东西,如水草轻轻摇曳。而自己的心仿佛被人按了一下活塞,猝不及防地喷射出橙色液体。小凤后来想,自己紧闭的那扇门,也许就在那一刻裂开了小小的缝隙。雪萍说的"爸爸"是她公公。雪萍的公公待雪萍好得离谱,好到常常帮雪萍洗衣服。这种好让人想入非非,但雪萍说她公公,完全是骨肉亲情,血浓于水。这一次,因为公公带着儿子走亲戚去了,雪萍才遭受了老公前所未有的暴打。现在,暴戾的老公只有一条理由,他一口咬定雪萍在外面有男人……

这个早春的寒夜似乎特别漫长。雪萍血泪哭诉,几乎奄奄一息时,墙上的钟才指向子夜两点。"姐,我们睡觉吧……"小凤在那张窄窄的单人床上铺开被子。她看见雪萍已经脱光衣服,露出伤痕累累的背脊和双乳。她想起雪萍也算自己的老乡。在老家,女人们都有裸睡的习惯。小凤在熄灯后迟疑了一下,还是剩下了一条小底裤。她一进被窝,雪萍就像一个孩子抱住了她。小凤惊恐地推开,在雪萍的啜泣声中又缓缓地靠近。

窗外,没有月光。黑夜放出无数只黑蝴蝶,在小房间里翻飞。小凤轻轻摩挲着雪萍的后背,像轻抚自己心灵深处的伤痕。渐渐地,小凤的泪也涌出来,雨水般冲进雪萍深深的乳沟。她终于忍不住说出了自己的秘密。那个常常潜入梦境闪现淫笑面孔的黑影,那次撕心裂肺的痛;母亲凄苦的泪,家乡忧伤的河流;还有小丑似的指指点点,让她的心一点点受着凌迟的酷刑。二十三岁那年遭人蹂躏的恐怖场景,彻底毁灭了她的青春,几乎吞噬她的生命。

"小凤,如果你愿意,就把我当作你的姐吧……"雪萍抱住她喃喃着。小凤咬着被角在黑暗中点头。那一刻,小凤仿佛听到那些黑蝴蝶在轻轻吟唱,吟唱一首似曾相识的童年歌谣。

如果这样的场景,拍成电视,肯定还有下文。但是,那一夜,雪萍跟小凤什么也没有发生。真的,什么也没发生。小凤在迷糊中,只感到心口的那扇门,不知不觉中打开了。

3

那一夜开始,小凤的生活打开了天窗,光亮像挥着金翅的蜜蜂,争先恐后地从天窗里闯进来。这种强烈的感觉最先出现在小凤的梦里。以前,小凤几乎天天做噩梦。梦境中,不是被很凶的狼狗追着跑,就是从很高的山崖上摔下来。有几次,还梦见自己掉进河里,被汹涌的浪涛淹没。这些该死的梦常常折磨得小凤惊叫着醒来,大汗淋漓,吓得她不敢再入睡,逼迫自己睁着眼挨到天亮。现在,这样的日子总算结束了。梦像一张绷紧的弓松弛下来,变成了一架古琴,舒缓地弹奏着乐曲。小凤常梦见自己小时候的快乐时光,老家的梧桐树,满院子的鸡雏,奶奶飞针走线给她缝红褂子。她还梦见小学同学结婚,请她做伴娘,坐在新娘宴席上,吃二十八碟子。更有趣的是,她居然还梦见自己和雪萍一起来到了香港,看见梅艳芳浮在炫丽的舞台中央唱歌。一转身,梅艳芳变成了《霸王别姬》中的张国荣……

小凤跟雪萍讲梦中的梅艳芳时,雪萍大笑起来。雪萍笑得很放肆,声音大得像打蛋花。现在,雪萍晚上也住在美容店里,还把八岁的儿子翔翔带过来。自从那次灵山公园回来后,她的公公气得不愿看到儿子,住到女儿家里去了。雪萍觉得这样更好,对那个家,她再也没什么牵挂了。"让那个疯子去做大王吧……"她气咻咻地对小凤说。一开始,她老公常常幽灵般来美容店盯梢,偷窥雪萍到底有没有跑出去。吃了闭门羹后,改成与儿子电话联系。儿子拿起电话千篇一律地说,妈妈在忙呢,或者说妈妈在跟小凤阿姨聊天,你要不要让她接电话。那个男人听到电话那头传来雪萍叽里咕噜的声音,就不来纠缠了。

日子像一艘船开始在大河里转向航行。雪萍把小凤的单人床撤走,摆放了一张两米宽的大床。小凤本来想独自睡在窄窄的美容床上,让雪萍和翔翔睡大床,可他们娘儿俩死活不依。翔翔天真地说,以前爸爸和我们睡一张床,现在当然要小凤阿姨和我们睡一张床啰,以前三个人,现在还是三个人。小凤没办法,只好跟他们娘俩挤在一床,但她坚持独自睡一个被窝。因为翔翔睡在旁边,小凤不敢把衣服脱光。但等翔翔熟睡后,雪萍常常从那个被窝里偷偷钻过来。于是两个女人都脱光衣服,在节能灯的淡光中欣赏对方的身体,比比三围,比比皮肤的细嫩,像两枝寒梅在雪地里相互依偎着。小凤记得雪萍第一次爬过来时,自己吓了一跳,以为雪萍要干别的,不由怯生生地说:"姐,我没那种兴趣。"雪萍一挑凤眼,笑嘻嘻地说:"你没有,我有这种兴趣呀?你这恶心的丫头,想到哪里去了……"小凤便放心了。但奇怪的是,和雪萍母子睡一张床,现在似乎成了小凤一种隐隐的渴望。偶尔,雪萍被老公催得紧,带着翔翔回家去住几夜,小凤便有点魂不守舍。

日子久了,翔翔也很黏小凤。小家伙常常做完作业后,坐在小凤的膝盖上,两只手勾住小凤的脖颈,缠着她讲故事。他淘气时还趁小凤不注意,伸到她的腋窝挠痒,笑得小凤逮住他的小脸蛋狂亲。天气越来越暖了,大家都穿上了单薄的春装。偶尔,翔翔的小脑袋无意间蹭到小凤的前胸,小凤感到一股电流从身上闪过。她臊得脸蛋绯红,心中却涌起异样的幸福,仿佛翔翔是自己生下来的孩子。什么时候起,她也跟着雪萍改口叫翔翔"囡囡"了。

有一天,翔翔说起他们班来了一个实习老师。他们的实习老师帮班主任管班级,批试卷。班主任来上课时,实习老师替班主任拿很多东西。"她很像个丫鬟,我们偷偷叫她丫鬟老师……"翔翔说到这里,淘气地模仿戏文中的丫鬟模样。"我对小朋友说,我妈妈也有丫鬟,他们都不信。小凤阿姨,你像不像我妈妈的丫鬟……"谁也没料到,小家伙居然说出这样的话,两个女人都大吃一惊。雪萍冲过来,一掌拍在儿子的脑袋上。"你胡说什么,小凤阿姨是阿姨,不是丫鬟!"可小凤却笑起来,一把抱住翔翔,在他脸上狠狠地亲了一口。"你说得真对,小凤阿姨就喜欢做你妈妈的丫鬟……"那一刻,小凤看见雪萍的眼睛瞪得很大很大,随后眯成了一道细细的线。

"要是永远这样该多好……"有时,雪萍这样说。小凤不知道雪萍是说给自己听,还是说给两个人听的。小凤听着安心,她也想说这样的话。给顾客敷上面膜后,顾客们常常会迷糊过去。这时,小凤望着窗外出神。窗外有两株玉兰树。小凤记得第一天来这里时,玉兰树光秃秃的,没长叶子也没开花。而现在,第二年开的花也凋谢了。平静温暖的日子总是过得特别快,这里的光阴仿佛一场好梦那么短暂，只有翔翔窜高的个头，提醒她时光真的溜走了。

小凤来这儿的一年多了，外面的世界不断变化着。这对小凤来说是无关紧要的。一个习惯于躲避在胡同里的人，是不在乎外面的阴晴雨雪的。有一次，一位当年的死党来看她。当小姐妹得知她的保底工资才八百块时，惊得嘴巴张成O型。"怎么搞的，我们的保底工资半年前就加到一千二了，你们老板娘装外星人呀，太苛刻了……"小姐妹摸摸小凤的额头说，"你脑子没毛病吧，这么低的工资不好走人呀，现在只要有手艺，什么地方混不着饭吃呢，天下又不是只有这家美容店。你的手艺，那么出挑，你为自己争点权利好不好……"这个叫翠翠的小姐妹，说话一直口无遮拦。小凤知道她是真心为自己抱不平，此时听来却很别扭。

小凤不傻，又不是故意不要钱。她在老家出事后，带着伤痛独自漂泊到这里。时光慢慢抹平伤痛，她也渐渐想起老家的生活。父母上年纪了，弟妹还小，正是缺钱的时候。当初她在老家做美容，每个月至少交给母亲五百块。来到这里后，她发现这个沿海小镇的物价远远高于老家。每月八百块的保底工资，除了寄给家里五百块，只剩下每天十几块的生活费。好在这里包吃包住，雪萍有时也会送她几件衣服。除此之外，小凤不敢去超市商场，更不敢去娱乐场所。半年前，小凤很含蓄地提起加工资的事。小凤记得当时雪萍呆了一下，接着很明确地告诉她，如果美容店生意好了，一定给她加工资，至少加到一千二。雪萍当时还说，要是美容店开出名堂了，她还打算分给小凤三分之一的股份。"你知道，姐现在的光景也不好，你陪姐熬一熬，好日子会来的……"小凤记得雪萍说这话时，眼睛直直地盯着自己，盯得自己羞愧难当。话说到这份上了，小凤还好意思提工资的事吗？

小凤把这些告诉翠翠，翠翠鄙夷地撇撇嘴。"这是老板娘哄你的，你咋这么幼稚呀。"翠翠摇摇头，为小凤叹惜。小凤有些生气，也有些难过，她发现自己跟翠翠已不像当年那样能揉成一团了。翠翠在小凤这里玩了两天，小凤巴不得她早点走。第三天，翠翠走了，小凤总算松了一口气。那天晚上，雪萍带着翔翔又回来了，三个人又挤在一张床上。小凤突然发现，自己不喜欢翠翠,还因为她霸占了她们的大床。

翠翠走后的一星期,雪萍对小凤说,她表妹雪晴要结婚了,请她一起喝喜酒。小凤见过雪晴,长得很像雪萍,在城区一家上规模的美容院做事。雪萍说:"小凤,你跟着我们去吧,我们算一家子,你不用包贺礼。"小凤听了,很感激。但去喝喜酒的前一天,她还是用大红纸包了二百八十块贺礼交给雪萍。雪萍推谢了一番,叹了口气说:"你这人……"也就收下了。于是那个月,小凤除了买卫生巾,没有去超市,连她平时吃上瘾的一块钱一包的小话梅,也硬忍着不敢买。

4

日子不会永远如水样平静。初夏,小镇梅雨缠绵,小凤的心也浸淫在梅雨中,泛出青梅般的酸涩。远在东北抚顺打工的父母,不止一次打电话来催她去相亲。

两年前,小凤出事后,她的父母在老家抬不起头,跑到东北给开公司的表姨父打工。老家留下爷爷奶奶照顾两个还在读书的弟妹。母亲说,表姨在厂里替她相中了一个后生,是个技术工,每月能挣三千多,就是年纪稍大了一点。过了几天,母亲又打来电话,说她表姨父也托人给她介绍了一个,那个后生家里有钱,以前跟一个女孩办了登记手续,但没有操办过。"我偷偷瞧过一眼,人长得很俊,像个唱歌的明星……"母亲在电话那头喜滋滋地说。见小凤没多少反应,过了几天,母亲又来催了。这次母亲说得更急,几乎触到小凤的痛楚。"像你这样的妮子,能嫁个老实人已经不错了……"母亲不断叹气。小凤听了,难受得差一点涌出泪来。

失眠了好几夜,小凤才鼓起勇气跟雪萍提起去抚顺相亲的事。当时,雪萍在玩十字绣,听到这消息,她的手颤了一下,像是被针扎伤了手指。她愣了一会儿,抬起头,拨开前额的刘海,举起手指吹了一口气,慢悠悠地说:"这事要紧的……"小凤原来以为雪萍会大声笑嚷着不答应。因为以前遇到类似的事,雪萍总是拒绝她的。可是现在,雪萍答应的样子反而让小凤紧张。

"姐……我实在没法子……"小凤想找合适的词解释。"没事——你打算去几天?"雪萍微蹙着问。"一星期吧,也可能只要五天。"小凤喃喃道,其实她自己也说不清要几天。她看到雪萍的眼皮赌气似的垂下了,下决心抓紧时间。

那天小凤上火车时,雪萍跑过来把刚刚掐来的一大捧栀子花塞在小凤手里。含着露水的栀子花,大多数没有盛开,一朵朵欲说还休的样子。火车开动了,小凤透过玻璃望见雪萍咬着嘴唇挥着手,终于哭出了声。"我有花一朵,种在我心中,含苞待放意幽幽……"小凤的耳边突然响起了这首歌,她想起自己和雪萍一起静听梅艳芳的时光,心头竟涌起了生离死别的悲怆。

来到抚顺后的日子是忙碌的。看得出父母对她这次的相亲有多么重视,连她小时候只见过一面的表姨,也为她的相亲鞍前马后地操劳着。可惜,这些人都是"皇帝不急太监急",小凤知道自己肯定令大家失望。那个技术工,人倒是老实的,长相实在太老了,看上去年纪比四十五岁的表姨父还大一轮,两个肩膀一高一低,远望背影像一条斜线。小凤望着这对肩膀,感觉自己像一棵贱卖的黄花菜。而那位"明星哥"更不堪,嘴里叼着雪茄,像一只猫不断吹嘘着。整个相亲过程中,小凤感到这家伙都没有正眼瞧过自己。

那几个晚上,小凤每天给雪萍打电话。当她说起相亲的两个家伙时,两人都笑得捏不住话筒了。"姐……我很快会回来的!"小凤兴高采烈地说。

最后的结果,果然如小凤所期望的那样。虽然父母在失望中想挽留小凤一段时间,积极物色别的人选,但小凤使出了撒手锏。"我再不回去,前面三个月的工资都拿不到了……"她装作着急的样子,父母只能放她回去了。

汽笛长鸣着,火车排放出乳白色的烟。小凤感到心里那条绷紧的皮筋松弛后,开心地跳起舞来……

这一切都是暂时的。小凤回忆起她第一次从抚顺回来的情景,感觉切近又邈远。接下来的那段生活,像一条银亮的鞭子在空中挥舞,抽得她至今隐隐作痛。

相亲回来不到三个月,母亲又替她物色好了新人选。这一回待选的是他们的老乡,在抚顺开小吃店。"他们以前住在你大姥姥家隔壁,他的爹娘以前也见过你的。他们五年前就搬到抚顺来了,你过去的事他们也不清楚……"这回,母亲的口气比较硬,见小凤没什么动静,又搬出小凤的大妹小青来说事。"你这做姐姐的还没着落,叫小青等到啥时候呀,她快二十二了……"母亲还没说完,小凤就烦躁地挂下电话。她偷偷瞟了雪萍一眼,雪萍正在给一个顾客挑痘痘,她的声音透过淡蓝色的口罩,玻璃球一样蹦出来。"小凤,你直接跟你妈说,就说在这里已经相中小伙子了。"她咯咯笑着,像一只母鸡从稻草堆里蹿出来。"是呀,小凤,你在这里生活惯了,跑到抚顺去干吗。我们都帮你瞧着,帮你挑一个本地的小哥……"那个顾客皱着眉头呵着气道,"隔壁美发店的阿四不是喜欢你吗,常常小凤姐小凤姐,叫得像要吃奶似的……""阿四不行,人太小了,身子没发育呀……"另一个顾客也开玩笑。小凤没有说话,她正在给顾客卸膜。她把面膜巾扔在面膜盆里,几颗水珠蹦跳上来,溅在她的眼睛里。

一星期后,小凤的父亲也打来了电话。在家里,小凤和弟弟妹妹最怕父亲。只要父亲咳嗽一声,他们姐弟就吓得发抖。父亲的话很简单,却如子弹迎面射来。他要小凤马上去抚顺,如果老板娘不同意,干脆辞掉工作,工资讨不进也罢了。最后,父亲严厉地告诫她,不许在这个小镇谈对象,即使谈成功了,他也不认可的。父亲就是这样的人,在外头看上去很老实,在家里却绝对权威。自小凤懂事起,家里所有人包括母亲没有一个敢反抗他。

接到这样的电话,小凤整整憋了一天。给顾客开背时,她双手使猛力,痛得顾客光着膀子哇哇叫。雪萍在另一间传来声音:"小凤,你怎么了,疯了呀?"小凤放慢了手,眼泪却滴到口罩上。口罩浸湿后,黏住了鼻子。那个顾客听到小凤很重的鼻息声,调侃道:"小凤,你感冒了,手劲咋还这样好呀……"雪萍在另一间笑着说:"我们小凤现在练成铁臂阿童木了……"小凤咬着嘴唇,努力不让眼泪涌出来。

那天晚上,等翔翔熟睡后,小凤终于说出父亲的威逼。因为紧张,她的话有些语无伦次。"说完了没有?"过了一会儿,她听到雪萍冷冷的声音,发颤着,带着刀锋。小凤不敢抬头,像做错了事的孩子等着父母的惩罚。"你非去不可吗,你不去,你爹会来绑你吗……"雪萍的薄嘴唇抖动着,她的话语冰雹般砸下来。小凤低着头,不知如何解释。几分钟后,雪萍的责问戛然而止。沉默像一条冰封的河流,死一般寂静。寂静那么漫长,漫长得让人窒息。突然,雪萍号啕大哭,眼泪像坏掉的水泵喷射出来。她上前拽住小凤的手臂大喊道:"你不要走,千万不能走……"她举着拳头捶打着小凤,像一个无助的女人捶打着自己狠心的男人。"你走了,叫我们娘儿俩怎么办……"几年以后,小凤怀抱着自己的孩子,回忆起雪萍当时的疯狂模样,忍不住又一次泪如雨下。她不恨雪萍,一点都不恨。"小凤,求求你,你千万不要走……你不是要加工资吗,我明天就给你加,加到一千二,不,一千五……"雪萍捶打着,无力地捶打着,最后抱住了小凤。"姐,姐……你别这样,我去去就回来——我一定会回来的……"小凤也哭了,"姐,你放心,我不会留在那里的,不管相中不相中,我都会回来的……"这是夏天,小凤感到雪萍和自己的乳房贴在一起。小凤想起第一次和雪萍裸身拥抱时,也是这样,一股电流麻酥酥地滑过全身。

"你不要去,我不许你去……"雪萍反复说着,小凤含着泪无奈地摇摇头。突然,雪萍猛地推开小凤。"你要走,好!我知道留不住你,那你走呀……"雪萍厉声道。小凤一个趔趄,倒在沙发里。"我知道,你迟早要走的,上次从那里回来,就一直想着要回去……你走吧,不要再回来……你走呀,你走呀!"雪萍尖叫着,声音几乎能划碎玻璃门。她噼噼啪啪地拿钥匙打开抽屉,从里面抓出一把钱,哗啦哗啦数着,扔在小凤前面。"你走,你马上就走,永远不要回来……"小凤蜷缩在沙发里颤抖着,"姐,你不要这样,我不走,我不走了,行不行……"

玻璃门外,隔壁美发店的小个子阿四和一群染着头发的男生探头探脑。楼上,翔翔也吵醒了,扶着楼梯下来。"你们怎么了,妈妈?"翔翔打着哈欠,瞪大眼睛。"你给我滚上去……"雪萍歇斯底里地吼着,吓得翔翔涨红小脸,大哭起来。

5

小凤从抚顺回来,已到了八月底。一下火车,就遭遇暴雨,行李包被淋得透湿。坐上去无虞的汽车,小凤就给雪萍发了一条短信:"姐,我回来了,大概四点半能到。"小凤迟疑着,还想再说些什么,大拇指却僵住了,按不出一个字来。很快,雪萍的短信回过来了:"知道了,雨很大,自己小心。"小凤望着这条短信,发了一会呆,没有再回过去。

车窗外,暴雨一片汹涌。小凤的手指画着玻璃,布满水汽的玻璃立刻印出一些古怪的图案。透过这些图案望外面,她觉得自己的心也白茫茫一片。

从七月十五日小凤走后,雪萍没有主动联系她。而小凤也傻掉了似的,不知道怎么给雪萍打电话,每次举起话筒,像举着一块生铁那么沉重。她只好改用发短信。她第一次感到写字的好处。可郁闷的是,她的短信常常收不到多少回报,雪萍的短信吝啬得一字千金。更让她难受的是,这次她在抚顺住了一个月,雪萍居然没有催她。那些天,小凤被父亲逼得走投无路,在短信里请求雪萍再准她十天假。换了以前,雪萍一定在电话里,把自己骂得狗血淋头的。这次,雪萍却在短信里说:"随你吧,你想回来了就回来。"这话让小凤栽进了泥淖。雪萍的意思,好像是她故意不肯回来似的。很快,小凤又知道雪萍请了个帮手。那天也是小凤发短信过去时,雪萍无意中告诉她的。小凤问:"姐,最近生意怎么样,你一个人不要太累。"雪萍说:"没事,我请敏敏帮忙了。"小凤一看,惊得手都凉了。她认识敏敏,一个打扮得像超女的小姑娘,在雪萍的同科姐妹处当学徒。她很想问雪萍,敏敏是暂时来帮忙的,还是以后一直到她们店里做了。但她的手指僵了半天,还是忍住没有问。

车子来到无虞,已是傍晚五点。一场暴雨过后,小镇像一个水晶宫弥漫着雾霭。小凤有些恍惚,这个熟悉的地方看起来有点陌生。她走到美容店门口,第一眼就看见敏敏穿着吊带衫坐在柜台前看电视。

"小凤姐回来了……"敏敏看见小凤,叫嚷着从屋里奔出来,一把接过小凤手中的行李。接着，翔翔也握着铅笔欢呼着从里面蹿出来。小凤走进店后，雪萍才抹着汗从厨房里出来，她的腰上系着围裙。在以前，这种烧饭的活一般是小凤干的。

小凤嗫嚅着叫声姐，雪萍点点头，微笑着。小凤记得这是上次哭闹后，第一次看到雪萍笑。

吃饭的时候，小凤发现四个人吃饭的位置有些别扭。以前，大家围着那张玻璃小圆桌，她的左边坐着雪萍，右边坐着翔翔，三个人无论谁，都紧挨在一起。现在，她的左边坐着敏敏，右边还是翔翔，雪萍坐到她的对面。这样真不习惯。可是，很快，小凤发现雪萍待她还是不错的，把一只很大的虾夹在她碗里。她低着头，还没来得及说谢谢，雪萍将另一只大虾夹到敏敏碗里。雪萍笑着还说："敏敏也爱吃这虾的，小姑娘多吃点。"小凤抬起头，发现这话是对自己说的。

快吃完饭时，雪萍问小凤的相亲有没有成功。小凤的心剧跳起来，摇摇头又点点头。"暂时还算成功的吧，恭喜你……嗬，没关系……"雪萍淡淡地说。小凤略一抬头，看见雪萍的眉毛又微微吊起，嘴角也有些上扬。没关系，什么没关系，小凤不明白她的意思了。是自己相亲成功没关系，还是自己以后离开这里没关系。"姐，我最起码还会在这里做半年……"小凤喃喃道。"嗯……"雪萍愣了一下，又点点头哼了一声。小凤突然很后悔自己刚才说的话。

吃完饭，小凤站起身收拾碗筷。雪萍说："你累了，叫敏敏收拾吧。"小凤迟疑了一下，还是将碗筷搬到厨房。她捏着抹布来擦桌子，见敏敏正手把手地教雪萍跳舞。两个人笑成一团，翔翔举着一把木头剑戳她们的屁股。敏敏看见小凤，也要教她学。小凤涨红脸道："不不不，你们玩吧，我不会跳……"敏敏也不勉强，又抱着雪萍，数着脚步前进后退。

跳了一会儿，雪萍瞄了一眼墙上的钟，惊叫着："哎哟，我快来不及了，再不去，要被她们骂死了。"她对着镜子拿唇膏抹着。小凤还是问了一句："姐，你要去哪里呀?"雪萍向敏敏挤挤眼道："她知道的，去跳舞。翔翔，快点，妈妈要来不及了。"翔翔正全身"武装"，沉浸在自己的武打世界里，被雪萍脱掉

"武器",塞进汽车。雪萍也钻进去,伸出头来大声道:"敏敏,你管好店,晚上我可能不回来了。"她发动车子,又拉下车窗。"小凤,晚上你跟敏敏睡一张床好了……"她胡乱叮嘱着,随手打开音响,一首快节奏的曲子蹦出来,小凤一听就知道,不是梅艳芳的声音。

那一夜,雪萍果然没有回来。小凤问了敏敏才知道,原来小凤去抚顺的那些日子,雪萍跟着几个顾客迷上了跳舞。"已经有半个多月了,几乎天天出去跳舞……"敏敏啃着西瓜说,"反正店里生意也不好,整天待着,太无聊了。雪萍姐原来还不会跳舞,真是太落后了……"敏敏说着,扔了西瓜皮,自顾自去玩电脑了。

望着玻璃圆桌上湿漉漉的西瓜汁,小凤感到胸口堵得慌。但她没有多问,拖着步子上楼去了。

这天晚上,没有一个顾客来。小凤整理好东西,冲了一个澡,拿了一条薄毯子走向隔壁间窄窄的美容床。她不喜欢跟敏敏睡。她看到大床上放着敏敏的衣物,心里一阵锥痛。那张床本来是她和雪萍母子的乐园,多少美好的夜晚,三个人在这里度过。可就在她离开的短短四十天里,一切都改变了。她已被逐出这个乐园,只剩下一顶粉红色的蚊帐,无知地撑着。小凤记得这蚊帐是她从超市买来的,选了雪萍喜欢的颜色,选了翔翔喜欢的蝴蝶扣。那一天为了装上去,她和雪萍忙活了老半天,一直搞不清几根撑帐杆的具体位置。两个女人终于把蚊帐撑起来后,翔翔突然说:"睡在里面,妈妈和小凤阿姨都要变成新娘子了……"小家伙刚说完,小凤和雪萍扑上去按倒翔翔,争着拍他的小屁股。

这些都是过去的事了。小凤躺在美容床上,眼泪悄悄地从眼角爬出来。她突然有些恐惧,不知道明天该怎么过。这时,她的准男友发来了短信。"还好吗?"只三个字,将小凤的泪都催下了。"好什么?"她按动着,又删掉了。如果不是这个叫吴兵的后生,也许她不会被迫去抚顺相亲,不会在那里待那么长时间,她仍然跟雪萍过着和美平静的生活。都是这个男人,这个该死的男人!小凤心头的委屈一下子膨胀了,可她又恨不起来。她想起第一次跟吴兵见面时,吴兵那张黑黝黝的脸给她留下了好感,让她一下子闻到了童年的气息。吴兵告诉他,他小时候就认识她了。那时,她用红头绳扎着两根羊角辫,常常穿一件粉红衬衫,脸色苍白,好像生什么病似的,而且不大愿意跟一些野孩子疯玩。他还说,他来抚顺快十年了,处过一个女朋友,但是处了三年,那个女孩还是离开了他。"如果你觉得我的过去不能原谅,那我们就没必要再见面了。如果你不在乎我的过去,那我们就继续交往吧……"他说完这话,摆出一副接受处罚的诚恳样子。也许是这种真诚坦率,还有他对自己童年时的清晰记忆,小凤的心一下子软了。第一次相亲,小凤没有说好还是不好。不过,当吴兵要她的电话号码时,她毫不迟疑地告诉了他。于是,便有了第二次第三次的见面。三次见面后,吴兵那边派来了媒婆,捎来了一枚戒指、一对耳环。这是老家的旧俗。如果接受那些首饰,表示女方已经相中了。小凤的母亲喜气洋洋地揣着这些首饰来征求小凤的意见,小凤面无表情。小凤母亲急了,问小凤到底怎么办。小凤只淡淡地说了一声,随你们吧。但她对母亲强调,自己现在还要去无虞,至少要半年后才回来。小凤母亲嘴里骂着"死妮子",只得出去跟媒婆商量。最后,那个叫吴兵的小伙子答应等小凤半年。

月光透过窗帘,在屋子里荡漾。隔壁的美发店里传来摇滚音乐,一个男孩跟着节奏快速地唱着,仿佛举着一条三节棍在不断舞动。小凤知道,这样的夏夜,那些身体里全是信息的男孩子,不到半夜是不肯关门睡觉的。自己以前没有在美容间里过夜,想不到这里的噪音可以唤醒身上所有的神经。

吴兵还是打来了电话。小凤长时间的沉默后,这个比小凤大三岁的小伙子,举起电话吸着气,不知道怎么问候。"你身体不舒服吗?""没有。""老板娘没有说你吧,这么长时间了?""没有……""那你早点睡吧,今天也累了,我明天再打电话。"吴兵说着,却没有搁下电话的意思,仿佛期待小凤再说些什么。果然,小凤突然说:"如果你碰到别的女孩,就不要再等我了……"小凤的声音有些颤抖,那几个字好像很不情愿吐出来。"我不怕时间长,我会等你的……"吴兵在那边沉默了一下。"那好吧……"小凤原本想说"再说吧",但临到喉咙口,又咽了下去。

按掉手机后,小凤感到心舒坦了一些,心里那只鼓胀的气球总算放瘪了气。她在床上辗转反侧了一番,终于迷糊过去。可是,那夜的梦特别离奇,以至几年后,小凤都很清晰地记得。她在梦中一直听到雪萍在楼下喊自己开门,雪萍说她忘了带钥匙。雪萍的声音很急促,似乎还带着一点哭音,像碎玻璃哗啦啦地从头顶落下来。小凤听了,想急切地起床,但无论怎样努力,身子就是动弹不了,眼睛也睁不开……该死!她只能拼命地喊叫着:"姐,你等等,我马上来了……"那分明是她自己的声音,又仿佛是从遥远的地洞里传来的。

6

一切都变了。小凤无奈地想。尽管她一再告诫自己,这只是暂时的,日子早晚会走到正道上来的。那个敏敏只是来帮忙,迟早要走;雪萍也不出去跳舞,晚上忙完顾客就陪着翔翔写作业;然后,三个人早早躲进粉红蚊帐里,过他们天堂般的生活。

这都只是她的一厢情愿。小凤很快发现,自己平静的梦已经像一个暗蓝的青瓷掉在地上,摔碎了。雪萍几乎每天晚上出去跳舞,基本上不回来。敏敏解释说,雪萍跳完舞就回家了。"回家了?"小凤惊讶地问。"是呀,她公公叫她每天回家去睡,她老公现在开了个棋牌室,晚上也挺忙的……"敏敏嗑着瓜子道。这些事,小凤有意无意听雪萍跟顾客唠叨过——现在小凤不敢轻易问雪萍的事,而雪萍也不曾单独跟小凤聊过。她是不是外面有人了?有一天,小凤在雪萍和敏敏挤眉弄眼之后,很想偷偷问敏敏,但她看到敏敏一副口无遮拦的样子,还是忍住了。

随她吧……小凤拨弄着自己涂满指甲油的手指,又回到了初来美容店时的无聊日子。现在,她常听到雪萍跟一些顾客交流跳舞的道儿,有时甚至还说到泡吧的事。不过,雪萍不会喝酒,这一点小凤是放心的。旁边忙活的敏敏却常常放肆地笑起来,还应和着顾客说一些荤话。有些黄段子,小凤觉得连男人都不好意思说出口。有一天,一个老板娘说:"雪萍,你们现在有了敏敏,气氛活跃不少呀。"雪萍眯缝着眼夸赞道:"是呀,我们敏敏呀,可是一只百灵鸟哟，谁都喜欢听她的叫声。"小凤在一旁听着，感到喉咙发紧，她努力咽着口水，不让自己咳嗽出来。

其实，敏敏不但是只百灵鸟，还是只金凤凰。小凤发现，自从敏敏来了之后，店里的生意也好起来了，常常三张美容床都躺满人，有时候一些顾客来得不巧，还要坐着等。有一日，美容店里居然进来两个男人。一个像小白脸，还有一个脸上爆满痘痘。他们往美容床上一躺，整间屋子立刻弥漫一股雄性动物的臊气。以前，美容店里是不允许男人进来的。小凤记得雪萍有一次对自己说，美容店要干净，就不能允许男人进来，就像不允许男人进妇科检查室一样。可是现在，雪萍不但默许男人进来，而且还跟敏敏一起替男人按摩，嘴里全是打情骂俏的话。那日傍晚，两个男人离开后，小凤掀起两张床单，在卫生间里拼命地搓洗。搓着，搓着，一阵泛酸，胃里的东西翻江倒海涌上喉咙。她终于对着马桶呕吐起来。惊天动地的声音惊动了敏敏，敏敏跑过来拍着她的背问怎么了。小凤摆摆手，摇摇头。是的，面对呕吐的小凤，敏敏是不会明白小凤两年前那段不堪回首的噩梦的。敏敏走后，小凤趴在盥洗台的镜子前，任凭脸上的泪水肆意横流。

那天晚上，小凤久久不能入睡。她收到吴兵发来的短信时，情不自禁回复道："这个地方待不长了！"她刚要按发送键，猛然清醒过来。她被自己的行为吓了一跳，不明白自己为什么会蹦出这样的念头。她及时拦截了那条短信，心狂跳着，像做了一回小偷。她突然想起一年前的某个晚上，雪萍钻到她的被窝里，悄悄跟她说，她们永远是连心连肺的好姐妹，即使以后她结婚了，即使她走到天涯海角，雪萍也会在心里铭记她一世！想起这些，她咧开了嘴。黑暗中，她不知道自己在哭还是在笑。

一星期后，她们发工资，凑巧翠翠打来电话。翠翠在电话那头撇撇嘴道："你放心，我只是路过你们这里，不会在你们这里过夜的。"小凤僵着笑，没有多说。其实，她很渴望翠翠来。翠翠半年前也漂到这个江南小城，但她很忙，已经好久没过来了。

下午，雪萍又出去了。敏敏挥着手里的一沓钞票，兴高采烈地说，要将那帮学徒小姐妹都叫来，她请客。"小凤姐，你也一起来吧，我们去唱KTV，然后去吃大排档。"敏敏眯着眼一张一张数钱。"还是雪萍姐爽快,答应我多少就给多少,不像我以前的老板娘,我忙了四个月,奶奶的,还是学徒工。"小凤瞥了一眼敏敏手中的钱,故意转向别处道:"嘀,姐到底给你多少呀?""其实也没多少,说出来你不要笑,保底工资也就一千,怎么能跟你比呀……"敏敏说着,有点难为情地笑了。小凤感到耳朵里"轰"的一声,好像身后有一座高楼轰然倒塌。"雪萍姐说了,我再干两个月,就加到一千二,以后再加到一千五……雪萍姐还说,如果美容店生意好的话,她让我吃一点股份,这样,这个美容店我也有份了……"敏敏忘情地絮叨着。小凤只觉得头顶上隆隆作响,仿佛许多架飞机接连不断地驶过。敏敏的话何其熟悉,一年前雪萍也对自己这样说。当初翠翠提醒自己,自己还对翠翠的嘲笑不满,可现在,她不知道是否应该嘲笑自己。"是的,姐已经待你不错了,人要知足呀……"她的手伸入裤袋,触到那几张纸币,像扎到了刺,迅速缩回。

那天傍晚,敏敏请假了,她攥着一千多块钱去庆祝。吃晚饭,只剩下雪萍和小凤,翔翔也好久没来了。自从雪萍迷上跳舞,长期把儿子扔在她公公那里。她们的晚饭很简单,手擀面加一盘炒青菜。因为傍晚时来了顾客,小凤几乎没时间做饭。吃饭的时候,两个人默默无语,只听见嘴巴吸面条的声音。快吃完了,雪萍终于问了一声:"你跟那个男朋友有联系吗?"小凤"嗯"了一声没有抬头。"哦……你能让他过来吗?"雪萍又问。这回小凤抬起头,直直地望了雪萍一眼。还是那双水汪汪的丹凤眼,半含笑半含愁。她猛然鼻子一酸,赶忙低头装作喝汤。"他大概不会来这里吧……他们一家在那边开小吃店,做得还不错。还有,他是独子……"小凤调整好情绪才抬头,但她感到自己的脸变得火烫火烫。雪萍"哦"了一声,没有再问。几年以后,小凤才明白那次简短的对话,使雪萍对自己彻底失望了。雪萍弄清楚自己的想法后,急着将自己推向门外。

吃过晚饭,翠翠来了。翠翠说,她今天陪一个小老乡来一家童鞋厂谈工作,工作谈成了,老乡很开心,买了好多时令水果,现在小老乡又去逛商场买衣服了。翠翠从塑料袋里掏出几个蛇果和一串美国提子。小凤说:"你自己吃吧,挺贵的。"翠翠白了小凤一眼,哼声道:"跟我还客气,真恶心。"小凤心里一暖,原来自己跟翠翠还是那么亲。

两个人在楼上的美容间里聊了一会儿。小凤看了一下时间,发现又到了雪萍出门的时候。她赶紧下楼,却看见雪萍坐在电脑前玩游戏,好像没有出门的意思。"姐,你今天不走了?"雪萍对着电脑,没有转身。"噢,今天呀,再说,可能不走了……"小凤吃了一惊,她从抚顺回来后,还没单独和雪萍过夜。敏敏晚上不来了,翔翔又不在,她突然有些恐惧。雪萍问:"你那个朋友今天宿在这里吗?""她过一会儿就走,她在等老乡,她老乡去买衣服了。"小凤紧张地说。"噢,那我也等一会儿吧,我可能还要走,再说了吧……"雪萍对着电脑说。她用鼠标点击了一个大泡泡,一个气球样的东西破裂了。

小凤回到楼上,翠翠问出了什么事。小凤说,没事,老板娘本来天天要出去的,今天好像在等什么。翠翠撇撇嘴道:"等什么,等我呗……我在这里,她不放心……"小凤尖叫道:"你说什么,不许你这样说!"翠翠哼着鼻子道:"我还会看不出来,你老板娘精着呢……"翠翠拿起一个蛇果,啃起来:"现在她付你多少?"小凤没说话,脸涨得很红。"我就知道,只有你这种一根筋的人,才会被她骗……娘的,钱这么少不会走人呀——非得吊死在这棵树上!"翠翠啐地吐出蛇果皮,地上殷红一片,像血。

翠翠磨叽了一个多小时,晃荡着一对金灿灿的大耳圈走了。小凤送翠翠下楼后,雪萍满脸堆笑道:"晚上还要走呀,宿一夜好了,难得来一趟,陪陪小凤嘛……"翠翠向小凤挤挤眼,一边笑着摆摆手。翠翠走后,墙上的钟已经指向九点。这个时候没顾客,一般不会有人来了。雪萍关掉电脑,整好抽屉,对小凤说,她要回去了。"知道了。"小凤小声说,她不想看雪萍的脸。"翔翔的爷爷今天摔了一跤,有点不放心。"雪萍背上包。"那你应该早点去呀。"小凤突然响亮地说,雪萍吓了一跳。"应该没什么事吧……本来不想去了,但想想还是回去好,再说翔翔在家里……"雪萍垂着眼皮走出去,坐上她的小QQ。小凤没有像以往那样对着雪萍挥手,而是重重地将卷闸门拉上。她发了一会儿呆,突然急急跑到楼上,抓起翠翠送给她的水果,稀里哗啦吃起来。原来她还准备和雪萍一起吃,现在这个念头随着嘴巴的咀嚼,全咽到肚里去了。她的脑子里,一个新的念头不顾一切闯进来。是的,她已经控制不住自己了。

7

几年之后,小凤在抚顺的某条小街抱着小孩,仍能听到自己离开的脚步声,那么匆忙,那么坚决,没有一点迟疑。她来到这条叫吉田的小街,已有三年了。她在这里过的日子如吉田河一样波澜不惊。公公婆婆都是老实人。丈夫吴兵像大哥处处谦让自己。新婚之夜,吴兵像《祥林嫂》中的贺老六对她说:"你放心,我会待你好的!"婚后,他果然印证着自己的诺言。他们开的小吃店,自从小凤嫁过去后,生意越来越好,但他们暂时不打算扩张。公公说我们这种本分人就做本分事,小吃店能开到这个规模,已经很不错了。他们家里雇用的几个伙计也都是老熟人。雇用的女孩子若要嫁人了,小凤的婆婆总是准备一个大红包塞过去,哪怕女孩子嫁人后,不在他们店里做,这个规矩仍然不变。

有一回,婆婆笑眯眯地说:"人家小姑娘在我们店里做了这么长时间,我们可不能亏待人家。小凤呀,如果按这里的习俗,当年你嫁过来的时候,你老板娘也要给你送嫁哟……"小凤没应声。要是我一直待到结婚才过来,她会为我送嫁吗?她问自己。她觉得这个问题现在再问,实在太无聊太可笑了。但她还是努力想弄清答案,就像一个被男人抛弃的女人,心里却还想搞清自己在男人心中究竟还剩多少分量。

这个无关乎幸福生活的问题,一直纠缠着小凤。又一年后,翠翠结婚了。小凤重新乘上了去江南小城的火车。喝翠翠的喜酒,小凤心不在焉,没多少兴致。因为来到这个小城后,埋在心头的那个纠结又苏醒过来了。她按捺不住,喝完喜酒后,终于去了那个让她魂牵梦萦的地方。

到了无虞,才发现这个小镇已经变样了。原来美容店的位置新建了商品房。仿古式的建筑成了商铺,在蒙蒙细雨中,滋生出小桥流水的味道。老街新巷中,新开的美容院倒不少,就是找不到原来的雪肤美容店。正当小凤在一家商铺的廊檐下流连时,突然跑来一个小伙子,小小的个子,染着狮子黄头发。"是小凤姐吗?"透过雨丝仔细看,原来是当年隔壁美发店里的阿四,那个有点暗恋自己的男孩子。"三四年不见了吧……"阿四拉着小凤来到他们的新店面前。小凤不好意思地笑着。"我是来看姐的……"她原来想说"看雪萍",一开口又变成了当年的口气。"哪个姐呀?噢,是雪萍姐吧。"阿四惊讶着,又恍然大悟。"她老早不开店了,就在你走后的那一年……"阿四说。小凤离开后,敏敏越来越不像话,经常引些不三不四的男人进来,而雪萍也跟着一些顾客越跑越疯。渐渐地,她们的顾客中女人越来越少,男人却越来越多。终于有一天,公安局扫黄严打,她们这家店也列在名单中,雪萍就混不下去了。

她的结局竟然这样?小凤感到自己在发抖。"她有没有离婚?"小凤问阿四。"我也不知道,应该没有吧。听说他男人也有别的女人,但两个人没离婚。她家不是在灵山公园旁边吗,你去问一下就知道了……"小凤没有等阿四说完,就摆摆手,撑开伞走了。

雨越来越密,小凤单薄的羊毛衫都濡湿了。她想起无虞的四月油菜花粲然开放,天气还是湿冷的。风钻到衣袖中,仍然刺骨。当年小凤骑着电瓶车来灵山公园救雪萍,也是这样噬骨的冷。小凤咬得牙根发酸,但她忍着,一只手抱着前胸,另一只手撑着伞艰难地向前走……突然,一辆摩托车从拐角处窜出来,她还来不及躲闪,积水飞溅,洒了一身。"没长眼睛,要死呀!"那个车主从头盔里掷出一句骂声,小凤当作没听见。

灵山公园终于出现在眼前。这个常潜入小凤梦境的公园,又揭开了它的面纱。三年不见,公园一切如故,还是那样空旷,那样葱翠。只有"灵山公园"四个字油漆斑驳,如迟暮的美人。公园中没有一个游人,白玉兰花都已枯萎,冰清玉洁的躯体仿佛遭受了一场蹂躏。缤纷的樱花绚丽如梦,飘落一地。纤细的翠竹在冷风中轻舞飞扬,折弯了又挺直。小凤在公园中伫立着,透过雨帘寻找绿色琉璃瓦的楼房。东南方向,三间三楼。这间?不,是那幢……一辆黄包车从旁边驶过,在她面前停下,问她坐不坐。小凤摇摇头,黄包车车主不满地嘟囔着:"一个人淋雨来的呀,神经病!"

"神经病。"小凤打了一个寒战,她觉得很不对劲,甚至有些害怕。她不想再走了。是的,见到她又怎样呢?告诉她我过得很好,同情她的落魄,问她当年还是现在……突然,小凤感到头莫名地晕眩,仿佛坠入了一个旋涡,随着激流不断地旋转着旋转着,很久很久,才缓缓浮上来。偶尔有行人车辆路过,他们看见一个女人在雨中呆立着,像一尊雕塑,仿佛一个世纪前就已经这样了。

不知什么时候,一辆红色 QQ 从东南方向窜出来,摇摆几下。小凤突然醒了,她看到的这辆车子像一匹熟悉的小马驹,在自己面前抛下省略号似的尾烟。小凤来不及看它的车牌号,但她相信这就是她的车。坐在里面的女人正望着远方,她灰褐色的眸子汪着水,就像初见时那样,温柔又凌厉。

四月的冷雨中,小凤犹如一朵失落在异乡的花,不知何去何从。

裂　瓷

1

有些事就是这么莫名其妙。余晖出差回来的第二天,珊珊就开始失眠。失眠症挺顽固,数三千只羊呀,听催眠曲呀,涂薰衣草精油呀,都不管用。折腾了四天,终于挨到周末。周五傍晚,珊珊下班一回家,就倒在沙发上。睡眠终于降临了,昏昏沉沉的,醒来身上全是汗。

"刚才,我做了两个梦。"珊珊摇摇晃晃走向书房。

余晖对着电脑没有回头,鼠标快速地点着,一个个页面慌乱地消失了。珊珊只看到最后一个页面,好像是四条大腿交缠在一起,白花花的,挺肉感。

"吃饭吧,饭还焐在电饭煲里呢。"

他站起身,打了个哈欠。移动转椅时,"哎哟"叫着,脚被压在轮子下面了。

"还好吗?"珊珊问。

"没事。"余晖笑了一下,又皱了皱眉。

珊珊放下手中的书,打开书柜,捧出一个瓷瓶。瓷瓶不大,湖绿色的,光滑的瓷面被日光灯一照更显得温润,一看就知道上了极好的釉。珊珊从脖颈里掏出生肖玉佩,轻轻敲击着瓷瓶的颈部,音色清亮。

"这瓷瓶是哪个单位发的?"

"哦，一个陶瓷研究所，反正没掏钱。"余晖说。

"样子真不错，像观音菩萨的净水瓶。以后多出差哟，我们家就缺这种雅物。放在书房里，书房都显得有气质了。"

余晖应着，又连打两个哈欠，甩着手臂走出书房。

"天黑了，吃饭！"

珊珊望着他的背影，呆了一下，有气无力地走向厨房。

2

"巫婆"这个绰号是芸芸取的，因为珊珊从小就特别敏感。那时，珊珊、芸芸，还有小梅，都住在九十九间。九十九间是小镇最大的古建筑群，整座楼前厅后堂，四明二廊，听说有三百多年历史了。到处可见悠长的胡同呀，狭窄的廊檐呀，还有雕花的斗拱，斑驳的墙皮。珊珊和芸芸家只隔着一道木板墙，晚上睡觉的时候，两个女孩敲着木板，来回对歌。小梅的外婆家也住在附近，每逢寒暑假，小梅就长住在外婆家，跟两个女孩结为死党。夏天来临，三个女孩闲得慌，终日在古楼里窜来窜去，办家家、跳皮筋、躲猫猫……游戏总是没完没了。

"珊珊，珊珊……"

女孩们玩得正起劲，珊珊的奶奶在旧祠堂门口扯着嗓子叫喊。

"老太婆又叫我去点经念佛了。"珊珊嘟着小嘴。

"观自在菩萨，行深般若波罗蜜多时，照见五蕴皆空，度一切苦厄……"芸芸双手合掌，闭眼念着。小梅轻轻甩着手中的柳枝，作观音状。

"讨厌……"

珊珊跑开了。路过叠在祠堂里的柴堆，一只母鸡挡住了路。她飞起一脚，正中母鸡屁股。母鸡咯咯叫着，蹿上柴堆。褐色的鸡毛狂飞着，粘在珊珊乱蓬蓬的发丝上。

珊珊不喜欢跟奶奶点经念佛，她喜欢看奶奶给人"喊魂灵"。奶奶"喊魂灵"很有一套，珊珊看多了，一招招也学得有模有样。

在洗衣板缝里插上"三支香"（当然是树枝了），摆上一碗清水，一截粗黄的霉头纸半浸在碗里。

"天灵灵地灵灵，太上老君来显灵。"珊珊捏着浸湿的霉头纸在小梅眼前连续画圈。"小梅的魂灵来来来……"小梅被搞得晕头转向时，珊珊突然喷了一口水，全喷在小梅脸上。

"魂灵进身，小梅魂灵进身了……"珊珊拍拍小梅胸口笑着，小梅抹着脸上的水哭笑不得。

"天灵灵地灵灵……"珊珊又开始念词，这回手里举着木质高脚锅盖。锅盖很重，珊珊双手举着，正对着芸芸的脸画圈，好似扳动摩天轮。"芸芸的魂灵来来来……"

芸芸蹙着眉，一脸紧张。高脚锅盖快到头顶的一瞬间，芸芸突然逃开了。珊珊手一松，锅盖重重地摔在泥地上。三个女孩吓得同时闭上眼睛。

"珊珊，锅盖呢？ 你这死妮子，又摔锅盖了，小心天雷劈……"

奶奶踮着脚，从胡同里蹒出来。奶奶小时候缠过脚，没几个月又放天足，结果成了前面尖后面长的怪脚，走起路来像老母鸡。

锅盖和碗都被收走了，挺扫兴的。珊珊提议每个人讲自己的梦境。

"我从不做梦，不知道梦是什么样的。"小梅说。

"没梦，可以编呀。比如昨天晚上，你梦见一只大老虎要咬你，武松来救你了……"珊珊说。

小梅还是没兴趣，自顾自抽了根麦秆含在嘴里。珊珊和芸芸开始天马行空地胡扯。

3

第二天上午，珊珊犹豫了很久，还是打车去了芸芸的单身公寓。芸芸刚起床，被窝乱糟糟的，猫咪小黑躺在沙发上玩绒线。

"昨天我梦见小梅了。"珊珊斜靠着沙发扶手，小黑抓着绒线跳到她脚背上。

芸芸端着碗瞪大眼，碗里的方便面冒着热气。

"不止一次。她在水里举着手想上来，我却拉不上来。"

"神经兮兮的，又巫婆了……"

芸芸搁下碗，拉开窗帘。窗外的阳光飞进来，在小黑身上溅起亮光。小黑跃上窗台，被芸芸一掌拍了下来。

关于小梅的死，珊珊想象的版本不下十个。十五年前的秋天，弄堂风充满着凉意，天井里的柚子树挂满了青色的果子，空气里弥漫着柚子香。芸芸过来的时候，珊珊正使劲儿掰着柚子。

"我不想去，你们也甭去了。"

"怎么搞的，上星期可是你提出来的哟。"

芸芸帮着一起掰，柚子皮挺厚的，里面的汁水倒很足，喷到珊珊脸上，珊珊忙着抹眼睛。

"我昨夜做了个很糟糕的梦，大家还是别去了。"

"又在胡思乱想了，小巫婆！"

芸芸啃着柚子，愤愤地走了。珊珊躲在柚子树下，心烦意乱。太阳西沉时分，奶奶找到她，把她拉进屋子，不许她出门。但她很快知道出事了。东边，小梅外婆家里一片哭声；西边，芸芸母亲的咒骂声也隔着门板传过来。

珊珊没有见小梅最后一面。听说尸体捞上来后直接运到小梅老家了。见到芸芸是在一星期后，苍白的脸，乱蓬蓬的头发，应验了奶奶的话——芸芸可能被人糟蹋了。

开公判大会是半年后的事。小镇的篮球场里聚满了人。临时搭建的高台上，珊珊望见一个男人反剪着手，低着头。她看不清男人的面容，只是觉得他的手臂很粗，灰色的囚衣鼓胀着。那日，珊珊没看到芸芸。场地上只有小梅的外婆特别显眼，她在别人的搀扶下，奋不顾身冲上台去。

"要么，我们去看看小梅吧。"芸芸喝掉最后一点汤，潇洒地倒了倒碗。"最怕你的梦了，说不定又会闹出什么事来。"

珊珊抱起小黑，亲了一下它的脸颊。她眯眼看着窗外的阳光，眼睛酸涩，眼眶里像溢满了水。

4

从芸芸的单身公寓出发,到邻县只有两小时车程,芸芸却足足开了三个钟头。来到埋葬小梅的吴山,已是下午两点。下了车,两人都很吃惊。五年没来,那山只剩一小半了,大部分已被砸毁,一些戴头盔的工人正忙着挑石子。看来,小梅的坟茔早已搬迁了。芸芸艰难地倒着车,石子飞溅起来,叮叮当当打着底盘,珊珊蹙着眉咬紧牙。

"你这么紧张干什么,后面又没人。"芸芸问。

"你的新车嘛,牌照还没上呢……"

芸芸"切"了一声,顺利开上道。现在,她们只好去小梅家询问了。多少年没来小梅家了。珊珊记得二十岁那年,她和芸芸来过一次,那时小梅的外婆还健在,小梅的哥哥低着头自顾自做木工。他拉锯的样子很凶猛,整个人都扑在粗壮的右臂上,木屑炒米粉般一层层落在地上,一眨眼就将他的脚背淹没了。那一日,小梅哥哥陪着她们去吴山祭奠。整个行程中,小梅哥哥只说了一句话:"我妹子,太傻了!"他说这话时,也斜着眼,那眼神跟小梅一模一样。

"算了,还是不去了。"珊珊说。

这时,车子已驶到小梅老家的小镇。她们看见新造的小镇牌楼高高耸立着。

"怕什么,这么多年了,无所谓了。"芸芸说。

凭着记忆,又问了路,才找到小梅老家。她家的房子还跟十年前一样,虽然外墙刷白了,但还是掩盖不住整体的衰败。芸芸上前打门,一个小女孩跑出来,眉眼跟小梅挺像。接着,一个留着胡子的男人出来,裤脚上粘满碎木屑。

"小梅哥哥……"芸芸叫道。

珊珊却迟迟不肯从汽车里出来。

5

珊珊的记忆中,小梅哥哥不怎么来外婆家,即便来玩,也很少长住。仅有的一次长住,好像是某个寒假。珊珊忘了是哪一年,只记得自己每天穿一件粉红色旧棉袄,衣襟上两颗扣子掉了,懒得缝,用别针别住。衣角黑乎乎的,贴边里面藏着不想嚼的泡泡糖。

小梅哥哥不爱说话,很少跟她们玩。偶尔出来一下,又躲到楼上,不知干什么去了。

"两兄妹一点都不像:哥哥像个闺房小姐,整天躲在房里;妹妹却是野丫头,每日在外面窜来窜去,不知羞……"小梅外婆时常这样说。

"哼,谁说他不爱玩,他喜欢打乒乓球。"小梅撇撇嘴。

这倒是实情。有一回,珊珊在村活动室里瞧见小梅哥哥跟一些小后生打乒乓球,打得挺棒的。什么高抛球、削球、反拉球……珊珊第一次听到也是第一次看到。

那个寒假,女孩子们也迷上了打乒乓球。芸芸卸了门板在家里搭了球台,小梅叫哥哥削了两块球拍,珊珊掏钱买了三个乒乓球,三个女孩在家里疯练。终于有一天,芸芸的妈妈实在烦透了她们。她们只好退到小梅外婆家屋后的洗衣板上练。冰冷的空气里,她们跺着脚,冻僵的手紧捏着球板,还乐呵呵地说着笑着。

天太冷了,外面实在待不住,女孩们就去看小梅哥哥下象棋。小梅哥哥因为没有对手,常常左手下右手。

"你帮哪只手?"芸芸问。

"我谁也不帮。"小梅哥哥头也不抬,左右手忙碌着,嘴里念念有词。

有时,看着她们可怜,小梅哥哥就教她们下弹子跳棋。这玩意简单,才试了两盘,珊珊就学会了。漫长的冬夜,小镇常常停电,只好点着蜡烛玩。有一回,珊珊跟小梅哥哥坐对头,下到后半局,她站起身,趴在桌沿上,结果"哧"的一下,前面的刘海被蜡烛火烤焦了。大家都笑喷了。

她们跟小梅哥哥唯一的一次吵架，像是在过年之后。那日午后，小梅偷了哥哥的手表出来玩。手表有什么好玩的？小梅哥哥的手表就是不一样嘛。表面上浮着一只大公鸡，对着光晃动，大公鸡的脖子会上下抖动，屁股上的羽毛也会有节奏地一翘一翘。更神奇的是，每过半小时大公鸡会喔喔啼鸣。

"我哥忒小气，这东西从不让我碰一下。"小梅绞着发条道，"今天，他出去了。"

三个女孩躲在胡同里玩，因为多次上发条，手表背都发烫了。终于，日头落山时分，小梅哥哥出现在她们身后，眼睛通红，眼珠子暴突着。慌乱中，小梅把手表塞进珊珊的裤袋。

"我没有拿，你这个小气鬼……"小梅哭着说。

但是，她的眼泪没有博得哥哥的同情。小梅哥哥的巴掌还是扇了下来，他一把揪住小梅的头发往家里拖。芸芸急坏了，小牛似的顶过去，被小梅哥哥胳膊肘一撞，立马倒在地上。

"别打了，别打了……"珊珊举着手表，满脸泪水。

小梅哥哥夺走手表后才松开小梅。临走时，他竖着右手食指在珊珊面前晃动着说："你们这些疯丫头，他妈的，全不是好东西！"

小梅和芸芸止住了哭声，珊珊的眼泪却怎么也止不住。她的长指甲胡乱抠着斑驳的墙皮，不久，地上全是白花花的粉末。

6

从墓地回来，已是晚上六点。小梅哥哥请她们吃饭，珊珊婉拒了。她们在小镇找了一家旅馆，安顿下来。

"人活着就像蝼蚁，小梅的新坟上都长草了。"芸芸顿顿筷子头说。

晚上又是吃面。这个小镇没有像样的特色小吃。

"你对他好像有意思……"珊珊的头埋在面汤碗里面。

"你说谁？"

"小梅她哥哥呀。"

"晕倒,你脑子有病……"芸芸摸摸珊珊的额头。

"我说的是小时候。"珊珊抬起头,拿起醋瓶,往面汤里洒了一点。

"你说你自己吧。"芸芸大口喝着汤,"这人呀,活着就好,这些年,我算是想明白了。小梅太倔了,否则淹死在水里的就是我……"

芸芸的嘴角油光光的,鼻尖冒着汗。珊珊抽了一张纸巾递给她,她往脸上胡乱一抹,呵呵笑着。

"小梅哥哥老得好快,我记得他只比我们大三岁。"珊珊用纸巾抿着嘴。

"又不是你老公,管他呢。"

"我老公,哼,这时候还不知在哪里花天酒地呢。"

"你显摆呀?谁不知道你老公好呀,别刺激我了。"

她们吃好面就上楼睡觉了。房间又暗又小,两张床的被单脏兮兮的,布满污迹。珊珊透过生锈的窗格子往楼下望,芸芸的新车就停在院子里,地上流着厨房里倒掉的脏水。

"放心吧,我们祭拜过小梅了。"芸芸闻了闻被角,和衣倒下,"你今晚不会做噩梦了,巫婆。"

芸芸嬉笑着钻进被窝,没几分钟就发出微鼾。珊珊关了灯,仰望着天花板。楼下的路灯透过窗帘射进来,将墙壁切成一个个方块。她闭上眼开始一只两只数羊。

不知过了多久,珊珊忽地坐起身,踮着脚走到窗口。窗外没有月光,路灯也熄灭了。从窗口高高地望下去,除了轿车的倒车雷达一闪一闪地亮着红光,几乎漆黑一片。

站了十几分钟,房间的灯亮了,芸芸揉着眼上厕所。

"你怎么不睡觉,站在窗口,吓我呀!"

"我做梦了。"珊珊说。

"梦见什么了?"芸芸瞪大眼。

"有人来偷你的新车,我担心死了,所以替你看着。"

"又胡思乱想了……"芸芸拍拍珊珊的后背道,"快点睡觉去,明天叫你老公带你去看心理医生!"

"随便我吧,你的车还没上牌照呢!"珊珊挣脱了芸芸的手,固执地站在窗边。

马路上,一辆货车驶过,震得窗户咯咯响。身后,芸芸突然恨恨地骂道:"他妈的,跟你在一起,我也甭睡了……"

7

回到家,已是周日下午。余晖在书房里玩电脑,书桌上堆满了各种吃食。纸碗里的方便面汤油腻腻的,上面漂着花生壳和香烟蒂头。

"累了吧,先睡一会儿。晚饭可以去外面吃。"余晖起身抱了抱珊珊,腾出右手关掉一个个页面。

"没事,就是渴得厉害,想喝雪碧。"珊珊的身子僵直着,眼睛在书柜里寻找着什么。

"这个瓷瓶是谁送的?"

"一个陶瓷研究所的老板娘。你怎么老问这个问题呀?"余晖关掉电脑说,"我帮你去买雪碧,还想吃什么?"

珊珊摇摇头。余晖走到玄关换鞋时,她又问:"这两天,你一直待在家里吗?"

"昨晚去胡哥家下棋了,连输五盘……"余晖做了个鬼脸。

脚步声远去了,下楼道像在跑马。珊珊躲进书房,拨通了手机。

"胡哥,余晖在您这里吗?"

"不在呀。"

"他不知跑哪儿去了,到现在还没回家呢,手机都关了。"

"昨晚倒是来了一下,屁股没坐热就走了,说你一个人在家不放心。"

"哦……我是挺胆小的。"

"我帮你问问别的哥们?"

"不麻烦了,可能去找人下棋了。下几个臭棋,还关机……"

"他就是这副德行,哈哈……"

合上手机盖,瘫坐在摇椅里,闭上眼,一圈圈转着摇椅。猛地,她站起身,从书柜里抓起那个光滑的瓷瓶,高高举着,却没有放手。她从抽屉里翻出一把小刀,在釉面上一刀刀划着,刀子亲吻釉面发出的吱吱声,听了挺带劲。不出一分钟,如玉的瓷瓶就像一个美女被鞭子抽得伤痕累累。

门开了,传来男人的脚步声。可是,珊珊没有停手,下刀更快更狠。

"你疯了?"男人扔了东西,跑过来,"好端端的,你干吗要弄坏它?"

珊珊噙着泪,扬起头笑道:"你知道小时候别人叫我什么吗?"她伸出舌头舔着刀面,说:"巫婆。你出差一回来,我就梦见送这玩意的主人了……"

她哆嗦着放下瓷瓶,抓起雪碧,使劲拧瓶盖。"哧",透明的液体冲开瓶盖,喷射出热辣辣的水花。

回　家

1

天佑醒来时，头痛得厉害。刚才短暂的睡眠中，他又梦见了那片油菜花。泼辣辣的，像积蓄已久的火山，翻腾着岩浆。白粉墙掩映在油菜花中。包着黑胶皮的电线绷得紧紧的，从琉璃瓦上空平行伸出，在油菜地上空交汇成一股力，通往村落的尽头。

院门敞开着，一眼就看到水泥地上的影子。那只黑猫蹲在门槛上，绿莹莹的眼珠子，盯着半空中一闪而过的绒丝球。沾着泥巴的笋壳散乱一地，六七只小鸡仔叽叽叫着，争啄笋壳上的嫩皮。没有上漆的木门上，沾满它们鼻涕状的排泄物。

天佑娴熟地推开木门。黑色蒙住眼睛。许久，才隐隐看到一点微光，继而渐渐扩散，仿佛有一盏昏灯在远方亮起。

小子，快起来！

谁的手伸入梦境。天佑如一只沉笨的萝卜从泥地里被拔出来。他费劲地睁开眼，朦胧中看见一桶水哗地扑过来。还不起来！他终于看清拉他起来的那个男子，瘦削的下巴长满络腮胡子，手里捏着一把竹扫帚，埋头清扫地面。天佑收起铺在地上的长棉袄，一位穿绛红羽绒衣的中年妇人帮他捡起格子羊毛围巾。他嗫嚅着，仍没说谢谢。

天色暗蓝，几颗疏星浮动着微光。虽已四月，后半夜的凉意还是一点点渗入骨缝。天佑回望身后的火车站。那几个熟悉的鎏金大字，在路灯下凸显出巍峨之气。十年前，第一天上学，老师就教大家认读这几个字，告诉他们这是家乡的地名，就像父母跟自己血肉相连。四周，打了浅盹的旅客三五成群，一个个哈欠连天。他们嘴里冒出来的方言，像久违的炊烟，丝丝缕缕，迎面飘来。

2

小子，去哪里，叔带你去。一辆摩托停在他面前。天还没亮。借着路灯的白光，他看清说话的男人，四十来岁，门牙暴突，嘴唇右上角的一颗黑痣贴近鼻孔。天佑摇摇头。男人摸出一支烟咬在嘴里。打火机噗噗响着，天佑的背脊莫名抽搐了几下。火苗跳跃，又灭了。他背起行李袋，走向人群密集处。头顶的樟树叶落下来。天佑闻着这熟悉的气味，若无其事地回头，发现那个男子还待在老地方。

有些场景就是这么相似。十三年前，也是这样一个男人，骑着自行车在他面前停下。那日，天佑一个人在胡同里玩（那是他生命最初的乐园吗），记不得是下午还是黄昏。胡同里的昏光，让人很难确定具体时间，只听得谁家的电视里在放《大头儿子小头爸爸》。那时的妈妈好像是马尾辫，额头覆盖着栗色刘海，衬着她的脸象牙样白。她穿着米白色的长袖连衣裙，棕色腰带很漂亮，镂空的。天佑常拿着牙签一个孔一个孔往里扎。邻居王伯伯说，晚上城西广场放烟花，邀大家一起去看。当然这些都是多年以后他们见面时告诉他的。那时，天佑只记得妈妈的马尾辫和她的镂空腰带，其余的就像胡同里冒出的浓烟，把记忆的门封住了。

那个骑自行车的男人问，小孩，想不想去看烟花，叔叔带你去。男人说得很随意，好像不是刻意要带他走。他走不走都无所谓。噢，太好了太好了。当时自己一定拍手叫好。男人便一把抱起他坐在自行车后座，像亲叔叔踩着车慢悠悠地驶出胡同。车轮碾压着石板，没有发出什么怪音，钢圈转动,偶尔还有几下好听的车铃声。

男人果然带他去看烟花。天佑想这应该是真实的记忆了,没有添加想象和旁人想当然的补充。当时,城西公园的广场上挤满了人。到底哪里在放烟花,他根本看不到,只听见嘈杂的人声,还有哨子般尖锐的啸叫声。有那么一下,他看到了烟花,一球一球,升到高空,散开后,急速坠落。多年后,上常识课,看到图片上的大丽花,他突然记起当年看到的烟花就是这样子。他记不得男人有没有抱起他或者背上他,也不记得自己当时有没有哭闹着想回家。留在记忆里的就是一球球五颜六色的烟花,后来发生的事就什么都不知道了。

路灯熄灭后,天空泛出橘黄的亮光。天佑跟着人群爬上去游源县城的公交车。他找了个靠窗的位置,长吁一口气。车子跟多年前一样,像废弃多年的铁皮箱。钢背椅子大多磕掉油漆。一股臭味不知是车厢发出来的,还是那些老乡们携带来的,混杂着脚气、鸡屎、牛粪,抑或是植物蒸腾的地气味。天佑狠狠吸口气,仿佛要将这种气味连根带叶全吞到五脏六腑里去。等那些气味又从喉咙里回上来时,泪水已漫湿双眼。

3

一切如旧。油菜花如潮水扑来,几乎将整个人淹没。天佑闭了闭眼,似乎很久才能适应这么亮的光。亮光中,天佑感觉自己变成了一个玻璃瓶,通体透明。一路颠簸的疲惫,在瞬息间彻底消失。

他很快找到那幢房子。青砖白墙,屋顶的琉璃瓦像河面上的波纹。推开虚掩的门,院子里一片狼藉。充满裂缝的水泥地面长满荒草。废弃的水车和打稻机,明显有蛀蚀的痕迹。那些浮在表面的木屑,被风吹起。廊檐下的鸡笼还在。他抓了一把稻草,湿漉漉的,一手的腐烂气。

脚步声似从田垄传来。来不及关院门,天佑只能靠着鸡笼蹲下身。刚进来就被人发现,这是他不愿看到的。抬头看天,一只燕子啾叫着飞过。电线跳跃了几下,有树叶状的东西从廊檐滑落。

钥匙还藏在衣袋里。这是他两年来最庆幸的一件事。刚刚回到胡同的日子里，他曾把钥匙丢进抽屉。新的生活，新的钥匙，让他眼花缭乱。他骑着自行车在阴湿的胡同里来回穿梭。阳光从廊棚里漏下来，在墙上打出各式光斑。爬满苔藓的石板上，时常走着一些身姿婀娜的女人。她们从煤炉的烟雾中走来，黯淡的脸随着亮光渐渐鲜活起来。天佑常常有一种幻觉，她们在拍老上海电影。

对个，阿拉上海人。居住在胡同里的人，无论多么潦倒，举手投足都透出天佑从未见过的姿态。他们小口喝茶。吃东西时嘴巴不发出难听的哑巴声。隔夜菜，哪怕最贵，也都进入垃圾桶。晚饭过后，胡同里到处都是脚步声，他们甩着白晃晃的胳膊大腿，在窄小的弄堂里来回走动。他们中，很少有泥土色的皮肤。他们说话的腔调也不一样，每句话的尾音都是上扬的。他们看人时，微微吊起的眉梢，显示出他们骨子里的傲气。

天佑攥着新钥匙，模仿着他们乜斜的眼神。他本属于这里的，现在只是回归。他日益进步的声腔口音，最大的目的就是召唤屋子里的母亲从迷雾里走出来。母亲从他看烟花那天起，就渐渐走向了迷雾。这些年，她栗色微卷的刘海已经灰白，原本象牙白的脸泛出米糠的颜色。裙子早不穿了，两条青灰色的大脚裤，轮换上阵。每次让她换下来，还要嘤嘤哭一通。她的男人，时常不耐烦地在她大腿上胡掐，她才哭喊着抹抹鼻涕眼泪顺从。

要不是为了你……这样的话，父亲一天不知要说几次。天佑盯着这个秃顶男人，心头激不起一丝波澜。耷拉的脸皮，虚胖的肉，让天佑怀疑自己身上是否真流淌着他的血液。这些年来，不断来梦境访问的老胡同，从不见他的身影。若不是一年前，那个长着宽板牙的警察递来一张 DNA 化验单。打死他也不会相信这个男子是他的生身父亲。

前世的冤孽呀！有一晚，因鱼的翻腾，锅里的热油飞溅上来。男人捂着脸叫喊着，陀螺似的满屋子寻找烫伤膏。终于，他一脚踢翻茶几，在天佑未完工的旧游戏机上猛踩几脚。

逼仄的厨房，油烟味像从一个腌臜老人喉咙里吐出来的。那条拼死抗争的鱼，挺着半身的焦黑，翻着青白眼珠。砧板上，带血丝的鳞片闪着光芒，就像卧房里母亲传来的凄厉叫声。这个可怜的女人，这会儿捏着一条红绸，在左右两个膝盖间轮换着系蝴蝶结。天佑回来后的一年里，她从没有正眼看过他。她所有的兴奋点，都在那个发黑的毛绒玩具熊上。天佑猜测当年自己跟着男人去看烟花前，是否坐在屋前的小板凳上玩这小玩意儿——早已不得而知了。

门，开了。那把旧钥匙居然还管用！天佑听到自己的喉结发出一丝尖叫。一切都回来了！他闭上眼，等待外面的强光在瞳孔里一点点消失。他有的是耐心。他想看到自己真心喜欢的世界。

4

是的，一切都回来了，就像自己不曾离开过。

天的光亮是鸟雀带进来的。各种鸟在屋后的榆树上啾叫。它们的声音好似一群淘气的小女生在耳边聒噪。各种植物的香，蜂拥着从门缝挤进来。拉开窗帘，空中像挂着一个大煎蛋，流着油。它的明亮，似乎要把一年半以来的阴暗全部冲走。

昨晚，一夜无梦。盖在身上的棉被，摸着有点阴湿，但纯棉絮散发出来的香味，渗透到皮肤里，让天佑感到特别踏实。这一年多来，胡梦不断，原是没有亲近棉絮被的缘故呢。

房间保持着原来的模样。活动电脑桌是旧货市场淘来的，写字台是老房桌改造的。只有松木衣柜新添不久，一面藏衣服，另一面塞旧书簿。那些书簿大多已废弃，有的是读小学时的东西了，可冯翠英不肯扔掉，弓着背从柴房里一本本拣出来，用毛巾擦净粘在上面的鸡屎灰尘。冯翠英自己不识字，见了有字的纸，恨不得像佛一样供起来。天佑一度发疯读书，大概就是因为冯翠英对纸的敬惜。

地板上的光，向床边慢移。天佑从被窝里出来，去卫生间随便洗漱一通。背包里还有几盘方便面，他烧了一壶热水，找来两个碗。泡面在碗里咕咕地冒着水泡，他琢磨着，白天的时间怎么打发。

窗外，天气不错。油菜花像压抑多日的海水，暗潮涌动。孩子们在花丛中奔窜着追逐蜂蝶。他们的发丝上衣襟上沾满花瓣。紧跟其后的黑狗肚皮贴地，前肢刨挖着泥土，绸子般的短毛不时被风吹起。

还玩不玩，不玩就滚远点。谁家小孩用沙哑的鸭嗓子叫骂道。黑狗汪叫，招来许多毛色体型不同的狗，隔着田垄狂吠，像一群对骂的妇人。臭小子，你也敢骂我们，你这个来路不明的杂种，谁知道你是从粪坑里捞来的，还是螺蛳船里捡来的？天佑缩了缩脖子。窗玻璃只裂了一条缝，他还是感到料峭的春寒滑入衣领。你才是捡来的呢。他听见十年前的自己吊着嗓子，像一只发癫的矮脚狗。那时，自己穿着青灰色夹克外套，对襟的纽扣上下没对齐。蓝黑的牛仔裤，膝盖老是磕破洞，用米老鼠的贴花遮掩着。脚上的阿迪达斯绝对是冒牌货，每每与人打架，没往泥地里踢几脚，鞋头就裂开了大口子。

你敢再说一句。几个孩子围攻过来。天佑从地上拾起去冬没腐烂的芦柴，当金箍棒舞动。芦柴太脆了，在那些坏小子的拳脚中，芦柴的短柄碎了一地。天佑无助地抹着眼泪，冯翠英总是及时赶到。谁在打我家天佑……她展开手臂像一头母熊抱住他。泪眼中，他瞥见天色发黄，猛风吹翻了野小子们丢在地上的塑料袋。里面的荠菜马兰野葱，散落一地。野小子们叫唤着自家的狗，作鸟兽散状。油菜花忽东忽西地摇曳着，隐隐传来孩子们的齐喊声：冯翠英，遭人拐，生个娃娃肚肠烂，拐个娃娃不认家，只认他家王阿发。

天佑捡起泥块往油菜地扔去。那泥块无声无息，消失在群狗的狂吠声中。

5

对于王阿发的记忆，天佑感觉像隔了一层浓雾。十三年前的那场烟花消散后，他仿佛再也没见过王阿发的真实面容。

等你爸回来，一定给你买。每次去赶集，见到昂贵的玩具，冯翠英总是找这样的借口。爸什么时候回来？明知无望，天佑还是追问冯翠英。说好下个月……她支吾着。那些话好像跟她有仇似的，很不情愿从嘴里冒出来。

她攘着他的手,往人群中挤。天佑回过头来,看着心爱的玩物,被一层层身体遮挡住。

王阿发仅有的几次露面,似乎都在后半夜。拨开混沌的迷雾,天佑瞥见黑漆般的夜幕。夜风咆哮,院子里的干柴堆呼啦啦响着,纷纷倒伏。

冷风溜进被窝,天佑听到冯翠英带着颤音的叫声,如同一只孤独的夜猫。仔细听来,又有点像饥饿的山羊尝到鲜嫩的草。妈……他怯生生地叫道。对面的大床上,冯翠英压抑的叫声低了下去,但力度却又像拉了满弓,更有劲。伴随而来的还有喘气声。这么浓重的喘气声,天佑只有在牛吃草时听见过。借着窗外透进来的一缕微光,他突然发现对面床上的被筒拱得像柴棚。这个柴棚鼓起来塌下去,鼓起来又塌下去。直到最后,在冯翠英的尖叫声中,彻底坍塌成一片平地。

许久没有动静。屋外的风也身心疲惫,缓了下来。天佑终于撑不住了。他刚合上眼,脸触到一只温热的大手。只轻轻抚摸了两下,他就没知觉了。

昨晚,谁来过了?第二天起床,天已大亮。天佑捧着一大盒乐高玩具,兴奋地跑下楼。你爸来过了。冯翠英双手搓着面粉,她的眼睛像刚滴过眼药水,脸颊从未有过的红润。我爸呢?冯翠英不作声,埋头搓揉着,沾在手指上的细粉很不情愿地滑落。你有玩具还不开心嘛,你爸攒足了钱就回来。冯翠英吸了吸鼻子,她的鼻尖什么时候也沾上了面粉。天佑踮着脚,伸手给她抹去。她突然转过头,嗡着鼻音道,去玩吧。

记不得此后发生了什么。只记得几天后,村里的几个男人,扛着农具挤到他家门口。冯翠英眼泡肿胀,坐在饭桌前,端个簸箕搓豆荚。那些干豆荚摘下来都好几个月了,搓起来已不那么松脆。冯翠英哼着气,手指上全是泛白的划痕。地上的烟蒂越来越多,男人们用焦黄的手指按着干燥的嘴唇,互相嘀咕了几声离开了。他们一走出院门,冯翠英就扔了簸箕哭起来。豆粒沿着水泥地的裂缝滚到旮旯处。门口的老母鸡跑进屋,很不识趣地拉了一摊黄绿色的液体。冯翠英抄起扫把狠砸过去。鸡毛跟着空气中的微尘,慢镜头般在光柱中飘落。

天佑懂事后,才知道王阿发在村子里欠了很多钱,长年躲债在外。

6

雷声落地的一刹那,天佑惊叫着一跃而起。之前的一分钟,他听到有人踮着步子走到床边。来者呼吸急促,可天佑的眼睛像黏住了,怎么也睁不开。不要带我走,不要带我走……我不想回去,不想回去……他听到自己的心脏如电报机重复按着字符。一切无济于事!背后突然出现一只巨大的黑手,一把将自己拎到半空。放下他,放下我儿子!冯翠英尖锐的叫声穿墙而来。雷声炸响。一切恐惧的碎屑都落入梦的深井……

天佑睁开眼。开灯。半条被子落在地上,睡前翻看的照片散落在枕边。有一张被口水濡湿了。那张照片里,油菜花开得很盛,冯翠英的笑容比油菜花更灿烂。其实她不漂亮,刘海斜剪一刀,暗红的额头泛着光亮,一张大嘴咧着,有一种农村女人特有的精神气。自己当时只有七八岁吧,正是淘气的年纪,上面的大门牙掉了两颗。一咧嘴,露出一条很大的缝。

天幕中,划过几道电光,天佑拉起被子裹住脑袋。一声响雷,床板震动好几下。关了灯,仰天盯着黑漆漆的天花板,那首土得掉渣的儿歌像从油菜花地里飘来。"郎里格郎,郎里格郎,我家有个小儿郎,刮风下雨都不怕,一觉睡到大天光……"那是冯翠英的声音,微微嘶哑的嗓子极像她宽大的手掌,带着点毛刺。拨开这层粗粝,下面是温玉般宁静的底色。它似乎有巨大的力量,可以消解外来的侵害和恐惧。渐渐地,闪电消失了,雷声也远了。滴答滴答的雨水伴着冯翠英的"小儿郎"越发清晰,天佑感觉自己慢慢飞起来,飘浮在云端。

此时,雷声过去,天依然墨黑。拉开窗帘,能望见天幕中暗灰的云团在移动。回到床上,天佑无聊地摆弄旧手机,那是两年前父亲给他的。他的朋友都在这里,可是这个穷地方,很少有人给孩子买那玩意。唯一的死党,来之前总算联系上了。明天方便见面吗?天佑打了几个字,瞥见屏幕右上角显示出来的时间,又删掉了。

呵欠连连袭来,但睡意已完全消遁。掀开电视机的丝绒罩,从床头柜的抽屉里翻出遥控。骤然响起的电视声,让天佑感到自己真实的存在。估计是许久没交费吧,兜了一个大圈,没几个频道能显示图像。电影频道在放一部原声版的外国片。《战场上的小人球》——有意思的名字。电影已经开始了一会儿,一个小男孩在草地上骑自行车,一个中年妇女紧追其后,两人在不断争吵。天佑有一搭没一搭地看着。看到中年妇人在餐桌上捂着脸哭,才知道这个瑞典女人的亲生女儿早年淹死,眼前的芬兰小男孩是她领养的。男孩每天在等待亲生母亲的来信,他们的家乡处于战乱中。天佑突然眼角发热,不明白自己是怎么回事。他用手背抹了一下眼睛。电影在继续,男孩的生母有了别的男人,瑞典养母悉心照顾男孩,男孩渐渐懂事了,开始理解养母,依赖养母,直至母子情深。战争结束了,分别也来临了……男孩穿戴整齐,被抱入车内。"妈妈,辛格妈妈……"他哭喊着。瑞典女人从屋子里冲出来,被她的男人抱住。吉普车开出她家院子的小门洞,瑞典女人挣脱了她男人的手,奔出去,喊着男孩的名字,疯子般追着吉普车跑。在那片无际的大草坪上,她跑过一棵孤树,跑过一座石桥。男孩趴在后车窗上,咬着牙默默地流泪。他不再哭喊,他只是努力把养母的面影牢牢刻在心里。终于,瑞典女人跑不动了,跪倒在草坪里。车子越来越远,她在孩子眼里成了一个小黑点……

后面的故事,天佑已无心关注。他关了电视,脑袋埋进被子里。黑暗那么柔情,像冯翠英的手抱住他抽搐的肩膀。大雨来得很及时,掩盖了他的呜咽声。

7

死党来见他时,天已大亮。下了一夜的雨,油菜花落了一地。整个村庄似被金黄的油画棒涂了一遍,几乎要亮瞎眼。

你回来做什么?两年不见,死党像变了个人,小个子蹿成了长竹竿,嘴唇上方冒出一圈毛茸茸的胡子。眼睛似乎变小了,原来的灵气被一种呆滞和捉摸不定的神情所代替。死党点了一支烟,塞进嘴里。

你被送走后,冯翠英就逮起来了,先在派出所关了一阵,后来据说判了一年,估计这会子应该刑满了。死党吐了一口烟。天佑望着烟圈慢慢向天花板飘去,头有点晕。她去了哪家监狱?天佑吸吸鼻子,鼻腔里有一股咸丝丝的液体流到喉咙里,后脑勺疼得快要裂开了。那可说不清楚,好像是黄湖监狱吧,听说人贩子都送到那里的。死党将烟蒂塞进嘴里。天佑盯着纸烟上的微光向上蔓延,纸烟的下半截露出灰色。当然,她不能算人贩子,王阿发才是人贩子。他死了,一了百了,害得冯翠英遭罪。死党往地上吐了口痰,天佑伸出脚,将那白花花的液体擦成一条线。

我要去找她。天佑说。水开了,电茶壶很夸张地鸣叫着。你疯了?回到亲生父母身边还不够好?死党站起身,那把破藤椅叽歪一声,倒在地上。他妈的,我是没办法,从福利院里抱来的,谁知道生我的那一对躲在哪个角落里。死党拎起破藤椅,又重重地扔下。跟着这些人待在这个穷地方,我这辈子算是到头了。他一屁股坐到床上,头埋在两腿之间,啜泣起来。天佑没去安慰他,从他的袋里摸了一支烟,拿打火机笨拙地点火。打火机里的汽油快见底了,啪啪跳了好几下,火苗都立不起来。

他突然想起了王阿发。那个用自行车驮着他跑出胡同,又带他去看烟花的男人。他的面影一下子清晰起来。脸有点长,额头光秃秃的,小眼睛,大鼻孔,右腮的肉鼓鼓的,像长了一个陈年冻疮。天佑还记得他的右拇指特别粗大,捏着一枚蓝色透明打火机,里面的液体晃来晃去。那个夏夜,天佑吃过晚饭,跑出去疯玩。还不到八点,院子的门就关得紧紧的。他敲了好一会儿,冯翠英才来开门,做贼似的,伸出头往四周看看,天佑一进门,她立马锁上门。你爸刚回来。她竖起食指放在唇边。走进屋子,好一会儿,才见一个男人从卫生间的门帘后走出来。他看了天佑一眼,开始拿打火机啪啪点火。天佑瞥见他粗大的拇指和透明的打火机。你爸跟妈有话说,你先去洗澡睡觉。冯翠英的脸在日光灯下,白得有点骇人。天佑望了望男人毫无表情的马脸,走进自己房间。

死党伤心够了,天佑才塞给他几张纸巾。他手上的烟吸了没几口,就快灭掉了。下半截的那截灰一直挂着,天佑轻轻一吹,就倏然落地,在水泥地上摔成粉屑。

8

　　清理完房间里的垃圾,掩上门,已是正午。太阳高悬空中,空气里到处流着蜜的香甜。天佑走在田垄上,泥块粘住鞋底,像是不让自己走。一年半前的初冬,这块泥地却非常干硬。那时,冯翠英光着脚,挑着一担油菜秧,从田垄走来。天佑拿着豆铲给冻土凿坑,还往坑里撒一种叫过磷酸钙的肥料。这种粉末状的肥料,常常被天佑撒到坑外。冯翠英扯着大嗓门喊,别漏到外面,快不够了。她黝黑的脸,被西风吹起条条皱纹,那件蓝底白花外套下襟露出白色的弹力絮。乖孩子,歇一歇,吃点东西。她放下担子,从外套衣袋里掏出一个苹果塞给天佑。她自己一刻都不歇,弓着腰把油菜秧分撒在田垄里。

　　那伙人在这一刻出现在他们面前。为首的男人穿着黑色夹克,像谍战片里的便衣。他问了一声,你是冯翠英吗?嗯。冯翠英揉揉眼睛。"便衣"男子手一挥,身后又冒出两个壮硕的男子。母子俩还不明白是怎么回事,那两个男子一把抱住天佑,扛起来,飞快地向机耕路上跑去。

　　放开我……天佑像被打中的猎物挣扎着,双腿乱蹬踢翻了叠在田垄里的稻草堆。儿子,我的儿子……冷风将冯翠英的哭喊声削成碎屑。她似乎被两个壮男打翻在地,天佑却分明听到她的脚步声。村子里的人出来了。冯翠英叫喊着他们的名字,乞求他们来帮忙。但他们木桩似的钉在原地。西风如失孤的母亲发出悲戚的叫声。天佑被塞进一辆皮卡车里。他最后看到的是冯翠英那双淌着血的光脚丫。

　　走出油菜地,就到了王家村的西河。西河桥上,一个老头放下担子,在桥墩上歇脚。天佑按了按头上的鸭舌帽,把帽檐微微压低。这老头却还是认出来了他。这不是翠英家的孩子吗?老头突然问道。天佑吓了一跳,撒腿就跑。唉,小子,我给你说……老头的声音长了脚似的追上来。天佑不敢回头,只是拼命往前跑。王家祠堂,村委会,村卫生室,"舒乐"鞋厂……老头根本没追上来,他却使劲往前跑,跑呀跑。他终于跑不动了,靠着一堵水泥墙咳嗽起来，喉咙里像吸进了辣椒粉。脚上的鞋带也散了，他也不想蹲下身。身后传来一声狗叫，铁链咣当作响。他腿一软，瘫倒在水泥地上。

离村口已经不远了，那里有一个临时站台。如果想去黄湖监狱，必须先到镇上。公交车站和派出所都在那里。天佑仰头望了望。透蓝的天空离自己那么近，不远处，云层像一条巨大的被子覆盖着菜花地。

手机突然响了起来，是父亲打来的。跟前几天一样，天佑由着它叫，一直到它叫得奄奄一息为止。走过几棵大榆树，一排木槿花出现在眼前。冯翠英曾经告诉他，这个也叫篱笆花，摘了洗净在热水里泡，可以凉拌做菜。木槿花到底什么味，冯翠英说自己也没吃过。天佑摘了一朵，放在鼻尖。他早知道，这花没有香味，但他仍拼命地闻着。该死的手机又响了，这男人真是锲而不舍呀。天佑把手机设置成静音，放回背包里。他踮起脚想再摘一朵，一个男人从篱笆丛的另一边走来。他眼泡肿胀，秃脑袋发亮。他的身后，他可怜的女人穿着青灰长裤靠着一辆掉了漆的皮卡车，手里捏着一根红绸缎，喃喃自语，孩子，我的孩子，跟我回家去……

不要，不要哟！天佑尖叫着睁开眼。坐在对面的一对中年夫妇惊讶地望着他。火车飞驰，油菜花一闪而过。空旷的田野如黑白电影，切换着一个个镜头。那些镜头如梦境随着灰蒙蒙的云层伸到天尽头……

葬　礼

1

曼芳不曾想到，她要去参加这个葬礼。

别班都有同学代表参加，我们好歹也得表示一下吧。我再不济，当年也算个班长……杨莉在手机里打着官腔，曼芳的耳朵里像灌进了热水。

明日一早，我来接你。杨莉咄咄下达命令。曼芳坐在椅子里，呆望着虚空，几只蝌蚪状的小黑点在眼前飞舞，定睛细看，什么都没有。她张开五指插入头发，顺着发丝往下捋，手指摩擦头皮，有一丝钝麻。

快到下班时间了。这几个月，曼芳回娘家吃饭，总是掐准饭点赶到。倘若太早过去，父母欲言又止的样子，很让她手足无措。她整理着办公桌，一件件拆着自由来稿。那些作者在来稿中加附的信件，犹如淘宝购物中赠送的小物件，她挑了几件靠谱的，塞在抽屉里。

暮色来临，回到娘家，天已暗蓝。推门进屋，一切如同往日。母亲在厨房里忙碌，父亲仰在沙发上翻报纸。饭桌上，摆着几个曼芳爱吃的菜。曼芳分发着碗筷，有一搭没一搭与父亲聊着。父亲用老花镜的断脚戳了戳报角道，这个陈明鸿以前是不是你师范里的老师呀，年纪也不大嘛。他放下报纸，起身去洗手。曼芳用筷子拨了一下报角，看见上面刊登着"河马"的讣告。她咬着筷头，读了一遍，默默地把报纸搁到报架上，坐下吃饭。糖醋小鱼干有点硬，轻轻一划，舌尖就冒出一股血腥。

母亲问，小龙什么时候回来。曼芳顿了顿说应该这周末吧。母亲哦了一声说，小龙的羊绒线衫她已经织好了，周末回来让他试一试。曼芳应声好。这顿饭吃得比往日更安静。曼芳吃了大半碗，就开始滑手机屏。其实，微信朋友圈里没什么好看的，她的拇指就是停不下来。

等父亲吃完碗里最后一粒饭，曼芳就起身了，说晚上赶稿子，得早点回去。母亲没说什么，把早就准备好的水果拎给她。晚上不要熬夜。母亲一如既往地叮咛着。曼芳把水果挂在自行车的把手上，推车出门。

入秋后的夜空像一块古旧的墨玉，空气里散发着淡淡的薄荷香。月光下，发白的水泥路河水样漂着，浮在上面的旧式楼房，酷似二十多年前桥城师范的教师宿舍楼。二楼最东边的那间小屋里，白炽灯泡散发的光映着青灰麻纱窗帘，一个清瘦的身子微弓着趴在书桌前，他发紫的厚嘴唇微微蠕动着，念的该不是茨威格的《一个陌生女人的来信》吧……

他死了！曼芳望着头顶的眉月，对自己说。眉月的下端，两颗星星像垂挂的眼泪，很危险地悬着，却迟迟不落下来。而此刻，她却感到自己异常平静。她甚至能听到自己的呼吸，那么平缓那么轻柔。

凉风袭来，棉麻衬衫的肥大袖子鼓起来。曼芳缩了缩脖颈，发现自行车驶错了道。

2

"谯楼打罢三更鼓，官人他独坐一旁不理我……"门卫大爷又躺在藤椅上听越剧。曼芳喜欢昆曲，不怎么懂越剧。但她记得男人搬走那日，门卫大爷的大屏幕手机里唱的也是这段。那是个面貌姣好的花旦，唱腔里带着很重的鼻音。她甩着水袖，莲步蹀躞，一句一句诉说着初为人妇的凄楚和孤独。那日晚上，曼芳一个人撒开四肢仰躺在当年的婚床上，脑子里一直盘旋这段声音。后来，她在网上搜到这段，得知这个戏叫《碧玉簪》。

大记者，门卫大爷起身从报箱里取出一个牛皮纸袋递过来。曼芳很吃惊。从来没有人把东西寄到这里,她所有的通信地址都是留单位的。

曼芳没有多想,到家后拆了信。牛皮纸袋里掉出一张蛋白纸和几张宣纸。宣纸上画着国画,是那种老干部体的梅兰竹菊,用笔僵硬,着色缺少层次。信写在蛋白纸上,过于端正的楷字,简直跟印刷体一样。来信者自我介绍已年过七旬,问曼芳是否在一周前收到他寄来的诗词集。曼芳努力回忆着,一点想不起来,估计是收到后一翻无聊,随手丢在垃圾桶里了。来信者又说,他好不容易从朋友那里打听到她家的地址,原来他家距她家不远,坐地铁也就十来站的路。你知道城北的木禾小区吗,这个小区名还是有点来历……他很饶舌地说道,他在报纸上看过曼芳的照片,像个资深作家,眉宇间早已褪去中学女教师的刻板。他狡黠地说,他会看相,下次有机会见面,帮她看看这两年"写运"如何……

老顽童,曼芳笑了一下。看完信,她才知道老人要她两年前出的那本随笔集。她翻了一下书柜,一本也没有。她的作品集大多放在阁楼上。这么晚了,找梯子爬楼,很不方便。

曼芳把老人的画纸和信件塞回牛皮信封里。今晚她想修改一个短篇小说。光标在字里行间闪烁着,却一个字也看不进去。她摸着鼠标,随手点开百度,一个名字在键盘里跳出来——陈明鸿。如电流通过,页面上奔出一溜"陈明鸿",一个个有着不同的指向。曼芳一页页耐心点着,点了十来个页面,才出现门球协会、老年大学、桥城等条目。这个"陈明鸿"大概就是"河马"了。曼芳一条条点进去看,里面除了文字新闻,很少看到照片。有一张照片倒颇为清晰,一群老头老太穿着一式的球服,做着挥球的姿势,却没找到"河马"的面影。

曼芳拍了一下键盘,趴在桌面上。偌大的书房,像一架停止了运作的机器,几乎没有声息。她只听到自己的转椅在嘎吱作响。虽说闭着眼,透过青灰色麻纱衬衣的袖子,还是能感受到一丝白光。这世界,想要躲开片刻都不可能。

不知趴了多久,曼芳摸到手机。微信朋友圈里,曼芳还是没看到小龙的照片。那个男人搬走后,没有屏蔽她,却再也不发儿子的信息,似乎唯恐被她捡了便宜。

窗外，似有火车驶过，隐约的声音中带着微弱的忧伤。曼芳索性和衣倒在床上。窗帘没有拉紧，月光漏进来，在床头的墙壁涂上一层银蓝的釉。曼芳觉得自己像一头衰败的牛，在梦里暗自反刍。

3

一夜无眠。

总算挨到天亮。曼芳费了很大的劲，把自己弄到单位门口，见杨莉已等不及了。坐进车，曼芳连打哈欠。这些年来，只要一失眠，第二天必定头脑涨痛，四肢无力。

穿过高峰路段，杨莉终于开口了。她说在师范同学中，她最佩服曼芳了。只有你在活自己。曼芳吃了一惊。这会子，她正对着小镜子搽隔离霜，手指用力一挤，霜泥落在黑西服的领子上。杨莉对着后视镜捋头发，不理会她的惊愕。车载音响里，带着金属光泽的歌声喷涌而出。"回到拉萨，回到布达拉；回到拉萨，回到布达拉宫……"杨莉拧小音量，回过头来对曼芳抬抬下巴道，记得那时，"河马"也就在县报上发表几块豆腐干，我们就崇拜得不得了，现在你可是真正的作家了。她上扬的尾音压过郑钧的歌声。曼芳放下镜子，并了并膝盖，轻笑一声。跟杨莉在一起，曼芳总感觉自己又回到二十多年前——满满的压迫感呀。杨莉轻哼了一声，不再说话。曼芳也不作声，她们像一对陌生人在歌声里一路沉默。

驶过老年公寓，穿过烂尾楼盘，火葬场隐现在一片密林深处。驶进大门便听到排炮的巨响，一群人披麻戴孝从火葬厅出来，手里捏着香，几个小孩子高举着白旗幡。他们的面前，一支铜管乐队一边行进，一边演奏《好人一生平安》。这哭丧的架势不亚于运动会开幕式，让人毛骨悚然。

千秋堂在正对门，杨莉挽住曼芳的手臂走过去。一位穿黑西装的中年男子与杨莉打招呼。杨莉对曼芳介绍说是同级校友，又指着曼芳说，我们的大才女，知名作家。中年男子抖了抖脸部赘肉连道久仰，分别递给她们一朵小白花。

她们跟着他走进去。曼芳一眼望见高悬堂前的照片。圆润的菩萨脸，头发稀疏，前额光洁，眼睛微微眯缝，标志性的宽嘴巴上翘着。曼芳闭了闭眼，凑近杨莉，艰难地问，这是"河马"吗？是呀。杨莉别过头，恢复了她的校长脸。她指着右手边的花圈道，我帮你买的花圈摆在那里。曼芳吁了一口气，做贼似的寻找自己的名字，竟然发现自己送的花圈混在人大、妇联、政协群里。你好歹也是头面人物了。杨莉如是说。

曼芳又忍不住抬头，看"河马"的遗像。她盯着嵌在菩萨脸上的小眼睛，试图在遗像中寻找当年摄人心魄的魔力。这样死死盯着，眼里竟没有泪水，只感觉眼睛像直视了太阳，又痛又涩，几乎快要睁不开了。迷糊中，她似乎看到有人捏着话筒走到台前。哀乐也随之奏响，如一股阴冷的风将多年前的记忆席卷而来。

年轻时的"河马"长着国字脸，五官棱角分明，剑眉浓密，微陷的眼窝里暗藏着一丝落寞。他的嗓音略带沙哑，却别有韵味。"过去为没有得到而伤悲，过去也曾为失去而后悔……"那是师范一年级，"河马"教唱的歌。那带着磁音的乐符总是随旧风琴氤氲散开……

有人在轻声啜泣。曼芳瞥见站在前排的一位黑衣女人在擦眼泪，站在她旁边的杨莉也在吸鼻子。曼芳却感到双眼像枯井，没有一滴泪。只有一个声音施了魔咒似的，在耳边翻来覆去唱着："过去为没有得到而伤悲，过去也曾为失去而后悔……"

哀乐声消失了。一个秃顶男人走上去，捏着话筒念悼词。这个秃顶男人有着洪亮的声音，尽管他努力压制着，声音仍从话筒里爆出来。他从"河马"的出生说起，罗列他一生的经历和成就，尤其是退休后，作为门球协会副主席，劳苦功高，为门球事业鞠躬尽瘁。下面有人窃窃私语。曼芳才明白念悼词的是政协原副主席，退休后做了门球协会主席。她恍然大悟——"河马"为什么看起来如此陌生，原来他早已归属于门球。

掌声，不知是献给"河马"还是献给门球，让曼芳疑心这不是追悼会。一位中年男子上去接过话筒，曼芳辨认不出是不是刚才在门口分发白花的那位。他大概是作为学生代表来悼念的，发言十分煽情，夹杂着痛惜和感恩。他冒着红光的莘莘脸震颤着，薄嘴唇报出一连串成功学子的名字。曼芳听到自己的名字也在其中。让她震惊的是，她的名字被他浓墨重彩了一番，并像指认嫌疑人一样说她就在现场。哗，似乎有很多人转过头来，目光唰唰聚在她身上。她缩了缩脖颈，恨不得变成一只鸵鸟埋进沙子里。

坤包震动，曼芳趁机跑出去。一个陌生号码。潇潇老师吗？一个浑浊的声音传来。我给您寄的信有没有收到？对方像一个迟暮老人，中气不足，嗓子里卡着痰。曼芳想问，您是哪位，一开口却径直说，收到了。对于这样的老者，最好顺着他的意思来。能不能帮我提点意见？好的好的，我有空拜读一下。她没等对方说完就挂下了。

已经是遗体告别仪式了。每人拿一朵白菊花，排队绕遗体一圈。"河马"装在不锈钢棺木里，身上盖着黄色绸缎被子。曼芳突然想起他当年握着毛笔，在四尺宣纸上写"大江东去"的架势：青灰色西装贴着笔挺的背脊，大笔挥洒，腕臂间似有万丈豪情。

有人握住她的手，冰冷枯瘦的手。一个羸弱的老女人，颧骨高突，焗油过的黑发根下冒出尖短的白发。这应该是"河马"的女人吧。二十多年前，她曾无数次想象他的女人，面容姣美，举止优雅，浑身散发着书卷气。可眼前这双手，分明不曾捏笔翻书，而是日日洗灶台刷马桶的。谢谢，谢谢！老女人点头致谢。站在她旁边的两个中年女人，都长着酷似"河马"的脸。曼芳惊了一下，他竟然有这么大的女儿。她们也握住她的手。她瞥见其中一位额头上的皱纹，顿然羞愧地别过脸。

手机再次响起。又是那个嗓音混沌的老者。刚才手机信号不好，他说道。曼芳没有说是她按掉了通话键。那几张国画是专门送给您的。对方的声音像只噎食的老公鸭。谢谢，我已经看到了。她胡乱答道。那我就放心了，下次我们约时间见面聊聊好吗。好的。她再次按掉手机。

有人走出来，很多人陆续走出来。杨莉捏着发红的鼻头说，这算是散场了，人生就是那么一回事。曼芳点点头，她回过头想再看一眼"河马"的遗像，已被人流挡住了。

回到单位,已过了饭点。曼芳随便搞了一盘泡面,吸了几口就不想吃了。拉开躺椅歪躺着,脑子里似有虫子在叫。小龙什么时候过来?她给那个男人发了一条微信。对方很快答复了:明日上午九点吧。好。她很节省地回答道。她用一张纸巾盖住自己的脸。上午的追悼会,她其实很想看一眼"河马"的遗容,但此情此景,终究不许。

　　手机震动,那个男人又发来一条:听说你老师仙逝了,节哀哟,呵呵。她盯着"节哀"两字,打了个战栗。突然想起,多年前,她曾跟他提起过对"河马"的情愫,他竟记得这么清楚!

　　她顿然睡意全无,坐起身,漫无目的地挑拣着桌面上的各类信件。她不能确定上午的两个电话与昨夜的信是同一个人所为。但她还是翻出昨夜手机拍下的地址,给老人寄上这本书。

　　那份"节哀",算是对我的关心吧。她旋转着固体胶想。当你注定要跟某个人彻底分离,又何必用放大镜细究他的每个毛孔呢。除了小龙,他已跟我毫不相干。

4

　　秋分过后,秋意越发浓郁了。空气里飘着桂花香,甜得让人发晕。手续终于办妥了,结束大半年的煎熬,曼芳并没有感到一丝轻松。走出民政局大门,她在台阶上踩了个空脚。小心!那个男人扶住她。一路走来,他始终扮演着谦谦君子的角色。有那么一瞬间,曼芳确信他本来就是这样的人。事实上,他只是个空心人。外表儒雅,内心冰冷,只是在小事情上表现得特别聪明。即使吃个煮鸡蛋,他都要讽刺她挑了个比他更白的。跟他在一起的十几年里,曼芳一直想明白他里面藏着什么珍贵的东西,就像牡蛎壳里是否藏着珍珠。可当她费劲地撬开他的外壳,发现那只是个空壳。

　　那日晚饭后回家,曼芳又收到了老人寄来的信。这回,曼芳记住了他的名字:林清寒。老人寄来一张照片。呵呵,有点民国范,清瘦的脸,笔挺的中山装,风纪扣扣得严严实实。细看他的眼,竟有"河马"当年的英气。老人在信里说，非常感谢曼芳这么快给他寄书，他很高兴。在秋日午后读曼芳的书，是人生的一大享受。一个读者最大的幸福，就是读喜欢的作家的书。他一改上次的俏皮幽默，试图与曼芳谈论贴近灵魂的话题，又欲言又止。信末，他约曼芳喝茶，说他们小区附近有个老茶馆，里面的普洱茶她一定会喜欢——读她的随笔集，他能闻到一股普洱茶的香味……

曼芳深吸了一口气。拉开窗帘，秋日清朗的夜空中，隐约见到山峰样的云团慢慢挪移，周围几颗星星微微闪烁着。这缥缈寥廓的世界，总有一些物质在互相呼应，慰藉一些孤独的灵魂。

她找了一张泛黄的老式稿纸，给老先生写了回信。脑子里盘旋了很多东西，落到纸上，却变成了一堆套路文字，无非是感谢赏识，然近日工作繁忙，又要出差，等忙后再赴茶约，云云。

曼芳用十分钟搞定了这封信，开始整理"河马"的古体诗集。这项业务是杨莉接来的。杨莉说，门球协会的老人得知有曼芳这么个人物，坚定了他们给"河马"出遗著的决心。诗稿都是杨莉发过来的。她说原本大多是手稿，她已经让学校里的文印室打成电子稿了。我们好歹要为当年的偶像做一点事吧。她在电话里叱咤风云，曼芳唯唯诺诺应着。有些角色最初的那一刻起就定位了，后来很难改变。但曼芳心中的反感却越发汹涌，冲击着她整理诗稿的热情，哪怕这是"河马"的遗作。

"课堂挥笔散芬芳，学校园丁育栋梁。妙趣横生成巧对，才思敏捷著华章。读书怨恨冬天短，教案情融夏日长。欢度青春收硕果，千秋大业永飘香。"一首《赞师》，从屏幕里跳出来，曼芳默念了一遍，头皮一阵发紧。这是"河马"写的吗？她分明记得他当年的词刊印在一本杂志里。记不清那是一本什么杂志，只记得封面上有一幅写意画，好像画的是某个古代诗人的头像。"长天万里秋霜紧，又见枫红。羞送征鸿，壮志如今已不同。"记忆中的图书馆很安静，窗台上的栀子花如仙子飘舞。曼芳甚至能听到自己的身体里发出乐音，像一架古琴若有若无地弹拨着。而此时，她也一首首翻阅着，试图让身体里的古琴再次弹拨起来。可惜，那些句子真叫人恐怖，不是"今朝逢盛世，载载透红光"，就是"风流人物看今日，璀璨瑶珠熠见辉"，让人哭笑不得！

终于，到了三十多页，曼芳读到了几句像样的。"无限意，与心同洗，不为红尘系。"这该是他年轻时的习作吧。"不为红尘系"，那么鲜亮洒脱的情怀，在时光的冲洗下，彻底消解，泛出恶俗的色泽。她真心不明白"河马"当年为什么要跳离教师岗位。走仕途，难道是他本性？生活到底怎么了，越往前走，越看到它的真面目，那裸露着伤口的疮孔。

一粒小甲虫落到书桌上，像个孤独少年，羞怯又莽撞地乱爬乱闯。曼芳突然忆起读师范时，每逢晚自习，教室里乱成一锅粥，而她总是一个人在走廊上，看自己被月光拉长的影子。旧风琴的声音从办公室里传来，咿咿呀呀的，唱着触动泪点的歌："过去为没有得到而伤悲，过去也曾为失去而后悔……"

小甲虫艰难地爬行挪移着，终于奋力爬上牛皮信封，在"林清寒"的字样边，停了下来。

5

生活又回到了庸常。朝九晚五上下班，晚上去娘家吃饭，回家读书写小说看电影。周五晚上去学校接小龙回家，周六忙着搞卫生，接送小龙去培训班。等到周日下午，那个男人会准时出现，把小龙接走。日子就像楼道里横七竖八的电线，无论包着胶布还是裸露着铜丝，好歹都得通电。曼芳默默做着这一切。很多时候，她骑自行车穿过小城，看到路边的香樟树悄悄生长偷偷换叶，会有泪涌的冲动。她越发迷恋黑夜了。在虚纱的时空里，肆意想象白日所缺失的种种。而沉醉于自己创设的小说世界，则是最便捷的通道。寂寞的人，就是喜欢这样自欺欺人。

"河马"的诗集出版了。出版社用了最快的速度。等曼芳拿到集子，杨莉说市新华书店里也摆上了。曼芳吓了一跳，急急翻阅着。序言是上次念悼词的那位政协原副主席写的，曼芳写了编后记。在编后记里，她以学生的身份，感念陈明鸿老师当年的教诲，并赞誉他的诗作真诚恳切，心血凝成。曼芳写完后记曾发给杨莉，杨莉在电话里诡异一笑，说作家就是不一样，也不枉你当年暗恋他一场！不许乱说呢。曼芳急叫道。我知道我知道,你们都太孤僻,独来独往的,大概作家都这样。她呵呵笑了几声挂下电话。这世界就是这样,你以为别人很在意的事,别人偏偏不在意;你以为自己守藏的秘密,却人人皆知。现在,"河马"的诗集搁在新华书店的书架上,又有几个人会去翻阅,能读懂"羞送征鸿,壮志如今已不同"的中年情怀;又有谁的耳际会响起他曾经带着磁音的歌声:"过去为没有得到而伤悲,过去也曾为失去而后悔……"

深秋的阳光到了午后,变得轻描淡写。曼芳对着诗集上青灰色的日光,发了一会儿呆。一个陌生女人打来电话,温润的声音里带着羞怯。是潇潇老师吗。曼芳说是的。对方说,非常冒昧打这个电话,想请您帮个忙。曼芳问什么事。对方顿了顿说,我的父亲很喜欢读您的书,一直有个愿望,想见您一面,不知您有没有时间。嗯嗯,曼芳应声着,没有反对也没有答应。我爸爸叫林清寒,跟您写过好几封信,前不久您也回过他一封信,不知您有没有印象,我爸爸是您的铁粉,非常崇拜您。她的羞怯渐渐褪去,话也多了起来。曼芳仍然嗯嗯应着。我爸爸在人民医院住院,行动很不方便,您近日有时间吗,我来接您。曼芳瞥了一眼写字台面,那几张题着老干部体诗歌的国画压在一本杂志下面,前些日子当茶托,宣纸染上了很大的水渍。也许吧……要是有空,我一定过来,可现在我出差在外,真是不好意思哟,替我谢谢你爸爸……她斟酌着字句,说得很慢。她在话筒里听到自己的声音很温柔很优雅,一点都不像撒谎的样子。对方有点失望地啊了一声,又赶紧说道,没关系,我们不知道您在出差,真抱歉,打扰您了。

按掉手机,曼芳发现自己的脸火烫火烫。她不知道自己为什么拒绝去看那个老人。她轻拍了一下"河马"诗集,大概自己不喜欢聊老干部体吧。

6

三天后,曼芳处理完手头的工作,请假出了趟远门。

她坐火车去了苏州。二十多年前,"河马"问他们最想去国内的哪个地方,很多同学说想去西藏,他却说想去苏州。他说苏州是林黛玉的故乡,是一块安静、温和、酝酿才情的土地。而在曼芳的概念里,苏州则是陆文夫、苏童、叶兆言生活的地方。这一趟,她去了寒山寺,又去沧浪亭、留园和拙政园。在拙政园里,曼芳看到昆曲团的年轻人在排《牡丹亭》。"良辰美景奈何天,赏心乐事谁家院……"她扶着一棵红枫树,呆望着。她手里捏着几朵白色的波斯菊,时不时凑在唇边。她想着自己应该忘记不幸的婚姻,还有"河马"带来的糟糕情绪。

秋阳隐去,冷风透过粗毛线衫渗入,她抱了抱身体。一个念头像鸟雀忽地飞过头顶。那位叫林清寒的老人,几次三番地套近乎,是不是有故事,想借作家的笔写下来。她打了一个激灵,急急翻着手机,快速找出一周前他女儿拨来的电话号码,回拨过去。对方听出她的声音后,抽泣了几声,哽咽道,父亲前天已经过世了。谢谢您,潇潇老师,我知道您是我爸爸的知己。

"则为你如花美眷,似水流年,是答儿闲寻遍,在幽闺自怜……"昆腔的声音嘤嘤呀呀,似绯红的落花随风飘洒。曼芳扑倒在石凳上,哆嗦着。手机里,老人的女儿说,追悼会是今天上午开的,等曼芳回来,想跟她见一面,有东西要交给她。曼芳哦哦应着,剩下的声音全卡在喉咙里,暗哑了。

后面的行程已成了累赘。勉强走了木渎古镇,曼芳已累得没一点力气。她原计划想去无锡灵山大佛一趟,此时已了无兴趣。

与那个女人见面已是一周后。那女人约曼芳到木禾小区的老茶馆喝茶。女人四十开外,长着跟他父亲一样的瘦脸,学生发,长袖旗袍外披着一条围肩,很清雅。她说,他父亲最喜欢到这家茶馆来看书听戏。听什么戏?曼芳端起茶碗问。昆曲。曼芳惊了一下。潇潇老师很懂昆曲吧。她问。喜欢听一点,谈不上懂。曼芳抿了一口茶。果然是好茶,虽说不上好在哪里,但舌头鼻子都很舒服。女人从手提袋里掏出一本书,是曼芳上次寄给老人的那本随笔集。这是爸爸做的插图,您看有没有领会文章的意思。女人把一缕头发挽到耳后,她的举手投足很显气质。上次我跟您打电话,我爸爸想亲手交给您的,结果还是不巧,真的很遗憾。曼芳垂下头,把自己的脸缩在长发后面。老伯怎么好端端的就过世了?她艰难地问。他长期一个人住,前不久去邮局寄信,摔了一跤,骨头坏死……女人哽住了,用纸巾捂着鼻子。可能他太寂寞了,时常做一些我们想象不到的事……哦哦,我知道。曼芳啜嚅着。

　　服务生来续茶水,烟雾袅袅腾起。曼芳趁机拿纸巾抹了一把脸。她不想让老人的女儿看到她蓄满泪水的双眼……

暖　汤

1

汤还在煤气灶上炖着，门推开了。素芬听到客厅里的动静。

"小耗子。"

茶几上的塑料水果盘落在地上，砂糖橘一路滚到厨房的移门外。素芬咳嗽着捡起地上的砂糖橘，吹吹外面的灰尘放回水果盘，又从茶几下面的纸箱里摸出几个新鲜的说："小郁叔叔在睡觉，快过来吃水果吧。"

小耗子把整个橘子塞进嘴里，皲裂的脸鼓成花皮球。一眨眼，汁水从嘴角里溢出来，橘瓣外的经络粘在下嘴唇。

"小饿死鬼。"素芬舔了舔小耗子的嘴角，"素芬奶奶还有更好吃的给你留着呢。"

煤气灶上，烟雾蒸腾。揭开炖锅盖子，素芬尝一口就歪了嘴。她舀出一点黑木耳、枸杞和红枣，洒上红糖。身后，小耗子拼命地吸着鼻涕。

"小耗子，小耗子……"门外的叫声像有人在抽鞭子。小耗子慌得放下手里的碗。

"别怕，咱躲起来。"素芬把小耗子推进卫生间，闩上门。那碗汤在茶几上孤独地冒烟。

"看见小耗子了吗？"对门的老婆娘提着拖把进来。她的头发乱蓬蓬的，好像刚从被窝里钻出来。眼睛乜斜，盯着茶几上的热汤。

"没看见，去楼下玩了吧。"素芬解下围裙拍打膝盖。

"这死小子，整天乱跑，等我找到了，揭他的皮。"

老婆娘走远了。素芬领着小耗子出来。汤已经不那么烫了，小耗子咕咚咕咚喝得见底。素芬捏捏小耗子的胖腮帮，眯着眼笑。

2

从家到玲珑小区不过两站路，素芬还是坚持坐公交车。揣在怀里的保温瓶像刚出生的婴儿，外面包了一件羽绒衣。汤在瓶里很安静，素芬一直迈上小区三楼，都没闹出声音来。

门开了，探出一张陌生的菱形脸。

"我找弯儿。"素芬抱紧保温瓶道。

菱形脸的女孩领着她走进屋。屋子里乱得像一张抽象画。许是养了一只黑猫的缘故，到处都毛茸茸的。

"知道你住这里，我就过来了，路挺好找的。"素芬将保温瓶搁在床头柜上。床头柜上摆着很多药瓶子，她着手整理。"身子最要紧，你这样糟蹋自己，不用说别人，我听了都受不住。"素芬说。

弯儿躺在床上，长发遮住了半张脸，纤细的手裸露在被褥外面。素芬鼓起勇气碰触了一下，那只手立马躲回被窝里。

"知道你委屈，这些年，妈其实一直惦记着你。"素芬试探着捏住被角，轻轻按捏着。弯儿曾经是自己的媳妇。现在自称"妈"，倒不觉得别扭，好像这个词，这些年一直挂在嘴角，从没丢掉过。

一股中药香飘来，久违了。应该是四年前吧，素芬陪弯儿从医院回来，找了砂锅熬药。黑乎乎的中药，素芬闻着很香，弯儿却怕苦。素芬哄了半天，她才勉力喝了几小口。

"一切都会好的。身体保养好，最要紧呢。"那时，素芬总是这样劝慰。

弯儿的眼睛里像装了水龙头，纸巾擦了一张又一张。素芬的眼圈反而褪了红,总不能伤心得没人烧饭吧。可是倒药渣时,素芬的脚还是扭了一下。医生说,弯儿流掉的是男胎。

现在,仍是这张苍白的脸,眼角一直溢出水来。素芬不敢再贸然擦拭。

"不只是妈的意思,小郁早就后悔了。年轻人,总是太冲动。"素芬絮叨着,端起药碗。菱形脸姑娘接了过去,一小匙一小匙舀着。弯儿闭着眼,一小口一小口吸,脸上很温顺。绿眼睛的黑猫呼地跳上床头柜,被菱形脸一巴掌拍下。

"死猫!"

素芬喉咙一阵紧张,她发现菱形脸的手骨硬得不像个女人。

3

走下楼,没听到瓶罐的碎裂声,真是万幸。弯儿如果不想喝她煲的鸭汤,直接推倒在水槽里就可以了。可一想起菱形脸那双硬邦邦的手,素芬还是莫名地担心瓦罐会被摔得粉碎。

回去仍乘公交车。外面实在冷,裹着空保暖瓶的羽绒衣,此时薄得像层纸。

公交车终于来了,是11路车,素芬攀住扶手上车。离车门第四排的爱心座,摆的是黄椅子,脚边有黏糊糊的口香糖。六年前,一个瓜子脸丹凤眼的姑娘给她让了座。姑娘很瘦弱,窄窄的肩斜挎着帆布大包,怀里还抱着长方形蓝色印花布的大袋。后来,素芬才知道里面装满了竹笛。

"我叫弯儿。"姑娘的丹凤眼会说话,素芬一眼就相中了。想着法子留下姑娘的联系地址,又约她去茶座喝茶,当年的确动了一番脑子。

"妈妈过世早,爸爸讨了后妈,我早就单过了。"茶室里,弯儿盯着菊花茶说。

"可怜的孩子,要是进了我家,阿姨把你当亲囡疼呢。"素芬盯着弯儿的长睫毛,嘴里到底没说出来。弯儿却受了感应似的,红了眼圈。

此后的一年,素芬几乎把所有的心思都放在弯儿身上,凑成一桩婚事,也真够难的。好在小郁对择偶不是很执拗。看看可以就好了,我无所谓,你看着办吧。这是小郁的口头禅。

弄不清是讨媳妇还是嫁女儿。所有的嫁妆都是素芬出钱置办的,大到联想电脑、西门子冰箱,小到双耳青瓷茶具、紫檀木笔筒。弯儿骨子里是个大家闺秀,素芬也跟着熏染了书卷气。等到弯儿纤细的手端着莲子茶递到眼前,羞涩地叫声"妈",素芬心里甜得发颤。

一不留神,公交车差点坐过头。下车后,素芬直奔站牌对面的乐器店。挂在墙上的民族乐器还真不少,笛子、葫芦丝、二胡……打着中国结的红穗子在乐音声中颤呀颤的。

"吹笛子要用丹田之气,不能用猛力。把笛子吹空,音色才妙。"弯儿给小朋友上课时,素芬喜欢倚着门看。笛声一出来,她就忘了做事。反而弯儿提醒她,煤气灶烧什么呢,快煳了,她才回过神来。

弯儿生了一只狗鼻子。

4

价格贵了点,素芬还是买下了那根 C 调大笛子。幸亏店主送了一个皮袋子,要不扛一根竹棒回家,叫人笑话。

"我去了一趟超市,没啥好买的。一个保暖瓶。"看到对门的老婆娘,素芬扬扬手中的东西。老婆娘正倚着门框嗑瓜子,眼睛乜斜着。瞥见满地的瓜子壳,素芬喉咙里忍不住泛起一股酸水。

去冬的那个雪天,大家都躲在屋里。小区的草坪上,几只觅食的麻雀啄着草皮。雪地上留下的几个大脚印,谁会想到是装摄像头的男人留下的呢。微型摄像头装在小郁婚房里,紧挨着吊灯,水晶体状的外壳,不明说,谁也看不出来。

"不好不要钱。"那个胡子拉碴的男人拍拍胸脯。素芬不太放心,等他们走后,躺在小郁的婚床上,四肢摆个"大"字。完事后,在屏幕里望见自己夸张的动作,素芬还是吓了一大跳。

小郁和文文的不和，也是那时才发现的。两个人上床前各干各的事，上床后也没有任何动作，像两兄妹钻进自己被窝。

做那事，他不喜欢熄灯的。四年前，弯儿曾经红着脸凑近素芬的耳朵说。现在想来，每天在饭桌上絮絮叨叨，对着小郁和文文反反复复一句话，快点生娃，快点生娃，真是够蠢的。

素芬正琢磨着怎么向小郁探问原委。两个人的战争先爆发了。那一晚，文文左右开弓打了小郁的脸。

"你凭什么打小郁?"素芬来不及关掉屏幕就冲进他们的房里。当年，小郁那样亏待弯儿，弯儿都没碰小郁一根汗毛。

"幽魂!"文文摔门而出。小郁疯牛一样冲过来，将素芬推翻在床上，然后光着脚追出去。

外面暴雪。素芬呆望着雪地上凌乱的脚印，好一会儿才回过神来。关门前，听到脚下的沙沙声，原来地上落满了葵花子壳。那日装微型摄像头，对门的老婆娘不是在嗑瓜子吗，这个多嘴的老巫婆。素芬一阵恐惧，喉咙像关了闸门，口水都咽不下了。

5

书房里，热闹得像夜总会。素芬端着汤进去，很不合时宜。她轻轻拧了拧音响按钮，小郁就跳起来。他置身于电脑电视的声色中，头对着空调热风，那些刚刚吐出的西瓜籽在拉开的抽屉里蹦跶。

"去看看弯儿吧，她病了。"素芬拾起满地的油画颜料，一支支扔进抽屉。不一会儿，两只手像沾满了鸡屎。"不要老待在家里，人都快发霉了。"

小郁依旧低头翻看画册。他披散在肩头的长发，像蒙了一层灰。素芬随手翻了一下架子上的油画，不由吸了一口冷气。那一张画里，外国佬的眼神熟悉得让人心惊。

那时，小郁不过七八岁吧。素芬绞尽脑汁，给他找了个老师学钢琴。第一天下课回来后，素芬问他喜不喜欢，他一声不吭，两只手拉扯着窗台的竹帘。第二次上钢琴课,素芬准备出门时,小郁不见了。一家人大呼小叫找遍了整个单元楼,都不见他影子。几乎要报警了! 素芬一个激灵,手掌遮着烈日,睁了睁眼,果然望见了他。天哪,他小小的个子,像根竹竿攀在书房外的防盗窗上。收起窗台的竹帘,努力将他拉上来。这小子的脸烫得像烤芋头。无论家人怎么盘问,他只用一种眼神盯着素芬。

钢琴课只能取消。素芬恨得满脸冒油。"我就不信治不了他!"她咬牙切齿道。

治得了他吗,这么多年了。当初苦心筹划他跟弯儿的婚事,那么顺当,那么和美,原来只是个幻觉。此刻,凌乱的屋子稍稍有些像样,可那碗汤还晾着。

"既然打算跟文文分开,就早点去办手续吧。我会想法子让弯儿回来的。"尽管喉咙里难受得紧,素芬还是硬忍着。

小郁忽地站起身,走向墙壁,掀开电闸箱。屋内一片漆黑。

素芬嗳嚅着,终于蹦出一句:"再拖,我就等不到了!"

6

小耗子的手总是那么凉。出门前,先给他冲个电暖宝吧。听到电暖宝里的沸水声,眼睛赶紧盯住那个红色小亮灯。红灯跳成绿灯,得立即拔掉电插头。爆炸了会怎样,素芬想象不出来。昨晚梦见一团烟雾,没来由地向自己扑来,感觉不是什么好兆头。

素芬捧着保温瓶。小耗子扛着 C 调大笛子,那样子挺可爱。要是弯儿的鼻子不那么灵敏,没有闻出小郁身上的口红味(那口红不是文文的,鬼知道),也该有个孙子跟对门的小耗子称兄道弟了。

来不及细想,公交车就到站了。两人雄赳赳气昂昂地走进玲珑小区。小耗子在身边,素芬心里有一种说不出的笃定。虽然小耗子自小不会说话,但他能吹笛。小耗子的笛子是跟弯儿学的。

"等会儿见到弯儿阿姨,给她吹一曲。"素芬叮嘱小耗子道。于是,敲门也有了气势,擂鼓似的。三次下来,门一直没开,里面传来噼噼啪啪的声音,听起来挺慌乱的。

门终于开了,菱形脸蓬头散发,一把拽住小耗子的手。小耗子哇哇叫着,C调笛子落在地上。

"弯儿不在吗,我给她煲了灵芝红枣桂圆汤,安神补气哟。"素芬道。

屋子里仍乱得像狗窝,菱形脸从地上抓起笛子,紧紧攥着,好像随时要砸下来。看见菱形脸的硬手骨,素芬有点怕,但一想到弯儿苍白的脸,心中的信念就坚定起来。稍等片刻吧,弯儿病快快的,能到哪里去呢。

小耗子要回了笛子,噘着小嘴吹起来。他吹的是《只要妈妈露笑脸》。这曲子很带劲,每一个音符都像玻璃球在地板上跳跃。素芬学着当年弯儿的样子,脚打拍子。黑猫喵叫着,窜到小耗子的脚边。

一曲未了,呜咽声像从一个酒瓮底里冒出来的。床上的被褥突然动了一下。

"弯儿,你在吗?"素芬几乎是扑过去的,太急迫了,脚踩到了什么硬硬的玩意。小耗子好奇地从地上捡起一截硅胶,黄瓜形的。

"赶快扔掉。"素芬看清了那玩意,打了一下小耗子的手。"花心公子,非他不嫁!"素芬认得这东西。给小郁收拾房间时,常常见到电脑里弹出来的广告。两个女人死死搂抱在一起,手里就捏着这玩意。那时,她才知道"同志"这个词,原来有新的含义。

"你们两个……"素芬拉住被角,哆嗦起来,"到底在干什么呀……"

黑猫窜过来,被菱形脸一脚踢飞。它惨叫着,跃到餐桌上。保温瓷杯慢镜头般跌落,在地上炸开花。暖汤洒了一地,极像昨夜梦中迎面扑来的烟雾。

7

老婆娘一巴掌下去,小耗子坐倒在地。

"你凭什么打他!"素芬几乎拼着命扑上去。老婆娘的瓜子壳唪得满地都是,她的手比菱形脸还有力,猛抓素芬的脸。

"小耗子,去,以后做素芬奶奶的孙子。"老婆娘斜着眼继续嗑瓜子。于是,那一场争斗,都只在想象中盛开,无声无息地熄灭。

"别打他,我带他去逛了超市,没去别的地方。"素芬强作欢颜,将手里的恒康瓜子递给老婆娘。老婆娘不客气地接过手。

关了门,素芬感到特别累,像二十多年前把小郁从防盗窗外拉进来,像五年前给弯儿置办嫁妆。那个大雪天,自己偷偷摸摸安装好微型摄像头,想监视小郁和文文的房事,也是这种感觉。那张喉镜化验单一直藏在包里,没有人会去翻她的包,自然谁也不知道她的病有多致命。除了对面的老婆娘,别人对她连一点窥私欲都没有。

"小郁,小郁……"她下意识地叫着。没有声音,原来只是自己的意念。喉咙卡得像刚刚吞掉那张化验单。

书房里,也没任何声息。电视开着,屏幕上一对男女指着鼻尖动着口型,听不到他们的对骂声,那样子够滑稽的。电脑也开着,瀑布样的屏保图案哗哗流着,几乎要从电脑里溢出来。小郁十岁时,曾缠着她要去庐山看瀑布,她始终没答应。到了二十岁的暑假,他不打一声招呼,就独自前行了。

也许小郁注定要一个人过日子。记得他三四岁时,跟着家人去亲戚家吃饭。亲戚中有人开玩笑说,小男孩要保护好自己的小鸡鸡哟,以后要生很多小弟弟的呀。

小郁一翻眼白道:"谁要小弟弟,让他自己生!"大家都狂笑,小郁流着口水叽里咕噜地叫骂。不知道在骂什么。素芬却听得很清楚。"眼睛白死你们,眼睛白死你们……"

他趴在电脑前死睡的样子,不是跟那时一样吗?口水濡湿了鼠标垫。他的鼠标垫上也画着怪人,眼睛白分分的。

汤还是再热热自己喝吧。素芬将炖锅放在煤气灶上。煤气灶上的焰火跳跃着,舔着锅底,样子挺美的。关掉火呢,什么都没有了,可时间还在走呀。有些东西没有了,也只是那么空落落的一下。

素芬端起碗刚碰到嘴唇,外面又传来小耗子的哭声。哭得那么伤心,那么猛烈，像火在身上烤似的。她哆嗦了一下，还是捧起碗。

孙子嘛，总会有的。闭上眼，做个好梦。大眼睛圆脸蛋的小子，要有多大就有多大。

奶奶！

痂

1

不管怎样,你一定要把刘琦请过来。沃燕抛下这么一句,搁下电话。

暮色开始降临,凉风携带灰色的雾霭,慢慢压下来。我斜倚着门框,擦着手机壳上的灰尘,感觉自己像一粒虫蚁被雾团吞噬。手指插进发丛,很快摸到后脑勺的一块陈痂。这块陈痂已经二十多年了,不断被我抠掉,又不断凝结。痂皮脱落后的伤口,不出血,只是一丝丝隐痛。有时,一小片痂牢牢攀住头皮,我使了猛劲儿都不能抠起,而周围的皮肤先麻掉了。

这个时候,手机总是受感应似的响起。张老师。果然是李欣然的妈妈。今天,然然在学校里惹事了吗?她说话的声音怪怪的,像有一只猫在喉头挣扎。也没什么事,李欣然忘了带科学实验册,又没主动去办公室认错,科学老师就让他多抄几遍。我吞咽着口水,对着手机斟字酌句。阳台上,长条子的白瓷砖泛着亮光。一只灰雀踮着脚在栏杆沿上蹦跳。它的尾羽一翘一翘,却没有一次能顺利蹦入瓷砖格子。

我明白了,谢谢张老师,明天我们然然恐怕要请假了。对方吸了吸鼻子搁下电话。我吁了一口气,后脑勺的那块痂皮也一鼓作气,被彻底揭起。回转身,刚好瞧见那只灰雀跳入格子,像获奖的小运动员昂着头,头顶那缕暗绿的细毛在风里索索抖动。它的背后,暗蓝的天空隐现了一弯眉月。我把手机放入坤包，随手带上办公室门。

空旷的走廊里，我听见自己的高跟鞋有节奏地击打着磨石子地面。

2

说起二十年多前的事，沃燕毫不费力。我却像隔了一层浓雾，很多细节都已忘却。

那个时候，刘琦又高又瘦吧，喜欢和体育老师打篮球。还记得吗，他总是穿得很寒碜，棉毛汗背心的破洞像蛛网，回力球鞋露出脚趾头。对了，他的小腿肚还有一条蚯蚓样的伤疤，怪吓人的。他要是抢到球，总是甩甩前额鸟毛一样的刘海，算是耍帅吧……微信里，不时传来沃燕鸽子般的笑声。我捏着调羹搅动杯里的咖啡，对着微信说：你什么都记得呀，我只记得他们常在下午第三节课后运动，直到放学才回宿舍，那时广播里好像天天唱《莫斯科郊外的晚上》……食指一松，我的语音也发送过去。说起往事，我的耳朵里总会莫名其妙地唱起一些苏联老歌。

沃燕却迫不及待地描述另一个场景。有一天不知是谁生日，他们打完球跑到刘琦的宿舍喝酒。还记得吗，我们几个女生被刘琦叫去收拾残局。他们的宿舍糟透了，门口就能闻到一股动物园的气味。屋子里简直是妖洞，刘琦和他的狐朋狗友围着发黑的双卡录音机跳迪斯科。"我的热情好像一把火，燃烧了整个沙漠……"一条语音微信只能说一分钟，沃燕唱了几句热情的沙漠，赶紧又发来一条。记得那日，我卖力地擦桌子，刘琦扭着屁股跳到我面前做公鸡打鸣的动作，当时觉得这动作挺逗的，现在想想，真下流呀……

背脊一阵凉风，几乎没听见开门声，刘琦捧着茶杯已立在身旁。什么时候进来的？我的右手食指疯狂地击打着返回键。手机像死机了，沃燕脆生生的声音无比清晰。老头子当时三十来岁吧，还没老婆，想想够闷骚的……电水壶里的水开了，万马奔腾的声势来得很及时，掩盖了沃燕口无遮拦的语音。

刘老师……我拎起电水壶给他续茶。隔着茶水腾起的烟雾，我瞥见他粗黑的眉毛很自然地散开着。李欣然没来上学，生病了。我把剩下的热水都灌入热水瓶里。嗯。刘琦哼了一声。他妈妈说您罚抄的作业,能不能晚几天上交。回到椅子,我随手抓了一支笔,在手指间转着。这个初中时养成的习惯,到现在仍保留着。罚抄?我什么时候让学生罚抄?他转过脸来,黑眉毛聚到眉心。搞七搞八的,他顿了顿茶杯。我手指间的笔没转稳,滚落在地。哦哦,那一定是她妈妈搞错了……

这会子起身跑向厕所,真是脚下生风。在厕所门口,我拨通李欣然妈妈的电话。那女人明白了我的意思,激动地在电话那端啜泣。老爷子忘记了,让李欣然明天来上学吧。我安慰了她几句就按掉了。天气很好,楼下的金桂树慷慨地放送着醉人的幽香。我踩着自己矮矮的影子,青蛙似的从这块地砖蹦到另一块。

3

秋阳匍匐在桌面上,电脑里轻轻哼唱着《喀秋莎》。刘琦去上课了,我独自一人在办公室,感觉像坐拥天堂。改作业累了,放下笔,对着阳光拨弄自己的手指,也是蛮有趣的。盯着墙壁上的手影,二十多年前的某个画面,乘着《喀秋莎》的歌声疾驰而来。

是深秋的夜晚吧,为了应付县科学竞赛,刘琦每晚都留我们几个开小灶。你要得前三名,你们至少进前十名……那时的刘琦穿着灰色大翻领西装,高举着教鞭,假装敲我们的脑袋。沃燕发出老鼠一样的尖叫声,日光灯跳了几下熄灭了。黑夜的袍子遮住了所有人的眼,清寒的空气突然热闹起来。大家趁着刘琦去找蜡烛,吵成一窝老鼠。

很快,脚步声携裹着菜香味飘来。一道光在走廊里晃动,刘琦像地下党出现在门口。他嘴里咬着手电筒,双手端着大钢筋锅。呜呜……他摇晃着脑袋,光线呼呼划在墙壁上。今天我犒劳你们,过几天你们都得犒劳我!他放下钢筋锅,从嘴里拔出手电筒,将一把筷子插在钢筋锅里,又从裤袋里摸出几根蜡烛点亮。开吃!一声令下,钢筋锅里筷子胡乱击打。吃完青菜肉末年糕,墙壁上像皮影戏开幕了,大家模拟着各类手影,孔雀、小鹿、兔子、猫……教室外,夜风吹刮着楼下的老榆树,树枝和落叶扑打着阳台栏杆。烛光跳跃,墙壁上像晃动着水波,让人觉得很不真实。刘琦也来凑热闹,他双手对拢,拇指紧扣,墙壁上出现一个水鬼……

有人敲门,是李欣然!他捂着胸,瘦削的脸像一张白纸。我扶他进办公室。怎么了,胃痛?他摇摇头,干裂的嘴唇紧闭着。我让他坐椅子上,他的右手紧握成拳不停地颤抖,好像受了极大的侮辱。刘老师批评你了?我抽了几张纸巾帮他擦拭额头的汗滴。他摇摇头,眼圈慢慢地泛红了。我翻看抽屉,发现没有一次性杯子,就洗了自己的茶杯给他倒水。他不说话也不喝水,只是咬着牙。我只好给他母亲打电话。手机只响了两声,对方就接起了电话。昨天然然说今天要考科学,我就有点担心……男孩的母亲说,她发颤的声音跟她儿子一样糟糕。

下课铃还没响,刘琦捧着试卷一摇三摆走进来。我突然发现,二十多年来,他一直保持着这种走路姿态。怎么回事?刘琦问。李欣然像被扎了一针,从椅子上跳起来。你坐,你坐着。刘琦拍拍男孩的肩膀。男孩还是往我这边靠。啥事都没有,不是在考试吗,他写了一大半,就黄汗直冒,脸也白了。老头子今日挺高兴的,他端起茶杯,往喉咙里灌。那咕咚咕咚的声音,让我想起当年他装水鬼的手影。他的手这些年已经硬得像铁钳子,右手食指和中指的关节很夸张地外凸着。等他喝完水,李欣然已缩着一团,死死攥着椅子背,似乎不让自己倒下去。

你是不是发疟疾了?刘琦瞥了男孩一眼,嘀咕道。不是不是。我扶住男孩瘦骨嶙峋的肩,不时往窗外看。窗外,隐去的日光又亮起来了。男孩的上身投射在墙壁上,很令我吃惊。那影子很像一个人,真的很像。刘琦眯起眼望了望男孩的影子,也不说话了。这时,门外响起急促的脚步声。男孩的母亲赶来了!

4

难得的周末,终于和沃燕见了面。地点是沃燕选的,在县城的时间仓。

二十多年前,这里曾是县城郊区的一家初中。初二那年,我们骑着自行车来这里参加科学竞赛。

我和沃燕在露天茶座里选了个位置。沃燕拍拍椅子的灯芯绒靠垫说,当初我们的试场就在这个位置,教学楼一楼最靠东的教室。我惊讶地望着她。二十年没见,她已变成了臃肿的中年妇人,脸庞的肉不可挽救地向耳朵铺开。但仔细看,眉眼还是跟当年一样,有一种无法掩饰的骄傲。她的嘴唇依然纤薄,涂了发亮的唇彩后,说话时翕动得更快。

该联系的都联系上了,大多数同学能参加。主课老师嘛,就小龙女不来。小龙女?我愣了一下,脑海中浮现出一个爱穿白裙子,喜欢嚼口香糖的年轻女孩。小龙女也快五十了吧。我轻拂了一下桌面。我们头上有一株造型别致的金桂,细密的桂花时不时落下来,撒在我们的茶杯旁。记得那时,教学楼的花坛里也有两株大金桂。下课后,小龙女捧着备课本袅袅娜娜地从桂花树下穿过,一直走到对面的办公室。她象牙色的裙子边沿绣着小花,藕一样的小腿肚在裙摆下若隐若现,小巧的白皮鞋脱兔般轻捷。不用说年轻男老师,那些开始窜胡子的小男生,也忍不住对着她的背影吹口哨。小龙女教政治,这么仙的女教师竟然教马克思主义,这比大猩猩说人话还难让我们接受。政治也是主课,隔壁班的班主任怀孕保胎,她临危接任。可不久,她就调走了。她只教了我们一年。

她不来参加,能理解。沃燕噘着嘴吹了吹杯子里的花茶。她喝的是玫瑰花茶。那些风干的玫瑰花经过沸水的淋灌,在水中慢慢张开,有些直接沿着杯壁沉到杯底,看着让人有点黯然。

因为刘琦,她不肯来吧。我喃喃道。那是肯定的。沃燕自顾滑着手机屏幕。你也这样想?我惊讶地抬头。当然了,明摆着的事嘛。沃燕说着,捂住嘴打了一个哈欠。

太阳像一壶酒倒在阳台上,我们身边的小花坛里,美人蕉、木芙蓉都慷慨地摇摆着身姿。吊挂在栏杆和桌子旁的小花篮里的野花,也像孩子们的零星笑声,此起彼伏。我拎起茶壶往自己的杯里续了水。我喝的是碧螺春,那些翠绿的叶片像穿着绿裙子的女孩,在杯子里旋舞。我不知道当年刘琦泼向小龙女的是什么茶。无论哪种茶叶,茶水肯定是滚烫的。要不,小龙女怎么会捂着脖颈急匆匆地直奔厕所呢。教我们历史的周老太太目睹了整场事故。她说,什么事情也没有,就是二班科学考得太烂了,他一生气抱起一叠试卷砸在小龙女身上。小龙女回顶了一句,他顺手抓过茶杯泼向她。

你们班活宝做的试卷,你看看!

他们考得差,跟我有什么关系?

你再说一句跟你没关系,你他妈的烂货……

周老太太年纪大了,可能是牙齿不好的缘故,说话时舌尖老是发出嘶嘶的尾音。她不得体的模仿,让人笑得肠子都要断了。

小龙女很快调走了。这些年,我再也没有见过她。此时提起这个人,我心头一阵嘈杂。我摸了摸后脑勺,那块头皮又结了厚厚的痂,在发丝间微微隆起。我用手指碰了碰,终于忍住没有抠这个小土包。

你跟他同室相处,天天挣扎在火海里吧。沃燕拨弄着手机,突然问道。我愣了一下,不应声。她望着我。我仰起头,脸庞对着金桂树漏下来的光线,努力让自己平静下来。

嗨,不来就不来呗,没什么,徐路也不来了。沃燕啪地合上手机套盖。她的手机盖是桃红色的,跟她指甲油同一种色泽。这个年龄了还涂得这么亮,不由得让人伤感。徐路也不来了。她又重复了一句,我才醒悟过来。你一直跟他联系吗?我问道。她摇摇头。最后一次离校后,我再也没见过他。我随意地说着,手伸向了小花篮。那里的波斯菊长得很诱人,粉嘟嘟的,实在忍不住想摘一朵。

我也很久没看到他了。沃燕喝了一口茶,舌头舔舔她的红嘴唇。她没往下说,我也就不问了。

5

天气越发凉爽。走在校园的梧桐树下,已有一点萧瑟的气氛。昨日整理抽屉,翻出初中毕业照,有些慨然。多年未见的同学,不知他们此时都在做什么。

叶片旋舞而落,同时落地的还有一个薄膜袋。两只灰雀啾叫着,从这根电线飞到那根电线,不知它们在斗气,还是在嬉戏。其中一只飞到我面前,踮着脚在原地蹦了几下,忽地向沙坑跃去。那微微佝偻的背脊,酷似徐路。

最后一次见徐路,应该是高二的深秋吧。夕阳坠山,冷风肃杀。县一中的食堂里,灯火隐绰,同学们默默站立着吃饭。残羹冷饭滑到喉咙里,让人直打寒战,但大家还是努力吞咽,以保证晚上继续"作战"。知道吗,听说你初中的老同学丢了五百块钱,这会儿还没来吃饭。我的饭友用臂肘捅捅我。我瞪大眼,含着筷子头,久久没有吐出来。

寻找徐路并不艰难,他佝偻的背倚着教学楼北面的池塘围栏,犹如一只熬不过冬的鹭鸶。他从初三开始,就不爱说话,总是蹙着眉埋头做题。进入县一中后,他继续自虐式的学习,政教主任批评熄灯后打手电的同学,他十有八九名列其中。政教主任天生一张损人的嘴,报了一连串名字后,总是文末点题:一群笨鸭!

你丢钱了?我问道。我们都穿着僧衣般的春秋校服。许是他太瘦的缘故,校服像一张纸贴在身上。你丢了五百块?什么时候丢的呀?我搓搓双手,插进裤袋。他不作声,眼睛一直盯着池塘里的枯荷。那些已成墨色的残枝败叶,在冷风中呜呜悲鸣。怎么搞的,这么多钱,你好好想想,被人偷了,还是忘在哪里了?我着急地拉扯他的胳膊。他回过头来,我不敢看他的眼睛——从初三开始,我就没有直视过他眼睛。我只瞥见他的颧骨发红,嘴唇干裂得像开犁的沟渠。我已经找了大半天,不会有了。他终于噎了一声,低下头,埋在臂弯里,肩膀像遭受了刑罚抽搐着。我叹了一声,轻拍他的肩膀道,这么大的事,不要自己扛着,还是跟大人说说吧……

我已记不起后来跟他说了什么。天色灰暗,冷风灌入衣领,像钻入骨头缝里。池塘背面的小山丘,在水里映出黑黢黢的影子。我们迟缓而简短的对话,像凄冷的雨滴落入水中。

第二天,我没看见他,也没去邻班找他。之后,便是大周末,大家都逃难似的回家。我因为哥来接我,顾不上招呼他。不想此番回来后,再也没有在学校里看到他。

他脑子出问题,退学了。我的饭友扒着饭,往饭碗洒了两勺菜汤。他们班同学都这么说,严重抑郁症,精神病的兄弟。她用筷子挑着浮在汤上的白菜叶。菜叶上,虫咬过的黑疤在汤里晃动着。我一阵恶心。听说,他老爸常年得肾病,家境不好,他自己成绩又差,唉,你应该比我更清楚。她叹了一声。我没有听下去,把大半碗饭全倒在剩菜槽里……

天空高远明净,纤薄的云团自由飘浮。此时,我突然很想知道徐路这团云飘浮到了何处。

张老师,张老师!一个女孩从操场另一边急急奔来。您快去看看吧,李欣然晕倒了。女孩干净的脸,被恐惧折成了一张地图。怎么回事?我拉着她向教学楼跑。我也不知道,上课铃响了,他还在写英语作业,科学老师吼了一声,他就晕过去了!

天阴暗下来,梧桐树呼呼往后闪现,让人疑心起了猛风。那些落叶像傩戏里青面獠牙的面具,迎头撞来。这个世界,真不知前面发生了什么!

6

接到李欣然母亲的电话,我正深陷在沙发里。紫罗兰丝绒窗帘在秋阳里轻轻拂动,投射到地上的影子如湖水轻漾。张老师……那个女人的声音像从另一个世界传来。她沙哑的嗓子,仿佛是半个世纪前的留声机在卡拉卡拉转动。

我恍惚了一下。这场景何其熟悉,仿佛多年前在梦中出现过。也许到了一定年纪,人会产生第六感觉,会发现世界上有些东西在冥冥之中早已注定。

我闭着眼睛,准备听她千篇一律的诉说。老师,本来我不想说这件事……她没说几句,就哽咽了。我从沙发里坐起身,两只脚在地板上摸索着寻找拖鞋,一只也没找到。读一年级的时候,口算比赛,我们然然总是错最多,他们数学老师每天放学后把他一个人关在教室里。她艰难地诉说着。

那一次,全年级比赛,然然紧张死了,大便拉在裤子里,数学老师就逼着他吃那个……

她说不下去了。我握着手机,光着脚走到厨房里给自己倒了一杯雪碧,又从冰箱里搞出一截冰块放在雪碧里。冰冷的液体滑入我的咽喉,顺利进入肠胃。不到三分钟,我的胃部就像被枪击了,隐隐地疼起来。我哆嗦着,用发颤的牙齿咬住嘴唇。这么多年过去了,我以为那些感觉已经淡忘,当它重新泛上来时,我才发现原来一切都不曾过去。

电话那头,女人啜泣着。她说李欣然很怕科学老师,她怎么劝都不肯来上学。老师,您劝劝他吧,他最听您的。这个可怜的女人哀求道。他爸爸呢? 我问道。女人沉默了半分钟,说孩子的爸爸很早前就离开他们了。

轮到我沉默了。我的右手扯着布沙发上的一根线头。沙发布是银灰的,这个线头居然是深紫的。我疑心自己的眼睛花了。女人嗡着鼻子,还在描述她儿子的状况。我按了免提,把手机搁在茶几上,低下头,两手插在发丝里。后脑的那块痂,不知什么时候被碰伤了,摸起来特别疼。

李欣然这个状况……我也无能为力。我对着手机支吾着。您随便怎么讲都没关系,他会听的。女人缠着我,像抓住最后一根救命稻草。他在你身边吗? 我问道。没有,我搁下电话后,您重新打过来,我让他来接。

我只好按照她说的意思做。我连续打了几个电话,对方都没接。就在我打算放弃时,李欣然母亲接起电话。她装作很惊讶的样子,跟我寒暄,又压低嗓音说,李欣然就在旁边,但他不肯接,我按了免提,你开始讲好了。

就这样说,对方没有任何回应? 我从后脑发丛中抽出手,又捏住沙发上的那根线。这回,我看清楚了,是银灰色的。我吸了口气,开始我的独角戏。我从自己的学生时代讲起,讲初二科学竞赛前的培训,又讲到徐路。我的脑子快速运转着,一段段往事经过我的加工,纷纷变形。那次科学竞赛,我们当然大获全胜。高中时,徐路虽然丢了钱,但同学们纷纷捐款,他深受感动,发奋学习,最后考上了重点大学。

日光聚在我身上,我满血复活,右脸颊至右耳垂火烤似的。等我的话语像疾驰的轿车缓缓停下时，对方终于说了一句话，老师，我懂了。

我按掉手机，双手捂住脸。泪水不可抑制地从指缝里涌出来。

7

周老太太坐上我的车，兴奋地搂住我脖颈。谢谢你们没忘记我这个老太婆哟！我心头涌起一股暖意。这么多年了，记不得她上的历史课，她馒头般铺开的脸和一双菩萨眼，却常在我梦中出现。

同学们都好吧。她笑眯眯地问。我点点头。其实，这些年，我跟谁都没联系。沃燕还是两周前才联系上的。你们班，当年跟你一起考上县一中的还有徐路？我嗯了一声。他真是不容易呀。她感慨一声。我怕她继续问下去，就说起了桥城中学。其实，也没什么好说的。二十年多前，我离开这里，六年后又回来，一直到现在。过去的日子就像空中凝滞的灰色云团。我没有兴趣去言说其中的任何一件事。你大学毕业后，一直在桥城中学教书？我说是的。刘琦还在吧？我说跟我同办公室。她很惊讶，望了我一眼，伸出她棉絮样的手，在我的大腿上轻拍几下。

现在他好多了。我自作多情地说道，按下了车窗。深秋的午后，路上的行人都穿上了风衣，把身子裹得紧紧的。他们一闪而过的脸显得那么混沌而迷离。前面红绿灯时，我对着后视镜照照自己的脸。我憔悴的脸，像一棵衰败的植物在暗自疗伤。

为了打破沉闷的气氛，我还是说起了刘琦。他现在到底怎么样了？周老太太一下子来了兴致。我随便讲了两个故事。一个是刘琦老是走错楼梯的事。我们的办公室在三楼，他却总是走到四楼档案室去。他拿着钥匙拼命开档案室的门。里面的老杨烦死了，来开门。"咦……""咦？""老刘，你又走错楼层了。"听我这么一模仿，周老太太笑得身子往后仰。她的笑声还像筷子打蛋，当年我们给她取的绰号叫"蛋鸡"。

再说说昨天的事吧。我咳了一声。最近喉咙里老有什么东西堵着，咳嗽几下，就舒服多了。学校里有人生孩子给每个同事发了面包，手撕的那种，您见过吗？知道知道。周老太太说，我们家常用这个当早餐。刘老师以为是蛋糕，竟然拿调羹使劲切，面包很硬，结果调羹的柄都折断了……

这一回，周老太太笑得捂住了肚子。你为什么不提醒他？我没看见，是他自己说的。我的两腮突然发酸。其实昨日见他切手撕面包时，我借口上厕所出去溜达了。我太了解他脾气了。遇到这种事，我一般都避而远之。可是，回来看见他举着断了柄的调羹，我又忍不住一阵伤感。

照你这么说，他快老年痴呆了，真想不到他也有这一天。周老太太笑得抹着眼泪。那倒不至于。我应声道，可是一个激灵，心头竟掠过一丝莫名的兴奋。

不觉中，车子驶入万豪酒店。看到大堂里的指示牌，瞥见一些似曾相识的身影，我突然想逃离。

8

无论沃燕怎么精心策划，到了酒店，一切都乱套了。拥抱嬉闹之后，大家开始神侃。来参加的老师不多，我也被安排在老师那一桌里。沃燕说，让我陪陪那些老头老太，我知道其实她有点担心刘琦。

周老太太和语文老师在交流佳木斯舞的跳法。数学老师跟思政老师谈论钓鱼岛问题。刘琦和体育老师讨论镇工会的那场球赛。说起球赛，我又想起前几日刘琦穿着"南极人"加厚棉毛裤在球网边跳跃的样子。那日，刘琦运动后，套上罩裤，径直去上课。下课铃响后，教室里传来爆笑声。我走出门，迎面撞见刘琦拎着备课本一摇三摆地走过来，罩裤的"大前门"敞开着，棉毛裤的灰色裤带像一条水蛇游在外面……

老了，老了，越来越不行了……体育老师拍着自己的大肚腩。男生们一波接一波过来敬酒。他们腆着肚子，问候老师的身体。大家无不遗憾地说当初没有听老师教诲，没有好好学习，以致后来没考上大学。我偷偷看他们，他们的眼神游离不定。我望了望天花板上亮如白昼的水晶灯，感觉一切都那么虚晃。倘若二十多年后，我的学生们也端着酒杯说着言不由衷的话，那真是我的失败。

一拨男生走后,旁边几桌传来高分贝的喧闹声,老师们都停下了筷子。沃燕跑过来,瞪大眼睛说,徐路来了。徐路?!你不是说他不来吗?我的手肘碰了一下酒杯,还好,杯子没倒下。我也不知道,上次打电话给他,他说在外地,赶不上,可现在他又来了,还给每个同学带来礼物。什么礼物?我站起身。沃燕拍拍我的肩,把我按回座位,抬头对着老师们笑了笑,跑走了。

我莫名地不安起来,小腹也隐隐鼓胀起来。我借口上厕所。走廊里很多陌生的脸跟我点头,我的目光却不停地跳跃。我在努力寻找徐路的身影,那苦行僧般瘦削伛偻的背影是他留给我的最后记忆。

从厕所出来,我踩了个空脚,身子倒在防滑地砖上。幸亏穿着平底的运动鞋,脚踝没有扭伤。但膝盖疼得不行。我扶着墙,揉着膝盖,四周没有一个人,我很想哭。

没事,一切都跟我无关。我若无其事地穿过过道走向自己的餐桌。老远处,看见五六个男生围着老师在敬酒。张宁,你还认得我吗?一个高个子男人跟我打招呼。这个穿黑色风衣,身板结实的男人,就是徐路?!我回到自己的位置端起酒杯。忘记我了吧?他努努嘴,嘴角拉下两条难看的凹痕。我摇摇头,轻笑着,怎么会呢,只是你变化好大呀。哦,是吗,我变得帅多了。他换了一只手捏酒杯。我以为自己的眼睛花了,闭了闭眼,还是很清楚地看到他的右手出了问题。他缺了一根手指!

感谢刘老师当年对我的严格教育。徐路高举酒杯晃动着手腕。他的断指像一面折断的旗帜,在灯光下飘扬。

你的手,怎么了?刘琦眯着眼睛问。刚才他喝掉了半瓶红酒,脸已红得像猪肝。我的手呀,徐路咳嗽了一声。做五金,轧断的。他随意说道。

做五金,你不是考上重点高中吗?刘琦抬抬眼皮,竖起他的右手食指,隔着空气点点徐路。徐路拿起酒瓶走到刘琦身边,凑近刘琦的耳朵说,我考进县一中后,读书像傻瓜,成绩老垫底,觉得没意思,就退学去做五金了。他给刘琦倒酒,刘琦双手盖着酒杯连声说不要了。

您这么不给我面子!徐路用他有断指的手很用力地掰着刘琦的手,刘琦哼了两声,就松开双手。红酒像骤然涨起的潮水,几乎要溢出杯口。刘琦盯着杯子发了一会儿呆,才抬起头。

我记得你读初中时,成绩很不错。刘琦大着舌头说道,他的脑袋很奇怪地摇晃着,眼睛一睁一闭。啊哈,老师您的记性真好。徐路笑起来。当然了,初中时,我的科学特别好,好得连自己都不敢相信……他的笑声有些怪异,一桌子人的目光都聚过来,但徐路却毫不顾忌。

您的记性这么好,那您应该还记得当年那些事吧?

不记得了,现在记性差得很!

记性再差,也不会忘记一些事吧?

真不行了。

那您还记得当年带我们去参加科学竞赛吗?

这个倒记得。

您还记得小龙女老师吗?

哦,她呀,多年没见了。

您知道她当年为什么调走吗?徐路突然抬高声音,抓起酒杯仰头猛喝。所有的人都吓了一跳。

你问这干什么?刘琦也被吓住了,他揉揉眼睛,似乎想看清徐路的脸。

还有您宿舍的玻璃窗被人砸破的事,您总还记得吧。徐路碰了一下刘琦的酒杯,阴阳怪气地说,您下手那么毒,真冤死我啦。

刘琦像被人扇了一巴掌,猪肝色的脸瞬息铁青。他捏着酒杯,摇摇晃晃地站起来。你在说什么,你再说一遍……

哈哈哈……我原以为您是个神,能一手遮天,没想到,您终于也老了,竟然什么事都不记得了!这叫什么,哈哈哈……

徐路狂笑起来,像一只悲伤的鹅。一桌人很安静。我望着刘琦扭曲的脸,感觉腮帮一阵痉挛。徐路用他的残手握着酒杯,在空中画了一个大圈,潇洒地甩甩黑风衣,向另一桌走去。

他妈的,畜生。刘琦重重地拍了一记桌子。他高瘦的身子摇晃着,摇晃着,猛地往后仰去,椅子连带着他的身子翻倒在地毯上。

老刘，老刘……同桌的老师们惊叫着。满杯的红酒像血液在洁白的蕾丝桌布上蜿蜒，一滴滴滑落在地上。

9

约沃燕一起去看刘琦，已是半个月之后。深秋的寒气并没迎来初冬的凛冽，天气反而燥热起来。我跑到校门口，坐上沃燕的车，又闻到了桂花的幽香。之前的半小时，我挽起衬衫袖子和孩子们一起打扫卫生。李欣然用了擦玻璃器，把靠走廊的那排玻璃窗擦得透亮。这半月来，他苍白的脸开始有了血色。

沃燕坐在车里，戴着墨镜。她的车载音响里正播放瞎子阿炳的二胡曲。我一坐进车，她就关了音响。听呀，继续。我拍拍她的肩头。她没有回头，直接发动汽车。

没有音乐，一路沉默。我滑着手机屏，翻来覆去按着360清理大师。望着那些垃圾雨点般被吸到大刷子里，我有一种说不清的畅快感。这么多年没见面，没想到他变成了这样一个人。沃燕哼了一声，掀起头顶的遮阳盖。我合上手机盖，拉下车窗。天空难得的透蓝，洁白的云层一团团的，很像棉花糖。

车子驶上园丁路，我望见了田野尽头的那片树林。这是以前学校的后门，你记得吗？我没头没脑地说着。当然记得，以前我们常来这里玩。沃燕转过头来，对我笑笑。当时，我们玩什么来着。我闭上眼拼命地想。我的脑子像失忆了，怎么也想不起那些场景。

有一件事，徐路没告诉过你吧。我睁开眼，鼓起勇气。沃燕打了个喷嚏叫道，你以为他跟我什么关系呀，初中时，是我暗恋他！我没有被她的直率逗乐。我摸着后脑勺隆起的山丘，目光越过田野，进入树林。那年科学竞赛的事，你还记得吗？我没等沃燕应答，忘我地说下去。

那年的科学竞赛，我们惨败而归，除了沃燕，谁也没有进前十。徐路还不幸在全县垫底。刘琦像一个失恋者，整天在球场上消耗他的荷尔蒙。适逢初冬,雾气像扯不清的白布,笼罩着整幢教学楼,上课铃声也像融化在雾团里。那日铃响后,刘琦顶着雾团走进教室,谁也没看见他的身影。大家都分秒必争地赶着作业。徐路写得很专注,刘琦咳嗽好几声他都没反应过来。上课大半天了,你他妈的还在写语文。刘琦像一只暴怒的狮子扑过去,撕烂了徐路的语文抄写本。

这事,我记得,当时我们都吓了一大跳。沃燕点点头。车子已经驶上国道,将那片树林远远抛在后面。我还记得,第二天刘琦在办公室里叫骂,说他宿舍的玻璃窗被人砸碎了,他怀疑是徐路干的。我惊讶地望了望沃燕。是我唤起了她的记忆,还是她本来就知道这些事。

之后的周五下午,学校里大扫除。同学们忙完后,早早放学了。我独自一人从学校后门出去,绕近路回家。走过那片树林,我听到奇怪的呜呜声,像一只受伤的猴子在哀号,让人毛骨悚然。我躲进树林,瞥见徐路的书包扔在不远处的杂草堆里。他的军绿色挎包——我们班唯一的"文革"挎包。

我看到了他们!

谁?

刘琦……

我突然说不下去了,双手捂住脸。沃燕没有急迫地追问。刘琦在狂扇徐路耳光,可怜的徐路靠着树扭动脖子……我咽了咽口水,艰难地说着。我吓蒙了,拼命往外跑。

我大口大口喘着气,往日的一幕仿佛又铺展在眼前。刘琦的铁掌手发出脆亮的响声,他咒骂徐路恩将仇报,砸他宿舍的窗玻璃。徐路极力辩解着,告饶着。我在那个小树林里疯狂地奔跑,终于摔倒了,一根荆棘狠狠地扎进我的后脑勺……

沃燕停了车,抽了几张纸巾递过来。我用纸巾捂住脸,伏在她肩头。

他抽他耳光?我睁开眼,发现沃燕的眼圈已泛红。我吸了吸鼻子道,你还记得吗,徐路后来有一星期没来上学,大家都说他被毒蜂蜇伤了脸。我慢慢平静下来,张张嘴,卡在喉咙口的鱼刺,总算被拔掉了。这么多年了! 我向车窗外呼了一口气。

那时候，徐路那么胆小那么羸弱，怎么可能干这种事呢？沃燕苦笑着。想想那时，真是可笑，我还以为他一星期不来，是因为我给他写信，真是太自作多情了。她从车兜里拿出一罐木糖醇递给我。你要不要？我拿了一颗。

　　车厢里，立即充满清凉的薄荷味。沃燕和我都平息下来。窗外，秋阳如酒，路边的高压电线上，几只灰雀在自由地跳跃。我特别不希望它们整齐地从这根电线蹦到那根电线。车子很快就要到人民医院了。我却又有了讲故事的冲动，想给沃燕讲讲李欣然。这世界，有太多人被莫名地折磨着。当然，现在我们只能顺着车流，驶入人民医院，去住院部6楼看望中风的刘琦。他也被突如其来的事故折磨着，正躺在病床上受罪呢。

顺　眉

1

天亮了,总要起来的。拉开窗帘,一道强光射进来,素素举起手背挡住脸。昨夜闹得太晚了,眼睛还睁不开。

素素很困,但不敢打哈欠。穿戴一番,踮着脚出了卧房。客厅里静悄悄的,墙壁上的红双喜泛着光,花花绿绿的彩带嘶嘶飘舞。那一边,卫生间的门虚掩着,正想推进去,里面哗啦一声,她赶紧后退。

"这么早就起来了?"婆婆还穿着睡衣,一脸困倦。

"再睡一会儿呀,咋晚累了吧?"

她笑了一声,不知道该不该进去。

"你先用,我给你们做早餐去。"

不知怎的,婆婆的脸绷得紧紧的,让人紧张。

"树青起来了吗?"

"还睡着。"

盥洗台的镜子里映出婆婆的背影,她走向厨房,临到门口,又转弯拐到他们的卧房。

一眨眼的工夫,老人从卧房里出来了,脚步挺快,左手臂甩得挺急。不久,厨房里传来铲子击打铁锅的声音。素素在卫生间里随便涂了一下脸,也钻进厨房。婆婆像没看见她似的，自顾自忙着。素素小心翼翼地将碗筷捧到餐桌上。

很快全家人都起来了，围着餐桌吃早点。树青顶着一头乱发，打着哈欠来抓油条。

“还像个小孩，洗手去。”婆婆啪地打掉他的手。

树青对素素扮了个鬼脸。素素低头偷笑，耳边响起婆婆的喝粥声，稀稀呼呼，挺猛烈的，恨不得连同碗都吸进去。

2

认识家敏的时候，素素还不到八岁，梳着两根丫头辫。家敏大素素一岁，个子却比素素矮，剃了个茶壶盖头，惹得素素老爱摸他脑袋。

第一天见面，他们就玩在了一起。素素奶奶家后门有个小竹园，两个小孩窜来窜去，头发上粘满蛛丝，竹叶与鸡毛在他们身后飞舞。

园里的凤仙花东倒西歪，花瓣剁碎后，全涂到素素的手指甲上。家敏噘起的嘴巴也红嘟嘟的，像个女孩子。竹园边的阴沟里铺满了革命草，叶片厚实，茎粗而中空，一段段摘来不撕断，挂在颈间，就当是翡翠项链了。

断瓦片到处都是，翻个面朝上可作碗碟，摆上从老母鸡嘴里夺来的几条蚯蚓，算作荤菜。素菜应有尽有，马兰、荠菜、灰灰草和各种花的叶片。办家家的游戏总是玩不腻。

“我们还要一个小宝宝。”家敏在他外婆的床上胡乱翻着，“我做爸爸，你当妈妈。”

素素闻到一股刺鼻的尿酸味。印满木槿花的粗布床单上，似乎有淡淡的水印。

“妈妈在家抱小宝宝，爸爸去上班啰。”家敏把一个露着棉絮的小枕头递给素素，尽管不情愿，她还是捂着鼻子抱在怀里。

接下来，“爸爸”在菜园里锄地，“妈妈”一手揽着“宝宝”，一手“炒菜”。过日子还真不容易。

没玩多久，"宝宝"被家敏的外婆夺走了。

"这么臭，我才不稀罕呢。"素素讨厌这个满口烂黄牙的老太婆。

"我们可以自己生一个小宝宝呀。"

幼儿园老师不是说过，男人跟女人一起睡觉，就会有小宝宝的。

"亲亲我。"

素素指了指自己的脸，家敏的嘴凑上来，啃了啃她的左脸。

"痒死了。"她忍受着这臭小子的唾沫鼻涕。

他们咯咯笑着，并排躺在泥地上。蚂蚁在他们耳边爬行，竹叶三三两两飘落下来，盖住他们的脸。素素张开小手罩住家敏的眼睛，光斑在她手背上星星般跳跃。

"我憋不住了……"

这小子突然跳起身，来不及跑远，裤子就湿了。那根蚕宝宝似的小东西，对着竹子猛射。

"不许看我的小弟弟。"

"我已经看到了！"

她拍拍手，脸红扑扑的，好像自己已经是生过小宝宝的女人了。

3

这个城市其实也没有上档次的茶座，婆婆炫耀说我们城里人怎么样时，素素总忍不住暗暗蹙眉。

素素喜欢边喝茶边听王菲的歌。可惜这个包厢的点歌系统坏了，什么都听不了。

"我妈这人就这样，有些事，你别往心里去。"树青盯着茶杯说。

"没什么呀，我又没做错什么，问心无愧。"

桌面上浮着一层水，素素抽了张纸巾擦拭着。擦到最后，手指也跟着滑动，桌面上出现水印的图案。

"你还记得小时候的事吗？"

"小时候?"树青有些莫名其妙。

"十岁左右吧。"

"你知道我十六岁才跟着父亲到城里安家的。原先也一直在农村,我玩的估计你也玩过,没什么特别的。"

树青捋着下巴,没事做的时候,他喜欢在自己身体上东捏捏西摸摸,也常常在别人身上找目标。素素最讨厌他这样了,像得了多动症似的。

"说出来挺丢脸的,我到十二岁才学会骑自行车,有一回冲到河里,差点淹死。"

素素笑了一下,喝了口茶,轻轻跺跺脚。学骑自行车的事,她是不愿提起的。那年她才十岁吧,春天,爸爸刚买了一辆永久牌28寸自行车,真让人眼馋。在表姐的怂恿下,素素好几次偷偷推着它出门。

当时个头太小了,车垫子又很高,脚只能伸在三角档里,踩着脚踏板半圈半圈地绕行,身子一抬一抬弹簧似的收缩。自行车后面跟满了邻居小孩,大家一路追到小镇的沿河长街上。那条水泥路是村里最好的骑车场所,从东边的桥头墩沿着斜坡冲下去,整个人都会飞起来。

要是"大屁股"艳红不来就好了,村里的孩子都讨厌这个野丫头。她太霸道了。剪马兰,她霸占最好的地盘;跳皮筋,她只跳不绷绳;谁有好吃的没去"孝敬"她,她就有法子让别的孩子都不跟他玩。

那一天,素素他们玩得正尽兴,"大屁股"出现了。素素不情愿,但惹不起呀,只得将自行车让给她。车子到了她的手里,似乎成了玩具,两片大屁股像两袋大米重重压在坐垫上。听着咔嚓咔嚓的声音,素素感觉那车轮子一圈一圈碾过自己胸口。

"大屁股"没骑十分钟,她父亲鼓着张猪肝脸,骂骂咧咧地过来了。他是个酒鬼,喝醉了酒,爱找家人出气。那天,也活该"大屁股"倒霉。她父亲手里提着一根门闩,一见女儿就打下去。"大屁股"扔了车子撒腿就跑,但是门闩还是追上了她的屁股。大伙儿笑起来,大家从来没有见过这样快乐的场面。

素素又骑上车,笑声比车轮转得还快。那根大门闩有节奏地挥舞,素素笑得弯了腰,踏脚从半圈变成整圈。在桥墩转弯时,迎面蹿出一辆老爷车,她躲不及,也刹不住,终于在飞速下坡时应声倒地。

车轮的钢圈刺啦刺啦朝上打着转。血从大腿蜿蜒流下,滴在白花花的水泥地上。素素吓傻了,望着变了形的钢圈和地上的"月月红",竟忘记了哭。到医院急诊后,她的右腿和左臂都上了绷带。小便的时候,下面疼得厉害,素素才发现自己伤的还不止手臂和腿。

那天晚上,停电了。昏黄的烛光中,素素望见妈妈红着眼圈,爸爸黑着脸。他叫嚣着要去找人算账,最后被妈妈哭着拉住了。

从此,素素再也不骑自行车了。上中学后,学校离家很远,她也是默默地独自来回走。

"你几岁学会骑自行车的?"树青捏住素素的一根手指。

"我不喜欢骑车。"素素抽出手。她转了个身,掏出手机,对着屏幕照了照,想看看自己的眼睛是什么颜色的。

4

晚上,素素总要在书房里待到十点左右才回卧房。其实也没做什么,看书,聊天,玩游戏,都是些做女孩时的习惯。结婚后,个人自由时间少了,洗洗刷刷,忙完那些俗事,已过了八点。

"老婆,来陪我嘛……"

卧房与书房只隔了一道薄薄的移门,素素装作没听见。那头窸窸窣窣,素素就紧张起来。

"你看会儿电视吧,我玩完这局就过来。"

素素手指紧紧按着鼠标。玩的游戏挺低级的,是那种小孩子热衷的"植物大战僵尸"。"僵尸"一拨拨逼近,"植物"将它们轰倒,她的手心都出汗了。

"来了没有?"

树青的声音都变了。男人撒起娇来,让人起鸡皮疙瘩。

素素最怕树青黏她。没结婚前,他就喜欢动手动脚,摸摸她头发,捏捏她脸蛋,拉拉她鼻子。有时趁她不注意,隔着衣服在敏感区偷袭一下也好。

那一次,他喝了点酒,壮了色胆。在她闺房里吻了她的脸后,竟将她按倒在床上。他涎着脸说:"我睡在这里行不?"挣扎中,素素护着自己的身体,翻腾得精疲力竭,可头脑十分清醒。终于,她腾出一只手来,给了他一个耳光。他被打蒙了,松了手。她整理着凌乱的衣服,没有哭,嘴唇却咬出了血。树青紫着脸回去了,好几天没来。再相处时,他收敛了许多。时日渐长,他虽然免不了旧病复发,倒也不再过分。发乎情止乎礼,他常无奈地自嘲。

关掉电脑,挪开转椅起身,素素听到卧房里传来的说话声。婆婆是尖嗓子,她的声音压得再低也能穿透门板。小时候,听妈妈说一个女人最怕有两副嗓子,平时说话装小鸟叫,骂起人来像撕破布。婆婆就是妈妈说的那种嗓子。

"您想到哪里去了,胡说什么呢。"

"最好她不是……我不管,反正我就等着抱孙子。"

"这才几天呢……"

隔墙有耳,什么都能听到。脚步声近了,素素赶紧坐回转椅,装作翻书。脚步声又远了,说话声也轻下来,几乎是耳语了。她松了一口气,无聊地推拉书桌的抽屉。最下面一个抽屉没上锁,拉开来,里面有一叠东西,硬硬的像是碟片,用塑料袋一层层包着。原来是四五本奖状,丝绒面都褪了色。压在最下面的还有一个盒子,盒上有一对男女拥抱着的图,下面写满英文字母。她好奇地打开,手触到一个橡皮圈,便明白了。

"老婆,可以睡觉了。"

移门突然被拉开,素素吓了一跳,赶紧用脚推拢抽屉。

"你不是来那个了吗?早点休息呀。"

5

虽说婚假有半个月,落下的活儿都得自己干,早一日上班反而更踏实。这次回去,同办公室的人见了她突然客气起来,好像她出嫁后,已不属于这里了。特别是那几个男生,拘谨得要命,竟改口叫她素素姐。接电话的时候,她依然像往日那样蹦蹦跳跳,一转身,撞到了他们怪怪的目光。真该死,好像她从婚床上起身后，就必须是个袅袅娜娜、风骚十足的少妇了。

刘姐是最后进来的，在她对面坐下后，盯着她足足十来秒，爆笑出声。

"素素，你这样不行的哟，怎么能这样欺负树青呢？"

"你说什么，刘姐？"

刘姐指了指她的眉道："你的眉毛顺着呢，自己还不知道？"

"刘姐，眉毛都能看相呀，你真是看相大师了。"

一个女孩凑过来，刘姐摆摆手。

"眉毛当然有学问啦，眉毛很整齐的说明是处女，乱糟糟的，嘿嘿，已经不是黄花闺女啰。"

"谁信哪。"素素猛喝一口茶，烫得她直吐舌头。

"不可能吧。"女孩嘟囔着，从抽屉里掏出一面小镜子，仔细照着，用眉夹拨弄自己的眉毛。

下班时，树青来接素素。刘姐乜斜着眼，努努嘴跟树青打招呼。

"小伙子，你可不能欺负咱素素哟。"

素素拉着一脸茫然的树青，赶紧逃走。

6

依然两个被窝。

被窝里的夜，漫长得让人窒息。没有鼾声，树青的睡相挺可爱，向右侧身，右手托着腮，活脱脱一个美人相。

闭上眼睛，耳朵里灌满沙沙声。素素下床，趿着拖鞋踅到窗前，想看看外面是否下雨了。让她惊奇的是，非但没有雨丝，天空中月华如水。摸着黑上床，发现旁边的被窝已动过了。素素刚爬进自己的被窝，就触到了一只手。她吓了一跳，来不及多想，那只手已揽住了她的腰。

"别碰我，身子还没有干净呢。"

"我知道，你放心。"

看得出，他很清醒。原来他蓄谋已久，她不由打了个寒战。

她的手被他死死捏住，动弹不了。他指引着她的手前进，从胸口往下移，来到腹部。她僵直着，负隅抵抗，仿佛他光滑的肌肤下面藏着一盆火。当手指触到腹部下面毛茸茸的东西时，她拼死抽出了手。

　　"你……帮我弄出来好吗？"他说得很艰难。

　　她摇摇头，蜷缩成一团。

　　"别怕，我们总得有个开始吧，你现在是我老婆了。"

　　他咬着她的耳朵，手又伸了过来，这一回柔柔的，带着温情。他像章鱼试探了一下，捏起她的手，吻了吻，才小心地放到自己的下面。

　　"我会爱你一辈子的。"

　　他握着她的手上下抽动起来，她觉得自己的身子在慢慢变凉，渐渐凝成一块冰。耳畔传来嘎吱嘎吱的声音，随着手的节奏越来越响。

　　"什么声音，楼下？"

　　她睁大眼睛，黑暗中看见微小的星光，萤火虫般飞舞。

　　他有戏了，微微喘着气。

　　"哪来的声音呀，宝贝，这时可不能开小差哟。"

　　"真的，像有人在纺石棉，你仔细听。"

　　"没有的事……不要再说了。"

　　她手里的东西突然软了下去，他有些懊恼地松开了她的手。

　　"怎么办？"她有些愧疚。

　　"唉，算了，初次失利，看来急不得，我也不勉强你了。"他翻了个身，背对着她。

　　眼睛已经湿了，但她不敢吸鼻子。过了五六分钟，他回过身来，拍拍她的背。

　　"睡吧，明天还要早起出差呢。"

7

　　楼下住的是一位有腿病的老太太，每天早起早睡，由保姆搀扶着锻炼。

但这几天不知怎的,到了深更半夜,那嘎吱嘎吱的声音也会隔着楼板传上来。

曾经有一段时间,素素很喜欢听这种嘎吱声。那一年,她家刚刚盖了新楼,欠了一屁股债。母亲重操旧业,在柴房里纺石棉补贴家用。一团团石棉在轮子的快速转动下,拉成细长的棉纱,真是件好玩的事。素素总是趁母亲忙别的活时,偷偷戴上口罩,坐上石棉车。望着手中的石棉刺啦刺啦地被拉成长线,素素感觉自己已长成妇女了。

缴石棉也是素素乐意干的。背一个小箩筐装上纺好的纱团,来到石棉厂,过秤后上缴,换工钱,再称一些石棉团回来。去石棉厂的那条道,素素闭着眼睛都能走。穿过集市,过桥往西拐,走过一条石板路,钻进一条二十多米长的里弄,再走上三四十米路就到了。

无疑,那条狭长的里弄是个好去处。跟家敏一起疯玩时,他们几乎天天泡在那里。冬天奇冷,为了摘到里弄顶上的冰棱柱,素素踩在家敏的肩头,常憋得家敏尿裤子。夏天,风儿穿弄而过,在这里磨叽整个下午,光着膀子也不会晒成黑泥鳅。他们捡来断了的黄砖当粉笔,在布满青苔的墙壁上写骂人的话,顺便涂画些脏话中的器官。

那日黄昏,夕阳红得像一碗鸡血。素素背着装满石棉团的小筐往家走。小筐晃晃悠悠,击打着她日渐圆润的臀部。走到石板路,她踩在几块凸起的青石板上晃荡了几下,感觉自己像在船上摇摆。四周似乎没人,不远处有一个男子对着墙发出哗啦啦的声音。

一个激灵,像一只小兽突然闯入脑海。素素偷偷乜斜了一下对着墙的男子,就那么一眼,她看见了不该看到的东西。血快速涌上脑门,脑子短路了一下,她撒腿逃离。是的,从来没有一样东西让她如此害怕。里弄就在眼前,狭长得像一条裤腿。她钻进去,像躲进一间避难所。她停下来,拍拍胸脯,闭上眼睛,急促地喘气,然后发觉有人抓住了她的手。

"干什么!"她睁开眼,惊恐地叫嚷起来。

那个男子捏紧她的手,正对着她呵呵傻笑,另一只手里竟捏着还没塞入裤裆的东西。

一个疯子!

素素忘了自己是怎么到家的。夏日黄昏的凉风中,她只感到背脊上的汗粘住了衬衣。躲进厕所小便时,发现内裤里全是血,连衬裤都敲上了红印子。母亲跟进来,掏出一条橡胶做的带子,教她怎么使用。

"我家素素做大人了。"

吃晚饭的时候,妈妈笑盈盈地凑近爸爸耳朵。素素一听,刚刚咽下去的饭竟冒上来。她直冲厨房,对着水槽呕吐起来。

那日晚上,她梦见自己纺石棉时肚子痛,捂着肚子想上医院,不料走进了一条老里弄。老里弄又黑又长,不见一人。没走几步,里面突然窜出一只怪兽,浑身长着黑毛,龇牙咧嘴地来追赶她,吓得她死命往外逃……

从此,素素再也没有走过那条里弄,而且看见石棉就恶心。

8

找到家敏的工地,还真费了一点劲。打电话给母亲要家敏的电话,母亲去询问家敏的外婆。那个满口烂黄牙的老太太又特地去问了家敏的妈妈,第一次还弄错了号码。

原来,家敏就在城西那边的一个新楼盘干活。见到素素时,他咽着口水,一副不知所措的样子。他依然小个子,身子很单薄,被那个大头盔压着,像个还没发育的小男孩。

"多年不见了,现在你……好漂亮。"家敏搔着枯草般的头发,他说话还像小时候那样,舌头有些团。

素素咯咯笑着,带他来到一家豪客来牛排店。家敏吃牛排的样子有点傻,七分熟的牛排在嘴里咬得吱吱响,一小片被不小心拨到碟子外面的牛肉,他还直接用手抓。

"不能吃了,脏!"

素素打掉家敏的手。小时候,自己也是这样对付家敏的。然后,她切下自己的半块,叉着送到他嘴里。

"别这样……"家敏咬着牛排,满脸通红。素素却晃动着叉子,笑得花枝乱颤。

结账的时候,家敏挺豪爽地从裤袋里掏出两张百元大钞,用指头使劲捻了一下。

出来后,他们去了家敏的宿舍,素素蹦蹦跳跳跟在家敏后面。太阳明晃晃的,像刚刚出锅的煎蛋。头顶的电线杆上,鸟雀啾啾,仿佛一切都是多年前的场景。

说是宿舍,实际上是简易工棚。棚里面挺热,一股动物园特有的气味钻入鼻息。家敏拉一拉自己皱巴巴的床单,搓着手,请素素坐下。

"你还跟以前一样。"

翻动露出棉絮的被褥,素素伸着颈子吸了一口。她似乎能辨别出那股尿臊味,那是家敏独特的气息。

"有些累了,歇一会儿吧。"

素素伸伸懒腰,头靠在那只乌黑的草席枕头上。

"你……别睡,很脏的……"

"你也躺一会儿吧,这里还有枕头吗?"

素素闭着眼,她听到家敏的喘息声,像老家河里的小水牛。

"你过来呀。"

她挪了挪身子,腾出地方,手臂终于触到了他的肉体,硬邦邦的,像绷紧的弓弦。

"你还记得小时候的事吗?"素素斜着脑袋,突然泪涌。

9

树青爬进被窝时,素素正对着镜子修剪眉毛。

"宝贝,快点来。"他从被窝里伸出一条手臂,"出去几天,想死老婆了。"

素素不吭声,继续用眉钳打理着。

"你什么时候学着修眉了,不是主张素面朝天吗?结婚时,眉毛都粗着,现在反而修掉了。"

眉毛也真粗，像一块长满杂草的荒地，打理起来挺麻烦。折腾了好久，还是没弄好，一两根粗一两根细，一两根高一两根低。

"你看你，都弄成什么样了。"树青掀掉被窝，抓起一支眉笔帮她胡乱涂抹起来。

"这样子，你妈总放心了吧。"素素小声嘀咕。

"我还不放心呢。"树青不知是真懂，还是不懂装懂，把她拖进被窝。

"这么多天了，身子总干净了吧。"

他的手在她身体上肆意游动，像一辆拖拉机，在一块土地上来回耕耘。

"你干什么……"她抓住了他的手。

"你是我老婆，你说我还能干什么？我让你冰清玉洁了这么多天，够客气的了，总不能一辈子吧。"他嬉笑着。

她挣扎着，努力扳开他的手指。但他的手铁钳般坚硬，另一只手撕扯她的睡衣。没想到他竟然用这么大的力气。

被子被踢到了地上，慌乱中，瞥见他的内裤像撑开的蘑菇。

"我还没准备好呢，你等一等！"

她有点语无伦次，他装作没听见，腾出一只手按掉床灯。趁着这个空隙，她死命翻腾，像条泥鳅在旱地上蹦跶。突然，她的手指触到一样东西，坚硬的，带着凉意，她捏住它，不假思索地划动过去。

他一声惨叫，她才如梦初醒，停了手。

电灯重新亮了，她看到乳白色的床单上，开出了血红的花。锃亮的眉钳泛着银光，几根黑色的短毛凌乱地贴在眉钳上。

"到底怎么回事……"

素素惊恐地捂住脸。她的身旁，树青像一只老虾蜷缩着身子，双手抱着身体的某个部位。

逃　离

1

电动车又出问题了。横河踢了一脚，准备打车回去。小翼拉拉他的胳膊，说她喜欢坐公交，挺方便的。208路。公交车站台就在斜对面。站台边竖着新造不久的公益广告牌，上面印着本县志愿者形象大使的头像。你认识哪几位？横河摇摇头。"看都没看，怎么知道不认识？"小翼追问道。这丫头缠起来，没完没了。好在公交车来了，横河第一个跳了上去。

小翼家在五楼。每次走到三楼，横河就放慢脚步。门开了。两只脚使劲搓着，没有尘土，他也不敢跨进去。

横河来了呀，过来跟我合奏一曲。书房里传来老爷子的声音。小翼家老爷子五大三粗的，一开腔却是满嘴风雅。老实说，老爷子的笛子吹得不咋的，历音刹音都搞不清，一吹吐音更是唾沫四溅，横河不得不低头装作看谱。他们合奏的是《彩云追月》。每每老爷子的笛声抢拍时，横河的二胡就赶紧跟上。一曲终了，旁边一个陌生男人优雅地鼓掌。老爷子说这位姚大哥是本县知名的助学大使。横河咽了咽口水，伸出手去。姚大哥的手很热，肉嘟嘟的，握手时像有一堆钱塞在你手里。

"明天跟姚大哥去金湾福利院吧。"吃饭时，老爷子对横河说。横河正嚼着熏鹅肝，一不留神牙齿咬到了腮帮肉。"明天我值班。"他支吾着，舌头舔着伤口。小翼在桌底下踢过来,棉拖鞋也毫不留情。

饭后,小翼躲进闺房,横河忙跟进去。"少来这一套,好像让你去那种地方,会掉肉似的。"小翼推着他一直到门口。他的后背死死抵住门把手,挺疼的。"讨厌死了,这点小事也不能顺老爷子的意,以后别来了……"

2

每一步都像走在回去的路上。金湾福利院离城西福利院足足有三十公里,外面的景致却出奇的相似。柏油马路,两边挺直的白杨树。稻田过后,出现尖顶的白房子,那是基督教堂。再过去就是芦苇塘,蓝色外墙的福利院掩藏在芦苇丛中。

"西瓜头"阿姨来的那一年,横河已在这里生活了三年。三年里,除了跟上铺的"独眼龙"打架,捉弄一个紫嘴唇女孩,日子过得很没劲。节假日来临时,有很多团队来看他们,像参观动物园。除了赠送零食、玩具、衣服,有时也搞搞联欢。当然,最重要的是拍照。身体摆个 POSE,嘴里喊着茄子。福利院里有一张院报,有一半版面刊登那些照片。最大的官员好像是省里来的,院长办公室的墙壁上,有一幅照片,就是大领导和全体孩子的合影。

这些小孩好可怜。小翼说,比起流浪儿,他们也算幸福了。横河吸吸鼻子不吭声。他们正参观孩子们的寝室。窗明几净,八张结实的钢丝小床,粉红的床单,被子叠得很整齐。白墙壁上挂着奥克斯空调。走出寝室,前面一个高挑身材的女队员像被子弹击中。在她的哎哟声中,横河瞥见两个小孩闪向另一个楼道。走廊上,几颗石子蹦跶着。想不到这里的小孩也这么野。中弹的女队员拍拍胸脯,大家都围上去。横河用长长的指甲划了一下墙皮,跑下楼。

"你去哪里了?老爷子到处找你呢……"小翼打电话过来,口气很冲。"我迷路了,在芦苇丛中。"他枕着双臂仰躺着。天空透明,像一个大果冻。不远处,一团灰云慢慢移过来。"你待在那里别动,我叫人来找你,真是哪壶不开提哪壶！"他听到小翼按掉手机的声音，松了一口气。翻个身，艰难地爬起来，拍拍后襟，吐掉嘴里的芦苇叶。头顶两只白色的水鸟，扑棱棱地飞过。

3

"西瓜头"阿姨是个特例。她带领一个团队慰问拍照后，想带走他。你愿不愿意跟阿姨走？横河翘了翘嘴角，心早已飞出这个闷死人的地方。

她是一家美容院的老板娘。之前，捐助过很多贫困儿童。最大的孩子去年考上清华大学，轰动全县。还有一个十五岁的小姑娘游泳特别厉害，今年被省少体校特招了。这些都是听学徒工小红说的。她是好人，跟着她你享福了。小红举着眉钳比画着。"小孩，你的眉毛有问题，阿姨给你修修，让你变得像女孩子那样讨人喜欢。""不要，不要……"

"不要闹，你会吓着他的。""西瓜头"阿姨从隔壁房间出来，戴一个淡蓝色口罩。横河第一次发现她的眼睛深陷着。"我带你去我家，以后你跟我住在家里。"她拉起他的手。她的手骨很硬。这么硬的手每天在女人脸上摸来摸去，他觉得有点不可思议。

她家离美容院不远。小区很老，房子也不大，家具和电器都已过时。横河有点失望。她说她老公是海员，长年不在家。"你跟阿姨做伴，安心读书，明年考个好初中。"她突然亲了一下他的额头。他赶紧躲开。自有记忆以来，没有人在自己身上做过这么亲昵的动作。晚上，躺在陌生的床上，他的脑海里开始上演自己的故事。这是多年来的习惯。福利院晚上熄灯早，在被窝里除了数羊，就是设计自己的未来。未来，是关于自己的惊险生活。故事里，自己不是缉毒警察，就是偷渡者，或者是少林武僧，长得像李连杰的那种。可今天的故事里，他成了给人修眉按摩的男美容师。

4

吃肯德基，就在第二天傍晚。横河第一次走进肯德基店。透过攒动的人头，望见收银台上红红绿绿的套餐单，眼都花了。"西瓜头"阿姨端了一个大盘子放在他面前。鸡米花、汉堡包、薯条、热奶茶……这些东西，他只在电视里见过。"西瓜头"阿姨递给他一张餐巾纸，他抹了一下油腻腻的嘴角，吮着手指。窗外行人匆匆，他怀疑自己在梦中。

两个要饭的小孩就在那时出现了。女孩瘦高个子，扎着羊角辫，碎发乱蓬蓬的，黏在嘴角上。另一个男孩看上去也有十来岁了，蜗牛状的鼻涕挂在人中上，下身竟穿着开裆裤。"去，给他们，对他们说，天天快乐。""西瓜头"阿姨从钱包里翻出几枚硬币。横河嚼着鸡翅骨头，不起身。"怎么，不好意思呀。阿姨帮助你，你也要学会关心别人。"她把硬币塞到他手心，握紧他的手，带着不可抗拒的力量。他吐掉鸡翅骨头，扭捏着起身。暮春的风暖烘烘的，他却打了个寒战。那两个小乞丐迎上来了，仰着头，舔着鼻涕。他把硬币丢进他们的破饭盒，回转身。"快说，祝你们天天快乐！""西瓜头"阿姨出来，盯着他。他瞥见小男孩开裆的破罩裤，别过头去。"快说，快说呀……""西瓜头"阿姨急促地叫着，像扩了音。风似乎更猛了，地上的梧桐叶互相追逐着，又腾空翻飞。两个小孩愣了一下，捧着破碗跑了。横河喉咙发麻，像吸进一股奇怪的气流，扶着门口的梧桐树咳嗽起来。

5

失眠是必然的。晚上去小翼家，她家老爷子说"绿叶"志愿者俱乐部要在他们学校搞助学启动仪式。本周五举行，到时候冯素琴也要来。

"你认识冯素琴吗？"吃饭时，小翼问，"听说她没有孩子，老公又不在身边，一个人开了家美容院，赚来的钱全用在助学上了。"横河咬了咬筷头，猛喝一口汤说："我怎么会认识呢？""听姚大哥说，这女人前一阵子查出癌症，晚期了。这么好的人，老天也不保佑呀……"小翼轻叹道。横河把头埋在碗里，听见耳朵嗡叫着，好久才明白小翼的话。"你关注一下公交站的公益广告牌，看看这女人到底长什么样。"

这天晚上，横河早早躺在了床上。好不容易睡过去，许久没光临的梦又来造访了。芦苇塘开满了雪白的芦花。河水有点脏,猪耳朵似的萍草漂浮着。几只白头颈、墨绿身子的水鸟在浮萍上跳窜,扔一块石子,它们呱呱叫着全飞走了。

一群穿苹果绿马甲的年轻人穿过芦苇丛跑来,为首的女人剃着西瓜头,高举一面红旗。"爱心""志愿"几个大字熠熠发光。快跑,快跑! 谁在背后喊道。那些河边玩耍的孩子们丢下手中的玩意儿,四处逃窜。鞋子,我的鞋子掉了。没有一个人等他。耳边只有怪诞的狂风,芦苇全倒伏了。他摔了一跤,挣扎着起来,被一只僵硬的手拉住了。

放开我,快放开我! 他挣扎着。一个铁笼子从天而降,罩住了他。小孩,我们帮你……小孩,伸出手来,给你吃的……笼子外,很多人向他伸出手。我不是动物,我不要……瞬间,河面翻起旋涡,像个有魔力的大吸盘。一个人被吸进去了,很多人被吸进去了。西瓜头女人如风车般快速旋转后,落入水中。水鸟扑棱棱地飞起,发出人一样的怪叫声,耶耶耶……

醒来也费了点劲。腋窝里全是汗,胸口却像抱了一块冰。天很黑,下弦月的光斜射到屋子里特别清冷。横河翻看手机,才四点半。对着盥洗室的镜子,发现眼睛红肿,横河拨弄自己乱蓬蓬的头发,猛地低头扎入冷水里。

6

跟"西瓜头"去麻风村,已临近端午。空气里,各种植物的香在慢慢褪去,氤氲着一股咸滋滋的腥味。同去的那些人经常在美容院里看到,横河不知道他们的名字,只知道他们是以数字代号相称的。他们称西瓜头"03"姐姐。

麻风村在一个大水库旁。房子依山而建。第一眼看到那些老人,横河拼命吞口水。这是一群怎样的怪人呀! 眼睛深陷,嘴巴暴突,头颈整块的黑斑像烫伤的疤痕。双手几乎没手指,残存着半截手掌,脚上也没脚掌,只剩下两个肉墩,用布缠绑着。

"阿姨,我们回去吧。"横河躲到"西瓜头"的身后。"不怕,我们是来献爱心的,他们感谢我们都来不及呢。"她满脸挂汗,奔来跑去指挥着。她的绿马甲闪动着灼人的光。接下来的联欢活动中,一个老人在二楼阳台里伸出他变形的脸,残损的断掌夹住一把口风琴,呜哩呜哩吹起来:社会主义好,社会主义好,社会主义国家人民地位高……一曲终了,老人还不过瘾,开始高喊口号:社会主义好! 共产党好! 人民政府好! 感谢"爱心群"来看望我们! 热切的掌声中,他停下来,瞥了一眼几个外国志愿者,又喊了一声:打倒洋鬼子! 全场的人都愣住了,两秒钟后,爆笑震天。横河也笑得直不起身子,喉咙里像飞进一群蝗虫,干呕起来。

"我不参加你们的活动,行吗?"从麻风村回来,横河怯怯地说。"为什么?""西瓜头"瞪大眼睛,颧骨猛地凸出。"我不知道,一看见那些人老想吐。"他低下头,盯着自己脚上的运动鞋,阿迪达斯的,不知哪个会员送的。"哦,你年纪还小,阿姨不勉强你,以后你会喜欢做这些事的。"她站起身,拍拍他的脸。他瞥见她的脸一团紫灰。

7

去"11"阿姨家吃饭,就在之后不久。"11"家在县城最好的别墅区。听"西瓜头"说,她老公是修铁路的大老板,一年四季不在家。一双儿女都在国外读书。她也不工作,除了做公益,就是做美容、打麻将。那天的饭菜,横河从未见过。大龙虾、象鼻蚌、上好的鹅肝,还有黑乎乎的、比鳖腿大一倍的脚掌——鳄鱼掌。横河见那滑腻腻的皮,无论"西瓜头"怎么劝,都不敢下筷。

饭后,队员们开了几桌麻将。"西瓜头"让他跟队员们的孩子玩。横河却独自走进二楼的小书房。

阳光淡淡的,流进屋子,墙上悬挂的油画,像在水中晃动。茶几上的瓷瓶,泛着幽蓝的光。书桌上有个银灰色的音乐盒,横河搓搓手偷偷打开。两个小人从盒底升上来,一男一女,萌萌的,手拉手唱着歌。他斜靠着书桌,吸吸鼻子,精神有点恍惚。三个月前,跟"西瓜头"走出福利院,不正渴望拥有这样的小屋吗?

那天下午似乎无比漫长,他像走进了一部老电影。傍晚回家后,还有点魂不守舍,没吃几口饭就躺到了床上。"西瓜头"也没有回美容院,洗漱完走进他房间。"你下午跟哪个小朋友一起玩?"她问道。"我一个人。"他拿了一本书盖住自己的脸。此刻,他脑海里正翻阅着下午看的那本《圣经》,那些男女裸体画,真叫人……

"你一个人,在那间小书房里?"她拿掉他脸上的书。横河看见她异样的眼神,转过头来看蚊帐上的小斑点。"一下午,你在干什么?""看书。"下面突然不知羞耻地有了动静,他赶紧起身跑向厕所。"没有别人来过?"从厕所里出来,"西瓜头"还在。"好像没有。"他用纸巾擦着湿漉漉的手,极力让自己镇定下来。节能日光灯呜呜叫着黑了一下,又咣咣跳起来。他第一次瞥见她的眼睛,好像不是她自己的。

她换了种姿势,双手抱胸。"他们家少了一样东西。""哦……"他松了一口气,等明白过来又双手紧扣。她坐下来,拿起床头柜上的手剥核桃,用力剥着。"我没有拿。"横河盯着她微微凸起的手骨,咬咬嘴唇。"我知道。"她说,"我只是随便问问,你'11'阿姨丢了一块翡翠,上面刻着生肖,她属羊的。"他终于明白是怎么一回事了。"我也属羊,但我没拿。""我当然相信你。""我没拿,我没偷,不信,你来搜。"眼泪猝不及防地出来了,他忽地站起身,胡乱解开外套,带着哭腔大声道:"叫他们来搜呀,我身上有没有宝贝!"他跌跌撞撞地跑到客厅,跑回来,又跑出去……终于,他在杂物间里找到自己的破皮箱。他低着头,把换洗衣服一件件往旧箱子里扔。

突然,他感到手背被重击了一下,是"西瓜头"打下来的,用她坚硬的手掌。他顾不得抬头看她的眼睛,忍着痛关上箱子。

8

助学仪式搞得很隆重。学校没有演播厅,全校师生搬凳子坐在操场上。已是初冬时节,学生们挤在一起,瑟瑟发抖。台上却热火朝天,仪式一个接着一个。电视台的摄像机、日报记者的单反相机对准台上,唯恐落下一个表情。

老爷子上台时，小翼也赶到了。"以后，我们也资助几个学生。"小翼说。横河没应声，摘下墨镜，揉揉眼睛。"大冬天的，怎么会闹红眼病呢？""不是红眼病，是过敏性结膜炎，医生说不能见阳光。"小翼不屑地撇撇嘴："就你事多。"一阵风吹过，掀起了盖台的塑料布，裸露出下面剥蚀的水泥。老爷子慷慨激昂地发表了演说。他下来后，姚大哥很稳健地走上去。姚大哥说的不多，但一开腔就知道他生活经验丰富，是做实事的人。

小翼兜了一圈回来，说冯素琴也来了，去看看她吧。"我要管学生。"横河说。"看一下就回来嘛。"横河只好跟她走。从最后排到第一排不过五十米远，他却像走了一个世纪。

第一排坐着十来位嘉宾，除一位团县委领导有点面熟，大多数面孔很陌生。女嘉宾只有三位。一个看上去不到三十岁，像个售楼小姐。另一位童颜鹤发，眉眼像老演员黄宗英。"冯素琴呢？"小翼凑近他耳朵问。她生癌了，化疗后头发都掉光了，那肯定戴着假发。是的，她戴着假发。他看到了。她的假发跟真发没什么区别，还是西瓜头。这是她的标志性的头发。横河扶了扶墨镜，准备抽身回去。这时，主持人报出冯素琴的名字。主持人很动情地介绍她的事迹，煽情的语言像一首朗诵诗。他听到她起身的声音，不由抬手捋了捋额头的刘海。该死的墨镜碰落在地。前面几个人回过头来。"又不是你上台，紧张什么……"小翼白了他一眼。他抖动着嘴唇，默默蹲下身子捡起墨镜。

她走得很慢，那个售楼小姐模样的女孩扶着她跨上台阶。她每走一级台阶都很吃力。快到最顶上时，主持人也过来扶她一把。她接过主持人手中的话筒，捏了捏。横河发现，她的手骨还像当年那么硬，指关节凸起。她举起话筒清清嗓子，原来声音也没什么大变。她说话很有一套。她说，赠人玫瑰手留余香，帮助有困难的人，是一个人最大的快乐。帮助他人，不仅要帮助他们的生活，更要帮助他们的精神。资助孩子学习，更要关心他们的精神成长。要培养一批有感恩之心的人，让他们接过爱心接力棒，把爱洒遍人间……台下，掌声雷动。她递交了话筒，深深一鞠躬，转身走向台阶。台下的女孩还没来得及接应她,她已打了个趔趄。他眼眶一热,一股冲动从心底涌起,身子却猛地调转方向,往后排走去……

那日傍晚,老爷子打来电话邀请陪宴,横河已躲进被窝。"我眼睛过敏了,医生说会传染,不方便。"他捂着左脸道。他奇怪自己的左脸,像被火烤过似的,一直烫到耳根,右脸却冰凉冰凉。"那就算了。"老爷子在电话那头说,"本来我想让姚大哥给你介绍介绍,今天到场的可都是人物呀,哈哈……"

老爷子的笑声震得手机呜呜响,横河按掉通话键,将手机扔得老远。

9

"你要去哪里?""西瓜头"问。"我表哥那里,他开了一家美发店,我去帮忙。"横河垂着眼皮说。确切地说,是表哥的表哥开了美发店,表哥在那里帮忙。那家店在县城街心公园附近的一条小弄里,他去玩过几回。"你不读书了?"西瓜头捏紧他的手,他不敢看她的眼睛,以及那锥子样的目光。"不知道。"他费了很大的劲才挣脱出来,握住旧皮箱的拎环。他感觉到手骨隐隐作痛。出门,很潇洒地甩甩额前的刘海。这个场景在脑海里模拟过好多回,实践起来却是另一回事。外面,阳光很烈,晒在皮肤上像针刺,有种说不出的焦躁。

脚踏西瓜皮,滑到哪里算哪里吧。回福利院办了相关手续后,横河住进了那家美发店。那半年过得真辛苦,天天给人洗头。不知是洗头膏腐蚀性太强,还是自己的手太娇嫩,一双手不到两个月就烂了。手指头破皮后,长出来的新肉冒着血丝,浸在水里钻心疼。本来老板说洗三个月头后,就教他手艺。可过了五个多月,都没迹象。学徒工没工资,只免费提供食宿。要不是附近新开的美发店告发老板雇用童工,估计自己要给人洗一辈子头了。

美发店待不下去了,福利院也回不去了。幸亏美发店的一个老顾客帮忙,给他找了一所学校,免去了相关费用。那时开始,他才明白自己要读好书。不靠读书改变自己，还能靠什么呢。那位好心的老顾客这样说道。他姓江，五十来岁，身上有一股儒雅气。每次来看横河，不多说，只是静静坐一会儿，给他点零花钱。临走时，常常欲言又止的模样。

10

听到"西瓜头"的声音，横河像置身于某个梦境。那是寒假的第一天，寄宿的同学都已回家，他独自待在寝室里。冬日午后的阳光，透过木格子窗斜射进来，没有一丝暖意。他捏着扫把，盯着光柱中的浮尘，不知身在何处。

"西瓜头"走进来。她裹着浅灰的羽绒衣，戴着一顶绒线帽，帽顶的绒球拍打着帽檐。与她同来的两个小男孩也戴着同款帽子。乍一看，像三兄弟。

"还好吗？"她的手搭上来，很自然地搭在他肩头。"江伯伯去外地做生意，以后很少来了，他嘱咐我常来看你。""江伯伯？你认识江伯伯？"几片小纸屑粘在水泥地上，怎么也扫不干净。"西瓜头"走到门背后拿起拖把，他追过去一把夺过。"本来我不想让你知道这事，但江伯伯走了，我们不能放弃你。"她从包里掏出一叠钱塞过来，他握到她的手，像握到一块石头。

"你们为什么要帮我……"一阵痉挛，突如其来，随之而来的咳嗽似连珠炮，怎么也忍不住。"像我这样的人到处都是，你们为什么偏要帮我！"他拎起拖把在地上画了一个大叉叉，双手捂住眼睛，不让泪水滑下来。"你错了，其实我们资助了很多人，你们需要我们帮助，我们也需要去帮助你们。"她一开腔，就喋喋不休，"你太小了，长大了就会知道，帮助别人自己有多快乐，这是我们的信仰。"她翻出一包信，一封封递过来，直触到他鼻尖。"这些信，都是受助的小朋友写来的，你看看，他们一辈子都感谢我们，感谢我们给他们读书的机会，让他们重获新生……"

他听见她抽信纸的声音。几张信纸塞到他手里。"好孩子，你读读就明白了。"她竟然叫他好孩子。他的手一松，拖把柄滑落在地。"你不想白得我们的帮助也可以，江伯伯说你学习很努力，成绩很棒，以后每个双休日，你抽时间给这两个小弟弟辅导功课，也算是帮助他们吧。"

这回，他看清了两个小男生，都是没有血色的脸，空洞茫然的眼神。"我不需要你们的帮助，我能自己养活自己，我不想过那种日子……那种日子让我喘不过气来，让我只想吐！"

信纸像几只苍白的蝴蝶旋舞着，慢慢落在地上。她的脸瞬间变形。她竖起右手的食指，左右摇摆。"你太固执了，实在让我们失望，我们资助的小孩没有一个像你这样的。"她拉着两个小男孩走出门，回头又说了一句，"以后你会后悔的！"

他记住了她最后的表情，那种夹杂着愤怒悲楚的绝望。

11

良心都叫狗吃了！小翼嗑着瓜子，刷着手机屏幕。冯素琴用毕生的积蓄资助了七八十个孩子读书，现在她癌症晚期了，来看她的人却寥寥无几。横河咬咬拳头，吹口气，继续靠在床上看书。

窗外，冬雨凄冷，落红一地。

"你看论坛上，一片骂声。这个小王，记者打电话问她为什么不去看望，她说冯素琴捐助他们是有企图的，希望借此名气，拉拢美容店的生意。还有这个阿强，在她家里住了整整两年，后来读高中了，学有钱人家孩子，要这要那，冯素琴不答应，他就跟她断绝了来往……"横河的书落到地上。你睡着了？横河睁开眼，望着天花板。小翼咋咋呼呼道："老爷子说，'爱心群'的群员已经在收集资料，查找这些年来冯阿姨资助过的人，准备把他们的名字贴到天涯论坛上去。"

"怎么能这样？"横河腾身坐起，头撞在床的靠板上，疼得他直咧嘴。他从被窝里伸出腿，两只光脚在水泥地上寻找棉拖鞋。"这样暴露他人隐私！"他听到自己的牙齿在打战。小翼伸出靴子往椅子底下一划，一只压扁的棉拖鞋露出它土里土气的鞋头。"隐私，哼，不人肉搜索已经便宜他们了。"

抽水马桶的声音响彻了宿舍。"太过分了，太过分了……""过分，到底谁过分？"小翼站起身，掸掉羽绒衣上的瓜子壳，又抓起枕巾扑打床单。她的手那么白，手骨那么柔软。他第一次握她的手，就喜欢上了。

多年没出问题的喉咙突然发麻，像有东西在那里搅动。咳嗽死灰复燃。小翼拍拍他的后背，替他倒了杯热茶。"好端端的，怎么又咳嗽了，真让人操心。"

"没事，你先走吧。"他捧住茶杯，热气氤氲，整张脸都湿漉漉的。她戴上绒线帽，套上皮手套，右手碰碰嘴唇，送来一个飞吻。"好好待在床上，别送我了！"

"小翼……"他叫了一声，声音难听得像传说中的寒号鸟叫。"什么事？"她回过头来。"没什么。"他嗫嚅着。"明天来我家吃晚饭，老爷子有重要指示。"她调皮地眯起左眼，"小伙子，再接再厉，马上就有戏了。"

他望见她轻捷的背影，她披在肩头的长波浪，那些飞起来泛着光的发丝……他听到她下楼的脚步声，像一匹小马驹，撒着欢快的蹄子，奔出了他的心房。他捂住脸，温热的液体偷偷从指缝间滑落。终于，他冲进卫生间，对着马桶干呕，一阵又一阵，直到身体发软。

12

最下面的那格抽屉里，放着一本褪色的影集。里面夹着十几张照片。父母的结婚照，是舅舅给他的。横河对他们没有任何记忆——他们在他两岁时，出车祸撒手人寰了。还有几张，是他跟舅舅、表哥的照片。对他来说，舅舅是唯一的亲人，虽然儿时舅舅经常打他，他仍然怀念在舅舅家度过的幼年时光。此后的大部分照片是在福利院里拍的。按部就班的日子，那时觉得静如死水，此时想来，还是挺有乐趣的。最后一张大合影的背景选在福利院附近的芦苇丛中。芦花开得很旺，如雪花飞舞。更醒目的是一杆红旗猎猎翻飞，"爱心""志愿"几个橘黄大字隐约闪现。照片里，"西瓜头"笑得眼睛开花，自己虽双唇紧闭，眉眼里还是藏不住欢喜。横河记得拍照后的第三天，他就跟着"西瓜头"走了。

合上影集，塞进行李箱。窗外，天隐隐露出一丝光，雨滴敲打着玻璃窗，一声声像在细数过往的寂寞时光。这个时候出门，不算太晚。昨夜，他在网上寻找合适的地方，预订了火车票。浏览无数个网页后，才找到一条出路：去宣城，他的老家，他的出生地，他父母的坟茔所在地。

拖着行李刚走到门口，老爷子来电话了。"起床了吗？今天有时间陪我去看望你素琴阿姨吗？她状态很不好，说不定马上要进重症病房。"因为按了免提键，老爷子的声音像通过了扩音器，在雨水中甚是滑稽。他对着手机，呵了两口气，就按掉了通话键。

冒雨跑向公交车站台，冷得鼻子都麻掉了。熟悉的站台上，公益广告牌像一块旧毛巾歪歪斜斜地挂着，灰尘混着雨水在志愿者形象大使的脸上蜿蜒流淌。一抬眼，刚好瞥见"西瓜头"左脸的红叉叉。他艰难地腾出一只手来，僵硬的手指按住红叉叉，使劲擦，使劲擦，可怎么也擦不掉。雨水扑面而来，他闭了闭眼。

一辆公交车慢吞吞地开过来。218路，开往火车站。车上很空，他找了把黄色座椅坐下来。看到旁边座椅的靠背上写着"爱心座"三个字，又跳起来换地方。

窗外，雨丝像泪水在窗玻璃上迟迟疑疑地流动，它们的流动轨迹找不出一丝规律。他搓了搓双手，摸出手机，给小翼写短信：小翼，请原谅我欺骗你这么久。如果你能原谅我，我将带着愧疚回来。如果你不原谅我，我将带着愧疚逃离……

他猛吸一口气后，手指犹豫了一会儿，按了删除键，然后关掉手机。

直　播

1

　　行李整好了。母亲提了一下皮箱，撩了撩额前的碎发，泛白的嘴唇吐出几个烟圈。这下，你自由了。她的右指夹着烟抖了抖灰，指甲上的蔻丹已然斑驳。我没有应声，自顾低头翻着运动包，确认各式证件。哼，如果那个男人没钱，你也可以养活自己——反正你可以靠脸吃饭。她咳嗽起来，喉咙破风箱似的呼哧呼哧响着。我停了手，盯着她染得很夸张的黄发，有一撮白发在头顶招摇。我走过去，捏住这缕发丝，轻压在黄发底下。她猛地抱住我。坏小子，你就这么忍心丢下我……她用力捶我的背，我的眼睛热了一下。她发烫的脸靠在我肩头，好像要把二十多年来亏欠我的拥抱全部补上。过了许久，她才松开手，手指上的烟已经灭了，泛红的眼睛又现出往日不屑的神情。我吸了吸鼻子，拖起行李箱出了门。

　　我要去桥城。半个月前，米莉在视频里和她的朋友直播"杀人游戏"，我已做了决定。"天黑请闭眼，杀手请睁眼，杀手请确认同伴……"米莉的话梅眼一睁一闭间，我就觉得世界停止了转动。很好玩吗？我问米莉。她摇摆着小虎牙在视频里做着鬼脸。不久，她躲进隔壁房间，出来时已换上白色睡衣，披肩长发盖住小脸蛋，活像贞子。想不想玩"杀人游戏"？她从发丛中，慢慢闪出一只眼睛。好怕怕哟。我拍拍自己胸脯，蜷缩成一团。然后，我们在视频里爆笑起来。

我要去桥城。我对母亲说。这个疲惫的女人从沙发里直起身。你终于要去找冯建国了。她手里的诗集落在沙发和茶几的间缝里。我帮她捡那本书，太阳穴渐渐烫起来。我真心没想过我的父亲也在桥城。如果真这样，那一切都顺理成章了。

冯建国这狗东西有什么好?! 母亲接过诗集拍我脑袋。我捂着头，赶紧跳开。她是个随时要发作的女人，这点倒符合她的诗人气质。请相信，这话绝没有讽刺的意思。我母亲真是个诗人。她的诗龄有多长，我不得而知。只记得父亲离家后，她就整夜整夜睡不着，时常半夜起来，在小区的树丛里游荡。后来，她常对着电脑打字，拉屎似的，东一堆，西一堆。桌面上，全是她散乱的文档，把我的几款游戏赶到了旮旯里。初三那年，语文老师把我叫到办公室里，郑重其事地问我，仇良子是谁。我摇摇头，小声自语，是日本人吧。语文老师笑了，翻开杂志指着一张照片让我看。我几乎惊叫起来。这是你妈妈吧。我点点头。语文老师兴奋得像个孩子，把那本杂志传给同事们看。一时间，平时视我为空气的老师看见我眼睛发光，好像要重新研究一下诗人儿子的奇特基因。"一切都消失了/我的耳畔不再响起乖戾的声音/内心的植物也停止生长/只有无拘的笑溢出来……"后来，我在电脑里偷偷读了母亲写的伟大句子，什么感觉都没有。原来，所谓的诗歌就是把一些句子切断了在锅里反复焙炒，真太无聊了。但我还是接受了这个事实。诗人母亲后来连连在杂志上发表惊世之作。我常常拿她的身份证帮她去邮局拿五十、一百元的稿费。倘若遇到她高兴，那些稿费就换作肯德基进入我嘴里。她还时常参加各色诗歌培训班。有一回，她参加的竟然是省里的"新荷"班，笑得我鼻头泡都喷出来了。后来，那拨"新荷"诗人到我家来喝酒，我才发现老莲蓬不止母亲一个。原来，所谓的诗人，大多有着干枯身材蜡黄的脸，还有铜铃样的耳环和让人作呕的血盆大口……

但是，诗人到底还是单纯的。我顺着诗人的意思说去找父亲，她就相信了。她只是不服气，哆嗦着嘴唇说她独自一人养我整整十年，即便一只狗一只猫也有感情，怎么轮到我，就这么无情无义，说走就走。你们老冯家出来的,他妈的都是冷血怪胎,猪狗不如! 她越骂越兴奋,四处寻找可以揍我的家伙,我慌忙逃走。

2

动车进站。窗外飞逝的风景慢慢静止下来。跟随人流从月台走向出口,我有些茫然。就在一小时前,我给父亲打了个电话。电话那头的父亲鼻音浓重。他说,他现在正忙,让我下车后,在火车站等一会儿,他忙完马上过来。我按了手机,突然很失落,觉得不应该来这里找父亲。扶梯动了,我赶紧踏上去,行李的脚轮没放好位置,猛地撞到左脚踝上,痛得我叫出声来。回头望着另一个扶梯上,泥浆样缓缓坍塌的人流,不由一阵茫然。好想给米莉发微信呀,我滑着手机屏,最后还是忍住了。这样不声不响来桥城,不正是想给她个惊喜吗?

我在出口处找了把椅子坐下。桥城的空气比老家燥热。已经过了十月,地面还像梅雨时节那样潮湿。玻璃窗也布满了雾气,有几块显眼的、好事者留下龙飞凤舞的指印。儿时的记忆里,父亲也喜欢玩这样的游戏。那时,我们还住在吴镇。父亲在镇里当社区医生,每天举着盐水瓶为老人们挂点滴。家里的承包地早被工业园区征用了,仅剩的几分自留地,父亲自己抽时间捣鼓。他的光脚踏着泥地,像一枚巨大的印章按在印泥里。有时候,我也跟着父亲去自留地里,挖菜、拔花生、摘西红柿。潮虫啾叫,蚯蚓蠕动,现在想来还是蛮惬意的。那时,母亲还没有写诗,她在工业区的一家小厂里缝毛绒玩具。吴镇最多的就是这种生产玩具的家庭作坊。墙壁上随处可见宣传玩具的标语,什么"吴镇玩具发全国,全国钞票流吴镇"。语文老师骂这些人,满脑子钱钱钱,写的都是些狗屁标语。母亲每天戴着口罩,脚踏缝纫机把五颜六色的毛绒布拼成各式动物。许是整天伏在缝纫机上的缘故,母亲年纪轻轻,背已微驼。她白天忙着折腾玩具,晚上回到家又忙洗衣煮饭,却不忘留时间看书。听说她读初中时,酷爱读书,一度还担任校文学社的副社长。因为数理化长期挂红灯,最后没考上高中,早早卷铺盖回家了。生活磨去了很多东西，却没有磨去她对书的热爱。记忆中，母亲很喜欢看武侠小说，我半夜醒来，常见她擎着一本金庸的《书剑恩仇录》凑着手电筒看。

脑子有病。父亲很讨厌母亲看小说。没听说过，一个缝玩具的农村妇女天天迷武侠小说的。他晃着脑袋嘀咕着。母亲不吃他这一套，依然我行我素。其实，父亲自己也有怪癖。我们这一带四五十岁的女人，大多喜欢听剡剧，那是一种很阴柔缠绵的地方戏，生旦均由女子演。偏偏父亲也喜欢听剡剧，还喜欢反串。每每端起酒碗，他就会哼几句严兰贞或杜十娘。一个五大三粗的男人翘着兰花指，你说有多恶心。母亲一看他这架势，就用筷子敲他的粗手指。

真过瘾！村里的副书记王国庆时常夸父亲唱得好。王国庆是父亲的"赤卵兄弟"（发小），成年后一起当兵，又同年复员。我从记事起，就知道他跟我父亲像穿连裆裤一样终日黏在一起。晚上，父亲不回家吃饭，十有八九跟王国庆喝酒去了。无须打电话，晚归的日子，父亲的手机基本处于关机状态。母亲等得不耐烦了，就扔了小说，楼上楼下跑，用最难听的词骂娘。有时，她带上我直接去王国庆家。王国庆的女人跟母亲一样，也是个长相粗粝的女人，宽嘴巴、窄髋骨，一双手由于长期干体力活，摊开来像一面筛子。她拍着大腿，和我母亲一起诅咒自己的男人。但我却觉得她们杀人的眼神纷纷射向对方，她们好像在指责对方没管住自己的男人。幸亏，是两个爷们！副书记的女人骂得气喘吁吁后，突然冒出一句，她歪斜的嘴笑起来很丑，我母亲哼了气没有笑。

人流从里面涌出来。出口处，一张张陌生的脸晃动着。一个穿蓝色工装，鬓角泛白的男人在人群中挤出脑袋，他的脸上一片混沌。小东。是父亲，原来他等在另一个出口处。爸！我在心里叫着，张口却变成了，你来了。他不好意思地搓搓手。我早想过来的，刚好下午忙，没人替我。他解释着。这些话他刚才在电话里已说过一遍。此时听来，越发郁闷。我点点头，任他接过行李。他盯着我的脸说，平时这边过去可以坐地铁，今天我们还是打车吧。我不知他什么意思，噢了一声。

他拖着我的行李拐向西门。日光下，他蓝色工装衣下摆处的一根线头很起劲儿地晃动着。出了大门,就遇到出租车,他却没有招手。我们应该到对面去乘。他把行李箱扛在肩上,跨过马路中央的栅栏。一辆保时捷疾驰而过,我惊叫起来,喂,当心! 他回过头来,朝我招招手。

<h1 style="text-align:center">3</h1>

父亲住在郊外。尽管有心理准备,但当出租车驶到一个废铁场前,我还是颇为失望。父亲说,这里原来是个塑料粉碎中心,因为不景气,老板跑路,厂子也倒闭了。那些厂房改成收废品的作坊,当年工人住的房子现在租给了外地民工。

那间出租屋像个山洞,低矮、幽深。唯一的一扇窗,玻璃很薄,几道裂缝用透明胶贴着,只能勉强挡风。进门处的晾衣竿上,挂满了衣物。被絮叠得很高,最上面两条包了被套,像是刚买的。稍稍抬眼,就会发现墙上的空间也利用起来了,各式杂物像墙壁上长出来的植物,让人抬头时必须提醒自己小心。

没有煤气灶,电磁炉搁在一张小方桌上。小方桌旁有两条木凳和一个木头小茶几,看得出,要是有客人来吃饭,小茶几就当饭桌。钢丝床靠在最里面。一口窄窄的布衣柜被油烟熏得看不出是雪青色还是紫色。布衣柜的拉链也坏掉了,透过瘪进的口子,能看到里面挂着两件戏装。原来这些年,父亲还没戒掉这一口。我的耳际突然响起他学唱的敫桂英,那凄厉的声腔,让人连打寒战。相比米莉扮演的贞子,父亲反串的女吊,更让我恐惧。

摸到床头墙上挂着的证件,我才知道,原来父亲干的是家政。这种男人,不干苦力,还想靠脸吃饭吗? 母亲曾这样咬牙切齿地咒骂。那是八年前,父亲与母亲大吵一场后愤然离家。跟父亲一道跑出来的,还有王国庆。听村里人说,两个男人跑到桥城的建筑公司干活。之后不久,王国庆的女人时常来我家哭诉,拧着鼻涕擦在母亲缝制的毛绒玩具上。我母亲却颇为坚强,弓着背死命踩缝纫机。她剪了短发的脑袋印在墙壁上,极像男人的影子。这样惨淡的日子过了整整半年,王国庆顶着光溜溜的脑袋回来了。副书记当不成了，就在自留地上搭起高棚，开了个做毛绒拖鞋的小作坊。一年后，王国庆女人又生下了小儿子，塌鼻梁、小眼睛、不长毛发的脑袋，活脱一个小国庆。那一年，父亲也回来了，他带来的却是离婚协议书，气得母亲把加工好的毛绒玩具剪得粉碎……

奶茶飘香。我把证件重新挂在吊钩上，父亲拎着一袋肯德基走进来。快趁热吃。他招呼我。我拿了一个鸡翅慢慢啃着。许是饿得太久了，吃起来反而没味道。半年没见，你又长个了。他搓着手，在衣柜里翻着什么。终于，翻出一件黑色韩版薄羽绒服。这衣裳前些天在万达广场买的，知道你要过来，我没寄快递。他抖了抖衣服道，见我没反应，不由呵呵笑着，把羽绒服放在我身后的床垫上。

一时无话。我嚼着鸡翅，眼睛往床底下瞅。那里堆满了清风牌的卫生纸。父亲看了看我，哑着嗓子问我母亲的病情。还行，不会致命的。我往床头柜上吐出一根鸡翅骨。那根骨头很像母亲嶙峋的肩胛。甲状腺肿瘤是幸福癌……我不知道是应答他还是安慰自己。他哦了一声说，他上次去医院也咨询了医生，医生也这样说。他发黑的右手食指抠着床头柜，一块棕色漆皮被顺利揭起。

接下来的时光比较无趣，我靠着床玩手机，他出去了一趟又回来。十点过后，我简单洗漱了一下，就躲进被窝。他拉开一张钢丝床，铺开被褥躺进去。钢丝床的螺帽太松了，嘎吱嘎吱响个不停。我听着实在不舒服，让他睡到床上来。他翻了个身说不用。此后，很久没有听到钢丝的声音。但我的身体却绷得紧紧的，不敢松弛。

夜已深。黑暗中，我像滑到了另一个星球。我突然有些后悔。也许自己不该来桥城找米莉，更不应该在父亲处落脚。我在失眠的陷阱里，给米莉发了来桥城后的第一条微信。

4

一觉醒来，天已大亮。父亲上班去了。我吃了他买来的豆浆油条，跑出去找米莉。

桥城的早晨,空气里弥散着腥膻气。我走了好多路才找到公交车站台。想到以后要在这个陌生的城市讨生活,心头有些茫然。天灰蒙蒙的,我分不清那挡住视线的白团,是雾还是霾。

见到米莉,一切都烟消云散了。米莉像个熟识的哥们,见面就来了个熊抱。我的男朋友,冯小东。她骄傲地说道。她像只可爱的小兽,眼睛发亮,白嫩的脸堆满了胶原蛋白,尖尖的小虎牙,比视频里更夸张。早知道你要来,我应该推迟过生日,现在失去了敲诈你的好机会。她上蹿下跳叫嚷着。她带来两个女孩,一个男生,都跟她一样穿着很随意。两个女孩叽里呱啦,挺活泼。那个男生有点腼腆,细长的手指沾着茶水在玻璃桌板上画图案。我知道米莉跟她表姐在文教区开了一家礼品店,我怀疑那个男孩子刚刚上大学。

别把小男生带坏了。听我调侃她,米莉着急了,眼睛瞪得老大,眼皮都吊起来了。我有这么坏吗?她笑骂着拍了我一下。我才知道那个男孩子快大学毕业了,在一家美术馆里实习,每天被艺术家老师支派得团团转,这会子出来透透气。

你真是朋友遍天下,三教九流的都有。我笑着给他们续茶水。本来米莉约我去游乐场里见面,我怕她疯玩,还是选择了茶座。她晃着脑袋,乜斜了我一眼,我垂下眼皮。在她面前,我难以掩饰乡下小子的胆怯。她泡吧、派对、爬山、瑜伽、溜冰、插花、画画、练琴……城市女孩的业余生活像旋转的风车,让我无法辨别它的色彩。不像我,在那个空气干燥的姚镇,除了送快递,剩下的时间就是打牌、打游戏,偶尔在 QQ 邮箱里捞几个漂流瓶,与陌生人说些无趣的话。我告诉她,我现在跟父亲暂住在出租房里。我觉得这事没必要隐瞒她。米莉毫不在乎,只问我住在哪个方位。她啃着手指头,使劲想着周围有没有她熟悉的人。得知我想找份工作,她转转眼珠说,包在她身上。你以前不是送快递吗,我表舅就开了一家圆通快递。她拍拍胸脯,狡黠地向我眨眨眼。

我不知该怎么表达我的激动。要是旁边没人的话,我兴许会像我们姚镇男人一样,直接把喜欢的女人扛在肩上转圈。我望了米莉一眼,她正马不停蹄地刷微信。突地,她一把揽住我的腰,举起手机。我吓了一跳,看看她,又看看手机,手机里的我脸部僵硬。

放松点,她咯咯笑着招呼别人。来来来,我们跟大明星来一张自拍……两个女孩围过来,我窘迫地缩缩脖颈。不好意思,我的确长了一张酷似胡歌的脸。

5

回到出租房,已是黄昏。

父亲在门口捣鼓一辆旧自行车,身上的工作服有点发黑,领子的磨损处泛出灰色里子布。许是蹲着的缘故,他后腰处隐约露出一抹红色。竟是鲜红色底裤!我不知道父亲的年纪,但以母亲的年岁来算,父亲离本命年应该还差一大截。我的耳根莫名地热起来,好像是我穿着红底裤被人发觉了。

空气里弥散着清洁剂的香味,出租屋里焕然一新。墙上的旧报纸撕掉了,贴上干净的挂历纸。挂历纸里印的是水墨山水画,看上去颇为雅致。堆在门口的杂物也不见了,取而代之的是几个蓝色塑料收纳箱。电磁炉擦得锃亮,新换上的蕾丝桌布和银筷子,让人对桌上的食物产生了兴趣。布衣柜移了位置,看上去像一堵轻薄的墙,把床和方桌隔成两个区域。最让我震惊的是,昨晚睡的床边,竟然多了一张电脑桌,上面有一台清华同方电脑……

父亲走进来,沾满油污的手指指电脑,说是托朋友从旧货市场淘来的,过几天,开通宽带。他用手背擦了擦鬓角。那个动作,让我想起多年前他反串唱剡剧的手势。我眼睛一热,上前帮他弄掉鬓发上的蛛丝。我告诉他,朋友已经帮我找了份工作,很快就能上手。那最好不过了。他看着我,有点羞涩地说。他让我有空时可以回家吃午饭,他最近活不多,下午要到两点后才上班。我点点头。

他修好自行车,开始做饭。我靠在床上给米莉发微信。米莉说,她跟表舅说好了,后天就可以上班,如果晚上加班,可以宿在快递公司的值班室里。

我站起身，走到父亲身后。他捏着铲子正在煎一条鲳鱼，辣椒和油烟味熏得他直咳嗽。

爸……我轻声喊道。这一声在我喉咙里盘旋多年，终于艰难地喊了出来。他像遇到了一个霹雳，慢慢地转过身来，眼角里泛着晶亮。他的嘴唇哆嗦着，好久说不出一句话来。

6

桥城的日子忙碌又充实。

白天用手机导航，在各个角落派送快递。晚饭后，米莉骑着电瓶车带我到处乱逛。接触时间久了，发现米莉真是个不错的女孩，对金钱名利没什么概念，身上也找不到矜持和含蓄。别想那么多，开心就好。这是她的口头禅。很多夜晚，我们手拉手走在护城河边。深秋的夜风吹到身上，有一丝寒意，我拥她入怀。

要是一直这样该多好，她蹭着我的胸脯，细柔的长发摩擦着我的脖颈，痒酥酥的。我低下头咬住她的耳垂，恨不得一口将她吞下去。她从来不说自己的家人，但我有一种直觉，她或许跟我一样，有个不幸的童年。正因为有太多的不幸福，才更加珍惜眼前的快乐，不去想一些不切实际的将来。我何尝不是如此。来桥城没多久，我已淡忘了姚镇，淡忘了姚镇的无聊和窒闷，甚至忘了母亲。我很少给母亲打电话。每次都是她打过来，我才不得不听她的紧箍咒。其实，她过得不像她描述的那么糟糕，这点从她的微信里可见一斑。她的病，不需要手术、化疗，只要坚持吃药，便不会危及生命。可是，她的脾气似乎越来越暴躁。每次视频聊天，说不了几句，她就张牙舞爪，好像恨不得击穿手机屏幕来痛打我一顿。我真心怀疑，她越发精湛的诗艺，都成了激发她恶劣心情的催化剂。

狗日的冯建国到底给你吃了什么药！这个女人在视频里给我使白眼。我赶紧转过身，不让父亲看到。这个沉默的男人正在电磁炉前煮水饺，水饺皮和肉馅都是他自己捣鼓的。其实，我很少回来吃午饭，我和他的言谈加起来还不及我与米莉一个晚上说的话多。除了说些时事新闻,父亲会讲讲年轻时当兵的故事。他当年当的是消防兵,每天练攀缘。你看,现在也天天玩攀缘,帮人家擦玻璃窗,也算是学以致用。他这样自嘲道。我瞥了他一眼,低头喝汤,心里盘旋着一句话:当年,王国庆回来了,你为什么不回来。

有个身影从我们门口闪过。父亲看了一眼,放下筷子走出去。一个男人,叽里咕噜说着本地方言,父亲也用方言对话着,我一句也听不懂。不久,那个男人抬高了嗓门,父亲像做错了事,回避着什么。突然,那个男人大吼一声,我吓了一跳,跑出去看。那男子个头高大,手臂很粗壮,要是打起架来,估计我们父子都扳不倒他。我正打算劝回父亲,那家伙转过头,打量了我一番,甩着外套,气咻咻地走了。父亲拍拍我的肩膀回到屋里。他说那个男人是家政公司的伙计,骂父亲前两天的活干得不好,要扣钱。父亲的脸色很难看,没吃几口饺子,就放下筷子。他坐在小凳子上,脑袋埋在两腿间,两只手痛苦地抓着头皮。

奶奶的,这家伙,身材这么魁梧,做家政真是亏死了,简直可以去打拳击。我调侃着,想调节一下气氛。不许胡说!父亲抬起头吼着,眼珠子都凸了出来。这是我来桥城后,他第一次吼我。真是莫名其妙!

7

之后的那个周末,我感冒了,没去上班。一个人待在出租房里,很无趣。米莉拎着一盒鸭头颈来看我。就着微辣的鸭头颈,喝下一小杯二锅头,我感觉骨子里的血液都沸腾起来了。

我们开始在床上翻滚。自从我搬到快递公司去住后,父亲又回到了自己的床上。我偶尔回来,就架个钢丝床。现在,我和米莉在父亲的被褥里奋战,心里真有点怪怪的。米莉可不在乎,她的小虎牙咬住我的舌头。这只凶猛的小兽,我都快抵挡不住了。

快乐总是那么短暂。完事后,米莉躺在我怀里,好奇地打量着出租屋。我从她的黑色瞳眸里看到房间的逼仄寒碜。咦,这是什么玩意。她撅着屁股盯着棕绷缝说。掉下去的破东西吧。我懒得应答。她淘气地举起床边的钢丝衣架，把她看到的东西钓了上来。一只文胸，淡紫色蕾丝文胸！

空气凝固了。米莉的眼神如流星急速从空中滑落。我裸露的双臂撑着床，半挺着屁股，莫名地看着她手上的钢丝衣架。

这不是我的，不是我的……我终于明白过来。米莉盯着我的脸足足三秒钟，推开我，挣扎着穿衣服。因为着急，她光溜溜的腿套进了我的内裤。我没有别的女孩，像我这样的穷小子，除了你，谁愿意跟我一起玩……我扳着她的肩，语无伦次地解释着。她转过身来，左边的脸青里泛红，像有血管绷出来。不是你的，就是你爸的！她捂住耳朵喊道，你有本事说是你爸的，你爸的……我闭上眼，但我听到她在匆忙穿鞋。她的运动鞋本来是没声音的，这会子像一辆车疾驶而过——她跑了出去。我睁开眼，阳光耀人致盲，我只看到她的浅蓝色羊绒围巾在风中飞荡。

我裸着身子坐在床沿上哆嗦。过了好长一会儿，我才开始艰难地穿衣服，棉毛衫、羊绒线衫……最外面的冲锋衣是米莉在"迪卡侬"里买的，她自己也买了一件，情侣装。记得当时她开玩笑说，如果大家都互不讨厌，三五年后，可以生个baby，穿家庭装。她说这话时，脸红扑扑的，像个小母亲。

我揪着自己的头发，四处乱瞅，像是寻找什么东西。瞥见床头柜抽屉里的一抹银亮，我才明白自己在找剪刀。剪刀并不快，却足以让我蹂躏这该死的文胸。淡紫色蕾丝像不洁女人的肢体纷纷坠落，我混乱的脑子才慢慢清晰起来——父亲改造这个狗窝，原来是为了他的女人！他离家抛子，不是因为他在外头有别的女人，还为了什么。这么简单的问题，我本来早该料到，为什么还要自欺欺人。

外面，风有些大。出租房门口的香樟树前两天被砍掉了枝丫，矗立着，像一排等待被枪毙的犯人。我推出自行车，没走几步，又把它扔在地上。双手胡搓了一会儿，插在裤袋里。我迎着冷风走。我不知道自己要去哪里，在厂区死蛇样的小道上胡兜一圈后，选择了去市区的路。我终于明白自己被彻底抛弃了。

六年前，在姚镇老家，我推门撞见一个大胡子男人躺在母亲床上，当时连杀人的心都有了。那个被母亲称为"鸭梨老师"的诗人,被我掷过去的水杯砸破了额头,之后再也没有在我家出现。而母亲却借着什么诗会、培训、讲座的理由,离家越来越久。有一日,母亲拖着行李又要出门,被我夺下手机。她用手中的钥匙串捶打我。为什么你允许冯建国就不允许我?我背上的皮肉都被她打烂了,但我忍着没有还手。谁说我爸有女人了,我爸他喜欢唱剡剧,他不会有女人。我用已经发育的粗嗓子叫着。那年,我刚满十六岁,父亲离家已整整两年。

又到了拐弯处。一股冷风灌进喉咙,我的舌根都痛起来。我摸着胸口,那里半小时前还贴着米莉的温热胸脯,现在已冻成一片冰湖。酒,热酒……迷糊中,"雪刚"大排档赫然出现在眼前,我跌跌撞撞奔过去。

8

黑暗。世界像被一个大钵笼罩了。一道光挣扎着,犹如一枚针在乌黑的云被里透出一丝亮意。渐渐地,亮光削去云层的黑,化作白雾升起。一团墨绿色的东西在眼前晃动。我艰难地睁开眼,看见米莉穿着墨绿加绒运动服坐在床边,眼圈泛红。别动!我去抓她的手,她忙按住我。我才发现自己的右臂上扎着针,鼻子上也插着氧气管。她轻按我床头的按钮,一个护士急急跑进来。醒来就没事了,少说话,等会吃点流质食物。那个护士看了看盐水瓶,拿起水笔在本子上画了几下。

我怎么了。我张张嘴,浑身像被绳子捆住了。米莉摆摆手,让我不要说话。她手里正忙着折一粒粒幸运星,这是中学女生喜欢的玩意。我努力回忆之前的事——米莉跑出去了,我在冷风中拐进"雪刚"大排档,喝了半瓶二锅头,头涨胸闷,浑身烧痛。之后,就坠入黑暗,失去了知觉。

文胸。想起那只文胸,我恨不得钻到床底下去。我瞥见对面的衣柜外壁,父亲的军用大衣趴在上面。自始至终,父亲就像一只壁虎吸附在桥城这堵薄墙上,找他喜欢的女人,过他艰苦却欣慰的日子。而我的加入,打乱了他生活,使他过得很难堪……我的眼角似有东西痒痒地爬出来。我别过头,不想让米莉看见。

可是,她低下头,鲜嫩的唇像一片花瓣贴在我的眼角上,但我知道它已经不属于我了。想起几个月来,与米莉的美好时光,恍如一场春梦。也许,这只是青春的幻影,当生活暴露出它的狰狞面孔,所有的快活都碎成泡沫。

门推开了,父亲缩着脖颈走进来。他抽着鼻子,两只手热切地搓着。我就知道这会儿能醒来,他自语着,又像是对米莉说。小子,你吓死我了。他摸摸我的额头,手心并没有搓热。急性心肌炎,要人命的,幸亏小莉发现得早。他对米莉欠了欠身。小莉是他称呼米莉的专用名词。他见我没反应,便不再说什么,默默地在我床边坐下。米莉放下手中的幸运星,拿了一把水果刀削苹果。小东恐怕还不能吃吧。他问道。米莉轻笑一声说,叔,给您吃的。父亲摆摆手,脸涨得通红,嘴唇边的胡子很尴尬地抖动着。之前,我从没见过父亲的胡子。记得以前,母亲跟他吵架时,骂得最难听的一句话就是,屌上不长毛。这话在姚镇,好比骂女人是白虎星。

护士又进来了,身后跟着一位女医生,长着一张慈善的圆脸。女医生问我一些问题,就把父亲叫了出去。他们在走廊里小声说着什么,渐渐地,声音消失了。屋子里的空气似乎温暖了些,我感觉头不像刚才那样晕,身上也有了些力气。米莉低头刷手机,她垂下来的头发让我想起她玩的"天黑请闭眼"的游戏。

米莉,对不起。我说道。她掩住我的嘴道,你别说了,我都明白。我爸给你说过了?我急切地问道。她捏了捏我的手指,轻笑道,这还用说吗?我的喉咙哽住了,我第一次发现她的眼睛里有我的面影。

9

出院后,我回了出租房。医生说,我需要些日子才能恢复,千万不要去上班。没办法,我只好待在出租房里打发时光。米莉很忙,她表姐的婆婆生病住院了,她一个人打理店里的事,常常忙到晚上九点多才匆匆来看我一下。父亲更忙,天天起早摸黑。有时候回到家,都累得不想说话。我跟他本来话就少,这下屋子更安静了。那个紫色文胸的主人,一次也没出现。倒是上次跟我父亲吵架的男人来过好儿趟,一次送来水果,一次来拿父亲的大衣,还开口叫我的小名。

有个晚上,父亲回来得很早。他麻利地打扫房间,在衣柜后侧腾出个角落,摆放了一个高脚茶儿,又从什么地方找来两条红漆木凳,像茶儿的两个贴身丫鬟。父亲忙完这些,开始在灶台前择菜。

"原来姹紫嫣红开遍,似这般都付与断井颓垣。良辰美景奈何天,赏心乐事谁家院……"父亲突然哼了一句,震得我手机里的僵尸倒下一大批。多少日子没听他唱剡剧了,此时一开腔,姚镇往事像列车汹汹驶来。其实,父亲公开穿戏装唱旦角只有一次。那年姚镇的春社节,镇上请剡县小百花剧团唱了几天戏。父亲好像跟他们挺熟。演完最后一出戏的那个晚上,父亲请了琴师和几个角儿到家里来喝酒。酒过三巡,父亲把她们的戏装往身上一披,扭着腰肢翘着兰花指走起了台步。王国庆倒扣盘子,捏着筷子一下下敲击。父亲的假声很好听,亮而不尖,娇而不媚。父亲的眼神也很活,明眸善睐,竟有点像小百花的名角杨晓娟。

再来一曲要不要!王国庆敲碟子来了疯劲,琴师说他的笃板敲得很动情,杜丽娘走了,崔莺莺再接上。于是,父亲又轻启朱唇。"碧云天,黄花地,西风紧。北雁南飞。晓来谁染霜林醉?总是离人泪……"我不懂他唱的意思,看角儿们眼睛都盯着他,就知道他唱得好。

那个晚上,角儿们唱呀闹呀,一直到后半夜才七歪八拐地回去。王国庆与父亲送走他们后,意犹未尽,继续对酌。我实在熬不住,上楼睡觉去了。第二天早上醒来,餐桌上一片狼藉。王国庆和父亲像两只虾头对着脚歪在沙发里。

水饺已经搬到餐桌上,父亲还在哼旧曲。他的嗓音有点沙,听起来倒韵味十足。那个跟父亲吵架的男人走进来,我听父亲叫他阿顺。阿顺带来一盒草莓和一包猪耳朵。这两样食物摊在盘子里,让人发笑。但父亲和阿顺吃得很带劲儿,被草莓染红的嘴唇,咬着猪耳朵嘎吱嘎吱响,听着都叫人起鸡皮疙瘩了。

小东,你也吃。阿顺招呼着我。我第一次仔细看他。他穿着工装,眉毛粗直却不凶狠,成龙式的大鼻孔,带着些孩子式的淘气,嘴唇有点厚,性感里又显示着忠厚本性。他起身拿小碟子,我看到他结实的臀部。大概我在旁边的缘故,他和父亲聊得很少,但他和父亲递筷子的默契让我产生一种奇怪的感觉,好像他和父亲是主人,我是他们的客人。

　　爸,你还记得王国庆吗?我冲口道。父亲惊愕地抬起头,很不安地瞥了阿顺一眼,没有回答。

10

　　接近年底,我回去上班了。米莉表舅怕我吃不消,让我填填单子做做分发工作。

　　下班后,我又待在宿舍里。同宿舍的,还有俩小子,精神好得很,不是约女朋友,就是出去打牌、K 歌。我很听医生的话,乖乖待在房间里。米莉三天两头来看我。我们要么在手机里追剧,要么玩直播。她最近申请了一个账号,玩扮贞子,已赚了上千元。我很少上镜,虽然我长得很像胡歌,但我不喜欢扭捏作态给人看。

　　那日晚上,米莉没有过来,我实在无聊,玩了会三国杀就躺下了。夜深沉。宿舍的阳台上,晾晒的衣服在冷风里打着旋。孤独像一群蛾子在昏灯前飞舞。我腰板酸涩,下身鼓胀,手不由得往两腿间伸去。这些年,不知父亲怎么过来的。我努力安抚自己,脑子里却乱哄哄的。

　　那年,母亲从民政局里出来,骑着电瓶车直奔王国庆家。王国庆在门口倒腾毛绒布,他女人在逗她家二小子玩。母亲把电瓶车一扔,气咻咻地走进去。王国庆女人还来不及问母亲,母亲已给了她男人一巴掌。王国庆被打得一脸懵懂,却没有还手。这个场景是王国庆的大儿子王明杰曝光的。那日下午,我在操场上踢球,王明杰举着一根断树枝冲过来抽我。我吓得赶紧逃跑。王明杰见打不着我,便像个娘们一把眼泪一把鼻涕地咒骂我家十八代祖宗。在他的诅咒声中,我才明白,上午办完离婚手续的母亲上门打了王国庆一巴掌……

下面没戏了。我不知道这会子怎么突然想起那些事。也许，人在无聊的时候，就会莫名其妙地去琢磨一些不着边际的东西。就像那日，米莉哭着跑出去后，怎么又跑回来呢？这问题我没问她，她也没说。那只该死的文胸，就像横在我们中间的一只刺猬，谁也没有再碰它一下。

完事后，我打着哈欠刷手机。米莉这阵子忙微店，衣服的图片塞满了她的朋友圈。最后几条全是内衣裤，那些色彩斑斓的文胸静卧着，像一只只安静的蝴蝶。我一张张点开来看，没发现淡紫蕾丝款的。呵呵，她到底还是在意的。我对着手机，发了一会呆。一个念头忽地跳出来：回去看看父亲，会会那个穿淡紫色蕾丝文胸的女人。这么一想，再也躺不住了。

桥城的深夜，像一具冰柜，冒着潮湿的寒气。连日阴雨，街道的洼坑里结了薄冰。车辆稀疏，偶尔驶过，像是去赶赴一场温暖的宴会。从快递公司到出租房，不过五六里路，我却像走在不见尽头的苍茫雪地上。

终于到了出租房外的废铁场。夜风凛冽，月光下，那些废弃的铁块如同受伤的野兽在呜呜叫着。绕过一些抛在路中的钢筋垃圾，一眼就看到出租房像一只孤独的大鸟蜷缩着。我的脚步开始迟疑，怯懦和慌张让我越发不敢向前。要是那个女人果然在，我偷偷看一眼就回来。我用发颤的声音对自己说。

幽蓝的灯光。这个时间，房间里透出来的光亮显得有点凄寒。我慢慢靠近出租房，在唯一的窗口停下。窗玻璃没有关密，蓝色丝绒窗帘微微抖动着，缝隙间足够挤下我的眼睛。我拉了拉围巾，露出耳朵。

对对，我学戏足足六年，后来去参军，就放弃了。一个尖细的声音，听上去怪怪的。我凑上前，鼻尖碰到玻璃。我的上帝呀！只见一个栗色卷发的女人，上身披一件白纱衬衣（里面的紫红色蕾丝文胸原形毕露），下面着黑丝包臀短裙，正对着手机搔首弄姿。我捂住眼睛，却又忍不住从指缝里偷看。那时，跟我一起去参军的还有同村的小伙伴，我们从小玩到大的，原来不在同一个班，后来费了很大的劲儿才调到一起。这个女人嗲着声音絮絮喃喃，她粗壮的手在半空中画着弧线。你说什么？不要说得这么直接嘛……我的头皮开始发麻，脖颈里像蹿进了一条蛇。我用冻麻的手指揉揉眼睛，感觉身体在发抖。

那好，我先给大家哼一曲吧，你们看看我唱得怎么样，喜欢就发红包哟。"原来姹紫嫣红开遍，似这般都付与断井颓垣。良辰美景奈何天，赏心乐事谁家院……"带沙的男旦嗓子，运腔圆润，身姿婀娜。我的腋下有汗水滑落，而脸上却滚烫滚烫。

谢谢红包，谢谢大家的红包。本来，我不想干这行，真的不想干，我没办法……"她"对着手机说着。你问我现在还好那一口吗？唉，我跟我女人离婚十年了，现在跟着另一个朋友，他喜欢我，但我们谁也不欠谁。他尖细的嗓子慢慢回到自己的本嗓。我们都是良民，我们靠双手吃饭，要不是我儿子生病，我现在也不会玩直播。这玩意，我费了很大的劲儿才学会，我不是那种不要脸的人……"她"的呼吸有点急促，声音里带着哭音，鹅一样悲伤。

一股气流冲上胸口，如利剑直刺心肺。疼，疼，疼……我捂着胸口，艰难地呼吸着，脑袋像刚刚碰了墙，晕得发旋。我拉住窗玻璃外生锈的栅栏，用僵直的手敲玻璃。爸，爸，爸……

天地玄黄，宇宙洪荒。我的眼前一片漆黑，耳边似乎又传来熟悉的唱腔：碧云天，黄花地，西风紧。北雁南飞。晓来谁染霜林醉？总是离人泪……

热得快

1

我十岁那年,父母去外地做生意,把我寄养在姨妈家里。姨妈家在一个叫东海的小镇。据说那地方三百年前还是一片海涂。但在我记忆里,那是个种植业为主的小镇,距离滩涂地还有十来里路。在麦子和棉花地的尽头,有一些松散的村落。姨妈家所在的村落叫七塘户,一百来户刘姓人家聚族而居。走出家门,碰到的老人,不是四公公,就是五阿太。说是族人,邻里关系也是近疏远亲。女人们打孩子,拍手拍脚吵架的样子,比我们姚镇人更有气势。

我姨妈似乎是个特例。可能是她自己没有小孩,几乎所有邻居的孩子都跟她亲近。他们家只有两间窄窄的小平房,却是孩子们的乐园。大凡家里有好吃的,姨妈都摊在筛子上,任三嫂四婶的孩子来吃来疯闹。芦柴棒打翻了粗瓷大碗,藏猫猫撑破了蚊帐,姨妈从来不骂他们。唯有前门那位六公公到场,大家才一哄而散。

六公公据说是七塘户最有文化的人。年轻时读过书,写了一手漂亮的字。后来,当了几年民办教师,因参加过政治运动,没有修成正果。拿笔的手最终还是捏了锄头。但他不死心。在大多数族人指望孩子早点进生产队赚工分时,他却逼迫孩子们悬梁刺股,发奋读书。族人传闻,六公公对孩子们比私塾先生还严厉。天蒙蒙亮，就有孩子立在他床边背书，倘若背不出，就跪在木板踏床上。他大女儿菁姑是村里第一个考上中专、跳出农门的姑娘。听说初中毕业第一年没考上，在生产队里干了一年的农活，苦不堪言，复读一年后考上了。她有一个的确良布做的枕头套，写满了英文单词和数学公式。没考上前，因为糟蹋枕头，被她老娘好一顿臭骂。考上省卫校后，家里人就把这枕头菩萨一样供起来。我见过那个枕头套，像一块没洗干净的抹布，黑乎乎蓝靛靛的。想想每天睡在这上头，该多脏呀。读书读到这份上，真是脑子有毛病。我母亲却很羡慕菁姑。有一回，她跟六公公闲谈后，大受刺激，下决心让我也跪在踏床上背"离离原上草"。好在我母亲只有三分钟热度。没折腾几天，她自己先熬不住了。

在姨妈家，我就跟族里的孩子一样怕六公公。他挑着箩筐去地头劳作，他的孩子们才敢偷偷溜出门。那时，芸姑十二岁，正是喜欢疯玩的年纪。连已经长成小后生的思敏叔，也趁机捧个篮球出来，抓紧时间在泥地上胡拍一气。没过多久，他们的祖母（我们喊六太太），站在灶间后门摘下围裙扑打着斜襟罩衫叫骂：小猢狲都跑哪里去了，测字摊摆着（作业本都摊着），你们老爹回来了，看怎么收拾你们。她话音未落，芸姑扔下皮筋，撒腿就跑。连思敏叔也脸色大变。篮球滚到榆树下面，他顾不上捡。他的白跑鞋踩在鸡屎上，也顾不上擦。阿姨说，思敏叔高考失利，已经复读两年了，再不努力，六公公都要拿扁担劈他了。其实，我没见过六公公动武，倒是看见六公公的老婆（我们喊她六婆婆）好几次用鸡毛掸子抽他。六婆婆抹着眼泪边打边骂，要不是你哥那样子，随你成扶不起的烂泥，现在咱刘家还指望谁呀？我知道六婆婆在说谁，她不是在说她家的思仁叔嘛。

思仁叔是六公公的大儿子，看不出年纪。他的个子只跟我一般高，脑袋很大，背后像倒覆着一口锅，两条腿又短又细，像没有发育完全。要是不看他的身子，光看他的脸，倒蛮英俊的。怎么说呢，大概从小不干农活的缘故，思仁叔有点像城里小伙子的，干净，文气，脾气也好，总是笑眯眯的，从来没看见他骂过人。他整天趴在小方桌上，不是画画，就是写毛笔字，有时还捏着尖刀在一块小方石上刻字。多年后，我才知道这叫篆刻。我喜欢看他画画,铅笔画的、毛笔画的,都喜欢。他画的猫,眼珠子绿莹莹的,背上的细毛竖立着,像在等老鼠出现。那样的猫有好几幅,有一幅挂在姨妈家的墙壁上,与越剧电影《红楼梦》的挂历纸并排贴在一起。他也看书,什么《隋唐英雄传》《杨家将》《三国演义》……夏夜时分,我们在草垛里玩累了,就靠到他身边听他讲这些传奇故事。杨林、秦琼、罗成都是那个时候知道的。之前我听大人闲谈时,常说一句"半路杀出个程咬金",一直把"程咬金"当作是"程妖精",听思仁叔说这些故事,我才弄明白怎么回事。

而我最好奇的是思仁叔为什么会长成这模样。终于有一天,我忍不住问芸姑。她翻翻眼皮,不情愿地说,他大哥七八岁时,跟小伙伴一起从高墙上跳下来,几个小孩压在他身上,结果成了现在这样子。那他后来没有读书吗?读完初中就没读下去,写字画画都是自学的。芸姑有点不耐烦。她手上的橡皮筋打了死结,费了很大的劲还没解开。我拿过来,三下五除二就解开了。芸姑立马高兴起来,抹了一下鼻尖道,我哥不就是第二个张海迪嘛。

2

那年夏天,六公公的大女儿菁姑带着男朋友回来了。这在村里引起不小的轰动。那个小伙子叫张伟,瘦瘦的,小眼睛,戴着副金丝眼镜,听说在省城的一家报社里当记者。菁姑呢,我也是第一次看到,身材高挑,皮肤白皙,穿着粉色的确良连衣裙,像个仙女。芸姑告诉我,她大姐刚升了护士长,现在可吃香了。我不清楚护士长是什么,大概是医院里很大的官。芸姑叫我闭上眼长大嘴。我刚闭上眼,就感觉嘴里放入一块东西,舌头上滑腻腻的,又甜又苦。在它融化的那一刻,后脑勺的头皮都拎起来了。巧克力!芸姑翘着嘴得意道,外国进口的,我大姐夫送给我吃的。巧克力在嘴里融化了,只在喉咙间留下一抹难以形容的香味,让人舒服得想哭。我脑子里冒出一串电视剧里关于城市的镜头:摩天大楼,霓虹灯,双卡录音机,人们穿着蝙蝠衫喇叭裤在街头散步。

我爸可喜欢我大姐夫了。芸姑大姐夫长大姐夫短地说着,我都替她脸红。不是还没结婚嘛。但我亲眼看到张伟叔和六公公在饭桌上喝酒聊天，六公公还不时给张伟叔倒酒。这在六公公家该是多高的待遇呀。而六公公用半文不白的变种普通话跟张伟叔聊天，似乎有点紧张，猪肝色的额头上满是汗珠。

接下来的事就有点尴尬了。有一个晚上，我、芸姑和族里的几个孩子一起在姨妈家屋后的河塘边逮萤火虫。影影绰绰中，我们看见两个人影抱在一起窃窃私语。我和芸姑，还有邻家的小癞子蹑着脚步悄悄走近，两人竟亲起嘴来。谁呀，恶心死了！芸姑小声叫着。小癞子举起瓶子，借萤火虫的微光照亮。天哪，居然是菁姑和张伟叔！芸姑像被扇了两个耳光，双手捂着脸嘤嘤哭起来。菁姑大概也发现了我们，拉着张伟叔落荒而逃。第二天，村子里的女人们都喊喊喳喳议论这事。饭桌上，姨父跟姨妈说，以六公公的治家风格，不知会怎么对付这桩事儿。虽说思菁成了城里人，到底还没跟那个张伟结婚。姨妈也替他们担忧，叮嘱我这几天不要去他们家玩。

我只好一个人待在姨妈家里，芸姑也好几天不露脸。他们家里虽没闹出什么事来，六公公一定憋着气，找不到机会发作。有时，我从他们家门口走过，都不敢咳一声。倒是思仁叔看见我，笑着招呼说，怎么这两天不来玩呀。他的头发梳得光溜溜的，短袖白衬衫穿得笔挺，好像要去做新郎似的。

果然，第三天下午，村里来了三个陌生人。芸姑跑过来报告，说他们家里来了贵客，来看她大姐夫的。两个县报记者，一个公社里的文化干事，大队书记陪过来的。芸姑端着气，叫姨妈去帮忙，说晚上要八仙桌待客，她妈已经忙不过来了。正说着，六太太过来问姨妈有没有白木耳和桂圆，她说这么多生客，都不知道怎么招待了。六太太颠着小脚走得飞快，我趁机跟着姨妈过去。老远听到鸡的嘶叫声，六婆婆站在灶间后门，拔着鸡脖子上的毛，一刀下去……

舔着碗底的白木耳羹，我见到了四位贵客。除了大队书记有点面熟，其他三个"眼镜蛇"一个都不认识。但我知道他们都是很有文化的人，用六公公的话就是完完全全拿笔杆子的人。六公公逼着思敏叔高复三年，还不是想成为这样的人？我很奇怪，这三个男人，年纪不大，背都有点驼。张伟叔领着他们围住思仁叔写字画画的那张桌子。桌子上摊满了思仁叔的图画和篆刻作品。他们啧啧称赞着。有一个上唇留了一抹小胡子的男人，还拿着个炮筒似的相机，不断拍照。

那天晚上，姨妈在他们灶间帮六婆婆忙活，我和芸姑靠墙坐在小板凳上嗑瓜子。堂屋里，六公公和张伟叔陪着四位客人喝酒。六公公的话很少，思仁叔低头剥着花生壳，像个害羞的小男孩。张伟叔却像个领导竖着大拇指挥洒自如。酒桌上，烟雾缭绕，白炽灯泡的光照在他们脸上，有点模糊。要不是蚊子来咬我，我真疑心这热闹的气氛像是在过年。我凑近芸姑的耳朵说，你大姐夫太厉害了，六公公不会再治他们了吧。芸姑白了我一眼道，大队书记都来讨好我大姐夫，谁还敢说闲话了！我连连点头。

散席已近九点，我靠着墙角快睡过去了。朦胧中，感觉姨妈在拉我。我迷迷糊糊地站起身，跨过六公公家堂屋的门槛，踉踉跄跄走回家。隔壁阿月婶婶家门口的十四寸黑白电视机里在唱刬剧，一群老头老太围坐着观看。屏幕上，一个男子身着官袍，手里捏着马鞭，咿咿呀呀唱着。姨妈瞥了一眼，嘟囔了一声，看来你菁姑真有出息，这也算衣锦还乡了！

3

热闹总是短暂的。两天后，菁姑和张伟叔回省城去了。六公公家像散场庙会有点寥落，只剩满地的鞭炮纸和瓜果屑。六公公又在东边榆树下磨锄头。他微弓着身子，看上去不像以前那么威严。他直起身，似乎也不如以前高大了。我壮着胆叫了他一声，他嗯了一声，声音哑哑的，很不爽快的那种。他的脸很奇怪，混沌一片，说不清欢喜还是忧愁。他磨完锄头，没有出门，悄悄走到思仁叔背后，看思仁叔作画。思仁叔这回画的是铅笔画（芸姑曾纠正说是素描）。一个女人的侧身，头发披在肩上，耳垂很糯，胸脯尖尖的，看了叫人害羞。思仁叔手上捏着一把铅笔，轮换涂线。那些铅笔线条，一层层覆盖上去，就像一道光照下来，有些地方亮有些地方暗。思仁叔发现六公公在看他，停了笔，像做错了事，叫声爸。六公公恢复了他的威严，点点头说好好画,便扛着锄头出门去了。

六公公一走,芸姑不知从哪里钻出来,思仁叔也松了一口气。我们围上去,问他画的是谁。思仁叔轻声道,书上的呗。我看他在画女人的脖颈,细长的线条打得很小心,好像怕她疼了似的。我随手翻起他桌上的画册,有很多铅笔画像,但没有一幅跟他画的一样。芸姑白了我一眼道,自己想象出来的画才厉害呢,这叫创作;和书上一模一样的,那是临摹,没劲!这么说来,思仁叔应该是很有劲的画家了。

思仁叔嫌我和芸姑两张麻雀嘴,便给我们两张白纸,让我们胡乱涂抹。芸姑画了一个仙女,我画了一只小白兔。思仁叔看了,呵呵笑着。等我们回过神来,他竟然把我们两个画在纸上了。芸姑撅着嘴,我瞪着眼,都一副傻样。但我不得不说他画得好像。

那日,我又在六公公家玩了半天。傍晚,姨妈喊我回家时,大队书记兴兴头头赶过来。他扬着一张报纸,高喊着六哥六哥。芸姑跑出去说,我爸不在。快看快看,你哥上报纸了,大队书记手指抹了一下嘴唇,翻开报纸。我也跑出去,踮着脚凑上前。只见报纸上印着思仁叔的照片,还有他画的猫、刻的篆章。报头上写着很大的字——"海滨'张海迪'"。夏风吹过来,报纸鼓鼓地向后仰。许是芸姑捏得太紧的缘故,竟撕下一个角。芸姑捏着撕下的一溜角,往家跑。我哥上报纸了,我哥成张海迪了……

这次消息来得比龙卷风还快。晚饭后,六公公家挤满了人,都来看报纸。几个上了年纪的公公,捧着搪瓷杯坐在七塘河的桥头,谈议着思仁叔。他们聊天的样子,比讲隋唐演义还热闹。看来老六家最出息的还不是阿青,而是罗锅老二。别看他平时不声不响,还真有两下子,上报纸出名了。出名有个屁用,这个年纪了,找老婆是正经事,出名能当饭吃吗。他这个样子能找老婆吗,瘸脚瞎子肯嫁给他已经不错了……

夏夜的天空,犹如一块仙冰草。头顶似有几颗星星闪烁着,等会儿抬头,它们又像萤火虫跑到别的地方去了。我想起白天思仁叔画的美女图。我想象不出他结婚的样子。他也会像菁姑和张伟叔那样抱着亲嘴吗?那该是一件多么龌龊的事。我喜欢他现在的样子,一双白净的手握着笔,画画写字,在榆树下给我们讲故事。芸姑怕六公公骂,早回屋去了,我一个人踩着自己的小影子,默默走回家。

4

姨妈说,只要姑娘性格好,身体上有点毛病都没事,我家阿弟不也是一样嘛。姨妈说这些话时,眼睛眯成一条线,嘴里我家阿弟长阿弟短的,好像思仁叔是他亲弟弟。六婆婆坐在一旁,像个哑巴,偶尔喉咙蠕动一下,始终没开口。姨妈又说,我家阿弟上了报纸,现在也算是名人了,公社里的领导要他去做文书什么的,说不定还会分套公房给他。那个媒婆站起身来笑呵呵地道,那我改日领个姑娘来瞅瞅,对不对上眼,靠他们自己的了。

媒婆起身时,六婆婆往她手里塞了一篮鸡蛋,上面还搁了一个纸包,不知里面装的是红枣还是桂圆。她拎着篮子刚走出大门,我就偷偷朝她的背影啐了一口。印象中的媒婆应该是半老太婆,穿红着绿,像丑八怪。这个媒婆年纪也不大,穿着淡黄色的确良衬衫,剪着江姐似的短发,像个小学教师。但我还是讨厌她,说不清为什么,就是讨厌。

果然,几天后,姨妈家里来了个白白胖胖的姑娘,脸庞很大,两根辫子搭在肩头,发梢有点枯黄。陪她一起来的还有一个三十几岁的女人,看上去很精神。姨妈招呼我去喊六婆婆。六婆婆慌乱地摘下身上的围裙,掠了掠头发,走进卧房换衣服。等她挽着思仁叔走到姨妈家时,那个胖姑娘已经在姨妈家吃点心了——一大碗鸡蛋面。她吃面条的样子有点傻,大嘴巴咬着整团面往里吸。她见了思仁叔和六婆婆也没放下筷子,直到陪她来的女人拉她衣角,她才很不情愿地停下来。

姨妈又盛了一碗面给思仁叔,思仁叔一筷也没吃。他似乎只瞟了胖姑娘一眼,就没再看她。他的眼睛朝上看,原来他在看墙上的挂图。那幅猫就是他画的,因为贴的时间久了,边角的糨糊都干成煤渣粒了。中间一截可能是墙面不平整的缘故,猫的眼珠子都突了出来。

那个小学教师模样的媒婆,跷着二郎腿嗑瓜子。她的薄嘴唇下面粘着瓜子壳,让人觉得她说的话有点不可信。姨妈一直眯眼笑着,看不出她是真高兴,还是装样子。媒婆转过脸看了看那个三十几岁的女人道,我这人性子爽,直说吧,虽说阿惠姑娘干活有点慢,但一个月纺石棉挣来的钱也能买几把竹椅子的……总比身体有毛病的好吧。她似乎瞥了一眼胖姑娘,那胖姑娘正伸出大舌头舔着碗底。六婆婆的眉头微微皱着。思仁叔像被人掐住脖颈,脸上露出难看的猪肝色。

要不,让他们两个自己聊聊。媒婆总算歇下来。姨妈和六婆婆立马站起来。六婆婆建议去她家坐一会儿。姨妈轻轻拍拍思仁叔的背,不知是鼓励还是安慰。我回望了思仁叔一眼,看见他的两只脚用力地踩着自己的鞋帮。

姨妈,这个胖姐姐是不是傻子呀。我忍不住轻声叫道。不许胡说,姨妈随手给了我一个后脑勺。我的眼泪一下子涌出来。六婆婆揉揉我的头,替我擦干涌出来的泪滴。

5

那日之后,姨妈好一阵子没去六公公家,碰到六婆婆,只是简单搭讪几句。芸姑也好几天不理我,看见我撇撇嘴,好像我欠了她三百万似的。

我不知道到底是怎么回事,还是傻乎乎地往六公公家跑。思仁叔待我像以前那样好。他这阵子不写字,一直画素描像,老人,小孩,画得跟照片一样像。画得最多的是年轻女孩,有温柔的披肩长发,有可爱的童花头,也有清爽的假小子头。这些女孩大多脖颈颀长,手指纤细,牙齿白白的,闪着亮光。最好看的,当然是眼睛,长睫毛低垂着,黑色眼珠子里像藏着很多秘密。

她们真漂亮。思仁叔用铅笔杆轻轻刮了我一下鼻子道,小燕长大了也会这么漂亮的。我高兴起来。叔,她们是同一个人吗? 我问道。你说呢? 我看她们像同一个人。思仁叔笑了笑,停了笔。

太阳很好,穿过榆树叶投射在画纸上,像一道道水纹。我看着思仁叔白净的手,心想他要不是罗锅,不像现在这么矮,该多好。我突然问他,会不会婆那个胖姐姐做老婆，她真的像个傻子。思仁叔看了我一眼，脸灰了下来。我不由吐吐舌头。但他很快没事了，从抽屉里掏出很多信。每个信封的右上角都贴着邮票。那些邮票不是画着长城，就是画着椰子树。长城的是八分，只贴一张，椰子树的是四分，贴了两张。他扒拉着信封，终于找出几张很特别的邮票，一张画着龙，一张画的是两个戏中人，还有一张可复杂了，有河有桥有各色人，像古代的街市（多年之后，我才知道戏中人是张生和崔莺莺，古代街市是清明上河图）。思仁叔很小心地剪下那几张邮票，摊在手心里。邮票在阳光下像蝴蝶扇动翅膀，这让他的手心看起来玉一样白皙。我最后选了戏中人的那张。我想如果思仁叔是小生，那应该找个小姐做老婆，无论如何不要找胖姐姐。

　　我很好奇他有这么多信。他说，以前只有几个要好的朋友跟他写信，上了报纸后，有很多陌生人给他写信。他们为什么要给你写信呀？我问道，是不是他们都是残疾人，来向你这个"张海迪"学习？他摇摇头，双手抚摸着一沓信，最上面那个信封的字是蓝钢笔写的，一笔一画很秀气。他又从抽屉里翻出几封，全是蓝钢笔字迹，跟上面那封一模一样。我很好奇，但我知道问太多就变傻丫头了。

　　思仁叔整理着信件放进抽屉。有一张照片从信封里掉出来，落在地上。我帮他捡起来。一个姑娘的照片，瓜子脸，眉心间有一颗粉色小肉痣，嘴巴很小，眼睛也不大，好像含着什么冤屈似的。给我。思仁叔急声道。我觉得好玩，故意举得高高的。小燕，还不快点拿过来！他瞪大眼睛，涨红脸，厉声喝道。我吓了一大跳，手里捏着照片，不知如何是好。听见没有！他又喝了一声，那声音像砸碎了一个陶罐。

　　我的眼泪哗地出来了。我扔了照片，跑出门，一头撞在芸姑身上。芸姑手里的西瓜摔落了，碎了一地。你怎么回事？我哭起来。你知道这西瓜多贵吗？下午，大哥的新对象要来，你倒好，给我闯这么大的祸。芸姑不依不饶骂道。她骂人的口气像个大人，几天不见，她似乎已高出我一头了。姨妈大概听到我哭声，从屋里出来，把我领回家，又把家里的一个西瓜送了过去。芸姑翘着嘴，还是很不满意的样子。

我哭了很久才息声。这是来姨妈家这些日子里，最伤心的一次。等我把所有的眼泪都吞下去，眼睛已肿得睁不开了。晚饭也吃不下，直接躺到床上。但我没有睡着，脑子里像一团糨糊腻住了，一片混沌。

天，彻底暗了。姨父也从地头回来了。我听到他问姨妈我怎么了。姨妈就把我撞坏西瓜的事告诉了他。我又听到姨妈说思仁叔找对象的事，上次思仁叔见了她介绍的胖姑娘，回家哭了一场。我是好心替他们着想，他们反倒怪我，也不看看自己长得什么样，以为上了一回报纸，真成"张海迪"了。姨妈本来声音很轻，说着说着，就激动起来了。姨父让他小声点，别被人听见了。姨妈更来气了，说听见了，怎么了，就是要让他们听见，小燕今天碰碎了个西瓜，好像碰碎他们家的无价之宝……我的眼泪又出来，但我硬忍着，不让自己发出声音来。你看着好了，这小子只有打光棍的命，不要以为有个当护士的姐姐，就了不起……

我终于哇地哭出声来。姨妈跑过来，问我怎么了。我说头痛。她摸摸我额头说，哎呀，真发烧了！

6

我烧了整整五天。五天里，我被姨妈带到医院里挂盐水，吃很苦的药丸。第五天晚上，我还迷迷糊糊看见族里的四太太给我喊魂灵。她端来一碗水，手捏一个佛关跌沾了水，在我脸上一圈圈转，嘴里念念有词。念完咒语后，她喝了一口水，忽地喷在我脸上。我吓了一大跳，哭起来。四太太不管我哭，叫姨父姨妈按住我的手脚，拿一枚缝衣针使劲扎我的耳朵背面。大概直到扎出血，他们才放手。四太太干完这些，又拿出一个酒盅，叫姨妈倒满米，外面用手帕包起来，在我的头上像轰炸机一样盘旋几下，最后放在我的枕头边。也许折腾得够累了，我哭了一会儿，就睡着了。第二天早上醒来，除了头有点涨，烧基本上退下了。

姨妈在我的太阳穴里贴了两块橡皮膏，不让我出门吹风。我像个坐月子的小妇人，闷得慌，只好独自玩扑克牌。有一种叫算命的玩法，很有意思，是芸姑教我的。54张牌根据不同的排列，可以算出自己将来能不能考上大学，几岁嫁人，以后生儿子还是女儿。以前，我和芸姑玩这些时，思仁叔总是说我们不知羞，芸姑白着眼睛，骂他老古董。

我玩着扑克牌，渐渐忘记了前几天的不开心。我正算着自己的寿命有多长，芸姑像挨了打的小狗撞进来，哭喊着叫姨父快去，她二哥快要被她爸打死了。姨父正在厨房间搓草绳，忙扔下活奔出去。姨妈坐在石棉车上，犹豫着，到底不放心，也赶出去。她回头嘱咐我，不要跟去，说我的病还没好，不能见风。她前脚出门，我就行动了。我绕到六公公的后窗，透过窗纸的破洞看进去。只见堂屋里乱成一团，扁担和草绳扔在地上。六婆婆拽着思敏叔的胳膊大哭，思敏叔的嘴角淌着血。姨父拉着六公公，好像唯恐他再去拿扁担。我捂住眼，又忍不住散开指缝偷看。朝南的墙角里，思仁叔蜷缩着身子，他本来就矮，这会子看上去像个人球。他的一根拐杖斜靠在墙角落里，另一根不知怎的竟在六公公的脚边。难道六公公不但揍了思敏叔，还打了思仁叔？这么一想，我不觉一阵哆嗦。

此时，六公公的骂声像决堤的洪水，滔滔不绝。他因为太气愤，话说得颠三倒四，声音震天响。他大概在骂思敏叔读书不用功，没出息，高考三年越考越差，累了家里很多钱，这样不学好，总有一天，要打断他的狗腿……六公公骂的时候，思敏叔似乎很不服，梗着脖子，眼睛盯着别处。你不要赌钱怪廊柱，把大姐的账算在我头上。这个家，我早就受够了……他终于回过头来接了两句。六公公抄起地上的扁担又要冲上去，被姨父死死拽住。但扁担还是飞了过来，差点落在刚进来的姨妈身上。不要再吵了！思仁叔突然吼了一声。我从来没听过他这样大的声音。接下来的动作，让所有的人都惊呆了。他抄起墙角的拐杖，打自己的脑袋。都是我，都是我，都是我……六婆婆松开思敏叔扑过去，抱住思仁叔痛哭起来。

六公公终于歇了火。我赶紧踮着脚跑回家。稍过一会儿，姨父和姨妈也回来了。他们两个在门外嘀咕着，我弄明白了一件事。这次六公公暴怒，不只是因为思敏叔没考上，而是思敏叔学坏了。这几年高复，思敏叔学喝酒抽烟，还轧女朋友。一个残疾，一个败子，六叔不绝望才怪呢！姨妈走进来透过蚊帐看我一眼，我数着扑克牌，装作什么不知道。她从米缸里舀了一碗米，倒在米淘箩里。走出房门前，她对着蚊帐说了一句，小燕以后可要好好读书，实在读不上，也不能学坏。我胡乱应着。屋外的知了似乎暂时歇了声。蚊帐里，几只蚊子像轰炸机来回盘旋，叫得人心烦。

我爬出蚊帐，走到厨房间喝水。姨父又坐在小椅子上搓草绳，姨妈在灶台前忙碌，已经是午饭时间了。姨妈切着茄子，她的刀很快，一截截切下来，一点都不留情。要是养出来的孩子都这样，还不如不生呢。姨妈终于冲出这样一句话。姨父听了，往手心里吐了口唾沫。姨妈顿了一下，转换话题，说给思仁做的介绍，思仁没一个喜欢的。六婆婆告诉她，有一个姑娘读过书，人也聪明，就一只眼睛天生瞎的，大家都觉得好，思仁还是看不上。真不知道，他在想什么，六婶愁得头发都白了……思菁好像也出了问题，但六婶不肯细说。大城市里待着，人大心也大了。唉，这样一户人家，乱得像一锅粥……

姨妈折腾完菜，才发现我一直在旁边听着，不由舞着锅铲道，去去去，小孩子不要听大人说话。我不情愿地回到房里，放下蚊帐。那几只蚊子又来了，乱哄哄地像飞进了我的脑袋。

7

立秋过后，天气一日凉似一日。知了收起了它们讨厌的叫声。姨妈家后院的葡萄都熟了，一颗颗泛着绿光。一阵台风后，黄花梨纷纷落在屋顶，又滚到地上，一个个都砸碎了。我和芸姑拎着小篮子，在草丛里寻找那些完好的梨头，竟然听到了蛐蛐的鸣叫，断断续续的，像一个人在抽噎。

那一阵子，我很少去六公公家，说不上为什么，只觉得他家的空气很闷，让人喘不过气来。芸姑说，自从六公公痛打思敏叔后，思敏叔整天躺在床上，什么活都不干；起来了，也黑着脸，好像要吃人似的。他从来不跟家人一起吃饭，因为六公公说过了，不干活，就不给他饭吃。但他总有法子弄到吃的。而且吃得比以前更多，身子骨也比以前更壮，像个真正的男子汉了。有一回,我陪芸姑回家拿扎头发的黄丝带,路过思敏思仁叔的房间,发现靠窗处挂着两个胖袋子。芸姑说,那是沙袋,她二哥像个拳击手,吃饱了就痛打沙袋。你说他是不是不正常。芸姑捡了个梨头,捏在手里把玩着。那个梨像一张开裂的脸,芸姑近来就是这样的苦脸。我想打听点思仁叔的消息,但芸姑始终不开口。我想他整天跟打沙袋的弟弟睡在一个房间里,日子大概也不好过。我很想去找他玩,看看他最近画什么了。记得他说过要画个古代的美女送给我的,这么多天了,一直没动静。

终于,我们捡了两篮子的梨头。我说一篮送给思仁叔去。芸姑似乎有点不情愿,但还是答应去她家。思仁叔如往日那样趴在他的小方桌上,没有画画,也没有写字,整个人陷在一堆信件里。叔,我喊了他一声。他像没听见。叔,这些梨头给你吃。我又喊道。他才抬起头,很茫然地看了我一下,又回到他的信件里。你放在这里吧,大哥想吃了自己会洗。芸姑望着思仁叔,眼里流出一丝忧虑。我们走吧。芸姑拉拉我,我趴着方桌不动。方桌上,依旧摊满笔墨和颜料,还有没完工的画作。那些画看上去不如以前的干净,线条凌乱,明暗不清,颜色艳俗(这些术语都是思仁叔以前挂在嘴上的)。有几幅画,全是颜料堆成的,像是某个任性的小孩子,使性子时胡乱抹上去的。

思仁叔捣鼓完那些信,脸像充气球似的,红得鼓鼓的。他把那些信件叠在一起,放进他的抽屉。他支着拐杖,站起身。芸姑以为他要吃梨头,忙说帮他去洗两个来。他却摆摆手,自顾朝房里走去。农村的男人,小便都是在后院墙角随处解决的,只有思仁叔总是走向六婆婆房里的红马桶。他走开了。我盯着抽屉,脑子里突然嗡嗡作响。我对芸姑说,能不能洗几个梨头来,思仁叔肯定也想吃,最好削掉皮。芸姑毫不犹豫从篮子里挑出三个大梨头,捧着去厨房。

堂屋里,只剩下我一个人。我不由哆嗦了一下。我咽了咽口水,屏住呼吸,轻轻拉开方桌的抽屉。芝麻开门!我心里默念着。那些信件像金矿从抽屉里溢出光芒。我抽出最上面的那封信,信纸是透明的蛋白纸,看上去很薄,其实有好几张。字是深蓝钢笔写的,大概是太用力的缘故,纸背面的每个字都微微凸起。我沾了点口水，抿开第一张。"亲爱的思仁，见信吻你……"太恶心了！我捂上眼睛，心却剧跳起来。我翻了翻最后一页，署名的字迹很潦草，最后一个字有点像"婷"。

秋阳灼人，一只母鸡在菜园里啄食。榆树下，一根枯枝在风里沙沙地划着地面。我听到自己的心脏擂鼓般怦跳。

下面的几封似乎都是这个"婷"写来的。有一封信里还夹着硬邦邦的东西，我突然想起那张落在地上的照片，是不是那个有眉心痣的瓜子脸姑娘？正想抽出来看，传来拐杖击打地板的声音，慌得我赶忙关上抽屉。许是用力过度，抽屉歪斜了。再拉一次，怎么也拉不动。

走过来的思仁叔，像刚洗了一个酣畅的澡，身板微微挺直。他挂着双拐一步步走过来，我感觉自己紧张得都没法呼吸了。这时，芸姑也赶来了，手里捧着大瓷碗，里面搁着三个削了皮的梨头。她选了个最大的给思仁叔，思仁叔坐到椅子上啃起来。我松了一口气。

思仁叔像忘记了之前的诸多不快，脸色柔和很多。他又笑眯眯地逗我，说我的眼睛像米老鼠，要是拍电影，我几乎都不用化妆。我的脸却火烫火烫，湿漉漉的手指用力摩擦着桌面上的裂纹。

8

思敏叔彻底成了六公公家的异类。秋风扬起的时候，村里几个考上大学的小伙子陆续离家。思敏叔还每天赖在床上。他即便起了床，也总是甩动着长发打沙袋。他的胡子不知什么时候冒出来的，围着嘴巴，像一堆草封住一个井口。他的背脊宽了很多，屁股像长了更多的肉，裤子鼓鼓的。以前他捧着篮球偷偷在后园里玩几下，我感觉他只是比我大一点点的男孩子，现在看见他，觉得他是真正的男人了。我再也没看见六公公拿扁担抽他，姨妈说谁要是跟六公公提起思敏叔，六公公就跟谁急。

有一日，芸姑跑过来，凑着我耳朵说，他二哥出门好几天了，都没回来，家里人都急死了。我问她有没有去找，她说她爸都气疯了，说丢不起这个脸,让他死在外面算了。芸姑叮嘱我,这事不要让我姨父姨妈知道,怕传得沸沸扬扬的。是不是找他女朋友去了。我的脑子里冒出那个瓜子脸姑娘,又觉得不对劲,那应该是思仁叔的女朋友吧,跟思敏叔没关系。芸姑微蹙着眉,把一只手搭在我肩头道,我也这样想,但不敢跟爸妈说,怕他们更生气。我很少看见芸姑这样无奈的样子,她一直是风风火火,洒脱惯的。之后的两天里,我和芸姑只在学校里碰面,放学后,各回各的家。我不喜欢他们家沉闷的空气,更怕看到思仁叔的脸。我担心思仁叔看到那个仄歪的抽屉,已经知道了一切。

思敏叔回来,已在一周后。我没看见他回来的样子是不是很雄赳赳气昂昂。但芸姑拎着一串香蕉飞过来,我就知道思敏叔出门一趟并没有他们想象得那么糟。原来,这次思敏叔去省城菁姑处待了两天,回来后在县城找了一份工作——县城的社办企业里当仓库保管员。每月工资也不低,比在家干农活好多了。他还带了个女同学回来,据说是高复班的同学,这次也没考上,也在那个厂里上班。思敏叔的工作就是她托关系搞来的。因为就来玩一天,六公公六婆婆也没说什么。

芸姑叽里呱啦说着这些,我也兴奋得不得了。我们偷偷溜到六公公家堂屋后门。正想推门进去,却听见年轻女孩子撒娇的声音。我们停了脚步。芸姑从门缝里往里望,立马捂住眼睛。你不要看。她拉扯我,我已经凑上去了。天哪,思敏叔正抱着一个短发姑娘,两人嘴对嘴亲在一起。他们身后,思仁叔趴在方桌上,低头自顾作画,但他的脸却红得也像被亲过,嘴角亮晶晶的,像挂着口水。

二哥会被爸打死的。芸姑拉着我往远处跑。秋风呼呼,迎面撞来,吹得我们的头发和衣襟都飞起来。我们穿过竹林,跨过菜地,又跑过一块萝卜地。麻雀在我们头顶飞过,啾叫着飞向另一根电线杆子。路旁的草垛里,几只野狗窜来窜去汪叫着。谁家的瓜舍旁正燃烧一堆垃圾,黑烟里混杂着橡胶和塑料的气味。

我们跑了很久,才停下来。那是块废弃的土地,高凸于平地之上。发硬的土块里,几根狗尾巴草在风中摇摆。我们背靠背坐下来喘气。芸姑拔了一根狗尾巴草含在口中，我也拔一根凑在鼻尖。我们呆呆地望着头顶的天空和远处的庄稼，它们在遥远处接壤，灰蒙蒙的一片，就像我们看不清的大人世界。

阳光斜落下来，泥地上映出我们的影子，像两只半蹲身子的小黑狗。我转过头，发现芸姑的发丝黏在嘴角边，鼻梁越显得挺直。她其实是个很好看的女孩，只是她家里从来都是读书至上，谁要是在相貌上做文章，那简直就是犯罪。

芸姑吐出那根狗尾巴草，细茎绕在手指上晃动。我跟你说的事，你千万不能说出去哟。她竖起右掌道。我不知道她要说什么，但我也竖起右掌。我们像两个江湖密友，击掌为誓。我大姐已经跟张伟哥分手了。二哥说，他看见大姐跟一个三十多岁的胖医生在一起。为什么？我很吃惊。我也说不清楚，二哥偷偷告诉我的，好像张伟哥老家特穷，兄弟三四个，都窝在山沟沟里打光棍，一家人全指望着他。他兄弟打光棍，跟张伟叔什么关系呀？我还是不明白。芸姑鄙夷地斜了我一眼没解释。过了一会儿，她捋着狗尾草的细籽，叹了一口气，满眼忧愁地望着我，又忍不住开口。我大哥，亲戚朋友跟他介绍很多姑娘，他都不喜欢。他迷上了一个笔友，没见过面，什么底细都不知道。听他说，那女的长得很好看，身体也没毛病。你说这不是癞蛤蟆想吃天鹅肉吗？人家怎么可能嫁给他呢，他又不是真的"张海迪"。

是不是披肩长发的？我的脑海里闪过那张照片。你怎么知道？芸姑呼地站起身。我一阵紧张，眨着眼睛道，好看的姑娘不都是长头发吗。芸姑又坐下来。我们把狗尾巴的草籽搓捻到地上。我们的裤脚和鞋帮上，沾满了星星点点的草籽，怎么也掸不干净。

9

那天晚上，我做了个奇怪的梦，梦见我跟着思仁叔一起去乘火车。绿皮火车咣当咣当开过来了。思仁叔迎上去，一个长发姑娘从车门里伸出手，一把将思仁叔拉了上去。叔，等等我，叔……我喊叫着跟上去。火车开动了，它的身子像一条蛇,尾巴一闪就溜走了,只留下手帕似的白烟。我醒来了,迷迷糊糊站起身,头顶快碰到了蚊帐。窗外月光很亮,好像是知道我醒来,才这么亮的。我想透过玻璃窗看看前面六公公的家,不知道思仁叔的梦里有没有我。但我什么也没看到,只是傻站了一会儿,又躺下睡着了。

第二天一早,芸姑来约我一起去上学。她兴奋地告诉我,他大哥被人邀请去做报告了,听说还要上电视呢。我想把昨夜的梦告诉她,问问她是什么意思,又怕被她嘲笑,到底还是没开口。我大哥要是真的成了名人,说不定真有漂亮姑娘嫁给他。她似乎为自己昨天的话感到抱歉。她的脸似乎又露出一种说不出的骄傲来。

这种骄傲是理所当然的吧。之后的那个周日上午,我刚起床,就听见堂屋里六婆婆跟姨妈在说话。不管怎么样,既然上门来了,总归要招待人家,即使放空炮,也就这么一回。我不明白六婆婆在说什么,她好像又来借枣子桂圆。难不成,又在安排思仁叔相亲?

姨妈一出门,我赶紧往六公公家跑。果然,他们家的堂屋打扫得干干净净,芸姑挽着袖子正使劲擦拭木头椅子呢。见我来了,她嘘声道,今天他大哥自己找的女朋友要上门来了。我脑子嗡叫了一声,感觉头顶有一只长尾巴的燕子从梁间的窝巢里飞出去。那个长头发的姑娘吗?我急急问道。不清楚。芸姑的手指绕着抹布穿过椅子背的空缝,压低声音道,最好你们不要来看,我大哥是最怕羞的。我点点头,很不情愿地走出堂屋后门。

我趴在姨妈家屋旁废弃的七石水缸沿上,用一根木棒挑拨里面的苔藓和水草,胸口像有一群蚂蚁在不停爬行。太阳暖暖地晒着我的后背,如温水慢慢浇洗着。我侧着耳朵,恨不得长出一根天线,能接收到六公公家的所有信息。终于,传来一个陌生女人的声音,像白雀那样好听。我扔下木棒跑过去,蹲在六公公家堂屋的后门边。透过木格子纸窗,我看到一个年轻姑娘的背影,长发飘飘,淡绿色格子长袖裙微微蓬开。可怜的思仁叔在她面前,像一个没发育好的小男孩,足足比她矮一个脑袋。六婆婆走出来,端着一个塑料小盘子,看不清里面放的是瓜子还是花生。

小燕,你在这里做什么。背后响起一个声音,我吓得背脊一抽。原来是给我喊过魂灵的四太太。她脸庞瘦削,眼睛凹陷,嘴巴像啄木鸟尖缩着,看上去有点像童话里的巫婆。她枯瘦的手指了指纸窗,压低声道,今天他们家来了个大姑娘?我点点头,又摇摇头。那你在看什么?她露出鄙夷的神色。我感觉自己的脸烫起来。我是来找芸姑的,我们在玩躲猫猫。我小声嘟囔着,撒腿就跑。

我跑过六公公家右侧的那条小道。一棵柚子树从墙头越过来,淡青色的柚子垂挂在树枝上,让人的腮帮泛起酸液。长发姑娘现在一定在喝茶吧,六婆婆应该没有用酸梅汤,用的是红枣茶吧。柚子树前面,有一片棉地。棉花杆子密密匝匝,枝头上的青桃已经很少见到,半开的棉花似乎等人去摘。长发姑娘的脸长得是不是像棉桃,有点害羞,说话间会露出白白的牙齿呢。棉地的尽头是河塘,那是我与芸姑常去玩耍的地方。河塘里长满茭白,秋风刮来,茭白草窸窸窣窣,里面像藏着不为人知的秘密。菁姑和思敏叔都抱着朋友亲嘴,思仁叔会不会也学他们呢……呸呸呸,我往河塘连吐口水。

芸姑不知什么时候出现在我身后,她叫我去她家吃桂圆羹。我问她思仁叔的女朋友呢,她撇撇嘴道,也不能算女朋友,只能算朋友。现在他们一起去看望一位中学美术老师了。

她长得漂亮吗?我恨不得把脑子里的问题全抛出来。当然了。芸姑得意地夺过我手中的木棒,扔进河塘。

10

所有的消息都是长翅膀的。就像张伟叔走进六公公家,就像思仁叔登上县城报纸。那个长发姑娘来看望思仁叔的消息,也很快传遍村庄。那些天里,有好几个半生不熟的女人,踩着河埠头的水洼潭,跟姨妈喊喊喳喳谈论。她们看见我走近了,就压低声音,或者突然停止说话,但我知道她们在谈论思仁叔。她们大概都不相信,思仁叔这样的怪物,竟然有这么漂亮的姑娘来看他。但她们只敢向姨妈打听,在六婆婆出现的时候,她们都自动散开了,就像平静的河水看不到一丝石头丢落的痕迹。

六婆婆依然在河埠头汰衣洗菜。她微驼着背，好像一下子老了很多，左额上的一撮白发，像芦花鸡的尾羽摆动着。她站起身子，微微摇晃了一下，然后一脚一脚走上来。六婆婆，我喊了一声。她很茫然地望了我一眼，像不认识我似的，自顾甩着湿漉漉的手走了。

六婆婆这几天怎么了，我问芸姑。芸姑正趁着六公公不在家，疯跳皮筋。她白了我一眼道，我老妈有什么事呀，是我大哥。她抹着额头的汗道，唉，给你说说也没关系，反正你也不知道，我大哥得了疯魔病。疯魔病是什么病？我很好奇。芸姑一段段扯着手里的橡皮筋，她每拉一段，我就像鹅伸一下脖颈。等把橡皮筋收完，她还是没告诉我思仁叔到底怎么了。

但我很快知道了答案。那天晚上，已经熄灯了。我听见大床上姨妈和姨父很轻的说话声。他们像在说思仁叔也出走了。我吓了一跳，坐起身，揭开蚊帐。月亮照在水泥地上，像一条河。姨妈的大床如一艘大船漂在水面上。他们的声音像隔着水汽晃过来，显得有些不真实。姨妈嘴里不断冒出一个叫"兰兰"的名字。她说话的语气，好像"兰兰"是她的什么亲戚。姨父低沉浓重的声音反倒更清晰些。原来思仁叔离家出走，已经整整两天了。他们猜测他去找那个叫"兰兰"的长发姑娘了！可人家哪是真喜欢他，还不是可怜他，来看看他，他倒当真了。姨妈的声音突然响起来。这可说不定，不喜欢他，干吗还来看他？姨父的喉咙底里有一口痰卡卡响着。姨妈好像捶了他几下。他到底是不是真的去找这姑娘，还说不准呢。姨父没有接话，姨妈的声音也渐渐小下去。我趴在床沿上，看见自己在水泥地上的影子，伸手去碰。突然，姨父剧咳了一声，我整个人摔了下去。

姨妈听见声音开了灯。我哇哇叫着缩成一团。我该死的右手臂一定摔断了。

慌乱中，姨妈姨父连夜送我到外镇一家有名的骨科医院。一个值班的老医生，戴着口罩，捏着我的细胳膊，左摇摇右摇摇，痛得我杀猪般嚎叫。透过泪眼，我瞥见那个半头白发的老医生在一张纸上写下潦草字。接着，又过来一个年轻医生，拿来一团团糊糊似的白色胶体，抹在我的右手肘上，缠上一层层纱布。等折腾完，我的手臂已经像一个穿上冬衣的娃娃。我的脖子上还挂了一根纱布，下面吊起我的纱布手臂。我望着自己这装束，想着以后有好长一段日子不用写作业，不觉忘了疼痛。

回家的路上，姨妈抱着我，坐在姨父的三轮车后座。深秋的夜空，像被抹上一层深蓝的油漆。空气里弥散着庄稼收割后特有的泥土气息。我突然想起那晚张伟叔抱着菁姑在河塘边亲嘴，周围萤火虫若隐若现。比起菁姑和三十多岁的胖医生，张伟叔好像也没那么恶心。可是，菁姑为什么不跟张伟叔好了呢？我碰了碰姨妈的下巴。姨妈还不到四十岁，但她的下巴已经耷拉到脖颈间了。她的嘴里时不时呵出类似过期咸菜的腌臜气。我不知道姨妈和姨父年轻时是怎么样的，他们是喜欢对方才结婚的吗？我实在想象不出他们抱在一起的模样。我还是喜欢思仁叔和兰兰姑娘。但要是他们也凑在一起亲嘴，那我也接受不了。我胡乱想着这些，竟忘记了手臂的疼痛。

夜似乎更深了。月光像一条薄被盖着身上，让我有点昏沉。耳边，三轮车摩擦沙泥路的声音，渐渐退去了。我恍惚进入了另一个世界。

11

一觉醒来，天已大亮。拉开窗帘，看见太阳晒在对面的屋顶上，像下了一夜的雪。姨妈姨父早已起床。屋子里静得出奇，老房桌上，那个破闹钟嘀嗒嘀嗒，显得特别响，让我有种奇怪的感觉。我瞄了一下时间，原来已经快到中午了。

我艰难地给自己披上外套。昨晚，姨妈不知怎么帮我脱掉外套的。我这只受伤的手像冰柱，直直地悬挂着。

走出房门，就听到不远处传来的哭声。南边六公公家里好像聚着很多人。我顾不上好好穿鞋，就急急奔过去。果然六公公家的厨房里，聚满了族里的女人，都眼泪汪汪的。姨妈一见我，就说，小燕，思仁叔没了！

思仁叔没了？我的太阳穴跳了好几下才明白过来——思仁叔死了。那一刻，似乎有一个炮弹在我脑子里爆炸，腾起很大的烟雾，迷住了我的眼睛。在一切灰飞烟灭后，我听说六婆婆哭晕在床上，而六公公心脏病发作，送医院去了。屋门口，族里的几个老年男子坐在长凳上吸烟，一些壮年男子在卸门板，搬八仙桌，几个上了年纪的女人围着一个大竹筛，扯白布缝白帽子。只有比我更小的野小子像遇到了喜事，举着芦柴棒，在屋前屋后审来审去。他们的爹妈看见了，劈头劈脑打过去。

女人们抹着泪叹息着，我却挤不出一滴泪来，只感觉头晕乎乎的，胸口像被压着什么，身上一点力气也没有。我像个傻子，左手指缠着一根白线，死命拉扯着，耳朵里灌满了女人们的说话声。我终于知道，思仁叔原来用热得快烧水，水开了，他没有拔掉插头，直接用手拿了塞子，结果就出事了。至于，思仁叔为什么直接去捏热得快漏电的塞子，女人们都没有细说。她们撕白布的声音，压过她们的说话声。等六婆婆被搀扶出来时，每个人的脸上都涌上悲戚。我很奇怪，怎么没看到芸姑，也没看到思敏叔，菁姑也还没来？我很想去堂屋看看思仁叔的遗体，但姨妈用眼神阻止我，我只好作罢。

之后，便是守灵和葬礼了。因为我不是本族人，姨妈不让我去参加。她和姨父却忙得没工夫回家喝一口水。思仁叔出殡后，我终于听到族人传来的关于思仁叔横死的各种版本。有人说，思仁叔喜欢的姑娘上门来，一眼看到他的模样，吓得屁股没坐热就跑了，思仁叔出去寻找，回来后，就手捏了热得快。又有人说，思仁叔和姑娘在信里说了很多话，见了面却羞得一句都说不上来，思仁叔又去回访，回家后出了这事。还有人说，六公公知道思仁叔配不上身体健全的姑娘，只让他们见一次面，让思仁叔做个了断，分手后思仁叔就得答应跟邻村那个独眼姑娘定亲，思仁叔想不开，离家出走，虽被找回来，还是一了百了。还有一种说法，最不靠谱，但我怀疑是芸姑说漏了嘴。思仁叔和那姑娘见面后，也学着菁姑、思敏叔跟姑娘亲嘴，思仁叔意犹未尽，姑娘走了，他跟着人家跑，结果被六公公找回家，一时气恼，拔热得快死了……

这些乌七八糟的传闻，都是姨妈嘴里冒出来的。思仁叔出殡后的几天里，总有族里的女人跑到姨妈这边闲扯这事。六公公家是族里很荣耀的人家，如今出了这等事，旁人不来打听也难的。

但很快，半个月过后，所有的一切都恢复了正常。芸姑又在学校的操场上,跟同学抢着跳皮筋。六公公又扛着锄头去地里干活。六婆婆来姨妈家借东西时,嘴角也渐渐有了笑意。思敏叔也回家过夜了,现在理直气壮地占了一间卧房。有时还会带个女孩回来,小巧的蘑菇头发,是不是曾经抱着他亲嘴的那个姑娘,我也记不清了。只是,有时候看见那姑娘站在六公公家后门的门槛上刷牙,让我很吃惊。看来,她晚上就宿在他们家里。

柿子在枝头摇晃,秋风刮得有点任性。姨妈家的墙壁上,《红楼梦》的电影挂图吹得鼓起来,"林黛玉"的脸仄歪了,甚是难看。旁边,思仁叔画的猫也被吹得垂下一半,再粘上去,中间有了一条明显的裂痕。姨妈犹豫了一下,还是撕了下来,重新贴上一张电影女明星。画报里,电影女明星穿着粉色衬衫,歪戴着帽子,长发披肩,嘴唇抹得红红的,很漂亮。我突然想起那个让思仁叔横死的兰兰姑娘,她之前之后都像一个谜,让族人怎么也猜不透。

这个事到底有没有影响六公公一家人,我也说不清楚。三十年后的春节,我去姨妈家拜年。顺便去问候六公公六婆婆,发现他们家子孙满堂,菁姑、芸姑、思敏叔的老婆,还有他们的下一代都很开心地聚在一起,我们闲聊着往事。等我起身道别时,发现满屋子的女人全剪着短发,包括已届中年的我……